HEYNE BÜCHER

Von Catherine Coulter
sind als Heyne-Taschenbücher erschienen:

Lord Deverills Erbe · Band 04/15
Liebe ohne Schuld · Band 04/45
Magie der Liebe · Band 04/58
Sturmwind der Liebe · Band 04/75
Die Stimme des Feuers · Band 04/84
Die Stimme der Erde · Band 04/86
Die Stimme des Blutes · Band 04/88
Jadestern · Band 04/96
Calypso · Band 04/104
Die Satansbraut · Band 04/124
Die Jungfernbraut · Band 04/126
Magie der Liebe/Jadestern · Band 23/118
Die Sherbrooke-Braut · Band 04/122
Karibische Nächte · Band 04/129
Im Schatten der Mitternachtssonne · Band 04/135
Ein ehrbares Angebot · Band 04/139
Jenseits der Liebe · Band 04/145
Der Herr der Habichtsinsel · Band 04/151
Der Herr vom Rabengipfel · Band 04/152
Der Herr der Falkenschlucht · Band 04/154
Lord Deverills Erbe/Liebe ohne Schuld · Band 23/100

CATHERINE COULTER

DORNENPFAD

Roman

Deutsche Erstausgabe

WILHELM HEYNE VERLAG
MÜNCHEN

HEYNE ROMANE »FÜR SIE«
Nr. 04/173

Titel der Originalausgabe
WILD STAR
Aus dem Amerikanischen
von Verena Stein

2. Auflage

Printed in France 1997
Umschlagillustration: Elaine Duillo / Agentur Schlück
Umschlaggestaltung: Atelier Ingrid Schütz, München
Satz: Fotosatz Prechtl, Passau
Druck und Bindung: Brodard & Taupin

ISBN 3-453-10883-3

PROLOG

Wakehurst, eine Plantage bei Natchez, Mississippi, im Jahre 1843

»Keine Angst, Brent. Dein Vater ist vor morgen mittag nicht zurück, und die Haussklaven habe ich weggeschickt. Wir sind allein.«

Die Schlafzimmertür fiel ins Schloß. Verlangend ließ Brent den Blick über seine schöne Stiefmutter gleiten. Sie war erst zweiundzwanzig Jahre alt, gerade vier Jahre älter als er selbst. Das seidige tizianrote Haar fiel in weichen Wellen auf ihre Schultern hinab. Und ihre vollen Lippen glänzten feucht. Wie oft hatte Brent sich ausgemalt, diesen Mund zu küssen, ihre wohlgeformten Brüste zu streicheln, ihren Körper zu besitzen ...

Er schluckte. »Du bist mit meinem Vater verheiratet«, sagte er dann mit rauher Stimme, während er unwillkürlich einen Schritt zurückwich. Das Blut pulsierte in seinen Adern und ließ ihn seine Männlichkeit fast schmerzhaft spüren.

»Dein Vater ist alt«, erwiderte Laurel, während sie den Gürtel ihres hauchzarten seidenen Morgenrocks löste. Dann kam sie langsam auf ihn zu.

»Er kann mich nicht so lieben, wie ich es brauche. Ich will dich, Brent.«

Brent blieb wie angewurzelt stehen. Ich muß hier raus, schoß es ihm durch den Kopf. Statt dessen blickte er voller Verlangen auf ihren üppigen Busen, der sich unter dem zarten Stoff hob und senkte. Ein Hauch von Magnolienduft stieg ihm in die Nase. Unbewußt ballte er die Hände, so daß die Knöchel weiß hervortraten. Wenn er jetzt nicht ging ...

Laurel lächelte verführerisch. »Ich will dir zeigen, wie man eine Frau glücklich macht, und dir alles geben, was du dir nur erträumst.« Sie legte die Hände um seinen Nakken und fuhr ihm mit der Zunge sanft über seinen Mund. »Niemand wird es je erfahren. Das schwöre ich dir.«

»Mein Vater«, flüsterte er heiser. Doch sie verschloß seine Lippen mit einem Kuß, so daß er hilflos seinem brennenden Verlangen ausgeliefert war. Leise stöhnte er auf, als Laurel sich aufreizend an ihn drückte. Ihre Hände glitten über seinen Körper, und ihre erfahrenen Zärtlichkeiten trieben ihn rasch bis zum Äußersten.

»Nicht ... Laurel, ich kann nicht mehr.«

Ein triumphierendes Lächeln umspielte Laurels Mundwinkel, als sie Brent zum Bett führte. Wortlos legte sie den Morgenmantel und das seidig glänzende Negligé ab. Sie genoß seinen verlangenden Blick. Immer noch stand er unbeweglich vor ihr. Seine Miene zeigte Anspannung und Begierde gleichermaßen.

Hastig streifte Laurel ihm das Hemd ab, öffnete den Gürtel und schob ihm die enganliegenden Hosen über die schmalen Hüften hinab. Wie schön er ist, dachte sie. So jung und gut gebaut. Sie spürte, wie eine heiße Welle der Erregung ihren Körper durchflutete, und ihre Hände glitten tiefer. Zufrieden registrierte sie sein schweres Atmen und das heisere Aufstöhnen, als sie sich vor ihn kniete und ihn mit den Lippen liebkoste.

Brent vergrub die Hände in ihrem Haar und warf den Kopf in den Nacken. Er konnte die Spannung kaum noch ertragen. Trotzdem widerstand er ihrem Drängen. Und doch war er maßlos enttäuscht, als sie ihn im letzten Augenblick freigab und aufs Bett zog. Aufreizend bewegte sie sich unter ihm. Sie war so weich und warm. »Nein, nicht.« Er löste sich von ihr und rollte sich zur Seite.

Im nächsten Augenblick saß Lauren schon rittlings auf ihm. »Ja, Brent«, flüsterte sie heiser, während sie sich im

Rhythmus der Liebe bewegte. Sie wußte, daß sie diesmal nicht zum Höhepunkt kommen würde. Aber sie konnte warten. Er war so jung und kräftig. Und sie hatten schließlich Zeit. Den ganzen Nachmittag. Sie würde bekommen, was sie brauchte ...

Brent enttäuschte Laurel nicht. Einmal bis zum Äußersten getrieben, zeigte er sich so leidenschaftlich und unersättlich, wie Laurel es sich nur wünschen konnte.

»Es ist wunderschön.« Schweratmend zog sie seinen Kopf auf ihren Busen und vergrub die Hände in seinem dichten Haar. »Ja, Brent.«

Brent fühlte bei ihren Worten ein Gefühl der Macht, und als sie mit einem lauten Aufschrei den Höhepunkt erreichte und sich im ekstatischen Rhythmus seiner leidenschaftlichen Bewegungen verlor, spürte er ein bisher ungeahntes Gefühl der Befriedigung.

»Brent!«

Es dauerte einen Augenblick, bis Brent die Stimme seines Vaters erkannte. Schlagartig schwand die Leidenschaft, die ihn noch eine Sekunde zuvor beherrscht hatte. Hastig zog er sich zurück, rollte sich auf die Seite und stand auf.

»Mein eigener Sohn! Du Bastard!« Ashley Hammond starrte voller Abscheu zum Bett hinüber. »Du Hure! Verführst meinen Sohn!« Dann machte er auf dem Absatz kehrt und lief den langen Flur hinunter.

Hilflos starrte Brent auf die Tür. Das Herz klopfte ihm bis zum Hals, und seine Knie zitterten.

»Er wollte erst morgen zurückkommen«, meinte Laurel hastig. Sie setzte sich auf und zog sich die Bettdecke bis zum Hals. Ängstlich blickte sie Brent an.

Brent schwieg. Er war unfähig, einen klaren Gedanken zu fassen. Hastig zog er sich an. In diesem Moment kehrte Ashley Hammond ins Schlafzimmer zurück. In der

Hand hielt er eine Bullenpeitsche. Wutentbrannt stürzte er zum Bett. »Du Hure! Das wirst du mir büßen!«

Brent stellte sich ihm in den Weg. »Nicht, Vater! Bitte, hör' mir zu! Du darfst ihr nichts tun.« Brent mußte sich zwingen, dem mordlüsternen Blick seines Vaters standzuhalten. »Ich ... ich habe sie gezwungen. Sie wollte es nicht.«

Zitternd vor Wut hielt Ashley Hammond inne und starrte fassungslos seinen Sohn an. Ein schmerzhafter Stich durchzuckte seine Brust. Brent, sein eigen Fleisch und Blut, sein ganzer Stolz ... Nur von fern hörte er Laurels hysterisches Schluchzen. Brent, sein Ältester, war stolz und ungestüm wie er selbst es einmal gewesen war. Wieder sah er die beiden engumschlungen vor sich. »Du Bastard!« stieß er hervor. Dann hob er den Arm und zog seinem Sohn mit aller Kraft die Peitsche durchs Gesicht.

Brent spürte einen höllischen Schmerz und merkte, wie ihm das Blut die Wangen hinablief und auf den Boden tropfte. Dennoch blieb er reglos stehen und starrte seinen Vater nur schweigend an.

»Verschwinde! Ich will dich nie wieder hier sehen!« Ashley Hammonds Hand zitterte, als er die schwere Peitsche sinken ließ. Er sah, wie das Blut dunkelrot aus der häßlichen, langen Wunde quoll, und fühlte, wie tief in seinem Innersten etwas starb. Mit seinen eigenen Händen hatte er den Sohn entstellt. Brent, den er so sehr geliebt hatte. Sein Gesichtsausdruck verhärtete sich. »Du bist es nicht wert, mein Sohn und Erbe zu sein. Wenn du ›Wakehurst‹ nicht bis Sonnenuntergang verlassen hast, töte ich dich!«

Wie in Trance verließ Brent das Schlafzimmer. Er sah sich nicht mehr um, hörte nur Laurels Schluchzen und das heftige Atmen seines Vaters. Den Schmerz auf seiner Wange spürte er gar nicht. Er fühlte nichts als eine furchtbare und ungekannte Leere.

1. KAPITEL

San Diego, Kalifornien, März 1853

»Du faules Stück! Du willst mich mit dem Fraß wohl vergiften?« Mit einer kraftvollen Bewegung fegte Madison DeWitt die irdene Schüssel vom Tisch. Dampfend ergoß sich die Flüssigkeit über den Boden und versickerte in den Ritzen der blankgescheuerten Bohlen. Nur die Fleisch- und Gemüsestücke blieben zurück. »Das fressen ja nicht mal die Schweine!«

»Aber es ist doch gutes Rindfleisch, Madison. Du ißt es doch sonst so gern.« Mühsam hielt Alice DeWitt die Tränen zurück.

Byrony senkte krampfhaft den Blick. Wie sie den entschuldigenden, ängstlichen Tonfall ihrer Mutter haßte!

Madison DeWitt lehnte sich langsam in seinem Stuhl zurück und zog den dicken Ledergürtel aus den Laschen seiner Hose. Sein Gesicht war rot vor Zorn, und die Halsschlagader pulsierte heftig. Da hielt es Byrony nicht mehr auf ihrem Stuhl. Ohne nachzudenken sprang sie auf und stellte sich schützend vor ihre Mutter. »Laß sie in Ruhe, Vater.« Ihre Stimme zitterte, so sehr sie sich auch um Festigkeit bemühte. »Es geht dir ja gar nicht um die Suppe. Du bist doch nur wütend, weil Don Pedrorena für sein Vieh einen höheren Preis erzielt hat!«

»Setz' dich und halt den Mund, Byrony«, rief Charles, ihr älterer Bruder, dann löffelte er gelassen seine Suppe weiter. Den Gürtel seines Vaters hatte er nicht mehr zu spüren bekommen, seit er dreizehn Jahre alt gewesen war. »Don Pedrorena ist ein Lügner und gemeiner Dieb — wie alle diese verdammten Mexikaner.«

»Ihr seid ja nur neidisch, Vater und du!« stieß Byrony hitzig hervor. »Wenn ihr auch nur einen Funken ...«

Sie brach ab, denn in diesem Augenblick spürte sie einen heftigen Schmerz. Madison DeWitt hatte ihr den Ledergürtel mit aller Wucht über den Rücken gezogen. Byrony wurde schwarz vor Augen. Sie hörte den entsetzten Aufschrei ihrer Mutter und biß die Zähne zusammen.

»Du bist genauso nutzlos und dumm wie deine Mutter«, meinte Madison DeWitt knurrend. Wieder schlug er den Gürtel mit einem häßlich klatschenden Geräusch über ihren Rücken. »Womit habe ich das verdient?«

»Der Teufel soll dich holen!« schrie Byrony schmerzerfüllt auf. Unter dem nächsten Schlag, der den dünnen, billigen Stoff ihres Kleides zerfetzte, ging sie zu Boden. Schützend hielt sie sich die Hände vors Gesicht.

»Vater, du solltest sie nicht so zurichten.« Charles lehnte sich in seinem Stuhl zurück und nahm seelenruhig einen Schluck Wein. »Sonst bekommst du nicht mehr viel für sie. Wer nimmt schon eine Frau mit zernarbter Haut?«

Schweratmend hielt Madison DeWitt inne. »Ihren Rükken bekommt der Kerl erst zu Gesicht, wenn es zu spät ist«, antwortete er verächtlich. Dann schlang er sich den Gürtel aber doch wieder um die Taille und ließ sich auf den Stuhl sinken. »Und jetzt gib mir endlich was zu essen, Frau«, forderte er Alice DeWitt auf. »Und wag' es ja nicht, mir noch einmal einen solchen Fraß vorzusetzen.«

Byrony kauerte immer noch reglos auf dem Boden. Ihr Rücken brannte wie Feuer. Viel schlimmer aber war das Gefühl der Demütigung. Es war das dritte Mal seit ihrer Rückkehr aus Boston, wo sie im Haus ihrer Tante Ida eine glückliche Kindheit verbracht hatte. »Dein Vater ist ein schwieriger Mann, Kind«, hatte Alice DeWitts ältere Schwester ihr damals des öfteren gesagt, doch sie hatte nicht gewußt, was sie darunter verstehen sollte.

Erst jetzt war ihr klar, daß ihre Tante bei weitem untertrieben hatte! Ihr Vater war ein Verrückter, dessen unberechenbare Wutausbrüche sich häuften, seit die Geschäfte immer schlechter liefen. Byrony verstand nicht, wie ihre Mutter nur so viele Jahre mit ihm hatte aushalten können. Sie biß sich auf die Lippen, um nicht vor Schmerz und hilflosem Zorn laut aufzuschluchzen, denn das würde nur wieder seine Aufmerksamkeit auf sie lenken. Mit klopfendem Herzen erhob sie sich und verließ lautlos den Raum. Als sie die Tür hinter sich schloß, hörte sie noch das kehlige Lachen ihres Vaters, der sich über einen von Charles' schlechten Witzen amüsierte.

Später kam Alice DeWitt mit einer Schüssel in das kleine karg ausgestattete Mädchenzimmer ihrer Tochter. Wortlos setzte sie sich auf die Bettkante, tauchte einen weichen Lappen in das warme Wasser und säuberte vorsichtig die bereits blutverkrusteten Wunden.

»Wie ich ihn hasse«, stieß Byrony hervor. »Und Charles ist schon ebenso abstoßend wie er.«

»Dein Vater hat herbe Enttäuschungen einstecken müssen«, meinte ihre Mutter nur.

»Die er sich selbst zuzuschreiben hat!« erwiderte Byrony heftig. Die unendliche Duldsamkeit und Leidensbereitschaft ihrer Mutter brachte sie immer wieder auf. »Du mußt ihn verlassen, Mutter. Laß uns zusammen von hier fortgehen. Tante Ida hatte viele Freunde in Boston ...«

»Du hättest dich nicht einmischen dürfen«, unterbrach Alice DeWitt sie sanft. »Wie oft habe ich es dir gesagt, Kind.« Byrony muß verheiratet werden, dachte sie währenddessen. Und zwar bald. Einen anderen Ausweg gibt es nicht. Sonst geschieht noch ein Unglück.

Ein heißer, trockener Wind fegte über die Anhöhe, so daß das Gras hin- und herwogte. Die Sonne brannte vom wolkenlos blauen Himmel herab.

Byrony hatte den Filzhut keck in den Nacken geschoben und sich im Schatten einer einsamen Pinie niedergelassen. Es war ihr Lieblingsplatz. An klaren Tagen konnte sie den Ozean erahnen und in der Ferne San Diego ausmachen. Dann vergaß sie für ein paar träumerische Augenblicke den freudlosen Alltag und schüttelte alle Sorgen ab.

Als sie sich an den Baum lehnte und die Augen schloß, erinnerte sie ein schmerzhaftes Ziehen im Rücken an den schrecklichen Abend. Waren alle Männer so wie ihr Vater und Charles? Grausam, gewalttätig und unfähig, Fehler zuzugeben oder aus ihnen zu lernen? Ein paar Wochen zuvor hatte Madison DeWitt einen Teil seiner ohnehin schon kleinen Herde verloren. Doch im Gegensatz zu ihrer duldsamen Mutter machte Byrony sich nichts vor. Es war die Schuld ihres Vaters, der das Vieh nicht von der Weide geholt hatte, obwohl andere Rancher aus der Gegend ihn frühzeitig vor vergifteten Wasserlöchern gewarnt hatten.

Byrony strich sich das Haar aus der Stirn und blickte gedankenverloren in die Ferne. Wie oft hatte sie in den vergangenen Monaten daran gedacht, einfach fortzulaufen. Sie war neunzehn Jahre alt, stark und gesund. Sie würde es schon allein schaffen, dessen war sie sich ganz sicher. Mit Schaudern erinnerte sie sich an die Worte ihres Bruders. Regelrecht an einen Mann verschachern wollte man sie. Sollte sie so wie ihre Mutter enden? Sie war ein Leben lang gedemütigt worden und schon lange vor der Zeit gealtert. Allein der Gedanke schnürte Byrony die Kehle zu. Nein, sie würde ihren Mann eher umbringen, als sich von ihm Gewalt antun zu lassen!

Byrony dachte an die langen Briefe, die ihr die Mutter in all den Jahren geschrieben hatte, und an die Liebe und Sehnsucht, die aus ihnen gesprochen hatten. Ihre Mutter hatte auf ihre Nähe verzichtet, um sie zu schützen. Wie schrecklich wäre ihre Kindheit im Hause Madison DeWitts verlaufen?

Thorny, Byronys temperamentvolle Stute, die ein paar Meter weiter graste, schnaubte unruhig. Byrony stand auf und beschattete sich die Augen. Ihr Herz machte einen Sprung, als sie den Reiter erkannte, der über die Ebene heranjagte. Es war Gabriel de Neve, der Sohn Don Joaquíns, eines reichen Landbesitzers, den ihr Vater wegen seiner mexikanischen Herkunft verachtete. Tatsächlich neidete er ihm aber wohl eher seinen Erfolg.

Gabriel zügelte seinen Hengst und stieg ab. »Como está? Wie geht es dir?« Als er lächelte, blitzte in seinem sonnengebräunten Gesicht eine Reihe makellos weißer Zähne auf. Seine dunklen, fast schwarzen Augen glänzten verführerisch. Wie die meisten reichen Californios legte er großen Wert auf elegante und modische Kleidung. Die enganliegenden schwarzen Hosen wurden in der Taille von einer roten Seidenschärpe gehalten. Goldknöpfe zierten die Samtweste über dem weißen Hemd, und die schwarzen Reitstiefel waren aus feinem, glänzenden Leder.

»Ich habe dich lange nicht gesehen, Gabriel«, antwortete Byrony nur lächelnd.

»Es gibt viel zu tun auf der Ranch. Die neuen Pferde müssen eingeritten werden.« Gabriel gab sich selbstbewußt, obwohl ihm das Herz bis zum Halse klopfte. Sein Vater wußte nicht, daß er sich mit einer Gringa traf — noch dazu der Tochter des Nachbarn, eines großmäuligen Idioten. Aber Byrony ging ihm einfach nicht mehr aus dem Kopf. Sie war jung und so verführerisch schön, und der Gedanke an sie beflügelte seine Fantasie, wenn er nachts allein in seinem Bett lag.

Byrony setzte sich wieder unter die Pinie. Ein paar Wochen zuvor hatte sie Gabriel das erste Mal getroffen, und seitdem schien er jedesmal genau zu wissen, wann sie ihren Lieblingsplatz aufsuchte. Insgeheim hatte Byrony gehofft, ihn zu sehen. Vielleicht war sie ein bißchen verliebt in ihn. Auf jeden Fall aber vergaß sie die bedrückende Atmosphäre ihres Elternhauses, wenn sie mit Gabriel zusammen war.

Gabriel schlang nun die Zügel um den Sattelknauf und ließ sich neben ihr im Gras nieder. Verstohlen musterte er sie von der Seite. Der billige Stoff ihres Kleides war verwaschen und dünn. Deutlich zeichneten sich die üppigen Brüste darunter ab. Unwillkürlich beschleunigte sich sein Pulsschlag. Ob sie wohl ahnte, wie sehr er sie begehrte?

»Was gibt es Neues bei dir zu Hause?« Byrony wandte sich ihm zu.

Hastig senkte Gabriel den Blick. »Vater spielt mit dem Gedanken, Pferde zu züchten. Einige der Jungtiere sind wirklich vielversprechend.« Und dann erzählte er ihr wie immer die Neuigkeiten von der Ranch. Byrony beneidete ihn um seine große, offenbar glückliche Familie, in der er lebte. Was hätte sie darum gegeben, einen Vater wie Don Joaquín zu haben.

»Wie lange sitzen wir schon hier?« fragte sie hastig. »Mein Vater ... Ich muß gehen!« Schnell sprang Byrony auf. Über Gabrieles Erzählungen hatte sie beinahe die Zeit vergessen. Die Pinie warf schon lange Schatten in der späten Nachmittagssonne.

»Ich begleite dich nach Hause.« Gabriel war ihr gefolgt und half ihr in den Sattel. »Es wird rasch dunkel. Da will ich dich nicht allein reiten lassen.«

»Nein!« rief sie ängstlich. Es versetzte ihr einen Stich, als sie seinen verletzten Gesichtsausdruck sah. Wahrscheinlich dachte er, daß sie sich nicht mit einem Californio zeigen wollte. »Also schön«, meinte sie versöhnlich und versuchte ein schwaches Lächeln.

Schweigend ritten sie die Anhöhe hinab. Vater darf mich nicht mit ihm sehen, dachte Byrony in panischer Angst, während sie fieberhaft nach einer Ausrede suchte. Wenn sie Glück hatte, blieb er über Nacht wieder einmal in der Stadt und ließ sich in den Saloons vollaufen. Angstschweiß trat ihr auf die Stirn, als sie in der Ferne die Lichter der Ranch entdeckte. Hastig wandte sie sich zu Gabriel um und hob grüßend die Hand. »Auf Wiedersehen«, rief sie. »Den Rest des Weges schaffe ich schon allein. Und vielen Dank.«

»Paß auf!«

Doch seine Warnung kam zu spät. Der tiefhängende Ast hatte Byrony schon aus dem Sattel gehoben. Sie fiel direkt auf den Rücken. Einen Augenblick später wurde ihr schwarz vor Augen.

Sofort sprang Gabriel vom Pferd und kniete sich neben sie. »Hast du dich verletzt?«

»Nein, es ist nichts passiert.« Noch ganz benommen setzte sie sich auf.

»Wirklich?« Gabriel legte einen Arm um ihre Taille und half ihr auf. Besorgt musterte er sie.

»Ich muß gehen.« Sie machte sich von ihm los und stieg wieder auf. »Zu Hause warten sie schon auf mich.«

»Querida, einen Augenblick.«

Aber Byrony war viel zu nervös, um den zärtlichen Tonfall in seiner Stimme zu bemerken. Sie hatte nur noch Augen für ihren Vater und Charles, die Zigarre rauchend auf der Veranda vor dem Haus saßen. Hoffentlich hatten sie sie noch nicht entdeckt. »Bitte geh jetzt«, bat sie flehentlich, während sie krampfhaft die Zügel umklammerte.

Jetzt sah auch Gabriel die beiden Männer. »Also gut.« Er nickte verstehend. Offenbar hatte sie Angst vor ihrem Vater. Madison DeWitt hatte einen schlimmen Ruf. Sicher verprügelte er seine Tochter, wenn er sie mit einem Californio erwischte. Er stieg auf. »Bis bald, Byrony. Wir sehen uns wieder.«

Dann war er in der Dunkelheit verschwunden, und sie hörte nur noch das dumpfe Geräusch der Hufe auf dem

Waldboden. Byrony ließ Thorny antraben. Mit jedem Meter, den sie sich der Ranch näherte, wuchs ihre Angst.

Doch es geschah nichts. Ihr Vater und Charles schienen keine Notiz von ihr zu nehmen, als sie zum Stall ritt, wo sie die Stute absattelte, striegelte und trockenrieb.

Erst als sie aus der Box kam, tauchte ihr Vater im Türrahmen auf.

»Hast dich als doch noch von deinem Liebhaber trennen können, wie?« Seine Stimme klang drohend, und Byrony spürte, wie ein Gefühl der Panik in ihr aufstieg.

Fassungslos starrte sie ihn an.

»Spiel' nicht die Unschuldige. Ich habe ihn gesehen, diesen reichen Bastard, Gabriel de Neve.« Madison DeWitt spie in das Stroh zu seinen Füßen.

»Wir haben uns zufällig getroffen. Er ist nur ein Freund.« Angst schnürte ihr die Kehle zu. Ihr Pulsschlag beschleunigte sich. Sie wußte nur zu gut, was dieser hämische Blick und das kalte, abstoßende Lächeln bedeuteten.

»Läßt du dir von jedem dreckigen Californio die Kleider zerreißen, Tochter?« Madison DeWitt kniff die Augen zusammen.

In einer hastigen, abwehrenden Geste legte Byrony die Hand auf den zerrissenen Stoff an der Schulter. »Ich bin gestürzt«, beteuerte sie. »Ein Ast hat mich gestreift, und ich habe das Gleichgewicht verloren.«

»Du nichtsnutziges Stück! Ich werde dich lehren, deinen Vater zu belügen!« Mit ein paar großen Schritten war er bei ihr und packte sie.

»Tu es nicht, Vater!« Charles kam in den Stall. »Ich habe eine bessere Idee.«

Byrony war unwillkürlich zusammengezuckt. Zu ihrer großen Erleichterung ließ ihr Vater sie tatsächlich los und blickte sie nur verächtlich an.

»Komm, Vater, ich muß allein mit dir reden. Es ist wichtig.«

Einen Augenblick zögerte ihr Vater. »Geh ins Haus«, herrschte er sie dann an. »Dich nehm ich mir später noch vor.«

Don Joaquín de Neve schloß die lederne Aktenmappe und stand auf. Man hatte ihm Señor DeWitt gemeldet. Seit zwei Jahrzehnten lebte er nun mit seinem Nachbarn in nie offen erklärter, nichtsdestoweniger unübersehbarer Feindschaft. Unwillig runzelte er die Stirn. DeWitt war sicher nicht gekommen, um ihm seine Aufwartung zu machen. Don Joaquín glaubte sogar den Grund seines Besuchs zu kennen. Am besten war es, die Angelegenheit ein für allemal aus der Welt zu schaffen.

»Sẽnor DeWitt. Was kann ich für Sie tun?« Don Joaquín zeigte sich gänzlich unbeeindruckt, als DeWitt die Tür aufstieß und sie mit lautem Knall hinter sich zuwarf.

Wie immer, wenn Madison DeWitt dem selbstbewußten Mann begegnete, fühlte er ohnmächtige Wut in sich aufsteigen. Er haßte die stolze Art des Californios und neidete ihm den hart erarbeiteten Reichtum, der sich auch in den kostbaren Möbeln und Teppichen des großzügigen Arbeitszimmers zeigte.

»Ihr Sohn hat meiner Tochter Gewalt angetan. Ich verlange Genugtuung, Sẽnor.«

Don Joaquín zeigte keinerlei Regung. »Tatsächlich?« Es klang lediglich höflich interessiert.

»Ja, gestern abend. Ich habe ihn selbst mit meiner Tochter gesehen. Ihre Kleider waren zerfetzt, Sẽnor, Ihr Sohn hat die Ehre meiner Familie in den Schmutz gezogen.«

Am liebsten hätte Don Joaquín ihn einfach des Hauses verwiesen. Aber das wäre nicht klug. Es hatte auch wenig Zweck, für seinen Sohn einzutreten, von dessen Unschuld er fest überzeugt war. Denn er wußte ja längst, was vorgefallen war. Gabriel hatte es ihm noch am Abend erzählt.

»Señor de Neve, ich verlange die Heirat!« schloß Madison DeWitt ab.

Wenn Don Joaquín sich je gefragt hatte, ob DeWitt wirklich so niederträchtig war, wie man sich erzählte, sah er jetzt jeden Zweifel ausgeräumt. Dieser Mann schreckte vor nichts zurück. »Eine Heirat ist kaum möglich, Sẽnor DeWitt«, entgegnete er kühl. »Mein Sohn ist heute morgen nach Europa abgereist, um einen ausgedehnten Besuch bei Verwandten in Spanien zu machen.« Er zögerte einen Augenblick. »Selbstverständlich bin ich bereit, eine angemessene Entschädigung zu leisten.« Er öffnete eine Schublade, schloß eine Geldkassette auf und zählte fünfhundert Dollar auf den Tisch. Wortlos händigte er DeWitt das Geld aus.

»Das ist nicht genug. Immerhin geht es um die Ehre meiner Tochter. Wer will sie jetzt noch zur Frau haben?«

»Mehr bekommen Sie nicht«, entgegnete Don Joaquín bestimmt. »Wenn Sie jetzt bitte mein Haus verlassen, Sẽnor. Ich finde Ihre Anwesenheit ... störend.«

Gleißendes Sonnenlicht blendete Brent Hammond, als er aus dem schummerigen Colorado Saloon auf die Straße trat. Zufrieden lächelnd streckte er sich genüßlich. Soeben hatte er beim Poker mit einem Greenhorn und einem dilettantischen Betrüger in nur vier Stunden zweihundert Dollar gewonnen. San Diego, dieses kleine, aufstrebende Nest brachte ihm Glück. Trotzdem mochte er die Stadt nicht. Schwer hing der durchdringende Geruch von Abfall und Kuhmist in den engen Straßen.

In diesem Augenblick fielen einige Schüsse. Brent zuckte zusammen und fuhr herum. Im selben Augenblick prallte er mit jemandem zusammen. Während er das Gleichgewicht halten konnte, fiel die junge Dame auf den Boden, noch ehe er die Arme nach ihr ausstrecken konnte.

Byrony ließ vor Schreck die beiden Mehltüten fallen, so

daß das braune Packpapier aufplatzte und der feine weiße Inhalt auf ihr Kleid fiel. »O nein«, stieß sie hervor. Doch dann lachte sie, obwohl ihre Glieder schmerzten.

»Es tut mir leid.« Brent kniete sich neben sie. »Warten Sie, ich helfe Ihnen.«

Als sich ihr Blicke trafen, hielt Byrony unwillkürlich den Atem an. Noch nie hatte sie solche strahlendblauen Augen gesehen. »Guten Tag.« Sie schaffte es einfach nicht, sich von seinem Anblick loszureißen. Das dichte tiefschwarze Haar glänzte in der Sonne. Eine lange Narbe auf seiner rechten Wange, die ihn eher verwegen erscheinen ließ, als daß sie ihn entstellte, hob sich aus seinem sonnengebräunten Gesicht ab.

»Guten Tag, meine Dame.« Brent faßte ihren Unterarm und half ihr auf. »Bitte verzeihen Sie mir diese Ungeschicklichkeit. Es war nicht meine Absicht, sie umzustoßen.«

»Aber es war doch meine Schuld.« Byrony klopfte sich den mehlbestäubten Rock sauber. »Ich habe nicht aufgepaßt.«

»Gerade habe ich Schüsse gehört.« Er deutete die Straße hinunter.

»Ach das.« Sie winkte ab. »Diesmal sind es nur Cowboys, die hinter Dick's Saloon ein Wettschießen veranstalten. Kein Grund zur Beunruhigung also.«

»Diesmal?« Fragend hob er die Augenbrauen.

Byrony zuckte gleichmütig mit den Schultern. »San Diego gilt als heißes Pflaster. Duelle, Schießereien und Messerstechereien sind an der Tagesordnung. Leider.«

»Das ist hier im Westen wohl in jeder Stadt so. Jedenfalls in allen, die ich kenne.«

Ungeniert musterte sie ihn. »Dann sind Sie also noch nicht lange in der Stadt? Sind Sie ein Spieler?« Byrony deutete auf den Colorado Saloon.

»Ja, so könnte man es wohl nennen«, erwiderte er.

Nachdenklich betrachtete sie ihn, wobei sie sich unbewußt mit der Zunge die Lippen befeuchtete.

»Gefällt Ihnen, was Sie sehen?« Brent verzog das Gesicht zu einem breiten Grinsen.

Einen Augenblick wirkte sie verwirrt. »Ja, durchaus«, antwortete sie dann schlagfertig.

Überrascht schaute er sie an. Damit hatte er nicht gerechnet. Eher schon mit einem zarten Erröten oder einer scharfen Zurechtweisung. Diese Reaktion steigerte sein Interesse für die schöne, selbstbewußte Fremde nur noch mehr. Vielleicht hatte San Diego ihm doch mehr zu bieten als verräucherte Saloons und ein paar schnelle Dollars. »Nun, das Kompliment erwidere ich mit dem größten Vergnügen«, erwiderte er galant. »Sie sind eine schöne Frau, selbst mit Mehl auf der Nase.«

Lächelnd fuhr Byrony sich mit der Hand über die Nase. Dieser Schmeichler! Sie wußte genau, wie sie in dem verwaschenen grauen Kleid und dem im Nacken zu einem strengen Knoten gebundenen Haar aussehen mußte. Dabei hätte sie einiges darum gegeben, wirklich begehrenswert und schön zu sein.

Auf der anderen Straßenseite sah sie ihre Mutter aus einem Laden kommen. Hastig bückte sie sich und hob ihre Pakete auf. »Ich muß jetzt gehen. Ich wünsche Ihnen noch einen schönen Tag.«

»Einen Augenblick!« rief er ihr nach. Aber sie hörte ihn schon nicht mehr. Mit gerafften Röcken, die Mehlpakete unter dem Arm, lief sie die Straße hinunter. Eine ältere Frau, offenbar ihre Mutter, wartete schon auf dem Kutschbock eines sichtlich altersschwachen Pferdewagens auf sie. »Ich kenne ja nicht mal Ihren Namen«, sagte Brent mehr zu sich selbst.

Nachdenklich schlenderte Brent die Straße entlang. Wie alt mochte sie sein? Achtzehn oder neunzehn vielleicht. Ihr Vater schien nicht gerade wohlhabend zu sein.

Wahrscheinlich war er einer jener armen Teufel, die trotz harter Arbeit im Wettbewerb mit den großen Ranchern auf der Strecke blieben.

Ein alter Mann, der es sich auf einem Stuhl vor dem Rathaus bequem gemacht hatte, hob grüßend die Hand in Richtung der beiden Frauen. Der Alte roch nach Alkohol, Schweiß und billigem Tabak. Eher neugierig als mißtrauisch musterte er Brent.

»Sind Sie auf der Durchreise, junger Mann?«

Brent nickte und deutete die Straße hinunter. »Kennen Sie dieses Mädchen?«

Der alte Mann spie aus. »Meinen Sie DeWitts Tochter? Sie heißt Byrony.«

»Byrony«, wiederholte Brent fast andächtig.

»Ja, nach einem englischen Schriftsteller namens Lord Byron. Das hat mir jedenfalls Madison erzählt. Seine Frau wollte wohl immer schon was Besseres sein.« Er lachte heiser auf.

Plötzlich wußte Brent, was an diesem Mädchen so besonders war. Sie war ihm auf Anhieb sympathisch gewesen. Gern hätte er sie näher kennengelernt. Es passierte ihm nicht oft, daß er sich für eine Frau wirklich interessierte. Natürlich gab es Maggie, seine Partnerin, und Celeste, seine Geliebte. Aber das war etwas anderes.

Der Alte blickte ihn mit zusammengekniffenen Augen an. »Wollen Sie einen guten Rat vom alten Jeb hören, Fremder? Lassen Sie die Finger von diesem Mädchen.« Er grinste breit. »Ihr Vater hat sie erst vorige Woche mit einem verdammten Californio erwischt. Vielleicht hat Madison ja bald schon einen kleinen Bastard im Haus.«

Sie ist doch noch so jung, schoß es Brent durch den Kopf. Sie konnte doch unmöglich schon einen Liebhaber haben! Für diesen Typ Frau hätte er sie nicht gehalten ... Nun, anscheinend hatte er sich geirrt. Aber was Frauen betraf, versagte seine Menschenkenntnis offenbar. Unwillkürlich strich er über die Narbe an der Wange. Für diesen Fehler hatte er bezahlen müssen.

»Ja, so sind die Frauen. Geben sich stolz und unnahbar. Aber in Wirklichkeit sind sie alle Huren.« Der Alte nahm ein neues Stück Kautabak. »Madison wird es schwer haben, einen Mann für sie zu finden. Das muß schon ein Fremder sein. Kein anständiger Mann aus der Stadt wird sie nehmen.«

Brent sah, daß Byrony jetzt auf den Kutschbock gestiegen war und ihrer Mutter die Zügel aus der Hand nahm. Einen Augenblick schaute sie zu Brent hinüber und lächelte. Dann ließ sie das Pferd antraben.

»Bleiben Sie länger in der Stadt, Fremder?«

»Nein, San Diego ist mir einfach zu ruhig.« Brent sah dem Pferdewagen nach, der eine große Staubwolke hinter sich aufwirbelte. Sehnsüchtig dachte er an San Francisco und an die großen Boulevards. Ja, das war seine Stadt! Wohl nirgendwo im Westen zeigten sich Verbrechen, Korruption, Gier und alle nur denkbaren schlechten menschlichen Regungen so schamlos offen wie in der pulsierenden Metropole, die zu Tausenden junge Männer anlockte — Männer wie ihn, die aus allen Teilen des Landes kamen, um ihr Glück zu machen. Ehrgeiz und Skrupellosigkeit paarten sich hier nur allzuoft.

Und trotzdem! In dieser Stadt spürte man wenigstens, daß man lebte.

»Haben sie sich auf den Goldfeldern umgesehen?«

»Ja«, antwortete Brent knapp. Er haßte es, sich ausfragen zu lassen.

»Glück gehabt?«

»Kann nicht klagen.« Brent tippte sich grüßend an die Stirn. Nein, San Diego hatte ihm nichts zu bieten.

»Wer war dieser Mann, Byrony?« fragte Alice DeWitt ihre Tochter.

Byrony zuckte mit den Schultern. »Keine Ahnung. Ich bin ihm buchstäblich in die Arme gelaufen, als ich aus Millers Laden kam. Er ist sehr nett. Und er verläßt morgen früh die Stadt«, fügte sie lächelnd hinzu, als sie den besorgten Blick ihrer Mutter sah.

Alice DeWitt faltete nervös die Hände. »Ich bin froh, daß dein Vater nicht in der Stadt war.«

»Warum? Meinst du, er wäre sofort zu ihm hingerannt und hätte Geld für die beschmutzte Ehre seiner Tochter gefordert?« versetzte Byrony bitter.

»Liebes, so darfst du nicht reden.« Die Stimme ihrer Mutter klang flehentlich. »Dein Vater brauchte die fünfhundert Dollar dringend.«

»Don Joaquín hätte ihn aus dem Haus werfen sollen. Wenn ich doch nur ein Mann wäre!«

Alice DeWitt räusperte sich. »Der Fremde hat mit Jeb Donnally gesprochen.«

»Ja. Wahrscheinlich hält er mich inzwischen für die schlimmste Hure in ganz Kalifornien. Dieser Donnally ist ein hinterhältiger Bastard!«

Alice DeWitt schwieg bekümmert. Schon Wochen zuvor war ihr klargeworden, daß Byrony so schnell wie möglich aus dem Haus mußte. Eine Ehe war der einzige Ausweg, obwohl der Gedanke, sie so bald wieder zu verlieren, ihr sehr weh tat. Es war beinahe wie damals, als sie die Kleine schweren Herzens in die Obhut ihrer Schwester gegeben hatte. Wie hatte sie unter der Trennung gelitten! Aber es gab keine andere Lösung. Byrony war eigensinnig und stolz. Und wenn Madison einen seiner schrecklichen Wutanfälle bekam, konnte sie ihre Tochter nicht vor ihm schützen.

Er ist genau wie sein Vater, dachte sie resigniert. Und tief in ihrem Innern hatte sie es immer gewußt. Aber sie hatte ihn so sehr geliebt und geglaubt, ihn ändern zu können. »Weißt du, Byrony«, begann sie nachdenklich.

»Dein Vater hat sich wirklich bemüht, etwas aufzubauen. Doch er hat sein Ziel nicht erreicht, und deswegen ist er so verbittert. Darum sind wir auch nach Kalifornien gegangen. Wir wollten noch einmal ganz von vorn anfangen. Du solltest ihm nicht immer Widerworte geben ...«

»Soll ich etwa zusehen, wie er dich verprügelt? Mach' dir doch nichts vor, Mutter. Was du auch immer in ihm gesehen haben magst, das gibt es nicht mehr. Dein Mann ändert sich nicht mehr. Und Charles wird genauso wie er. Mutter, laß uns zusammen fortgehen. Ich kann für uns beide sorgen.«

Gequält schaute ihre Mutter sie an. Es tat ihr weh, daß ihre Tochter den eigenen Vater haßte. »Ich kann nicht, Byrony. Dein Vater braucht mich.«

Byrony schwieg. Es hatte keinen Zweck, weiter in sie zu dringen. Ihre Mutter würde nie die Kraft aufbringen, den Mann zu verlassen, dem sie ihr Leben geopfert hatte. Es war eine ausweglose Situation. Früher oder später mußte sie ihre Mutter zurücklassen. Denn sie war nicht bereit, sich ihr ganzes Leben zerstören zu lassen.

In den nächsten Wochen war Madison DeWitt kaum zu Hause. Die Abende verbrachte er in den Saloons, wo er sich mit den erpreßten Dollars als Mann von Welt aufspielte. Es war nur eine Frage der Zeit, bis das Geld verbraucht war und er seiner Frau das Leben wieder unerträglich machen würde.

»Endlich!« Angetrunken und hochrot im Gesicht stürmte Madison DeWitt eines Abends in die Küche. Erschreckt fuhren Byrony und ihre Mutter auf. Sie hatten nicht damit gerechnet, daß er zum Essen kommen würde. Wahrscheinlich hatte er nun die letzten Dollars verpraßt. »Jetzt ist es an der Zeit, daß sich mein liebes Töchterlein für die faulen Jahre in Boston erkenntlich zeigt!«

Byrony erstarrte, als sie das gefährliche Funkeln in seinen Augen sah. Krampfhaft hielt sie den Suppenlöffel umklammert.

»Wie meinst du das?« fragte Alice vorsichtig.

»Ich habe einen Mann für deine nichtsnutzige Tochter gefunden.« Triumphierend hielt er einen Briefumschlag hoch. »Einen reichen Mann. Es ist Joshua Butler, einer deiner entfernten Cousins.« Mit finsterem Gesicht wandte er sich Byrony zu. »Die Frage ist nur, ob sie nicht mit einem Bastard von diesem Californio schwanger ist ...«

»Natürlich nicht!« entgegnete Alice ungewohnt scharf. »Sie hatte nie ...«

»Halt den Mund, Frau. Unser hochgeschätzter Mr. Butler kommt nächste Woche aus San Francisco. Er will gut für dich zahlen, Tochter, wirklich gut. In seinem Brief ist von einer großzügigen Regelung die Rede.«

»Warum will er ausgerechnet mich heiraten?« Byrony konnte es noch gar nicht fassen. Ihr Vater wollte sie an einen Mann verheiraten, den sie überhaupt nicht kannte. Wer war dieser Joshua Butler?

Madison DeWitt zuckte mit den Schultern. »Was weiß ich? Wahrscheinlich wird es langsam Zeit für ihn, an einen Erben zu denken. Was deinen Interessen ja wohl entgegenkommt.« Mit einem anzüglichen Grinsen zog er ein Bündel Geldnoten aus dem Briefumschlag und legte die Hälfte davon auf den blankgescheuerten Tisch. Den Rest steckte er selbst ein. »Hier, Geld hat er auch geschickt, für deine Aussteuer. Sieh zu, daß du dich ein bißchen hübsch zurechtmachst, wenn er kommt. So wie du jetzt aussiehst, erkennt er sofort die Schlampe in dir.«

Byrony sprang auf, doch ihre Mutter packte sie am Arm. »Komm, iß weiter, Kind. Nachher haben wir eine Menge zu besprechen.«

»Ich reite noch mal in die Stadt«, verkündete Madison DeWitt gutgelaunt. »Warte nicht auf mich, Frau.«

Alice DeWitt atmete erleichtert auf, als er die Tür hinter

sich geschlossen hatte und sie seine schweren Schritte auf der Veranda hörten. »Das ist die Antwort auf all meine Gebete.« Aufgeregt tätschelte sie Byronys Arm.

»Deine Gebete, nicht meine«, entgegnete Byrony kühl.

»Kind, hör' mir zu. Ich kann mich gut an Joshua erinnern. Er ist ein paar Jahre älter als du, aber er ist ein anständiger, netter Mann. Du brauchst keine Angst vor ihm zu haben. Er wird dir nicht ... weh tun.« Sie räusperte sich. »Allerdings frage ich mich, aus welchem Grund er ausgerechnet jetzt heiraten will. Vor drei Jahren habe ich das letzte Mal etwas von ihm gehört. Damals war er schon ein wohlhabender Geschäftsmann mit einer glänzenden Zukunft. Du hast Glück, Byrony. Joshua ist eine sehr gute Partie. Und du bekommst sogar noch eine Schwester. Joshua hat eine Halbschwester. Sie heißt Irene. Seit dem Tod seines Vaters und seiner Stiefmutter vor ungefähr zehn Jahren lebt sie bei ihm.«

Schweigend folgte Byrony dem aufgeregten Redeschwall ihrer Mutter. »Ein netter Mann, und er wird dir nicht weh tun!« hatte ihre Mutter gesagt. War das alles, was sie von der Zukunft erwarten durfte? Doch in ihrer Situation durfte sie nicht wählerisch sein. Die Ehe bot ihr wenigstens die Möglichkeit, aus der Nähe des verhaßten Vaters zu kommen. Aber warum wollte dieser Joshua Butler ausgerechnet sie heiraten? Er hatte sie doch noch nie gesehen. Ein erfolgreicher Geschäftsmann wie er konnte doch ganz andere Partien machen. Obwohl sich alles in Byrony sträubte, von ihrem Vater an einen wildfremden Mann verheiratet zu werden, war sie plötzlich doch auf Joshua Butler gespannt.

2. KAPITEL

Joshua Baines Butler war selbst nach Tante Idas überaus strengen Maßstäben zweifellos ein echter Gentleman. Was ein ganz außerordentliches Kompliment war, wenn man bedachte, daß es kaum ein halbes Dutzend Männer gab, die Ida Elizabeth Maines im Laufe ihres Lebens mit dieser Anrede bedacht hatte.

Beim Abendessen spürte Byrony mehrmals, daß Joshua Butlers Blick nachdenklich auf ihr ruhte. Aber es war ihr nicht unangenehm, obwohl sie doch eigentlich beschlossen hatte, den nahezu doppelt so alten Mann, an den ihr Vater sie verkaufen wollte, zu hassen. Doch schon auf den ersten Blick war er ihr sympathisch gewesen, und so hatte sie schließlich alle Vorbehalte vergessen. Freundlich erwiderte sie sein Lächeln.

Der Mann war charmant, aufmerksam und wußte mit Menschen umzugehen. Madison DeWitt behandelte er mit Respekt, und ihre Mutter blühte unter seinen netten Komplimenten geradezu auf. Selbst Charles, der dem reichen Verwandten zunächst betont abweisend gegenübergetreten war, taute zunehmend auf.

Es gab überhaupt keinen Zweifel, Joshua Baines Butler war eine hervorragende Partie! Und vor allem war er reich!

Noch lange nachdem Byrony an jenem ersten Abend zu Bett gegangen war, hörte sie aus der Küche ihre Stimmen. Wahrscheinlich feilschte ihr Vater um jeden Dollar, den er herausschlagen konnte. Unruhig wälzte Byrony sich im Bett hin und her. Der Gedanke, ihr Elternhaus zu verlassen, erleichterte sie. Aber um welchen Preis entkam sie Madison DeWitt? Was brachte ihr die Zukunft?

Am nächsten Morgen bat Joshua Butler Byrony, ihm die Ranch zu zeigen. Zu Byronys großer Überraschung spannte ihr Vater höchstpersönlich die Kutsche an, eine Arbeit, die sie ihn noch nie hatte machen sehen.

»Schön, daß wir endlich ungestört sind, Byrony«, sagte Joshua Butler, als sie vom Hof fuhren. »Ich bin so froh, daß du meinen Antrag angenommen hast. Und du sollst wissen, daß ich alles tun werde, um dich glücklich zu machen.«

Verstohlen musterte Byrony ihn. Er war ein recht gut aussehender Mann, groß und schlank. Der Fahrtwind blies ihm das blonde Haar in die Stirn, was ihm direkt einen verwegenen Zug verlieh. Die helle Haut und die schwielenlosen Hände mit den langen, schlanken Fingern wiesen ihn als reichen Städter aus. »Vielen Dank, Mr. Butler.«

»Joshua, bitte.« Er lächelte. »Da wir ja praktisch schon verlobt sind, ist es wohl nicht unziemlich, daß wir uns beim Vornamen nennen.«

»Joshua.« Warum war er nicht längst verheiratet? Ein Mann wie er mußte doch auch in San Francisco eine begehrte Partie sein. Sicher gehörte er zur feinen Gesellschaft! Es war kaum anzunehmen, daß die ehrgeizigen Mütter der Stadt noch nicht auf ihn aufmerksam geworden waren. »Warst du schon einmal in San Diego?«

»Nein, es scheint aber eine hübsche kleine Stadt zu sein. Trotzdem wage ich zu behaupten, daß San Francisco dir noch mehr zu bieten hat. Sicher gefällt es dir auch dort.«

»Oh, mir liegt nichts an San Diego.« Byrony lockerte die Zügel und ließ Thorny antraben.

Joshua nickte verstehend. »Ach ja, ich hatte ganz vergessen, daß du lange Zeit in Boston gelebt hast. Eine schöne Stadt. Kein Wunder, daß San Diego dich nicht sonderlich beeindruckt.« Er schwieg einen Augenblick.

»Wahrscheinlich erscheint es dir merkwürdig, daß ich auf derart unübliche Weise um deine Hand angehalten habe.«

»Ja.« Sie nickte. »Allerdings.«

»Du bist mir schon in Boston aufgefallen.«

Überrascht schaute Byrony ihn an. »In Boston?«

»Ja, auf Tante Idas Beerdigung.« Offen begegnete er ihrem Blick. »Es hat lange gedauert, bis ich herausfand, wohin du verschwunden warst und daß wir sogar entfernt verwandt sind.« Er lächelte. »Wenn das kein Wink des Schicksals ist!«

Sprachlos starrte sie ihn an. Diese Enthüllung ließ ihr Herz schneller schlagen. Wollte er damit etwa sagen, daß es ihm wirklich um sie ging? Daß er sich damals in Boston in sie verliebt hatte? Er hatte sie doch nur einmal gesehen. Andererseits hatte er keinen Grund zu lügen. Oder wollte er ihr nur schmeicheln?

Mit einem blütenweißen Taschentuch wischte Joshua sich die Schweißtropfen von der Stirn. »In San Francisco herrschen das ganze Jahr über angenehme Temperaturen«, wechselte er das Thema. »Weißt du, die Stadt liegt an der Spitze einer Halbinsel, an der Einfahrt in eine große Bucht. Dank der Winde, die vom Pazifik herüberwehen, wird es nie unerträglich heiß oder stickig. Ich denke, oder besser gesagt, ich hoffe, daß es dir dort gefällt.«

Byrony nickte. Sie wußte, was er meinte. Schließlich hatte sie selbst sich noch immer nicht an das Klima hier gewöhnen können. Unwillkürlich mußte sie an die endlosen Ermahnungen ihrer Tante denken, als echte Lady nie über bestimmte Themen zu reden. Schwitzen gehörte ganz sicher dazu.

»Wir werden in Rincon Hill wohnen«, fuhr Joshua fort. »Irene und ich haben uns Mühe gegeben, das Haus wohnlich einzurichten. Hoffentlich fühlst du dich dort wohl.«

Ach ja, Irene. Sie hatte schon gar nicht mehr an Joshuas Halbschwester gedacht, die wohl im Haus blieb, bis sich eine gute Partie für sie gefunden hatte. Byrony versuchte sich das Haus auszumalen, in dem sie ihr Leben als Mrs. Joshua Butler verbringen sollte. Sie hätte es weitaus schlechter treffen können. Nein, sie hatte allen Grund, zufrieden zu sein. Und trotzdem nagte etwas an ihr. Es war so ungerecht, daß sie nicht über ihr eigenes Leben bestimmen durfte. Und doch gab es nichts, was sie dagegen tun konnte.

Manchmal wünschte sie sich, ein Mann zu sein, um frei zu sein und ihre eigenen Entscheidungen treffen zu können. Vielleicht würde sie von Ort zu Ort ziehen, um etwas von der Welt und dem Leben zu sehen. So wie der Spieler, den sie in San Diego getroffen hatte. Noch nicht einmal seinen Namen kannte sie. Trotzdem war er ihr nicht mehr aus dem Kopf gegangen. Sicher hatte er San Diego, das kleine langweilige Provinznest, längst hinter sich gelassen. Doch sie sah immer noch seine strahlendblauen Augen vor sich und das selbstbewußte Lächeln, das sein Mundwinkel umspielte ...

Joshua räusperte sich. »Macht es dir sehr viel aus, deine Familie schon so bald verlassen zu müssen?«

»Nein.« Byrony schüttelte den Kopf. »Mir ist klar, daß du ein vielbeschäftigter Geschäftsmann bist. Reisen wir sofort nach San Francisco ab?« Bald bin ich seine Frau, schoß es ihr durch den Kopf. Die Frau eines Mannes, den sie ein paar Tage zuvor das erste Mal gesehen hatte. Sie konnte es immer noch nicht glauben.

»Ja, noch am Tag der Hochzeit«, bestätigte er ein wenig schuldbewußt. »Die ›Flying Sun‹, einer meiner Segler, ankert im Hafen. Wir brauchen ungefähr fünf Tage bis San Francisco.«

Pflichtbewußt zeigte Byrony ihm die Ranch, die nicht viel Sehenswertes zu bieten hatte. Sie überlegte sogar, ihn zur Anhöhe zu bringen. Doch dann entschied sie sich dagegen. Das war ihr ganz privater Platz, ihre Erinnerung an wenige schöne Augenblicke — und an Gabriel, den einzigen Freund, den sie in San Diego gefunden hatte.

Als sie zurückkehrten, sah Byrony ihren Vater schon von weitem unruhig auf der Veranda auf und ab laufen. Zu gern hätte sie gewußt, welchen Betrag Joshua ihm zahlte. Wieviel war sie wert auf dem Heiratsmarkt? Bitterkeit stieg in ihr auf. Das war wohl auch ein Thema, das für eine echte Lady tabu war. Hoffentlich reichte das Geld wenigstens aus, um das Los ihrer Mutter zu erleichtern. Aber wahrscheinlich hatte ihr Vater es in ein paar Monaten durchgebracht.

»Na, mein Junge, wie war's?« Madison DeWitt schlug Joshua betont freundschaftlich auf die Schulter.

»Danke, sehr schön, Sir«, erwiderte Joshua höflich. Er lächelte etwas gequält. »Ich habe Byrony von ihrem neuen Zuhause in San Francisco erzählt.«

Einen Augenblick kniff Madison DeWitt die Augen zusammen. Es mußte ihn ungemein ärgern, daß seine Tochter, dieses nutzlose Geschöpf, künftig ein Leben in Luxus führen würde. Doch er fing sich schnell wieder. Schließlich fiel ja auch für ihn genug ab. »Ja, mein kleines Mädchen wird dir eine gute Frau sein.«

Zweitausend Dollar Einsatz lagen auf dem Tisch. Brent Hammond nahm seine Karten auf. Sein Pulsschlag beschleunigte sich. Plötzlich wußte er, daß dieses Spiel die Entscheidung bringen würde. Dreitausend Dollar hatte er an diesem Abend schon gewonnen. Wenn diese Runde an ihn ging, hatte er es geschafft. Aufs äußerste gespannt, doch vollkommen kontrolliert, musterte er mit ausdruckslosem Gesicht seine Gegenspieler. Er war eben ein Profi, durch und durch. Wer beim Poker Gefühle zeigte, hatte schon verloren.

»Wieviel, Hammond?« James Cora, der Besitzer des ›El Dorado‹, schaute ihn fragend an.

»Zwei.« Brent legte zwei Karten ab und schob weitere fünfhundert Dollar auf den Tisch. Die Luft war unerträglich stickig. Dicke Rauchschwaden hingen im Raum. Sein Rücken tat höllisch weh, und der Nacken war ganz verspannt. Aus dem Saloon drang Klaviermusik und das Grölen der Betrunkenen in das schummerige Hinterzimmer. »Was ist mit Ihnen, Foggerty. Gehen Sie mit?«

Der junge Mann leckte sich aufgeregt die Lippen. Dann schob er lässig ein Säckchen mit Gold in die Mitte. »Weitere fünfhundert«, verkündete er mit einem unüberhörbar triumphierenden Unterton in der Stimme.

»Ich gehe mit.« James Cora bedachte seine Mitspieler mit einem genau kalkulierten, gefährlichen Lächeln.

Innerhalb von fünf Minuten lagen zehntausend Dollar auf dem Tisch. Mit einem letzten Blick auf sein Full House schob Brent die Karten zusammen. Die Chancen standen wirklich gut. Foggertys Blatt war sicher nur halb so gut wie sein selbstsicheres Grinsen. Nein, das Spiel machte er mit Cora ab. Bis auf den letzten Dollar hatten sie den Jungen beim Einsatz ausgenommen. Jetzt kam es darauf an, wer sich den Pot sicherte. Es war das erste Mal, daß er mit James Cora, der als eiskalter, aber ehrlicher Spieler bekannt war, am Tisch saß. Der alte Fuchs kannte jeden Bluff. Zehntausend Dollar! Damit war er am Ziel seiner Träume! »Ich will sehen.«

Mit einem Grinsen knallte Foggerty die Karten auf den Tisch. »Drei Asse!« Herausfordernd sah er Brent an.

Eher gelangweilt betrachtete Brent einen Augenblick die Karten. Bislang lief es also wie erwartet. »Tut mir leid für Sie«, sagte er dann ruhig. »Ein Full House.« Sorgfältig breitete er die Karten vor sich auf dem Tisch aus und registrierte ohne jede Gefühlsregung Foggertys schockierten Gesichtsausdruck. Das Blut schien ihm in den Adern zu gefrieren, als James Cora nur kaum merklich nickte. Zeigte sich da nicht ein Lächeln in den ausdruckslosen Augen?

»Ich glaube, Hammond«, James Cora machte eine bedeutungsvolle Pause, in der er sich nach vorn beugte, »daß ich in Ihnen endlich einen interessanten Gegner gefunden habe.« Damit legte er die Karten mit den Farben nach unten auf den Tisch.

Schlagartig fiel die ungeheure Spannung von Brent ab. Am liebsten wäre er aufgesprungen und hätte den ganzen Saloon zusammengebrüllt. Zehntausend Dollar! Er hatte es endlich geschafft! Er war am Ziel seiner Träume! Das mußte gefeiert werden. Was würde Maggie dazu sagen? »Es war mir ein Vergnügen, Gentlemen.« Gelassen nickte Brent seinen beiden Mitspielern zu. Dann sammelte er ohne Hast seinen Gewinn ein und stand auf. »Vielleicht setzen wir uns gelegentlich noch einmal an den Tisch.« Er tippte sich grüßend an die Stirn und wandte sich ab. Es war ein berauschendes Gefühl, dieses schummerige Hinterzimmer als reicher Mann zu verlassen.

Vor dem Saloon vergewisserte er sich automatisch, daß sein Colt entsichert war. Nebelverhangene, mondlose Nächte lockten immer zwielichtiges Gesindel hervor, das sich in dunklen Ecken herumdrückte und auf ein Opfer wartete, auch wenn es nur ein Betrunkener war, dem man den letzten Dollar abjagte. Tief atmete er die salzigfrische Meeresluft ein, die ein kräftiger Wind vom Ozean herüberblies. Das war jetzt endlich vorbei! Jetzt mußte er nicht mehr länger quälende Nächte in lärmenden Saloons oder rauchgeschwängerten Hinterzimmern verbringen. Bald hatte er seinen eigenen Saloon — einen von mehr als sechshundert in San Francisco. Aber Brent Hammonds ›Wild Star‹ würde einer der besten sein. Dafür würde er schon sorgen.

»Ich habe es geschafft!« Brent hob Maggie hoch und drehte sich übermütig mit ihr im Kreis. »Ich habe es wirklich geschafft! Zehntausend Dollar! Wer hätte geglaubt, daß wir unsere Pläne so bald verwirklichen können?« Er ließ sie hinab und drückte ihr überschwenglich einen Kuß auf den Mund.

»Großartig!« Maggie strahlte übers ganze Gesicht. »Das muß gefeiert werden, Brent. Whiskey?«

»Der beste ist gerade gut genug.« Er ließ sich auf das Sofa sinken, lehnte sich entspannt zurück und verschränkte die Hände hinter dem Kopf. Nachdenklich betrachtete er Maggie, die zwei Gläser auf ein Tablett stellte. Niemand hätte in der hübschen, jungen Frau in dem eleganten, aber züchtig hochgeschlossenen Kleid die Besitzerin eines der besten Bordelle San Franciscos vermutet. Unwillkürlich erinnerte sich Brent an jenen Abend vor etwa drei Wochen, als er direkt nach seiner Rückkehr aus San Diego hierhergekommen war, um diese Byrony endlich zu vergessen.

Er schloß die Augen. Wieder sah er sie vor sich, wie sie mit gerafften Röcken und den Mehlpaketen unterm Arm über die Straße lief. Ihr Lächeln verfolgte ihn bis in den Schlaf hinein. Dabei hatte er nur ein paar Worte mit ihr gewechselt. Und offenbar war sie ja bei weitem nicht so unschuldig, wie sie gewirkt hatte. Seit Laurel hatte ihn keine Frau mehr derart verwirrt. Er war eben ein Idiot und fiel immer auf jene Frauen herein, die echter Gefühle nicht wert waren. So wie Laurel. Brent wußte, daß die Frauen ihn mochten. Doch noch bei keiner war er wirklich zur Ruhe gekommen. Vielleicht war das sein Schicksal.

»Auf den Erfolg.« Maggie reichte ihm ein Whiskeyglas und hob ihr eigenes.

Energisch schob Brent die düsteren Gedanken beiseite. Er würde diese Byrony nie wiedersehen. Und das war gut so. »Auf unseren Erfolg.« Mit einem Zug leerte er das Glas. »Auf ›Maggie's‹ und den ›Wild Star‹, auf meine Partnerin.« Beinahe zärtlich betonte Brent die letzten Worte. Mit Maggie verband ihn eine echte, tiefe Freundschaft. Vom ersten Augenblick an hatte er gespürt, daß er ihr voll und ganz vertrauen konnte. Unwillkürlich mußte er lächeln. An jenem ersten Abend hatte er im Gespräch mit ihr ganz vergessen, weshalb er überhaupt gekommen war. Bis zum Morgengrauen hatten sie sich unterhalten, und als er endlich ging, hatte er eine Partnerin für seine ehrgeizigen Pläne gewonnen.

»Übrigens haben wir schon ein Angebot.« Maggie setzte sich neben ihn. »Das ›Broken Mare‹ am Portsmouth Square! Tony Grayson will verkaufen. Was hältst du davon?«

»Keine schlechte Lage für unser Geschäft.« Brent nahm die Flasche vom Tablett und schenkte nach. Er kannte das ›Broken Mare‹. Wenn man etwas Geld in den heruntergekommenen Saloon investierte und den Laden gut führte, war es sicher eine Goldgrube. Vor allem mit Maggies Mädchen direkt nebenan. »Laß uns gleich morgen mit Tony Grayson sprechen. Je eher wir an die Arbeit gehen, desto besser.«

»Hast du es dir auch wirklich gut überlegt?« Fragend schaute Maggie ihn von der Seite an.

Brent zögerte keinen Augenblick. »Ja, allerdings.« Es war das erste Mal, daß er das Gefühl hatte, zur Ruhe zu kommen. Jahrelang war er rastlos umhergezogen. Inzwischen war er nicht mehr so naiv, sein Lebensglück zu suchen. Aber er wußte, daß er in dieser Stadt mit Maggie als Partnerin eine Zukunft hatte. Und diese Chance würde er sich nicht entgehen lassen.

Byrony schloß die Augen und atmete tief durch. Die Meeresluft roch würzig frisch. Eine kühle Brise zerzauste ihr Haar. Jetzt war sie also verheiratet. Sie konnte es noch gar nicht fassen, daß sie tatsächlich einem Mann die Treue geschworen hatte, der ihr nichts bedeutete. Es war alles so schnell gegangen. Genau eine Woche war es her, daß sie Joshua das erste Mal begegnet war.

Wie in Trance hatte sie den Tag ihrer Hochzeit erlebt. Die Trauung in der Kirche, das Festessen im allerengsten Kreis und dann der Abschied vom Elternhaus. Währenddessen hatte ihr Vater bis zuletzt gebangt, dem glücklichen Bräutigam könnten noch vor der Hochzeit die üblichen Gerüchte zu Ohren kommen, die er selbst über Gabriel und sie in die Welt gesetzt hatte. Deshalb war die überstürzte Heirat ganz in seinem Sinne.

»Bist du erschöpft, Byrony?« Joshua war neben sie an die Reling getreten. Es war eine sternenklare Nacht. In der Ferne konnte man noch die Lichter San Diegos sehen.

»Ja, es war ein aufregender Tag.« Sie wagte es nicht, ihn anzusehen. Forderte er jetzt seine ehelichen Pflichten und holte sie in sein Bett? Allein beim Gedanken daran krampfte sich ihr Magen zusammen. Ja, sie war ihrem Vater entkommen. Aber um welchen Preis?

Dieses demütigende Gefühl der Hilflosigkeit machte sie noch ganz krank. Sie hatte doch keine andere Wahl gehabt! Wenigstens würde die monatliche Rente auf Lebenszeit, die Joshua ihren Eltern ausgesetzt hatte, der Mutter das schwere Los etwas erleichtern. Ihr Vater hatte sich zwar gegen diese Regelung gewehrt. Doch Joshua hatte nicht nachgegeben, denn er wußte ganz genau, daß er nur so verhindern konnte, daß Madison DeWitt das Geld innerhalb kürzester Zeit in San Diegos Saloon durchbrachte. Offenbar war Joshua klar, daß Byrony vor allem ihrer Mutter wegen in diese Ehe eingewilligt hatte.

Schweigend blickten sie aufs Meer hinaus. Nachtschwarz glänzten die Fluten im fahlen Licht des Mondes. Byrony wagte es nicht, Joshua anzuschauen. Er berührte sie nicht. Doch sie spürte seine forschenden Blicke. Sie fürchtete sich davor, unter Deck zu gehen. »Glaub' mir, Byrony, nach dem ersten Mal ist es nicht mehr schlimm«, hatte ihre Mutter noch am Morgen gesagt. »Joshua ist ein guter Mann. Er wird dir nicht weh tun.«

Die Erinnerung an den Abschied von der Mutter versetzte Byrony einen Stich. Jetzt blieben ihnen wieder nur lange Briefe. »Es ist gut so«, hatte ihr die Mutter unter Tränen zugeflüstert. »Du sollst mehr vom Leben haben als ich.« Mehr vom Leben? Sie war neunzehn und mit einem Mann verheiratet, den sie nicht liebte. Was hatte ihr die Zukunft noch zu bieten?

Joshua räusperte sich. »Bist du enttäuscht, daß du keine große Hochzeit hattest?«

Überrascht schaute sie ihn an. »Nein, natürlich nicht. Daran liegt mir nichts.«

»Byrony, ich muß mit dir sprechen.« Fahrig fuhr sich Joshua mit der Hand durchs Haar.

Byronys Pulsschlag beschleunigte sich. Jetzt ist es soweit, schoß es ihr durch den Kopf. Ich muß mit ihm unter Deck. Krampfhaft umklammerte sie mit beiden Händen die Reling. »Ja, Joshua?«

Es entstand eine lange Pause. »Ich weiß, daß du mich nicht um meiner selbst willen geheiratet hast, Byrony«, begann er schließlich. »Genausowenig wie es dir um mein Geld ging. Und ich hätte dich auch nicht so bedrängt und dir Bedenkzeit gelassen, wenn es nicht ...« Er brach ab.

Fragend sah Byrony ihn an. Worauf wollte Joshua hinaus? Sie sah, wie es in ihm arbeitete. Er war blaß geworden. Schließlich gab er sich einen Ruck und wandte sich ihr zu. »Byrony, ich muß dich um einen großen Gefallen bitten.«

Sie nickte völlig verwirrt.

»Ich habe dir doch von Irene, meiner Halbschwester, erzählt. Seit dem Tod unserer Eltern vor zehn Jahren lebt sie bei mir. Sie hat nur noch mich.«

Wollte er sie etwa auf eine eifersüchtige Schwester vorbereiten und sie bitten, Geduld zu üben? Unwillkürlich mußte Byrony lächeln. Joshua war wirklich ein umsichtiger, einfühlsamer Mann.

»Vor einigen Monaten lernte Irene einen Mann kennen. Ich habe von dieser ... Liaison nichts bemerkt, bis es zu spät war. Verstehst du, der Mann ist verheiratet. Er hat Irene belogen und sie verführt.« Er räusperte sich. »Sie erwartet ein Baby«, fügte er tonlos hinzu.

Schockiert riß Byrony die Augen auf. »Aber Joshua, das ist ja schrecklich!« Spontan legte sie ihm tröstend die Hand auf den Arm. Ihm war deutlich anzumerken, wie sehr ihn die ganze Angelegenheit mitnahm. Offenbar bedeutete Irene ihm sehr viel. »Deine arme Schwester!«

Ernst musterte Joshua sie. »Ich weiß, daß du dich vor dieser Nacht fürchtest. Das kann ich gut verstehen. Aber ich schwöre dir, daß ich dich unberührt lasse. Nie werde ich dich zum Vollzug der Ehe zwingen. Dafür bitte ich dich um einen Gefallen, der mich für immer an dich bindet. Mein Leben lang werde ich dir dafür dankbar sein.« Er zögerte. »Byrony, ich möchte, daß du Irenes Kind als dein eigenes annimmst. Du könntest meine arme Schwester vor einem Skandal bewahren, der sie für immer gesellschaftlich unmöglich machen würde«, fuhr er hastig fort, als er ihren ungläubigen Blick sah.

Es geht ihm also gar nicht um mich, war Byronys erster Gedanke. Obwohl Joshua ihr nichts bedeutete, versetzte ihr diese Erkenntnis doch einen Stich. Deshalb hatte er also auf die sofortige Hochzeit gedrängt! »Dann hast du mich also nur geheiratet, um deiner Schwester zu helfen.«

»Ja.« Schamhaft senkte er den Kopf. »Damals in Boston warst du mir sofort aufgefallen. Und vor ein paar Wochen habe ich dann an deinen Vater geschrieben ...« Hilflos brach er ab.

Sie sollte Irenes Kind als ihr eigenes ausgeben! Was für eine absurde Vorstellung. Aber frei von ehelichen Pflichten zu sein, nicht das Bett mit einem Mann teilen zu müssen, den sie nicht liebte, war ein zu verlockender Gedanke. »Wie ... ich meine, wie hast du es dir gedacht, Joshua?«

Sein erleichtertes Aufatmen entging ihr nicht. Offenbar war er froh, daß sie es so ruhig aufnahm. »In Sacramento besitze ich ein kleines Anwesen. Gleich nach unserer Ankunft in San Francisco könnten wir mit Irene dorthin reisen. Das Kind soll in sieben Monaten zur Welt kommen. Ich weiß, daß es viel verlangt ist, eine Schwangerschaft vorzutäuschen. Du müßtest sehr zurückgezogen leben, könntest monatelang nicht ausgehen. Aber ich weiß einfach keinen anderen Ausweg.«

»Es erscheint mir ... so grotesk.« Byrony zuckte hilflos die Schultern.

»Ich fürchte, daß Irene sich etwas antut«, sagte er leise. »Schuldgefühle und Scham quälen sie.«

Nachdenklich schaute Byrony aufs Meer hinaus. Fahles Neumondlicht zauberte silbrige Schleier auf die nachtschwarz glänzenden Wogen. Doch für sie hatte die Szenerie jeden Reiz verloren. Bitterkeit stieg in ihr auf. Hatte sie überhaupt eine andere Wahl? Warum hatte Joshua sich ihr nicht vor der Hochzeit anvertraut? Wieder einmal blieb ihr nichts anderes übrig, als sich in ihr Schicksal zu fügen. »Joshua, ich fühle mich dir verpflichtet. Diese Ehe erlöst mich von meinem verhaßten Vater, und ich hoffe, daß dein Geld auch meiner Mutter das Leben etwas erleichtert.« Sie nahm seine Hand und drückte sie. »Ich bin einverstanden.«

»Danke«, sagte er nur leise. Sie schauten sich nicht an.

Zufrieden betrachtete Maggie den geschmackvoll ausgestatteten Salon. Schwere Samtvorhänge vor den Fenstern, kostbare Teppiche und die zwanglos gruppierten eleganten Sessel verliehen dem großzügigen Raum eine gediegene Atmosphäre. Einen guten Ruf hatte ›Maggie's‹

dank ihrer strengen Auswahl, was die Mädchen wie die Kunden anbelangte, von Anfang an genossen. Trotzdem hatte sie immer davon geträumt, ein in jeder Hinsicht erstklassiges Etablissement zu führen.

Nachdenklich setzte sie sich ans Piano. Fast zärtlich fuhr sie mit einem Finger über den glänzendpolierten schwarzen Lack. Ich bin jetzt siebenundzwanzig, dachte sie, und auf dem richtigen Weg, reich zu werden. Sie war niemanden etwas schuldig und so unabhängig wie nur wenige andere Frauen, die sie kannte. O ja, sie hatte alles aus eigener Kraft geschafft. Ein Lächeln umspielte ihre Mundwinkel, als sie an ihren strengen, gottesfürchtigen Vater dachte.

Wenn er sie jetzt sehen könnte — dieser selbstgerechte, bigotte Bastard! Jahr für Jahr hatte er ihre arme Mutter geschwängert, bis sie vor Entkräftung im Kindbett gestorben war. Dann hatte sie ihre neun jüngeren Geschwister versorgen müssen. Tag und Nacht hatte sie geschuftet und nichts anderes gekannt als Arbeit und nochmals Arbeit.

Mit siebzehn war sie von zu Hause fortgelaufen und hatte ihre Jungfräulichkeit an einen reichen Tabakpflanzer in Virginia verkauft, dessen Mätresse sie sieben Jahre lang geblieben war. Sie hatte nicht gerade üppig gelebt. Aber wenigstens hatte Currson sie ebenso selten geschlagen, wie er ihr Geschenke machte. Und er hatte sie nicht geschwängert.

Dann hatte sie vom Goldrausch gehört und sofort gewußt, daß auch ihre Zukunft in Kalifornien lag. Einen Großteil ihrer Ersparnisse hatte sie für die lange und beschwerliche Reise geopfert. Aber in San Francisco hatte sie sich schnell einen Namen gemacht. Sie hatte eine glückliche Hand bei der Auswahl ihrer Mädchen. Und Qualität zahlte sich immer aus.

Spielerisch intonierte Maggie ein paar Akkorde, aus der eine heitere Melodie wurde. Jetzt war sie eine Geschäftsfrau. Nie wieder würde sie einem Mann zu Willen sein müssen. Nur Geld machte eine Frau unabhängig. Und sie war entschlossen, sich diese Freiheit für immer zu bewahren.

Als sie ein Geräusch hörte, fuhr sie herum. Brent lehnte im Türrahmen. Wie lange war er schon da? Maggie fühlte sich direkt ertappt. Schuldbewußt legte sie die Hände in den Schoß.

»Spiel' bitte weiter, Maggie. Das ist gut.«

»Schmeichler.« Sie stand auf. »Es ist so lange her, daß ich geübt habe. Früher habe ich immer mit meiner Mutter am Klavier gesessen. Sie spielte wunderbar. Aber dann ... hinterher fehlte ihr die Kraft.«

»War deine Mutter krank?«

Maggie lachte bitter auf. »Krank? Ja, so kann man es wohl nennen. Nun, was kann ich für dich tun, Brent? Oder bist du nur gekommen, um meinen Salon zu bewundern?«

Brent verstand. Es war ein ungeschriebenes Gesetz im Westen, niemanden nach seiner Vergangenheit zu fragen. Jeder hatte das Recht, noch einmal ganz von vorn anzufangen. Genau wie er selbst. »Das ist sicher das eleganteste Etablissement an der ganzen Westküste«, meinte er anerkennend. »San Franciscos feine Gesellschaft hat eine neue Attraktion.«

»Vielen Dank. Wann, meinst du, können wir offiziell eröffnen?« Obwohl die meisten Zimmer im Obergeschoß noch nicht ganz fertig waren, empfingen die Mädchen bereits ihre Stammkunden, die sich auch vom Farbgeruch und der Unordnung nicht von ihrem Vergnügen abbringen ließen.

»Wenn ich wieder zurück bin«, antwortete Brent. Als er ihren überraschten Blick bemerkte, lächelte er. »Ich muß nach Sacramento, um das Messinggeländer für die Mahagonibar zu kaufen. Stell' dir vor, in ganz San Francisco ist das nicht zu bekommen. Brauchst du vielleicht auch noch etwas?«

»Nein. Wann fährst du?«

»Wahrscheinlich Ende der Woche. Es dauert sicher nicht länger als zwei oder drei Tage. Und dann kann es losgehen. Wir kommen ganz groß raus, Maggie. Das verspreche ich dir.«

»Vom ersten Augenblick an wußte ich, daß wir ein gutes Team sind.«

Plötzlich spürte sie einen dicken Kloß im Hals. Brent war so voller Tatendrang, so optimistisch. Er war der erste Mann in ihrem Leben, für den sie wirklich etwas empfand und dem sie vertraute. Brent Hammond war zweifellos ein attraktiver und, wenn man Celeste glauben konnte, außergewöhnlich vitaler Mann. Aber sie wollte nicht seinen Körper, sondern seine Freundschaft. Sie wollte Teil seines Lebens sein. Schon an jenem ersten Abend hatte sie gespürt, wie einsam er war, und sie hatte instinktiv sofort begriffen, daß sie der erste Mensch war, dem er sich wirklich geöffnet hatte. Unwillkürlich mußte sie lächeln. Der Spieler und die Bordellbesitzerin! Ergänzten sie sich nicht wunderbar?

»San Francisco ist noch viel aufregender, als ich dachte.« Byrony nahm einen Schluck Tee. »Ich weiß gar nicht, wie ich diese Atmosphäre beschreiben soll.«

»Ja, ich verstehe, was du meinst.« Joshua lächelte. »Uns fasziniert es auch immer wieder. In dieser Stadt gibt es keinen Stillstand, keine Zeit, sich auf seinen Erfolgen auszuruhen, was im übrigen meinen Geschäften außerordentlich gut bekommt.«

Byrony stellte ihre Teetasse ab und sah sich in dem eleganten Salon um. »Das Haus ist sehr schön, Joshua. Wirklich beeindruckend.«

»Vielen Dank, meine Liebe. Gefällt dir dein Zimmer?«

»O ja, es ist ganz nach meinem Geschmack! Ist das dein Werk, Irene?«

»Nein, Joshua hat alles veranlaßt, ehe er nach San Diego abreiste«, meinte Irene leise. Sie warf ihrem Bruder einen scheuen Blick zu. »Er wollte, daß alles perfekt ist ... bis du kommst.«

Byrony war überrascht gewesen, wie wenig Irene ihrem Halbbruder ähnelte. Sie war klein und so zierlich, daß sie beinahe schon zerbrechlich wirkte. Der zarte Teint zu dem dunklen Haar und die großen braunen Augen ließen die Vierundzwanzigjährige noch sehr mädchenhaft wirken.

Eileen, eine resolut wirkende Schwarze um die fünfzig, kam herein und deckte den Tisch ab.

»Möchtest du dich nicht ein wenig hinlegen, meine Liebe?« fragte Joshua besorgt. Ihm war nicht entgangen, wie müde und blaß Byrony wirkte. »Ich werde dafür sorgen, daß man dich bis zum Dinner nicht stört. Für gewöhnlich speisen wir um acht. Soll ich dich nach oben begleiten?«

»Nein, danke, das ist nicht nötig.« Byrony stand auf.

Irene hatte sich ebenfalls erhoben und umarmte Byrony flüchtig. »Vielen Dank«, sagte sie nur mit tonloser Stimme.

Byrony wußte nicht recht, was sie sagen sollte. Einen Augenblick blieb sie unschlüssig stehen. Dann wandte sie sich mit einem hilflosen Lächeln ab und verließ den Salon. Müde stieg sie die Treppe hinauf. Die letzte unruhige Nacht auf See steckte ihr noch in den Knochen. Sie fühlte sich zerschlagen und mutlos.

Als sie ihr Zimmer betrat, besserte sich ihre Stimmung sofort wieder. Hier würde sie sich wohl fühlen. Der großzügige helle Raum wirkte mit seinen cremefarben gestrichenen Wänden, die mit dem satten Rotbraun der wertvollen Mahagonimöbel kontrastierten, elegant und trotzdem gemütlich. Die zarten Pastelltöne der schweren Samtvorhänge und der Tagesdecke auf dem breiten Bett sowie üppige Blumenbuketts auf kleinen Tischchen vervollständigten das Bild. Hohe Flügelfenster an der Südseite gaben den Blick auf den weitläufigen Garten und in San Franciscos hügeliges Hinterland frei.

Byrony atmete tief durch. Sie mußte zufrieden sein. Besser hätte sie es wohl nicht treffen können. Joshua war ein aufmerksamer Mann, der nicht einmal seine ehelichen Rechte einforderte. Ich sollte glücklich sein, sagte sie sich immer wieder.

Das ist der Beginn eines neuen, eines schöneren Lebens.

Nachdenklich trat sie an eines der Fenster und legte die Stirn an das kühle Glas. »Vielen Dank«, hatte Irene gesagt. Mehr nicht. Aber Byrony wußte, wie es gemeint war. Sie war froh, daß es keine Tränen und keine peinlichen Szenen gegeben hatte. Beim Tee war Irene sehr still gewesen und hatte eher spröde und reserviert gewirkt. Aber während der langen, einsamen Sommermonate in Sacramento würden sie sich schon näherkommen.

Hoffentlich hatte sie Gelegenheit, noch etwas von San Francisco zu sehen, ehe sie abreisten. Aus Boston war sie großstädtisches Treiben gewöhnt. Aber hier herrschte eine ganze besondere, belebende Atmosphäre, die sogar auf der Fahrt von der Anlegestelle an der Clay Street nach Rincon Hill zu spüren gewesen war. San Francisco war eben voller Leben — jung und aufstrebend, eine Stadt, die Ehrgeizige und Abenteurer gleichermaßen anlockte.

Byrony ging zum Bett hinüber, streifte die engen Schuhe ab und legte sich hin. Minutenlang starrte sie nur an die Decke. Offiziell war sie jetzt schon schwanger. Worauf hatte sie sich da nur eingelassen? Je länger sie darüber nachdachte, desto absurder erschien ihr der ganze Plan. Sieben lange Monate mußte sie sich vor der Öffentlichkeit verstecken. Irenes Baby würde sie später ›Mutter‹ nennen. Welche Gefühle würde sie dem Kind entgegenbringen? Konnte sie dieses Leben, das nur auf Lügen aufgebaut war, überhaupt ertragen?

Ein leises Klopfen an der Tür schreckte sie auf. »Byrony?« Es war Joshua.

»Komm nur herein.« Hastig stand sie auf und richtete ihre Kleidung.

Joshua öffnete die Tür. »Bist du sehr erschöpft, Byrony?«

»Danke, es geht schon wieder.« Sie versuchte ein schwaches Lächeln.

Leise schloß er die Tür hinter sich und kam auf sie zu. »Du machst dir Sorgen, nicht wahr?« Er legte die Hände auf ihre Schultern und musterte sie aufmerksam. »Sicher fürchtest du dich vor dem, was auf dich zukommt. Bereust du deine Entscheidung?«

Einen Moment schloß sie die Augen. Sie war froh, in Joshua jemanden zu haben, der sie verstand und dem sie sich anvertrauen konnte. »Ja. Plötzlich erscheint es mir absolut unmöglich. Ich habe Angst.«

Ganz sanft zog er sie in seine Arme und streichelte beruhigend ihr Haar. »Sag' mir, was dich bedrückt. Laß uns darüber reden. Ich möchte nicht, daß du unglücklich bist.«

Noch nie war Byrony einem Mann so nahe gewesen. Doch es tat gut, sich so beschützt zu fühlen. »Du ... du bist so nett zu mir, Joshua. Wahrscheinlich habe ich nur Heimweh.«

»Sicher, du vermißt deine Mutter. Ihr wart gerade ein halbes Jahr zusammen, nicht wahr?«

Byrony nickte.

»Das vergeht, Byrony. Du hast jetzt ein neues Zuhause. Ich will alles tun, damit du glücklich wirst. Wenn das Baby erst einmal da ist, hast du das Schlimmste überstanden. Glaub' mir, du wirst dich hier wohl fühlen.« Er zögerte. »Wenn du später vielleicht selbst ein Baby haben möchtest, mußt du es nur sagen. Ich bin dir unendlich dankbar, daß du das alles für meine Schwester und mich auf dich nimmst. Diese Entscheidung sollst du nie bereuen müssen. Niemals. Das schwöre ich dir.«

3. KAPITEL

Es war ein schöner, sonniger Aprilnachmittag, obwohl ein starker Wind kühle Meeresluft mit sich brachte. Byrony mußte ihren Hut festhalten, als sie an Bord der ›Scarlet Queen‹ ging. Hinter ihr wuchteten Hafenarbeiter den riesigen Schrankkoffer die Gangway hinauf. Voller Stolz dachte sie an die vielen schönen, sündhaft teuren Kleider und Accessoires, die darin verstaut waren. Joshua verwöhnte sie. Für seine Frau schien ihm nichts zu teuer, und nur das Beste war gerade gut genug gewesen. Monsieur David, San Franciscos elegantester Damenschneider, hatte mit ihnen das Geschäft des Monats gemacht.

»Nanu, so strahlender Laune?« Joshua wartete bereits an Deck auf sie. Er nahm ihren Arm. »Darf man den Grund erfahren?«

»Ich denke an die zauberhaften Sachen, die du mir gekauft hast. Noch nie habe ich solche Kleider besessen.« Dankbar drückte sie seine Hand. »Joshua, du bist so gut zu mir.«

»Habe ich dir nicht versprochen, dich glücklich zu machen?« Er tätschelte ihre Hand. »Wie gefällt dir übrigens meine Queen? Erst vor einem Jahr hat sie ihre Jungfernfahrt gemacht.«

»Sie ist traumhaft. Und viel größer, als ich sie mir vorgestellt habe.« Als Byrony Irene blaß und müde an der Reling stehen sah, deutete sie unauffällig hinüber. »Hoffentlich setzt ihr die Reise nicht allzusehr zu«, sagte sie leise. »Heute morgen ging es ihr gar nicht gut.«

Joshua seufzte. »Vielleicht sollte ich euch besser zu den Kabinen begleiten.«

Byrony nickte nur widerwillig. Zu gern wäre sie an Deck geblieben, um dem geschäftigen Treiben im Hafen zuzusehen. Es gab so viel zu entdecken an diesem wunderschönen Frühlingstag.

»Guten Tag, Captain O'Mally.« Joshua winkte einen bärtigen Mittfünfziger heran. »Das Wetter läßt ja auf eine angenehme Reise hoffen. Darf ich Ihnen meine Frau vorstellen?«

»Es ist mir eine Ehre, Madam.« Galant zog der Captain seinen Hut. »Miss Butler«, fügte er mit einem Blick auf Irene hinzu und verneigte sich höflich. »Haben Sie geschäftlich in Sacramento zu tun, Mr. Butler?«

»Ja, in der Tat. Wir sehen uns später, Captain. Ich habe noch etwas mit Ihnen zu besprechen.«

Im Vorübergehen warf Byrony einen flüchtigen Blick in den elegant ausgestatteten Speisesaal. Sie konnte gut verstehen, daß Joshua auf die ›Scarlet Queen‹ stolz war.

Byrony sollte sich mit Irene eine der kleinen, aber luxuriös ausgestatteten Kabinen teilen. Sie war mit zwei schmalen kojeartigen Betten, einem geräumigen Wandschrank und einer Frisierkommode mit zwei Stühlen möbliert. Die mahagonivertäfelten Wände und die dicken Teppiche verliehen der Kabine eine gemütliche Atmosphäre. Das Bullauge war mit poliertem Messing eingefaßt.

»Du solltest dich sofort hinlegen.« Besorgt wandte Byrony sich an Irene. »Warte, ich kühle dir die Stirn mit einer Kompresse.«

Erschöpft ließ Irene sich in die Kissen sinken. Joshua wischte ihr mit seinem Taschentuch die Schweißtropfen von der Stirn und streichelte sanft ihre Hände. »Waschlappen findest du im Wandschrank«, sagte er zu Byrony. »Und im Krug auf der Kommode müßte auch frisches Wasser sein.«

In diesem Moment betrat Eileen die Kabine. Sie warf

einen Blick auf Irene und nahm Byrony wortlos die feuchte Kompresse aus der Hand.

»Ich kümmere mich schon um sie«, sagte sie in ihrem ruhigen, bestimmten Tonfall, der keinen Widerspruch duldete.

Joshua stand auf. »Ruh' dich jetzt aus, Irene. Vielleicht geht es dir bis zum Dinner schon wieder besser.« Er wandte sich zum Gehen. »Entschuldigt mich bitte. Ich habe zu arbeiten.«

Byrony begleitete ihn zur Tür. »Joshua, hast du etwas dagegen, wenn ich mir das Schiff ansehe?« fragte sie schüchtern.

»Aber nein. Nur zu.« Er lächelte. »Ich nehme an, daß du selbst weißt, was sich für eine verheiratete Lady schickt.«

Schuldbewußt warf sie einen Blick zu Irene hinüber. Doch ihre Schwägerin nickte nur.

»Machen Sie sich keine Sorgen, Mrs. Butler«, sagte Eileen. »Ich bleibe bei der Misses.«

Zwei volle Stunden verbrachte Byrony an Deck. Sie konnte sich an dem bunten Treiben im Hafen einfach nicht sattsehen. Die bewundernden, manchmal schon fast unverschämten Blicke der männlichen Passagiere, die sich offenbar über eine junge Dame ohne Begleitung wunderten, störten sie nicht.

In gewisser Weise fühlte sie sich sogar geschmeichelt. Welche Frau suchte nicht diese Bestätigung? Wer wußte schon, daß sie zwei Wochen zuvor noch schäbige, verwaschene Kleider getragen hatte. Wenn Gabriel sie jetzt doch sehen könnte!

»Es gibt so wenige Frauen hier«, hatte Joshua bei einem ihrer Einkaufsbummel durch San Francisco gesagt, als ihm aufgefallen war, wie die Männer sie anstarrten. »Und wohl keine Lady, die schöner ist als du.«

»Joshua, du bist ein Schmeichler!« Drohend hatte sie den Zeigefinger erhoben. »Ich habe schon so viele gutgekleidete schöne Frauen gesehen.«

»Das sind keine echten Ladies, Byrony. Ein großer Teil unserer weiblichen Bevölkerung ist ... nun, jedenfalls sind es keine Ladies.«

Byrony schloß die Augen. Bitterkeit stieg in ihr auf. Hatte Joshua etwa geglaubt, es würde sie schockieren, wenn er diese Frauen ›Huren‹ nannte? Wie oft hatte ihr eigener Vater sie so beleidigt? Energisch schob sie die düsteren Gedanken beiseite. Das war jetzt vorbei. Nie wieder würde sie vor ihm Angst haben müssen.

Als die ›Scarlet Queen‹ vom Kai ablegte und sich nordwärts wandte, stand Byrony am Bug und ließ sich den Wind um die Nase wehen. Übermütig winkte sie den Menschen auf dem Pier zu. Zum erstenmal seit langem fühlte sie sich frei und unbeschwert.

Nur widerwillig verließ sie schließlich ihren Platz. Es wurde Zeit, sich für den Abend umzuziehen.

Irene schlief, als Byrony in die Kabine zurückkehrte. Eileen saß auf einem Stuhl neben dem Bett und tupfte ihr die Schweißperlen von der Stirn. »Ich sorge dafür, daß die arme Misses eine kräftige Suppe bekommt, wenn sie aufwacht«, flüsterte sie Byrony zu und stand auf. »Misses Byrony, ich helfe Ihnen mit dem Kleid.«

Byrony beeilte sich mit ihrer Toilette. Sie war froh, daß Eileen resolut wie immer die Pflege der Kranken übernommen hatte und sie der Enge der Kabine und der drückenden Stimmung entfliehen konnte.

Joshua wartete schon vor der Kabine auf sie. Er trug einen eleganten Abendanzug. Anerkennend musterte er sie.

»Bezaubernd, meine Liebe. Einfach bezaubernd. Du bist zweifellos die schönste Frau an Bord.« Er warf einen fragenden Blick auf die geschlossene Tür.

»Irene schläft. Eileen sagt, daß sie sich bald wieder besser fühlt.«

»Dann laß uns gehen.« Joshua bot ihr seinen Arm. »Wir speisen heute abend nicht mit dem Captain. Es sind einige Geschäftsfreunde an Bord, die an unserem Tisch sitzen. Aber keine Sorge, meine Liebe. Die Gentlemen sind sicher galant genug, um dich nicht zu langweilen.«

Joshua sollte recht behalten. Seine Geschäftsfreunde gaben sich alle Mühe, Byrony zu unterhalten. Da waren ein Mr. Lacy, der Besitzer einer Gießerei, Mr. Dancy zu ihrer Linken, ein Rechtsanwalt aus New York, der für seine Kunden an der Westküste investierte, und Mr. Cornfield, der Herausgeber einer Tageszeitung. Byrony genoß die ungeteilte Aufmerksamkeit, die ihr die Herren entgegenbrachten. Noch nie hatte sie so viele Komplimente bekommen. Und auch Joshua war sichtlich stolz auf seine junge, schöne Frau, um die man ihn beneidete.

Es war wirklich ein erhebendes Gefühl, sich umworben zu fühlen. Mit jedem Tag gefiel es ihr besser, Mrs. Joshua Butler zu sein. Das Schicksal meinte es endlich einmal gut mit ihr.

Übermütig schenkte Byrony Mr. Lacy ein charmantes Lächeln. Das Licht der gewaltigen Lüster verlieh den Kristallgläsern und dem masiven Silberbesteck auf den mit weißem Damast gedeckten Tischen einen besonderen Glanz. Wer hätte gedacht, daß sie einmal in derartigem Luxus leben würde?

In diesem Augenblick hörte Byrony das angenehm tiefe Lachen eines Mannes am Nebentisch. Neugierig wandte sie den Kopf. Es traf sie wie ein Schlag. Es war der Spieler!

Ein heißer Schauer lief ihr über den Rücken, und ihr Herz schien einen Schlag auszusetzen. Kein Zweifel, er war es. Als sich ihre Blicke trafen, sah sie, daß auch er sie wiedererkannte. Ganz benommen erwiderte sie sein selbstbewußtes Lächeln.

Das darf nicht wahr sein, schoß es ihr durch den Kopf. Ausgerechnet dieser Mann mußte ihr noch einmal begegnen.

Er sah einfach unverschämt gut aus in seinem schwarzen Anzug mit der zartgrauen Weste über dem blütenweißen Hemd. Das tiefschwarze Haar glänzte im hellen Licht.

»Mrs. Butler, ist Ihnen nicht gut?« fragte Mr. Lacy besorgt.

Byrony zwang sich zu einem Lächeln. »Aber natürlich, Sir. Ich fragte mich nur gerade, wer dieser Gentleman dort am Nebentisch ist. Er kommt mir irgendwie bekannt vor.«

»Ach, das ist Brent Hammond. Ein vielversprechender junger Mann. Demnächst eröffnet er einen Saloon am Portsmouth Square.«

Er lebt in San Francisco! Byronys Herz machte einen Sprung. »Ich verstehe.« Sie mußte sich zwingen, den Blick von ihm abzuwenden. Mit höflichem Interesse folgte sie einer amüsanten Geschichte, die Mr. Cornfield gerade zum besten gab. Doch ihre Gedanken kreisten nur noch um den Mann am Nebentisch.

Auch Brent Hammond konnte den Blick einfach nicht von Byrony abwenden. Wie sie sich verändert hatte! Damals war ihm sofort aufgefallen, wie hübsch sie war. Aber diese Verwandlung war wirklich erstaunlich. Das mitternachtsblaue Seidenkleid betonte ebenso die Farbe ihrer Augen wie ihre atemberaubende Figur. Sie war wirklich schön!

Das Kleid mit dem züchtigen, die Fantasie anregenden Dekolleté war aus feinstem Stoff und ließ Monsieur Davids unnachahmlich eleganten Stil erkennen. Ihr glänzendes blondes Haar war kunstvoll hochgesteckt, was den Blick auf ihren langen, schlanken Hals freigab. Drei der Herren an ihrem Tisch kannte er.

Ohne den Blick von ihr zu nehmen, wandte er sich an O'Mally. »Wer ist die junge Lady dort am Nebentisch, Captain?«

»Mrs. Butler, Joshuas junge Frau.«

Brent spürte einen Stich in der Magengegend. Butlers Frau! Der Mann konnte doch fast ihr Vater sein. Ein Gefühl von Haß stieg in ihm auf, als er Joshua Butlers feinen, aristokratischen Gesichtsausdruck musterte. Mach' dich nicht lächerlich, schoß es ihm durch den Kopf. Sie ist es nicht wert. Der Alte in San Diego hatte es ihm ja erzählt, wie sie wirklich war. War es denn so verwunderlich, daß diese Frau sich an einen reichen Mann verkaufte und Kapital aus dem schlug, was ihr die Natur mitgegeben hatte? So wie Laurel? Krampfhaft umklammerte er sein Weinglas. O ja, sie war eine echte Lady — ehrgeizig, berechnend und falsch. Sie hatte es eben auf ihre Art geschafft.

Wann hatte eine Frau ihn zuletzt so wütend gemacht? Es irritierte ihn. Schließlich kannte er sie doch überhaupt nicht. Lag es daran, daß er sich von ihrer Anmut und scheinbaren Unschuld hatte täuschen lassen? Wahrscheinlich würde er es nie schaffen, diese Art Frauen zu durchschauen.

Jetzt war sie also Mrs. Butler. Byrony Butler. Wahrscheinlich liebte Joshua, dieser blutleere Aristokrat, sie nur im Dunkeln. Allein die Vorstellung, wie der Mann sie berührte, verursachte ein Gefühl des Ekels in ihm. Brent setzte sein Glas so heftig auf dem Tisch ab, daß es knallte. Was war nur mit ihm los?

Byrony war unendlich erleichtert, als die Tischrunde aufgehoben wurde und sie sich verabschieden konnte. Joshua begleitete sie zur Kabine zurück, ehe er den anderen an die Bar folgte. Er war sichtlich zufrieden mit dem Verlauf des Abends.

»Du bist eine glänzende Gesellschafterin«, meinte er stolz. »Wenn du erst wieder in San Francisco bist, führe ich dich ein. Glaub' mir, du wirst viel Erfolg haben.« Er gab ihr einen flüchtigen Kuß auf die Stirn. »Bis morgen, meine Liebe. Schlaf gut.«

Leise öffnete Byrony die Kabinentür. Irene schlief immer noch. Eileen, die auf dem Stuhl neben dem Bett saß, schreckte aus ihrem Nickerchen auf. Geräuschlos schloß Byrony die Tür hinter sich und ließ sich vor der Frisierkommode nieder. Sie mußte unbedingt Ordnung in ihre Gedanken bringen. Doch es hielt sie nicht lange auf dem Stuhl. Immer wieder sah sie Brent Hammonds Lächeln vor sich und den durchdringenden Blick seiner blauen Augen. Nervös sprang sie auf und ging in der Kabine auf und ab, bis sie Eileens strafende Blicke sah. »Ich gehe noch ein bißchen an Deck, Eileen.«

Auf dem Weg nach oben hielt Byrony inne. Und wenn sie ihn nun traf? Unsinn, dachte sie. Brent Hammond hatte bestimmt nichts übrig für romantische Spaziergänge in lauen Mondnächten. Sicher saß er längst im verräucherten Spielzimmer beim Poker und nahm harmlose Mitreisende aus.

Gemächlich schlenderte sie über das Deck und nickte den Gentlemen zu, die galant den Hut vor ihr zogen. Sie suchte sich einen einsamen Platz am Bug, weitab von den Paaren, die an diesem herrlichen Frühlingsabend auf dem Deck flanierten.

»Wir haben gerade die San Pablo Bucht passiert, falls es Sie interessiert. Und jetzt fahren wir durch die Straße von Carquinez.«

Byrony fuhr herum. Es war ein Schock, ihn so dicht hinter sich zu spüren. Sie hatte ihn gar nicht kommen hören. Wie lange beobachtete er sie schon? »Die Straße von

Carquinez.« Nervös schluckte sie. Seine Nähe ließ ihr Herz schneller schlagen.

»Ja, bald haben wir die Mündung des Sacramento Rivers erreicht.«

Byrony räusperte sich. »Ich war überrascht, Sie hier wiederzusehen, Mr. Hammond.«

Kaum merklich zog er die Augenbraue hoch. »Da geht es mir nicht anders. Immerhin ist San Diego weit. Wie haben Sie so schnell meinen Namen herausgefunden? Da ist mir mein schlechter Ruf wohl vorausgeeilt. Oder läßt Ihr Wissen auf ein besonderes Interesse schließen?«

Er lächelte breit, als er sah, daß sie rot wurde.

Byrony versuchte, die Fassung zu wahren. »Wie ich höre, eröffnen Sie demnächst einen Saloon in San Francisco.«

»Allerdings. Den ›Wild Star‹ am Portsmouth Square.« Seine Augen glänzten. »Sie sehen bezaubernd aus, Madam«, sagte er unvermittelt. Seine Stimme hatte einen heiseren Tonfall angenommen.

Sie lächelte schwach. »Ein bißchen anders als damals«, meinte sie leichthin. Dann wandte sie sich von ihm ab und schaute aufs Meer hinaus. Seinem begehrlichen Blick konnte sie einfach nicht länger standhalten. »Der Mehlstaub fehlt.«

»Man sagte mir, daß Sie inzwischen einen der reichsten Geschäftsmänner San Franciscos geheiratet haben.«

Die unverhohlene Verachtung, die aus seinen Worten sprach, ließ Byrony aufhorchen. Jeb Donnallys Gerüchte hatten ihre Wirkung also nicht verfehlt. Krampfhaft umklammerte sie die Reling mit den Händen. »Soweit ich weiß, ist Joshua sehr wohlhabend«, erwiderte sie vorsichtig.

Er trat neben sie an die Reling und musterte sie durchdringend. »Angesichts Ihrer Schönheit und Ihres Charmes ist Joshua Butler wohl eine angemessene Partie.

Aber er ist so alt, Mrs. Butler. Er könnte beinahe Ihr Vater sein. Oder soll er nur Ihren Ehrgeiz befriedigen?«

Fassungslos starrte Byrony Brent Hammond an. Warum war er so wütend? In seiner Miene las sie Spott und Verachtung. Aber sie sagte nichts. Zu tief hatte er sie getroffen.

»So sprachlos, Mrs. Butler?« Er gab sich überrascht. »Bekommt Ihnen die Ehe etwa nicht? Haben Sie schon festgestellt, daß es auch seine unangenehmen Seiten hat, wenn man sich an einen reichen alten Mann verkauft?«

Byrony verschlug es den Atem. Was hatte sie diesem Mann getan, daß er sie derart beleidigte? Zu ihrem Entsetzen spürte sie Tränen in sich aufsteigen. »Ich verstehe nicht recht, Mr. Hammond. Warum sind Sie ...«

»Geben Sie sich keine Mühe, Mrs. Butler«, unterbrach er sie scharf. »Sie können mir nichts vormachen. Als ich Sie zum erstenmal traf, damals in San Diego, dachte ich noch ... Ach, es tut ja doch nichts zur Sache. Eine Frau ist nur selten wirklich so, wie sie sich gibt.«

»Und welchen Eindruck habe ich Ihnen vermittelt, Sir?« Byrony hoffte, daß es so kühl und unbeeindruckt klang, wie es beabsichtigt war. Er sollte nicht merken, wie weh er ihr tat.

»Unschuldig und verlockend.« Es war heraus, ehe er sich versah.

»Aber dann sprachen Sie mit Jeb Donnally, diesem hinterhältigen alten Kerl.« Ihre Stimme klang verächtlich. »Jetzt verstehe ich. Sie enttäuschen mich, Mr. Hammond. Von einem Berufsspieler hätte ich mehr Menschenkenntnis erwartet.«

Überrascht horchte er auf, als er die Bitterkeit in ihrer Stimme hörte. Aber so leicht ließ er sich nicht von seiner Meinung abbringen. »Immerhin hatte er insofern recht, daß Sie außerhalb San Diegos nach einer ansprechenden

Partie suchen mußten. Ich darf also annehmen, daß Ihr kleines Abenteuer ohne Folgen blieb?« versetzte er gehässig.

Ohne nachzudenken holte Byrony aus und schlug ihm hart ins Gesicht. Doch er zuckte nicht einmal mit den Wimpern. Im nächsten Augenblick hatte er ihr Handgelenk schon schmerzhaft umklammert. »Sie ... Bastard!« fauchte sie ihn an. »Sie haben ja keine Ahnung! Wie können Sie einfach glauben, was Ihnen ein alter Trinker erzählt!«

»Eine echte Lady schlägt niemals einen Gentleman.« Er ließ ihr Handgelenk los.

»Sie sind kein Gentleman.«

»Und Sie keine Lady. Ich warne Sie, meine Liebe. Wagen Sie es nicht noch einmal, sonst garantiere ich für nichts.«

Byrony zitterte am ganzen Körper. »Ich mußte ihn heiraten!« stieß sie hervor. Verzweiflung und Wut hielten sich die Waage. »Verstehen Sie? Ich hatte keine andere Wahl. Nein, halten Sie den Mund. Sie haben ja keine Ahnung, Sie ... selbstgerechter Bastard!«

Sie machte auf dem Absatz kehrt, aber er packte sie am Arm und hielt sie zurück.

»Also dann ist es Joshuas Kind, das Sie unter dem Herzen tragen? Oder lassen Sie ihn nur glauben, daß er der Vater ist? Mrs. Butler, Sie sind wirklich unersättlich. Sollten wir diese Gelegenheit nicht nutzen? Wir ...« Er brach ab, beugte sich über sie und preßte die Lippen hart auf ihren Mund.

Einen Augenblick war Byrony wie gelähmt vor Schreck. Dann wehrte sie sich heftig. Doch er drückte ihr die Arme an den Körper und zog sie an sich. Er küßte sie leidenschaftlich und fordernd, während er mit einer Hand ihre Brust umfaßte.

Byrony riß sich von ihm los und wich an die Reling zurück. Unwillkürlich wischte sie sich mit der Hand über den Mund. »Sie ...«

»Bastard?« Der spöttische Tonfall brachte sie zur Weißglut. »Es scheint, als ob Ihr geschätzter Gemahl Ihnen noch nicht beigebracht hat, wie man einem Mann Genuß bereitet. Wenn Sie sich erkenntlich erweisen, werde ich es Ihnen vielleicht zeigen, meine Liebe. Und ...«

Der heftige Schmerz ließ ihn fast zu Boden gehen. Laut schrie er auf und kauerte sich zusammen. Übelkeit packte ihn, und einen Augenblick wurde ihm schwarz vor Augen.

Byrony wartete nicht länger. Zitternd vor Angst und Wut raffte sie die Röcke auf und lief weg. Erst vor ihrer Kabinentür blieb sie stehen. Schweratmend lehnte sie sich gegen die Wand. Tränen schwammen in ihren Augen. Dieser schreckliche Kerl! Sie hatte ihn vollkommen falsch eingeschätzt. Er war brutal und gemein, genau wie ihr Vater. Und seinetwegen hatte sie Herzklopfen bekommen. Wie dumm sie doch war. Unwirsch fuhr sie sich mit der Hand über die Wangen. Dieser Mann war keine Träne wert. Entschlossen öffnete sie die Tür.

Brent zwang sich, tief durchzuatmen. Noch nie hatte er einen solchen Schmerz verspürt. Dieses Luder! Er versuchte sich aufzurichten, brachte es aber nicht fertig. Wütend biß er die Zähne zusammen. »Das wirst du mir büßen, Byrony Butler.«

»Mr. Hammond!» Joshua stand auf und winkte Brent zu, der soeben den Speisesaal betreten hatte. »Mr. Hammond, wollen Sie nicht eine Tasse Kaffee mit uns trinken?«

Brent zögerte einen Augenblick, trat dann aber doch an den Tisch. »Danke, gern.« Er warf Byrony, die durch ihn hindurchzusehen schien, einen amüsierten Blick zu.

»Meine Schwester Irene kennen Sie ja bereits. Und das ist meine Frau Byrony.«

»Miss Butler, Mrs. Butler.« Brent deutete eine Verbeugung an. Dann setzte er sich und nahm einen Schluck von dem Kaffee, den der Kellner ihm beflissen serviert hatte. »Befinden Sie sich gerade auf der Hochzeitsreise, Mr. Butler?«

»Leider nicht.« Joshua lächelte. »Ich habe geschäftlich in Sacramento zu tun.«

Byrony war sein süffisanter Unterton keineswegs entgangen. Arroganter Bastard, dachte sie wütend. Hatte er denn immer noch nicht genug?

Mit einem charmanten Lächeln wandte sich Brent ihr zu. »Waren Sie schon einmal in Sacramento, Mrs. Butler?« Sie sieht müde aus, stellte er insgeheim fest. Die dunklen Schatten unter den Augen verrieten, daß sie eine schlaflose Nacht hinter sich hatte. Fürchtete sie etwa, er würde ihrem Mann die Gerüchte über ihre Eskapaden mit dem jungen Californio hinterbringen? Gut so, sollte sie ruhig ein bißchen Angst haben. Das machte jede Frau gefügiger.

»Nein.« Byrony zeigte sich nicht höflicher als unbedingt nötig.

»Sie sehen erschöpft aus. Haben Sie vergangene Nacht schlecht geschlafen?«

Byrony war sprachlos. Es war unglaublich, welche Frechheiten er sich herausnahm.

»Meine Frau ist diese Schiffsreisen nicht gewohnt.« Joshua tätschelte ihre Hand. »Selbst die ›Scarlet Queen‹ kann ihr natürlich nicht den gewohnten Komfort bieten.«

Es war Brent unerträglich mit anzusehen, wie Joshua Butler sie berührte. Allein beim Gedanken, daß diese Hände über ihren Körper fuhren und ihre Brüste umfaßten, krampfte sich sein Magen schmerzhaft zusammen. Doch diese Frau war seiner Gefühle nicht wert! Wieder und wieder hatte er es sich einzureden versucht. Aber dann hatte er doch ihr Gesicht vor sich gesehen und ihre volle, feste Brust unter seiner Haut gespürt.

»Mrs. Butler, es tut mir leid, aber ich muß Ihnen Ihren Mann entführen.« Mr. Lacy war an den Tisch getreten. »Sie verstehen, dringende Geschäfte.«

Joshua stöhnte gutgelaunt auf. »Ezra, willst du mir etwa bis Sacramento mit deiner neuen Gießerei in den Ohren liegen? Den ganzen Abend haben wir von nichts anderem gesprochen. Es ist doch schon beschlossene Sache, daß ich mich daran beteilige.«

»Wir müssen noch einige Details klären.« Mr. Lacy zwinkerte Byrony zu. »Ich kann gut verstehen, daß Joshua seine Zeit lieber mit Ihnen verbringt. Aber eine Schiffsreise hat den unschätzbaren Vorzug, daß Ihr Gatte sich mir nicht entziehen kann. Die Gunst der Stunde gilt es zu nutzen. Vielleicht unterhält Mr. Hammond die Ladies?«

Brent sah Byronys bestürzten Blick. »Mit dem größten Vergnügen. Vielleicht interessieren sich die Damen für die neuesten Gerüchte aus San Francisco.« Gefährlich freundlich lächelte er Byrony an.

»Entschuldigst du mich bitte, meine Liebe?« Joshua erhob sich. »Wir sehen uns dann beim Mittagessen.«

Irene legte die Hand auf seinen Arm. »Bringst du mich bitte zur Kabine zurück? Ich fühle mich nicht gut.«

»Ich begleite dich«, warf Byrony hastig ein und wollte aufstehen.

Doch Joshua legte ihr eine Hand auf die Schulter. »Nein, ich übernehme das schon.« Er wandte sich an Brent. »Mr. Hammond, darf ich Ihnen also meine Frau anvertrauen?«

»Ich werde mich bemühen, Mrs. Butler nicht zu langweilen.« Brent lächelte Byrony vielsagend an.

Byrony hätte am liebsten aufgeschrien vor Wut. Dieser Mann war absolut unmöglich! Hilflos sah sie mit an, wie Joshua mit Irene und Mr. Lacy den Speisesaal verließ. Entschlossen stand sie auf. »Ich denke, daß ich mich auch in meine Kabine begebe. Wenn Sie mich bitte entschuldigen, Mr. Hammond.«

»Haben Sie etwa Angst vor mir, Mrs. Butler?« Ein spöttisches Lächeln umspielte seine Mundwinkel. »Seien Sie versichert, daß ich nicht so indiskret bin, hier vor allen Leuten über Sie herzufallen.«

Byrony hielt unwillkürlich die Luft an. Diese Unverschämtheiten mußte sie sich nicht bieten lassen! Was hatte sie diesem Mann getan, daß er sie so angriff? »Mr. Hammond«, entgegnete sie kühl, »ich kann nicht verstehen, warum Sie das Bedürfnis haben, mich derartig zu beleidigen. Soweit ich mich erinnere, habe ich Ihnen nie etwas getan, was diese wüsten Attacken rechtfertigen könnte. Bitte lassen Sie mich also in Ruhe. Ich möchte nichts mehr mit Ihnen zu tun haben.«

»So einfach ist das aber nicht.« Entspannt lehnte Brent sich auf seinem Stuhl zurück und schlug die Beine übereinander. Dabei ließ er Byrony keinen Moment aus den Augen. »Immerhin gibt es noch etwas zwischen uns, das gänzlich ungeklärt ist.«

»Ich wüßte nicht, was das sein könnte.« Selbstbewußt hielt sie seinem forschenden Blick stand.

Wie sehnte er sich danach, sie in den Armen zu halten und sie zu küssen, bis sie diesen arroganten, abweisenden Blick verlor und darum bettelte, er möge fortfahren. »Darf ich Sie daran erinnern, daß Sie mich beinahe entmannt hätten, Mrs. Butler? Darüber kann auch ein Gentleman nicht einfach hinwegsehen.«

»Ein Gentleman, Sir, hätte sich nicht derartig gehenlassen«, erwiderte sie scharf. »Ich habe mich lediglich verteidigt.«

Mit einer raschen Bewegung beugte er sich vor, packte ihren Arm und drückte sie auf den Stuhl. »Wirklich, Byrony? War es so schlimm? Oder mußten Sie nicht vielmehr verbergen, wie gut es Ihnen gefiel?« Nachdenklich betrachtete er sie einen Augenblick. »Wissen Sie, es ist schon merkwürdig. Damals in San Diego dachte ich, Sie wären anders als die meisten Frauen. Aber offensichtlich habe ich mich getäuscht.«

Energisch entzog Byrony ihm die Hand. »Ihre arrogante Haltung ist mir einfach unerträglich, Mr. Hammond. Sie sollten nicht so vorschnell über andere urteilen. Die Enttäuschungen, die Sie in Ihrem Leben hinnehmen mußten, haben nicht das Geringste mit mir zu tun. Wenn Sie mich jetzt also bitte nicht weiter belästigen würden!«

»Ich denke gerade an eine angemessene Vergeltung für Ihre äußerst unfeine Attacke«, fuhr er ungerührt fort. »Es juckt mir in den Fingern, Ihnen den hübschen Po zu versohlen.«

»Jetzt reicht es mir aber!« Wütend sprang sie auf. Beinahe hätte sie den kleinen Tisch umgeworfen.

»Wie? Haben Sie etwa keinen hübschen Po? Setzen Sie sich, Mrs. Butler.« Plötzlich hatte seine Stimme einen harten und drohenden Tonfall angenommen. »Oder wollen Sie eine Szene machen? Die meisten Passagiere sind aus San Francisco und kennen Ihren Mann. Anders als in San Diego haben Sie hier wieder einen Ruf zu verlieren, meine Liebe.«

Byrony schluckte schwer. Warum war sie so hilflos seiner Verachtung ausgesetzt? Was wollte er von ihr? Sie hatte ihm doch nichts getan. Mit aller Macht hielt sie die aufsteigenden Tränen zurück. Nein, dieser Mann sollte sie nicht weinen sehen. Resigniert ließ sie sich wieder auf den Stuhl sinken. Er hatte recht. Lange würde es nicht mehr dauern, bis die anderen Passagiere auf sie aufmerksam wurden. Blieb ihr wirklich nichts anderes übrig, als sich seine Beleidigungen anzuhören? Wie weit wollte er dieses grausame Spiel noch treiben?

»Schon besser«, meinte Brent zufrieden. »Sagen Sie, Byrony«, fuhr er beiläufig fort. »Kann Ihr Mann Sie im

Bett zufriedenstellen? Stört es ihn, daß er nicht der erste war?« Ihr schockierter, verletzter Gesichtsausdruck machte ihn noch wütender. Eine gute Schauspielerin war sie also auch noch. O nein, auf diese Masche fiel er nicht herein.

Nein, er kann mich nicht treffen, redete sich Byrony ein. Es war zu absurd. Verheiratet und doch unberührt mußte sie sich von ihm auch noch beschimpfen lassen. Warum nannte er sie nicht gleich eine Hure? Immerhin war seine Partnerin doch eine Bordellbesitzerin. Sie hatte es zufällig gehört, als Mr. Lacy und Joshua über den ›Wild Star‹ gesprochen hatten. »Mr. Hammond, offenbar verdirbt Sie der Umgang, den Sie pflegen. Erzählen Sie mir von Maggie«, forderte sie ihn unvermittelt auf.

Einen Augenblick schwieg Brent überrascht. Doch dann warf er den Kopf in den Nacken und lachte laut auf. »Meine Liebe, zu allem anderen lauschen Sie auch noch, wenn eine echte Lady diskret weghört.«

»Also spricht man über Ihre Geliebte nur hinter vorgehaltener Hand? Mr. Hammond, fürchten Sie nicht um Ihr gesellschaftliches Ansehen?« erwiderte Byrony scharf.

Lachend schüttelte er den Kopf. »Keine Chance, Mrs. Butler. Damit können Sie mich nicht treffen. Maggie ist meine Partnerin und die ehrlichste Frau, die ich kenne. Und sie führt eines der besten Bordelle von San Francisco, was Ihnen die meisten Gentlemen hier auf dem Schiff bestätigen können.«

Fassungslos starrte sie ihn an. Mit dieser Offenheit hatte sie nicht gerechnet.

»Schockiere ich Sie, Mrs. Butler? Maggie residiert direkt neben meinem ›Wild Star‹. Wir glauben, daß sich ein Saloon und ein Bordell wunderbar ergänzen. Hat ein Mann Glück im Spiel, will er seinen Gewinn feiern, verliert er, muß er seinen Kummer vergessen. Und wo könnte man beides besser als in den Armen einer Frau?«

Byrony schwieg betreten. Selbst mit seiner Direktheit beleidigte er sie noch. Niemals hätte er mit einer Frau, die er für eine echte Lady hielt, über ein solches Thema gesprochen. Aber für ihn war sie eben nicht besser als eine Hure, nur daß sie ihren Körper an einen einzigen Mann verkaufte.

Solange sie bei ihrer Tante gelebt hatte, war ihr gar nicht bewußt gewesen, was es bedeutete, eine Frau zu sein. Ihr Vater und jetzt auch Brent Hammond hatten ihr klargemacht, daß es etwas Schmutziges war, was die Männer gleichermaßen brauchten und haßten.

»Vielleicht«, fuhr Brent im freundlichen Plauderton fort, »besuchen Sie Maggie einmal. Heimlich natürlich. Gut möglich, daß es Ihnen gefällt. Eine Frau, die einen so viel älteren Mann seines Geldes wegen heiratet, ist meistens unzufrieden. Welcher reiche Ehemann hegt schon Skrupel, ob er auch alle Gelüste seines neuen Besitzes stillt? Wenn Sie diese alberne Farce also leid sind, wird es mir ein Vergnügen sein, Ihre Bedürfnisse zu befriedigen. Nur bitte ich Sie, der erste sein zu dürfen. Mein Ego würde leiden, wenn Sie mich auf der langen Liste Ihrer Liebhaber weit hinten plazierten.«

Am liebsten hätte Byrony sich die Ohren zugehalten. Waren eigentlich alle Männer wie Brent Hammond und ihr Vater? Jetzt konnte sie verstehen, warum die von ihrer Umwelt als alte Jungfer belächelte Tante Ida, durch das kleine Erbe ihrer Mutter unabhängig, Männer ihr Leben lang gemieden hatte. Nur Joshua war anders. Er hatte sie geheiratet und zwang ihr doch nicht seine ehelichen Rechte ab. Sie konnte wirklich dankbar sein, daß sie ihn zum Manne hatte.

Mit einem eisigen Lächeln erhob sie sich. »Sind Sie jetzt fertig, Mr. Hammond?«

»Keineswegs. Wann soll das Kind zur Welt kommen?«

Sie erstarrte. Schlagartig wich jede Farbe aus ihrem Gesicht. Langsam drehte sie sich wieder zu ihm um. »Was wissen Sie darüber?«

»Ich hörte, daß Sie mit Ihrer Schwägerin einige Monate in Sacramento bleiben. Der Grund für diesen Aufenthalt war nicht schwer zu erraten.« Er sah die blanke Angst in ihren Augen. Zufrieden lehnte er sich zurück. »Keine Sorge, Mrs. Butler. Von mir erfährt niemand, daß die Hochzeitsnacht der Trauung vorausging. Aber sagen Sie, hätte es auch ohne das Kind eine Ehe gegeben?«

Sie schien durch ihn hindurchzusehen. »Nein«, sagte sie tonlos.

Sie war ihm wehrlos ausgeliefert. Das spürten beide. Doch er konnte diesen Augenblick des Triumphs nicht genießen. Im Gegenteil, Scham und Ekel vor sich selbst packten ihn. Hatte sie Butler wirklich nur wegen seines Geldes geheiratet? Oder hatte sie vor allem an die Zukunft des Kindes gedacht? »Dann ist es also wirklich wahr. Verdammt, ich ...« Er brach ab.

Byrony sah, wie es in ihm arbeitete. Sie begriff sein Verhalten einfach nicht. Warum verfolgte er sie mit seiner Verachtung?

»Hoffentlich ruinieren Sie sich nicht Ihre gute Figur.«

»Ganz sicher nicht, Mr. Hammond. Aber beantworten Sie mir eine Frage. Warum interessiert Sie das alles überhaupt?«

»Das tut es keineswegs!« Jetzt war er es, der offensichtlich die Fassung verlor. Wütend sprang er auf und ließ sie einfach stehen.

Verwirrt schaute Byrony ihm nach. Er würde sein Wissen nicht ausspielen. Das spürte sie instinktiv.

4. KAPITEL

»Das denken doch alle, nicht wahr, Joshua? Alle glauben doch, daß wir nur wegen des Kindes geheiratet haben.«

Joshua schaute Byrony an. Er wußte, daß sie es ihn schon lange hatte fragen wollen, und erneut packte ihn das schlechte Gewissen. Er mutete ihr einfach zuviel zu. Und trotzdem beklagte sie sich nicht. »Ja, Byrony.«

»Das überrascht mich überhaupt nicht«, sagte sie resigniert. »Wenn wir erst mit dem Baby nach San Francisco zurückkehren, wird sich jeder in seiner schlechten Meinung bestätigt fühlen. Glaubst du, sie werden mich meiden?«

»Nein, Byrony. Natürlich denken alle, daß wir nur wegen des Kindes geheiratet haben. Aber man wird uns zugute halten, daß wir uns diskret zurückgezogen haben, um jeden Skandal zu vermeiden. Außerdem bin ich zu einflußreich, als daß sie es wagen würden, uns zu schneiden.«

Byrony verstand sehr gut: Hauptsache, der Schein blieb gewahrt. Das war die oberste Regel der sogenannten feinen Gesellschaft. Alles andere wäre einem Affront gleichgekommen. Und das hätte man nicht einmal dem einflußreichsten Mann verziehen. Man mußte den Leuten die Möglichkeit geben, die Realität einfach nicht wahrzunehmen. Diskretion nannte man dieses verlogene Gehabe. Und mit diesen Leuten sollte sie ihr Leben lang verkehren. »Eigentlich müßten sie uns dankbar sein, daß wir es ihnen so leicht machen.«

Mit einer fahrigen Geste strich Joshua sich durchs Haar. Die Bitterkeit in ihrer Stimme war ihm nicht entgangen. Er wußte sehr wohl, wie schwer es Byrony fiel, diese lange schreckliche Zeit durchzustehen. Seine regelmäßigen Besuche brachten einfach zu wenig Abwechslung in ihr eintöniges Leben. »Dr. Chambers hat gesagt, daß es in ungefähr zwei Wochen so weit ist.«

»Irene ist sehr tapfer. Das Wetter setzt ihr ziemlich zu. Aber sie beklagt sich nie.« Byrony haßte jeden Tag, den sie in Sacramento verbringen mußte. Obwohl es bereits Ende September war, lastete drückende Hitze auf dem kleinen Haus. Selbst die Nächte waren immer noch unerträglich schwül. Schon vor dem Mittagessen klebten die Kleider schweißnaß am Körper. Bleierne Müdigkeit machte sich breit. Sehnsüchtig dachte sie an das große Haus ihrer Tante in Boston, in dem es selbst an heißen Sommertagen angenehm kühl gewesen war. »Ich kann einfach nicht verstehen, daß Menschen hier leben können.«

»Hat Irene mit dir einmal über ... naja, über das alles hier gesprochen?« Joshua nahm einen Schluck von seinem Eistee.

Byrony schüttelte den Kopf. Sie hatte sich wirklich bemüht, Irenes Vertrauen zu gewinnen. Aber die ganzen Monate hindurch war sie ihrer Schwägerin nicht nähergekommen. Irene hatte die meiste Zeit auf ihrem Zimmer verbracht und war nur zu den Mahlzeiten hinuntergekommen. Fast schien es Byrony, als wäre Irene bewußt darauf bedacht, Distanz zu wahren. Auf ihre vorsichtige Frage nach dem Vater des Kindes hatte sie äußerst schroff reagiert. Nur wenn sie über das Kind sprach, vergaß sie ihre Zurückhaltung ein wenig. Dann leuchteten ihre Augen, und sie strich liebevoll über ihren Bauch. »Irene ist so verschlossen mir gegenüber. Wenn sie diesen Mann haßt, der ihr das angetan hat, so zeigt sie es zumindest nicht. Und sie freut sich wirklich auf das Baby.«

»Gut.« Er schien erleichtert zu sein. »Es ist alles sehr schwer für sie. Ich habe mir ernsthaft Sorgen um sie gemacht.«

Und was ist mit mir, schoß es Byrony durch den Kopf. Niemand dachte an sie. Bitterkeit stieg in ihr auf. Dieses Haus war wie ein Gefängnis. Die unerträgliche Hitze zerrte an ihren Nerven. Nur spätabends, wenn es dunkel war, konnte sie es wagen, einen kleinen Spaziergang zu machen. Seit Monaten hatte sie außer Joshua, Irene und Eileen niemanden gesehen. Sie fühlte sich von der Außenwelt abgeschnitten, beinahe wie eine Aussätzige, die sich nicht zeigen durfte. Ihr Leben war trostlos und leer.

Wie sollte es nach der Geburt des Kindes weitergehen? Welche Gefühle würde sie dem Baby entgegenbringen, dessen Mutter sie vor den Augen der Öffentlichkeit sein würde? Sie fragte sich, ob man ein ganzes Leben lang diese Lüge aufrechterhalten konnte.

Und wie würde Irene damit fertig werden, daß das Kind, das sie unter dem Herzen getragen hatte, eine andere für seine Mutter hielt?

»Ich habe einen Brief für dich.« Joshua reichte ihr einen zerknitterten weißen Umschlag.

Wehmut stieg in Byrony auf, als sie die schöne geschwungene Handschrift ihrer Mutter erkannte. Der Brief war geöffnet worden, ebenso wie die beiden anderen zuvor. Joshua traute ihr also immer noch nicht — trotz allem, was sie für ihn und Irene auf sich genommen hatte. Sicher kontrollierte er auch ihre Briefe nach San Diego. Er fürchtete wohl, sie könnte sich ihrer Mutter anvertrauen. Und das Risiko, daß Madison DeWitt die Wahrheit erfuhr, wollte er sicher nicht eingehen. Ihr Vater würde auch vor Erpressung nicht zurückschrecken.

Hastig überflog sie den langen Brief. Viel Neues gab es nicht zu berichten. Ihr Vater verfolgte also gerade keinen seiner großspurigen Pläne. Hoffentlich schlug er ihre Mutter wenigstens nicht mehr so häufig. Es versetzte Byrony einen Stich, als sie las, wie sehr sich ihre Mutter auf das Enkelkind freute. Lügen, nichts als Lügen, dachte sie. Hörte das denn nie mehr auf? Sie faltete den Brief zusammen und steckte ihn wieder in den Umschlag. Sie wollte ihn noch am Abend beantworten, damit Joshua ihn mitnehmen und in San Francisco aufgeben konnte.

Plötzlich traten ihr Tränen in die Augen. Sie schaffte es einfach nicht, sie länger zurückzuhalten. Es war ihr sehr schlecht ergangen, als sie in ihr Elternhaus zurückgekehrt war. Doch immer hatte sie die Liebe ihrer Mutter gespürt. Noch nie in ihrem Leben hatte sie sich so einsam und verlassen gefühlt wie jetzt!

»Byrony!« Joshua stand auf und kam zu ihr hinüber. Tröstend strich er ihr über die Wange.

Sie schluckte schwer und wischte sich unwirsch die Tränen aus dem Gesicht. »Es tut mir leid, Joshua. Ich weiß auch nicht, was mit mir los ist ...« Hilflos brach sie ab.

»Meine arme Byrony. Die letzten Monate waren sehr schwer für dich.« Sanft zog er sie an sich. »Ich mache es wieder gut, das verspreche ich dir. Du bist jung und brauchst Leben um dich herum. Parties und Gesellschaften.«

»Ich will einfach nur unter Leute kommen.« Sehnsüchtig dachte sie an San Francisco, diese schnellebige, aufregende Stadt. Unweigerlich drängte sich auch Brent Hammond in ihre Erinnerungen. In all den Monaten war sie sein Bild nicht losgeworden. Er hatte sie beleidigt und gedemütigt. Und trotzdem sah sie nur das Lächeln, das seine Mundwinkel umspielte, und den warmen Glanz in seinen Augen. Zu gern hätte sie Joshua nach ihm gefragt. Aber sie wagte es nicht.

Ein durchdringender Schrei ließ beide erstarren. Ihre Blicke trafen sich. »Irene.« Mit einem Satz war Joshua an der Tür. Byrony folgte ihm mit gerafften Röcken die Treppe hinauf. Doch Eileen versperrte ihr den Weg in Irenes Zimmer.

»Nein, Mrs. Butler«, sagte sie bestimmt. »Sie sollten da nicht hineingehen. Es ist alles in Ordnung. Das Baby will nur ein bißchen früh zur Welt kommen. Der Master holt gleich den Doktor.«

Joshua kam aus dem Zimmer. »Ich bin gleich wieder da, Eileen«, sagte er. Byrony beachtete er gar nicht. »Der Doktor braucht sicher heißes Wasser.«

Byrony ging wieder ins Wohnzimmer hinunter. Endlich war es soweit! Wenn das Baby erst einmal da war, konnten sie bald nach San Francisco zurückkehren. Dann war sie nicht mehr in diesem stickigen, engen Haus gefangen!

Die Schmerzensschreie, die in immer kürzeren Abständen durch das Haus hallten, zerrten an den Nerven. Dr. Chambers, ein kleiner glatzköpfiger Mann, der für seine diskreten Dienste gut entlohnt wurde, hatte Irenes Zimmer seit Stunden nicht mehr verlassen. Niemand hatte etwas zu Abend gegessen. Es ging auf Mitternacht zu. Endlos langsam verstrich die Zeit. Ab und zu kam Joshua völlig erschöpft nach unten. Unerträgliche Spannung lastete auf dem ganzen Haus.

»Wie lange soll das denn noch dauern?« stieß er schließlich hervor. Noch nie hatte Byrony ihn so verschwitzt und aufgelöst gesehen. Er hatte die Hemdsärmel aufgekrempelt und die obersten Knöpfe geöffnet.

Byrony wußte nicht, was sie sagen sollte. Aber Joshua hätte ihr ohnehin nicht zugehört. Unruhig lief er auf und ab. »Das Baby kommt zu früh. Das macht es ihr vielleicht erträglicher.« Ein markerschütternder Schrei ließ ihn erstarren. Dann stürzte er in panischer Hast aus dem Wohnzimmer und die Treppe hinauf.

Byrony hielt es nicht mehr auf ihrem Platz. Sie lief in die Halle. Wieder hörte man einen langanhaltenden schmerzerfüllten Schrei. Dann trat Stille ein. Und kurz darauf vernahm sie einen dünnen, klagenden Laut. Das

Baby! Am liebsten wäre Byrony hinaufgestürzt. Aber sie wußte, daß man sie dort nicht sehen wollte.

Ungeduldig wartete sie in der Halle auf Joshua, der eine halbe Stunde später herunterkam. »Es ist ein Mädchen.« Er wirkte vollkommen erschöpft. »Irene geht es gut. Dr. Chambers sagt, daß alles in Ordnung ist.«

Schweigend folgte Byrony ihm ins Wohnzimmer. Kaum hatte er sich auf das Sofa gesetzt, war er auch schon eingeschlafen. Merkwürdig, dachte sie, als sie ihn beobachtete. Er war ihr Mann. Und doch hatte sie ihn noch nie so gesehen. Was wußte sie eigentlich über ihn?

Mit einem Seufzer ließ sich Byrony auf einen Sessel sinken und schloß die Augen. Das Baby war da! Ein Glücksgefühl durchströmte sie. Bald kehrten sie nach San Francisco zurück!

Brent schaute von seinen Unterlagen auf und lächelte. »Hallo Maggie. Wie lief das Geschäft letzte Nacht?«

»Hervorragend. Meine Mädchen sind ziemlich erschöpft. Man sollte nicht glauben, wie viele liebeshungrige Männer es in San Francisco gibt!« Sie schloß die Tür hinter sich. »Felice hatte eine Fehlgeburt. Dr. Morris sagt, daß sie bald wieder arbeiten kann. Offenbar hat sie nicht aufgepaßt. Die kann was erleben.«

Brent kannte Maggie inzwischen gut genug, um zu wissen, daß sie eher besorgt als wütend war. Wahrscheinlich glaubte sie, sich ihren Mädchen gegenüber nicht zu sanftmütig zeigen zu dürfen. Doch er war überzeugt, daß sie keine von ihnen im Stich ließ, wenn es darauf ankam.

»Ich wünschte, du hättest mir Celeste nicht ausgespannt.« Unwirsch runzelte sie die Stirn. »Gerade jetzt brauche ich sie dringend.«

»Du weißt doch, daß ich meine Frauen nicht gern mit anderen Männern teile. Das lasse ich mich halt etwas kosten. Komm schon, Maggie, setz' dich.«

Seufzend ließ sie sich auf das Sofa sinken. »Wirklich, ich bin völlig geschafft.«

Brent grinste jungenhaft. »Geschafft? Etwa vom Geldzählen?«

Mißbilligend schaute sie ihn an, mußte dann aber doch lachen. »Du bist ein Bastard, Brent Hammond! Gerade du mußt vom Geldzählen reden. Der ›Wild Star‹ ist doch eine Goldgrube. Aber ich will nicht klagen. Die Geschäfte gehen gut. Wir haben beide verdammt viel Glück.«

»Das kann man wohl sagen. Kann ich dir einen Drink anbieten?« Er kam mit geschmeidigen Schritten hinter seinem Schreibtisch hervor.

»Gegen einen Schluck Whiskey hatte ich noch nie etwas einzuwenden.« Sie sah sich in dem großzügigen, in warmen Brauntönen gehaltenen Wohnraum um. Schwere Mahagonimöbel und dicke Teppiche verrieten Geld und Geschmack. »Es gefällt mir, wie du dich hier eingerichtet hast.«

»Danke. Hier, dein Whiskey.«

Maggie hob das Glas. »Auf alles, was wir uns vom Leben erhoffen.« Mit einem Zug leerte sie das Glas. Der Whiskey brannte in der Kehle und tat sofort seine Wirkung. »Warum wohnt Celeste eigentlich nicht bei dir? Du hältst sie doch so großzügig aus, wie wohl sonst kein Mann seine Geliebte.«

Brent zuckte mit den Schultern. »Mir allein reicht diese kleine Wohnung hier über dem Saloon. Außerdem«, fügte er anzüglich hinzu, »ist es ja nicht auszuschließen, daß sich eines deiner Mädchen in einer kalten Winternacht in mein Bett verirrt.«

»Was dir eine saftige Rechnung von mir einbringen würde«, konterte Maggie ungerührt. Dann musterte sie ihn einen Augenblick nachdenklich. »Weißt du eigentlich, wie sehr dich die meisten Männer um dein Glück bei Frauen beneiden?«

»Jetzt übertreibst du aber.« Brent setzte sich. »Jedenfalls ein bißchen«, fügte er lächelnd hinzu. »Immerhin zeigst du ja kein Interesse an mir, welche Wunderdinge sich deine Mädchen auch von mir erzählen mögen.«

»Bescheidenheit ist nicht gerade deine Stärke, Brent Hammond.« Lachend schüttelte sie den Kopf. Doch dann wurde sie plötzlich ernst. »Ich wette, daß dir an keiner von diesen Frauen etwas liegt. Nicht mal an Celeste. Niemand hat Platz in deinem Leben, nicht wahr? Darin sind wir uns gleich.«

Brent streckte die Beine aus. »Ich brauche Menschen um mich herum.«

»Aber du wahrst immer eine gewisse Distanz und läßt niemanden wirklich an dich heran. Glaub' mir, Brent«, fuhr sie fort, als er keine Regung zeigte, »ich kenne euch Männer.«

»Wirklich? Woran liegt uns denn am meisten?«

»An Sex und Geld.«

»In dieser Reihenfolge? Ist das nicht ein bißchen kurzsichtig gedacht, meine Liebe? Du vergißt guten Whiskey und ein bequemes Bett.«

»Ach, Brent, kann man denn nie ernsthaft mit dir reden? Warum hast du solche Angst davor, daß ich dir zu nahekomme?«

»Laß es gut sein, Maggie«, entgegnete er ruhig. »Zum Beispiel weiß ich, daß du immer allein schläfst. Habe ich dich je nach dem Grund gefragt? Ich sehe keinen Sinn darin, daß wir uns über Geschehnisse in der Vergangenheit gegenseitig das Herz ausschütten. Es läßt sich doch nichts mehr ändern.«

»Deine Kindheit kann so schlimm nicht gewesen sein.« Als sie seinen alarmierten Blick sah, zog sie überrascht die Augenbrauen hoch.

»Hast du etwa schon vergessen, daß du mir von ›Wakehurst‹ erzählt hast? Ich wette, daß ich die einzige bin, der du je etwas anvertraut hast. Sollte ich mich geschmeichelt fühlen? Was hat dieser finstere Blick zu bedeuten? Brent Hammond, mir kannst du nichts vormachen. Ich weiß, daß es eine Frau war, die dich so bitter enttäuscht hat.«

Brent hatte eine scharfe Antwort auf den Lippen, zügelte sich aber.

»Sind Frauen nicht die Wurzel aller unserer Übel?« meinte er leichthin.

»Nun, in meinem Fall war es ein Mann«, begann Maggie. »Mein Vater, genauer gesagt. Wie habe ich ihn gehaßt!« Schnell hatte sie sich wieder gefaßt und lachte peinlich berührt auf. »Bitte vergiß, was ich gesagt habe, Brent. Ich weiß, du könntest es nicht ertragen, wenn ich mich an deiner Schulter ausweinen würde.«

»Du weißt, daß ich jederzeit für dich da bin. Wenn dir etwas daran liegt, knöpfe ich mir den Kerl vor.«

»O nein, das ist nicht nötig.« Maggie lachte bitter auf. »Hauptsache, ich sehe ihn nie wieder. Ich möchte gar nicht wissen, für wie viele hungrige Mäuler er inzwischen schon zu sorgen hat.« Sie schwieg einen Augenblick. »Brent, hast du eigentlich je daran gedacht, eine Familie zu gründen?«

Lange Zeit antwortete er gar nicht, sondern starrte nur angestrengt aus dem Fenster. »Kannst du dir vorstellen, wie ich Kinder auf den Knien schaukele?« fragte er schließlich. Abrupt wandte er sich zu ihr um. »Maggie, ich bin nicht so kalt und gleichgültig, wie du denkst. Es gab eine Frau, die mir etwas hätte bedeuten können. Aber es war eine Enttäuschung. Bist du jetzt zufrieden?«

»Brent, was so viele Jahre zurückliegt . . .«

»Es ist noch nicht lange her«, unterbrach er sie kühl. »Eine Zeitlang hoffte ich, daß sie nicht so ist wie die anderen. Aber wir lernen ja nie aus, nicht wahr, Maggie? Übrigens muß ich gleich nach unten. Ich erwarte eine größere Ladung Whiskey.«

Maggie verzog keine Miene. Dieser Anflug von Bitterkeit war nur die Spitze des Eisbergs. Das wußte sie. Und so betrunken konnte er gar nicht sein, daß er ihr je von sich aus mehr erzählen würde. O ja, sie kannte ihn.

Als sie sich so ansahen, wurde Brent wieder einmal bewußt, wieviel Maggie ihm bedeutete. Er vertraute ihr mehr als je einem Menschen zuvor. Warum verstand sie nicht, daß er über bestimmte Dinge einfach nicht reden konnte, nicht einmal mit ihr? Diese unwirsche Geste, mit der sie den Sitz ihrer Haarnadeln kontrollierte, zeigte ihm nur allzu deutlich, daß ihr seine Antworten nicht genügten. Unwillkürlich fragte er sich, wie sie wohl aussehen mochte, wenn sie das Haar offen trug.

»Schau' mich nicht so an, Brent Hammond.« Maggie zog die Augenbrauen hoch. »Ich weiß, daß dir nicht gefällt, was du siehst.«

»Unsinn, Maggie. Ich mag es nur nicht, daß sich eine schöne Frau wie du so streng gibt.« Wie mußte sie erst in einem gewagten Kleid und mit locker aufgestecktem Haar aussehen! Wohl niemand hätte in der Frau mit dem züchtig hochgeschlossenen perlgrauen Kleid die Besitzerin eines florierenden Bordells vermutet.

Maggie lächelte verschmitzt. »Ablenkungsmanöver sind zwecklos. Modethemen reizen eben doch nicht jede Frau. Ich frage mich schon die ganze Zeit, wer diese geheimnisvolle Person sein kann.«

»Maggie!«

»Also gut. Dann gehe ich jetzt.« An der Tür drehte sie sich noch einmal um. »Heute abend will ich mit dir pokern, mein Lieber. Verlier also nicht schon vorher all dein Geld, ehe ich eine Chance hatte, dich auszunehmen!«

Welcher Teufel hatte ihn eigentlich geritten, ihr von Byrony zu erzählen? Fahrig strich Brent sich durch das Haar.

Warum hatte er diese Frau nicht längst vergessen? Inzwischen mußte sie das Kind geboren haben. Butlers Kind. Heiß stieg die Eifersucht in ihm auf. Er konnte sich einfach nicht dagegen wehren, so lächerlich und absurd es auch war. Längst hatten sich Joshua Butlers wöchentliche Fahrten nach Sacramento in der Stadt herumgesprochen. Und es kursierten bereits Gerüchte, daß das Kind schon vor der Hochzeitsnacht gezeugt worden war. Klugerweise hatte Butler seine Frau aus der Stadt geschafft, um einen Skandal zu vermeiden. Das war zweifellos ein geschickter Zug. Wann kehrte sie nach San Francisco zurück?

Schreie auf der Straße lockten ihn zum Fenster. Dort draußen prügelten sich zwei Männer. Grimmig verzog Brent das Gesicht. Er hatte nicht übel Lust, bei der Schlägerei mitzumischen. Warum war Maggie nur so neugierig? Sicher, sie meinte es gut mit ihm. Aber das Gespräch hatte alles nur wieder aufgewühlt. Verdammt, dachte er, heute muß ich mich betrinken.

»Rühr' sie nicht an!«

Erschreckt zuckte Byrony zusammen und fuhr herum. Das Baby, das friedlich in seiner Wiege gelegen und sie neugierig angesehen hatte, fing lauthals zu schreien an.

»Sieh, was du mit ihr gemacht hast! Mein kleiner Liebling. Mama ist ja schon bei dir.« Byrony wich unwillkürlich zurück, als Irene sich über die Wiege beugte und die Kleine auf die Arme nahm. Beruhigend sprach sie auf das Kind ein, bis das Geschrei erstarb.

»Es ist nicht meine Schuld.« Byrony ärgerte sich, daß sie sich auch noch verteidigen mußte. »Wirklich Irene, erst deine laute Stimme hat Michelle erschreckt.«

Einen kurzen Moment blickte Irene sie zornig an. Aber es war so schnell vorbei, daß Byrony sich fragte, ob sie es sich nicht nur eingebildet hatte.

»Bitte verzeih mir, Byrony.« Irene versuchte ein freundliches Lächeln, drückte die Kleine aber noch besitzergreifender an ihren Busen. »Ich ... ich hätte dich nicht so anfahren dürfen. Es war wirklich dumm von mir.« Zärtlich wiegte sie das Baby in den Armen. »Ist ja schon gut, meine Kleine.«

Schweigend verließ Byrony die beiden und kehrte in ihr Schlafzimmer zurück. Nachdenklich starrte sie auf die Verbindungstür von Joshuas Zimmer. Sie hatte einen Ehemann und ein Kind. Bitter lachte sie auf. Es war zu absurd. Heute noch spreche ich mit Joshua, entschied sie. So kann es mit Irene nicht weitergehen. Außerdem hielt sie es einfach nicht mehr aus. Sie mußte endlich wieder unter Leute. Er durfte sie nicht länger hier einsperren.

Ein Geräusch nebenan ließ sie aufhorchen. Entschlossen ging Byrony zur Verbindungstür hinüber. Sie hatte die Hand schon erhoben, ließ sie dann aber wieder sinken. Nur einmal hatte sie kurz einen Blick in Joshuas Schlafzimmer geworfen, das mit seiner kargen, zweckmäßigen Möblierung und den schweren maskulinen Brauntönen seinem Typ entsprach. Damals hatte er ihr das ganze Haus gezeigt. Doch die Verbindungstür hatten sie noch nie benutzt. Auch jetzt konnte sie diese Scheu nicht überwinden.

Byrony trat ans Fenster. Sie mußte eben warten. Und Geduld zu üben, das hatte sie in den vergangenen Monaten wirklich gelernt. Geduld, die zu unerträglicher Langeweile und Leere führte und wohl jeden auf Dauer zermürbte. Seit zwei Wochen waren sie jetzt wieder in San Francisco. Mit Schaudern dachte sie an die lange Zeit in Sacramento zurück. Nach der unerträglichen Hitze der vergangenen Monate genoß Byrony das kühle Herbstwetter. Sie mochte sogar den Nebel, der sich in dieser Jahreszeit schwer über die Bucht legte und manchmal sogar bis Rincon Hill hinaufstieg.

Plötzlich hörte Byrony Schritte auf dem Flur. Sie wartete, bis Joshua auf der Treppe war, ehe sie ihm nach einem prüfenden Blick in den Spiegel folgte. Eilig lief sie die Treppe hinab und klopfte an die Tür seines Arbeitszimmers.

»Byrony, komm herein, meine Liebe.« Joshua erhob sich. »Wie geht es dir? Hattest du einen guten Tag?«

Byrony merkte, daß Joshua sie forschend anblickte. Woran dachte er eigentlich, wenn er sie so anschaute? Nie hatte sie erlebt, daß er sich unfreundlich oder abweisend zeigte. Brachte er ihr eigentlich echte Sympathie entgegen? Oder fühlte er sich bei ihrem Anblick immer nur an die prekäre Situation erinnert, die er nicht ändern konnte? »Ich muß mit dir reden, Joshua«, sagte sie fest.

»Komm, setz' dich doch.« Er kam hinter dem Schreibtisch hervor und bot ihr einen Stuhl an. »Nun, worum geht es denn?«

»Irene läßt mich nicht zu Michelle.« Nervös faltete Byrony die Hände im Schoß.

»Übertreibst du da nicht ein wenig, meine Liebe?« versuchte er sie zu beschwichtigen. »Sicher, Irene ist sehr besitzergreifend, was das Baby anbelangt. Aber das mußt du verstehen. Sie hat viel durchgemacht.«

»Vor den Augen der Öffentlichkeit ist Michelle meine Tochter.« Byrony zwang sich, ruhig zu bleiben. »Die Leute schöpfen sofort Verdacht, wenn sie Irene mit dem Kind sehen, während ich abseits stehe.«

Joshua stellte sich ans Fenster und schaute schweigend hinaus. Nachdenklich rieb er sich mit dem Daumen das Kinn — eine Angewohnheit, die seine Anspannung verriet. »Du hast natürlich recht«, sagte er schließlich. »Die Leute sind nicht dumm.«

»Das Kind muß sich zumindestens an mich gewöhnen, damit es nicht gleich schreit, wenn ich es auf den Arm nehme. Irene muß einfach verstehen, daß ...«

»Was muß ich verstehen?«

Joshua fuhr herum. Er lächelte nervös, als er Irene im Türrahmen stehen sah. »Komm doch herein.«

»Wie du siehst, ist diese Aufforderung überflüssig«, entgegnete sie kühl. »Welche Lügenmärchen hat Byrony dir nun wieder hinter meinem Rücken zugetragen?«

Empört sprang Byrony auf. »Ich erzähle keine Lügenmärchen! Begreifst du denn nicht, daß wir uns arrangieren müssen?«

»Alles wäre gut, wenn du dich nicht ständig einmischen würdest!«

»Schluß jetzt!« Joshua hob energisch die Hand. »Irene, ich muß mit dir sprechen.« Er nahm seine Schwester beim Arm und führte sie in die Halle hinaus.

Byrony hörte, wie er auf sie einredete, konnte aber nicht verstehen, was er sagte. Plötzlich bekam sie ein schlechtes Gewissen. Joshua hatte recht. Sie mußte mehr Geduld für Irene aufbringen. Ihre Schwägerin hatte viel gelitten. War es da nicht ganz natürlich, daß sie eifersüchtig über das Kind wachte, das ihr einziger Trost war? Als sie von draußen Irenes Schluchzen hörte, fühlte sie sich ganz elend. Was hatte Joshua ihr gesagt?

Ein paar Minuten später kehrten die beiden ins Arbeitszimmer zurück. Irene hatte sich wieder gefaßt. Nervös zerknüllte sie ein Taschentuch in ihren Händen, als sie neben Byrony auf einem Stuhl Platz nahm.

»Nun laßt uns ganz vernünftig über alles reden.« Joshua setzte sich an seinen Schreibtisch. »Vor allem geht es uns doch um Michelle. Irene, meine Liebe, du mußt einsehen, daß Byrony recht hat. Das Kind muß sich an sie gewöhnen, sonst werden die Leute schnell mißtrauisch. Verstehst du, was ich damit sagen will?«

Erleichtert atmete Byrony auf. Vielleicht gab es ja doch eine Möglichkeit, Irene klarzumachen, daß sie ihr das Baby nicht wegnehmen wollte.

»Gut.« Joshua nickte zufrieden. »Und jetzt habe ich eine Überraschung für euch. Nächsten Freitag geben wir eine kleine Dinnerparty. Es wird Zeit, daß Byrony in die Gesellschaft eingeführt wird. Den Anfang machen wir am besten mit Freunden, die uns wohlgesonnen sind.«

»Eine Dinnerparty? Das ist ja wundervoll!« Byrony war ganz aufgeregt. »Hast du schon die Gästeliste zusammengestellt? Wir werden zusätzliches Personal brauchen. Aber ich bin eine gute Köchin und kann Eileen bei den Vorbereitungen ...«

»Beruhig' dich wieder, Byrony!« Lächelnd hob Joshua die Hände. »Eins nach dem anderen. Ich habe schon alles in die Wege geleitet. Eileen bekommt eine Köchin und vier weitere Hilfen. Die Menüfolge steht bereits fest. Irene, ich möchte, daß du am Freitag ausgeruht und gesund erscheinst. Wir dürfen nicht vergessen, daß Byrony eine Geburt hinter sich hat und nicht du. Und, Byrony, wir können gleich die Gästeliste gemeinsam durchgehen.«

Schlagartig verlöschte Byronys spontane Freude. Enttäuscht verzog sie das Gesicht. Es war schon alles geplant. Und sie hatte sich zu fügen. Der Hausherr hatte gesprochen. Wieder einmal wurde ihr bewußt, daß sie eine Fremde in Joshua Butlers Haus war. Sie fühlte sich wie ein lästiger Gast, der nur widerwillig geduldet wurde, weil man ihn brauchte. Sicher, Joshua verwöhnte sie. Aber sie gehörte eben einfach nicht zur Familie. Sie hatte keine Aufgabe und keinen Platz in diesem Haus. Würde sich das je ändern?

Als Byrony am nächsten Morgen gerade vor dem Spiegel saß und ihr Haar bürstete, klopfte es plötzlich an ihrer Tür. »Joshua.« Überrascht stand sie auf. Eigentlich hatte sie Eileen erwartet.

»Komm, meine Liebe, ich habe eine Überraschung für dich.«

»Eine Überraschung?« Sie lächelte. »Joshua, du verwöhnst mich.«

Galant reichte er ihr seinen Arm und schüttelte auf ihren fragenden Blick hin nur energisch den Kopf. »Nein, es wird nichts verraten.«

Noch mehr verwirrte es Byrony, daß er sie aus dem Haus führte. »Ich verstehe nicht ...« Im gleichen Moment sah sie den Grund. Ein entzückter Aufschrei entfuhr ihr. »Thorny! O Joshua, was für eine Überraschung!« Sie umarmte ihn stürmisch, war aber schon im nächsten Augenblick bei ihrem Pferd. Zärtlich streichelte sie Thornys Mähne. »Wie hast du Vater nur dazu gebracht, daß er sich von ihr trennt?«

»Das mußte ich gar nicht«, antwortete er trocken. »Dein Vater hatte sie längst verkauft. Ich habe sie von eurem Nachbarn erworben, einem Joaquín de Neve.«

»Tausend Dank, Joshua! Es ist das schönste Geschenk, das ich je bekommen habe!« Glücklich strahlte Byrony ihn an. Sie wollte gar nicht daran denken, daß ihr Vater Thorny verkauft hatte. Hauptsache, sie gehörte jetzt ihr!

Joshua lächelte zufrieden. Hatte er ihr nicht versprochen, sie zu entschädigen? Vielleicht kehrte jetzt endlich wieder Friede ins Haus ein. Byrony war beschäftigt und mußte sich nicht mehr eingesperrt fühlen, was hoffentlich auch ihr Verhältnis zu Irene entspannte. Nachdenklich betrachtete er sie, wie sie Thorny zärtlich streichelte. Sie war so dünn und blaß. Die langen Monate in Sacramento hatten ihr ziemlich zugesetzt. Nein, sie war nicht mehr das strahlende und lebhafte Mädchen, das er im Frühling nach Sacramento gebracht hatte. Ihr schönes Haar hatte seinen gesunden Glanz und die Augen ihr fröhliches Funkeln verloren.

Schuldgefühle stiegen in ihm auf. Byrony beklagte sich nur selten und verlangte nichts. Natürlich wollte er ihr die Situation erleichtern und auf sie eingehen. Aber er hatte nicht damit gerechnet, daß Irene so schwierig sein würde.

»Wir sollten Monsieur David heute noch einen Besuch abstatten«, schlug er vor. »Du brauchst Reitkleidung.«

»Aber nein! Ich habe doch noch meine Hosen ...«

»O nein!« Joshua verdrehte in gespieltem Entsetzen die Augen. »Wir haben die Moralapostel der hiesigen Gesellschaft sowieso schon über Gebühr strapaziert. Wenn du dich ihnen jetzt auch noch im Herrensitz und in Hosen präsentierst, ist es endgültig vorbei!«

»Du hast natürlich recht.« Byrony seufzte. Es machte nur halb soviel Spaß, im Damensattel zu reiten. »Ich habe noch nie Reitkleider getragen.«

»Nun, meine Liebe, du wirst auch darin hinreißend aussehen. Davon bin ich überzeugt.«

»Dieses Königsblau steht Ihnen ganz ausgezeichnet, Mrs. Butler.« Monsieur David ließ es sich nicht nehmen, Byrony höchstpersönlich zu bedienen. Prüfend hielt er den Stoffballen ans Licht. »Es ist ein interessanter Kontrast zum Grün ihrer Augen. Fühlen Sie nur, es ist feinstes Tuch.«

Hilfesuchend schaute Byrony sich nach Eileen um, die ein paar Schritte hinter ihr geduldig wartete. Vielleicht konnte die resolute Haushälterin ihr helfen, in dieser verwirrenden Vielfalt von Farben und Materialien das Richtige auszuwählen.

»Nehmen Sie ihn, Mrs. Butler. Es ist ein wirklich schöner Stoff.« Eine junge Frau war neben sie getreten. Lächelnd hielt sie ihr die Hand hin. »Elizabeth Saxton ist mein Name. Mein Mann ist ein Geschäftspartner Ihres Gatten. Wir sind zu Ihrer Dinnerparty nächsten Freitag eingeladen.«

Verwirrt schaute Byrony die hübsche junge Frau an. Doch sie fing sich schnell wieder. »Ach ja, ich erinnere mich. Schön, daß ich Sie schon vorher kennenlerne.« Sie lächelte schüchtern.

Natürlich kannte Elizabeth Saxton die wilden Gerüchte, die in der Stadt über die neue Mrs. Butler kursierten. Doch wie ein verruchtes Frauenzimmer, das sich raffiniert einen der reichsten Männer der Stadt geangelt hatte, sah sie ja nicht gerade aus. Im Gegenteil, sie wirkte eher schüchtern und unschuldig, was vielleicht ihrer Jugend zuzuschreiben war. Außerdem war sie eine echte Schönheit.

Kein Wunder, daß der alte Joshua die Hochzeitsnacht nicht mehr hatte abwarten können. Beneidenswert, wie überaus schlank ihre Taille bereits so kurz nach der Niederkunft wieder war. Gern hätte sie nach dem Baby gefragt. Aber mußte Mrs. Butler es nicht als Affront auffassen, wenn sie dieses delikate Thema gleich bei ihrem ersten Zusammentreffen anschnitt? Sie jedenfalls sah keinen Grund, Byrony Butler das Leben schwer zu machen.

»Ich will Sie nicht länger aufhalten, Mrs. Butler.« Elizabeth Saxton lächelte gewinnend. »Sicher nehmen die Vorbereitungen für das Dinner Ihre ganze Zeit in Anspruch. Wir sehen uns dann am Freitag. Auf Wiedersehen.«

»Auf Wiedersehen.« Byrony schaute der jungen Frau hinterher. Wenn doch nur alle so freundlich zu ihr wären!

»Mrs. Butler, mir scheint, Sie haben an Gewicht verloren.« Monsieur David musterte sie abschätzend. »Wir müssen neu Maß nehmen.«

»Das ist nicht nötig, Monsieur David.« Byrony lächelte. Mit den täglichen Ausritten auf Thorny war ihre Appetitlosigkeit sicher überwunden. »Bald habe ich wieder meine alte Figur erreicht.«

Gewissenhaft arbeitete sie sich eine weitere Viertelstunde durch Monsieur Davids Stofflager, besprach die neuesten Schnitte sowie die modischen Details der Reitkostüme. Sie war ganz erleichtert, als sie schließlich mit Eileen wieder auf die Straße trat.

Es war ein schöner, sonniger Herbsttag. Nach den langen Monaten ohne jede Abwechslung konnte Byrony, sehr zum Leidwesen Eileens, von dem bunten Treiben um sie herum nicht genug bekommen. Da es nicht weit war, hatten sie den Weg in die Stadt zu Fuß zurückgelegt. Joshua hatte darauf bestanden, daß die resolute Haushälterin sie begleitete, solange sie sich in der Stadt noch nicht genügend auskannte. »Ist es nicht ein wunderschöner Tag?«

»Dann warten Sie erst, bis der Regen kommt«, antwortete Eileen ungerührt. »Letztes Jahr soll auf der Montgomery Street ein Maulesel im Schlamm ertrunken sein.«

Doch an diesem Tag konnte Byrony nichts die gute Laune verderben. Endlich mußte sie sich nicht mehr vor aller Welt verstecken, konnte wieder unter Leute gehen und das Leben genießen. Die bewundernden Blicke der Männer schmeichelten ihr. Wenigstens hatte dieser schreckliche Sommer sie nicht grau und häßlich gemacht.

»Wir sollten jetzt besser heimkehren«, ermahnte die Haushälterin sie.

»Ach nein, Eileen, es ist doch noch nicht so früh, und außerdem habe ich bisher viel zu wenig von der Stadt gesehen.«

»Wie Sie wünschen, Mrs. Butler. Aber wir sollten nicht zu lange bleiben. Sonst macht sich der Master Sorgen.«

Gemächlich schlenderten sie durch die Straßen. Byrony bewunderte die Auslagen in den Läden. San Francisco war eine reiche, aufstrebende Stadt, die es bald mit den Metropolen im Osten würde aufnehmen können. Noch prägten neben eleganten Geschäften vor allem die zahllosen Saloons das Straßenbild. Wie viele Abenteurer hatten in diesen Spelunken ihre Hoffnungen begraben, wie viele kleine Farmer die notarielle Bestätigung ihres kargen

Besitzes gefeiert? Und dann gab es natürlich die Spieler, die hier ihr Glück machen wollten. Nur wenige schafften es. So wie Brent Hammond. Hastig schob sie den Gedanken an ihn beiseite.

San Francisco war eine Stadt der Gegensätze. Byrony sah viele wohlhabende, elegant gekleidete Menschen. Andere wiederum wirkten so abgerissen und ärmlich, daß es fraglich war, ob sie überhaupt ein Dach über dem Kopf besaßen. Besonders fielen ihr die zahlreichen Chinesen im Straßenbild auf. Die meisten trugen die traditionelle Haartracht mit dem langen schwarzen Zopf.

»Mrs. Butler«, fuhr Eileen sie plötzlich an. »Sie müssen den Blick senken.«

Erschreckt über den scharfen Tonfall gehorchte Byrony, erhaschte aber doch noch einen Blick auf die beiden schönen, auffällig herausgeputzten Frauen, die soeben unter den bewundernden Blicken der Männer die Straße überquerten.

Anerkennende Pfiffe waren zu hören. Plötzlich stieß sie mit jemandem zusammen. Eine stützende Hand griff nach ihrem Arm.

»Bitte entschuldigen Sie, Madam. Es ist meine Schuld. Ich habe nicht aufgepaßt.«

Byrony erstarrte. Unter Tausenden hätte sie diese Stimme wiedererkannt. Langsam hob sie den Kopf und schaute direkt in Brent Hammonds blaue Augen.

Sofort ließ er ihren Arm los. Sein Gesichtsausdruck verhärtete sich. »Heute ohne Mehl?« Ein spöttisches Lächeln umspielte seine Mundwinkel. »Aber natürlich, wie dumm von mir. Diese Zeiten sind längst vorbei, nicht wahr?«

Er sieht einfach fantastisch aus, war Byronys erster Gedanke. Der Schock, ihn so unverhofft wiederzusehen, war so groß, daß nicht einmal sein Spott sie treffen konnte. Sie schluckte. »Guten Tag, Mr. Hammond.«

»Mrs. Butler«, schaltete Eileen sich ein. »Wir sollten uns jetzt wirklich auf den Heimweg machen.«

Byrony drehte sich nicht einmal nach ihr um. »Nur noch ein paar Minuten, Eileen. Mr. Hammond ist ein Freund von Mr. Butler. Warum siehst du dich nicht bei dem Hutmacher dort drüben nach einer Reitkappe für mich um?«

Mißtrauisch musterte Eileen Brent Hammond, fügte sich dann aber. »Wie Sie wünschen, Mrs. Butler.«

»Traut Joshua Ihnen so wenig, daß er Sie auf Schritt und Tritt bewachen läßt?« Brent sah der Haushälterin nach.

»Keineswegs. Joshua ist lediglich der Ansicht, daß ich jemanden zu meinem Schutz brauche, bis ich mich in der Stadt zurechtfinde. San Francisco ist herrlich«, fuhr sie begeistert fort, ehe er eine gehässige Bemerkung machen konnte, »eine Stadt voller Leben. Überall herrscht geschäftiges Treiben.«

Doch Brent war offenbar nicht nach höflichem Geplauder zumute. »Sie sehen sehr gut aus«, stellte er kurz fest.

»Warum auch nicht?« entgegnete sie schnippisch. Sein scharfer Tonfall forderte sie heraus. Wollte er sie wieder nur beleidigen?

»Sie haben eine beneidenswerte Figur. Wenn man bedenkt, daß Sie erst kürzlich niedergekommen sind.« Er machte eine bedeutungsvolle Pause. »Nein, wirklich. Sie sehen richtig erholt aus.«

»Oh.« Hilflos senkte Byrony den Blick. Einen Augenblick lang hatte sie es ganz vergessen.

»Obwohl Sie mir ein bißchen dünner erscheinen.« Ungeniert musterte er sie.

»Bitte, Mr. Hammond ...«

»Sie haben ganz recht, Mrs. Butler«, fuhr er ungerührt fort. »Es geht mich überhaupt nichts an.« Und er hatte tatsächlich gehofft, daß sie ihm nach all diesen Monaten gleichgültig war und er nur Verachtung für sie empfinden würde. Statt dessen raubte ihm allein ihr Anblick fast den Verstand. »Wie lange sind Sie schon wieder in der Stadt, Madam?«

»Seit zwei Wochen. Inzwischen haben Sie doch Ihren Saloon eröffnet, Mr. Hammond. Laufen die Geschäfte gut?«

»Ich kann wahrlich nicht klagen. Es scheint, daß San Francisco den Männern keine andere Zerstreuung bieten kann als Bordelle und Saloons. Obwohl wir uns natürlich auch auf dem Gebiet des kulturellen Lebens rasch entwickeln«, fügte er hinzu, als er ihren mißbilligenden Blick sah. »Wie man hört, werden im Januar die ersten Gaslaternen in Betrieb genommen, was hoffentlich das lichtscheue Gesindel, das sich hier nachts auf den Straßen herumtreibt, abschrecken wird.«

Byrony atmete erleichtert auf. Endlich einmal unterhielten sie sich, ohne daß er sie scharf attackierte.

»Inzwischen geben Theatergruppen aus aller Welt glanzvolle Gastspiele in unserer Stadt. Es ist wirklich schade, daß Sie Lola Montez nicht gesehen haben, Madame.« Warum nur redete er solchen Unsinn? Ach, es war ihm egal. Stundenlang würde er belanglose Konversation treiben, wenn sie nur bei ihm blieb. Plötzlich packte ihn wieder der Zorn. Jetzt ließ er sich also auch schon zum Idioten machen. Sie war wirklich raffiniert. Der unschuldige, ein wenig verängstigte Blick aus den großen Augen und ihre ganze mädchenhafte Erscheinung verfehlten ihre Wirkung nicht. Doch er wußte, wie sie wirklich war.

»Wie geht es dem Kind, Mrs. Butler?« Der verletzte Ausdruck in ihrem Gesicht machte ihn noch wütender. Was für eine Schauspielerin!

»Danke, Michelle ist gesund und kräftig«, antwortete Byrony ruhig.

»Sieht sie Ihrem Gatten ähnlich?«

»Sie hat das Aussehen der Butlers, möchte ich sagen.« Byrony zwang sich zu einem gequälten Lächeln. Er sollte nicht merken, wie weh er ihr tat. »Das blonde Haar und die blauen Augen hat sie von ihrem Vater.«

Das Aussehen der Butlers? Sie hatte doch auch blondes Haar! Offensichtlich wußte Joshua Butler ja auch, daß seine Frau kein Unschuldsengel war. Hätte er ihr sonst seine resolute Haushälterin als Bewacherin aufgezwungen?

»Ah.« Er deutete auf die andere Straßenseite. »Ihr Schutzengel.«

Es war absurd, aber Byrony wäre trotz seiner Kränkung gern noch mit ihm zusammengeblieben. Irgend etwas zog sie wie magisch zu diesem Mann hin.

»Auf Wiedersehen, Mrs. Butler.« Galant zog er den Hut. »Es war mir ein Vergnügen.« Mit einem spöttischen Lächeln ließ er sie stehen.

5. KAPITEL

Eine kluge Wahl, dachte Elizabeth Saxton, als sie die übrigen Gäste an der langen festlich gedeckten Tafel betrachtete. Joshua Butler, der gewiefte Taktiker, hatte wieder einmal Fingerspitzengefühl bewiesen. Die dreizehn Gäste am Tisch waren entweder echte Freunde oder besonders wichtige Geschäftspartner, die der neuen Mrs. Butler freundlich oder zumindest mit dem gebührenden Respekt begegneten. Lediglich Penelope Stevenson hatte die junge Herrin im Hause Butler bei der Begrüßung ihre ganze Verachtung spüren lassen. Diese versnobte Intrigantin war sicher schon krank vor Neid auf die außergewöhnliche Schönheit von Joshuas Frau, die in ihrem eleganten Kleid aus feinster Seide aber auch wirklich hinreißend aussah. Das satte Gelb harmonierte mit ihrem blonden Haar und betonte ihre schönen grünen Augen.

Elizabeth hörte gar nicht zu, als Bunker Stevenson zu ihrer Linken eine weitere seiner langweiligen Geschichten über seine Abenteuer in Panama zum besten gab. Der Mann war ein furchtbarer Schwätzer, leider aber auch ein Geschäftsfreund ihres Mannes. Sie warf ihrer Freundin Agatha Newton, die neben Byrony saß, einen vielsagenden Blick zu. Die mitfühlende Agatha brachte offenbar all ihren mütterlichen Charme auf, um Mrs. Butler die Situation zu erleichtern.

Kein Wunder, daß Byrony Butler an diesem Abend nervös war. Ihr mußte diese Einführung in die Gesellschaft von San Francisco wie ein Spießrutenlaufen erscheinen. Elizabeth Saxtons Blick fiel auf Irene Butlers versteinerte Miene. Wie hatte Irene ihre neue Schwägerin nur so bloßstellen können, indem sie sich selbst einfach auf den

Platz der Hausherrin am Kopfende gesetzt hatte? Allen Anwesenden war somit deutlich klar geworden, daß Byronys Position im Hause Butler alles andere als gefestigt war. Der arme Joshua! Es war eine schwierige Aufgabe für ihn, Irene in ihre Schranken zu weisen, ohne es zu einer häßlichen Szene kommen zu lassen.

»Du wirkst ja so gedankenverloren, meine Liebe«, flüsterte Del Saxton ihr ins Ohr. »Gibt es etwa einen Mann in dieser Runde, den ich im Auge behalten sollte?«

In gespielten Entsetzen blickte Elizabeth ihren Mann an. »Und ich hatte gehofft, du würdest es nicht merken. Es ist Bunker. Er ist so ...«

»Langweilig? Albern?«

»Irgendwann, Del Saxton, habe ich das letzte Wort!«

»Aber meine Liebe, das ist doch jede Nacht der Fall.« Er lächelte verschmitzt.

Empört versetzte sie ihm einen leichten Tritt gegen das Schienbein, mußte dann aber wider Willen lächeln. »Delaney Saxton, du bist unmöglich.«

»Wie ich sehe, haben Sie hier noch nichts verändert«, sagte Agatha Newton zu Byrony, die lustlos einen Bissen von dem hervorragenden Roastbeef nahm. »Joshua hat zwar einen auserlesenen Geschmack. Trotzdem war ich immer der Ansicht, daß diesem Haus die weibliche Note fehlt. Haben Sie schon Pläne, wie sie das Eßzimmer oder den Salon verändern wollen?«

»Nein, ich möchte mich erst eingewöhnen«, antwortete Byrony ausweichend. Ihre ganze Aufmerksamkeit galt Brent Hammond, der heftig mit Penelope Stevenson flirtete. Ausgerechnet mit dieser eingebildeten Person! Byrony hatte es die Sprache verschlagen, als Brent Hammond erschienen war. Joshua hatte ihn am Nachmittag getroffen und ihn spontan eingeladen. Heiß stieg die Eifersucht in ihr auf, als sie sah, wie charmant Brent sich um Penelope bemühte. Mach' dich nicht lächerlich, dachte sie wütend. Du bist verheiratet, vergiß das nicht. Und außerdem ist es dieser Mann nicht wert. Wie oft hatte er sie seine ganze Verachtung spüren lassen? Und trotzdem klopfte ihr Herz schneller, wenn sie ihn nur sah.

Agatha Newton folgte Byronys Blick und mußte unwillkürlich lächeln. Zumindest was Männer anbelangte, hatte die junge Mrs. Butler einen ausgezeichneten Geschmack. Zwanzig Jahre zuvor hätte Brent Hammond, dieser Teufelskerl, ihr Blut auch in Wallung gebracht.

»Ich würde mir gern mal Ihr Baby ansehen, Mrs. Butler.« Dr. Morris, Byronys Tischpartner zur Rechten, lächelte. »Joshua ist ja offenbar ganz vernarrt in seine kleine Tochter. Aber Sie wissen ja selbst wohl am besten, wie die Vaterschaft einen Mann verändert!«

»Dann gehe ich wohl recht in der Annahme, daß Sie selbst keine Kinder haben.« Byrony zwang sich, Dr. Morris ihre volle Aufmerksamkeit zu schenken. Den großen, etwas grobschlächtigen Mann, der nicht viel älter als dreißig Jahre sein konnte, hätte man eher für einen Holzfäller halten können. Aber von Joshua wußte sie, daß er in der ganzen Stadt einen ausgezeichneten Ruf genoß.

Gutgelaunt zwinkerte er ihr zu. Seine braunen Augen hatten einen warmen Glanz. »Darf ich Ihnen ein Geheimnis anvertrauen, Madam? Eine Familie ist nichts für einen vielbeschäftigten Mann wie mich. Natürlich begegnet mir hin und wieder eine Frau, bei der meine Prinzipien ins Wanken geraten. Aber dann lasse ich doch lieber die Finger davon.«

»Eines Tages erwischt es auch Sie, Dr. Morris.«

»Nennen Sie mich doch einfach Saint.«

»Gut. Und ich heiße Byrony.« Sie konnte ihre Neugier nicht zügeln. »Wie kamen Sie eigentlich zu diesem Namen? Saint ist doch sicher nicht Ihr wirklicher Taufname?«

Er seufzte. »Das ist eine lange Geschichte, Byrony.«

Verschwörerisch beugte er sich vor. »Heißen Sie vielleicht Horaz?« flüsterte sie. »Percival oder Nathaniel?«
Traurig schüttelte er den Kopf. »Sie kennen meine Mutter und ihren beklagenswerten Sinn für Humor nicht.«
»Ich verstehe. Aus Ihnen ist nichts herauszubringen, Saint.« Byrony lächelte. »Joshua hat mir gesagt, daß Sie der beste Arzt in ganz San Francisco sind.«
»Da hat er allerdings recht, obwohl ich bescheiden hinzufügen möchte, daß die Konkurrenz so groß ja nicht ist. Wenigstens versuche ich, meine Patienten nicht umzubringen, wenn ich ihnen schon nicht helfen kann.«

Saint Morris entging nicht, daß Byronys Blick immer wieder zu Brent Hammond abschweifte. Sie hat einen guten Geschmack, dachte er amüsiert. Und dann sah er, wie sich die Blicke der beiden trafen. Saint Morris verschlug es den Atem. Noch nie zuvor hatte er den Freund so gesehen. Was ging da vor sich? Doch dann schob er diesen Gedanken rasch beiseite. Brent Hammond war kein Kostverächter, aber er wilderte nicht in den Revieren eines anderen. Sicher war er nicht so dumm, sich eine verheiratete Frau als Geliebte zu nehmen.
»Wie ich höre, sind Sie eine leidenschaftliche Reiterin.« Agatha Newton lächelte Byrony freundlich an.
»Ja, das stimmt.« Sichtlich nervös zupfte Byrony an ihrer Serviette. »Joshua hat Thorny, mein Pferd, aus San Diego nachkommen lassen. Er ist so gut zu mir.«
Warum, hätte Saint Morris sie am liebsten rundheraus gefragt! Weil er dich großzügigerweise heiratete, nachdem er dich geschwängert hat? Er verspürte tiefe Sympathie für diese junge Frau. Diese Gesellschaft würde ihr den Fehltritt nie wirklich verzeihen, wie jung und unerfahren sie auch noch war. Wie hatte Joshua Butler sich nur so vergessen können, sie zu verführen? Aber wenigstens stand er ja dafür ein.

Sie macht ihre Sache wirklich gut, dachte Joshua Butler erleichtert, als er Byrony am anderen Tischende im angeregten Gespräch mit Saint Morris und Agatha Newton beobachtete. Er hatte die beiden absichtlich neben ihr plaziert, weil er gewußt hatte, daß sie ihr helfen würden. Bei Saints Charme und Agathas mütterlicher Art mußte man sich einfach wohl fühlen. Die Stimmung ließ nicht zu wünschen übrig. Das Essen war ebenso ausgezeichnet wie die auserlesenen Weine aus seinem Keller. Bis auf Irene, die mit versteinerter Miene neben ihm saß, schienen sich alle gut zu unterhalten.

Kalt lief es ihm den Rücken hinunter, als er sich an die häßliche Szene erinnerte. Er hatte einfach nicht daran gedacht, daß Byrony der Platz am Kopfende zustand. Ein unverzeihlicher Fehler, der hoffentlich niemanden mißtrauisch machte. Bemerkt hatte er es überhaupt nur, weil Agatha Newton sichtlich überrascht gewesen war. Jetzt war Irene gekränkt. Die Situation war für sie sehr schwierig. Manchmal fühlte er sich direkt hilflos angesichts der berechtigten Wünsche und Bedürfnisse der beiden so verschiedenen Frauen in seinem Haus. Es war wirklich eine gute Idee gewesen, jemanden nach San Diego hinunterzuschicken, um Thorny zu kaufen. Jetzt war Byrony jeden Tag unterwegs und erkundete San Franciscos Umgebung. Für eine Frau in ihrer Stellung war das zwar sehr ungewöhnlich, aber diese Freiheit konnte er ihr unmöglich nehmen. Deswegen hatte er ihr auch eine Damenpistole gekauft und ihr gezeigt, wie sie damit umgehen mußte.

Was Maggie wohl zu dieser verlogenen Gesellschaft sagen würde, dachte Brent Hammond angewidert, als er sich in der Runde umsah. Als Berufsspieler und Geschäftspartner einer Hure war er durchaus salonfähig, während die feinen Damen wahrscheinlich eine Ohnmacht erlitten hätten, wäre er mit der Frau erschienen, die die meisten Männer der Stadt nur zu gut kannten. Brent war mit der festen Absicht gekommen, Byrony einfach zu ignorieren. Den ganzen Abend schon widmete er sich Penelope Stevenson, deren versnobtes und albernes Gehabe ihm zunehmend auf die Nerven fiel. Wie lange sollte er noch mit ihr belanglose Konversation betreiben?

»Darf ich einen Augenblick um Ihre Aufmerksamkeit bitten, meine Damen und Herren?« Del Saxton war aufgestanden. »Ich möchte einen Toast auf Byrony Butler ausbringen — einen außerordentlich charmanten Gewinn für San Francisco.«

Pflichtbewußt erhoben alle ihr Glas und prosteten Byrony zu, die sich verlegen lächelnd bedankte.

Brent versetzte es einen Stich. Sie spielte ihre Rolle wirklich gut und zeigte sich so mädchenhaft schüchtern und verletzlich, daß es beinahe auch ihn getäuscht hätte. Wie stolz Joshua sie anlächelte! In diesem Moment haßte er den Mann.

Der Kaffee wurde in zwangloser Runde im Salon serviert. Byrony war froh, daß die erste große Hürde genommen war. Joshuas Gesichtsausdruck zeigte ihr, daß er mit dem Verlauf des Abends zufrieden war. Jeder hatte sie respektvoll behandelt, die meisten waren sogar ausgesprochen freundlich zu ihr gewesen. Und Brent Hammond? Er hatte nicht einmal den Versuch unternommen, mit ihr ins Gespräch zu kommen. Offensichtlich nahm Penelope Stevenson, um die er sich überaus charmant bemühte, seine ganze Aufmerksamkeit in Anspruch. Oder war das wiederum nur eine neue Variante, um ihr seine ganze Verachtung zu zeigen?

Brent Hammond war schließlich auch der erste, der sich verabschiedete. Mit ein paar belanglosen Worten bedankte er sich für die Einladung. Als er Byrony die Hand reichte, umspielte ein kühles, unverbindliches Lächeln seine Lippen. Dann begleitete Joshua ihn zur Tür.

»Schade, daß Mr. Hammond so früh gehen mußte.« Penelope Stevenson war neben sie getreten. »Diese Männer und ihre ewigen Geschäfte. Na ja, als Entschädigung reiten wir morgen zusammen aus.«

Wieder fühlte Byrony ein Gefühl von Eifersucht in sich aufsteigen. Sie konnte sich einfach nicht dagegen wehren. »Wie schön«, brachte sie nur mühsam hervor.

»Mr. Hammond ist ein wirklich charmanter Unterhalter. Und nicht ganz unvermögend«, fügte Penelope Stevenson mit einem vielsagenden Lächeln hinzu. »Hoffentlich wird er nicht das Opfer einer ehrgeizigen Frau.«

»Miss Stevenson, darf ich Ihnen Mrs. Butler einen Augenblick entführen?« Lächelnd legte Saint Morris die Hand auf Byronys Arm. »Ich muß gleich aufbrechen und wollte mir noch die Kleine ansehen.«

Bereitwillig ließ Byrony sich von Saint Morris aus dem Salon führen. An diese gezielten Gemeinheiten mußte sie sich wohl gewöhnen. So ahndete man in diesen feinen Kreisen Fehltritte.

»Da kam ich ja gerade zur rechten Zeit.« Saint Morris zwinkerte ihr zu.

Byrony seufzte. »Sie sind ein Engel, Dr. Morris.«

»Nun, ich versuche nur, meinem Namen gerecht zu werden.«

Lächelnd öffnete Byrony die Tür zum Kinderzimmer. Michelle schlief tief und fest.

Saint Morris beugte sich über die Wiege. »Sie sieht kräftig und gesund aus. Wer hat Sie in Sacramento behandelt?«

»Dr. Chambers.«

»Ich habe noch nie von ihm gehört. Stillen Sie das Kind?«

»Ich ... ja, natürlich.«

Er richtete sich auf. »Entschuldigen Sie. Es war nicht meine Absicht, Sie in Verlegenheit zu bringen oder ungebührlich neugierig zu sein.«

»Du hast sie doch nicht aufgeweckt?«

Beide fuhren herum, als sie Irenes scharfe Stimme hörten. Ein peinliches Schweigen entstand.

»Die Gäste wollen aufbrechen, Byrony«, sagte Irene schließlich versöhnlicher. »Man wartet im Salon auf dich. Geh ruhig schon vor. Ich seh' noch mal nach Michelle.«

Byrony nickte und verließ wortlos das Kinderzimmer.

»Ich kann mir vorstellen, daß es für Irene nicht einfach ist, die ... veränderte Situation hier im Haus zu akzeptieren«, sagte Saint Morris auf dem Weg nach unten. »Zum Glück scheint sie wenigstens das Kind zu mögen. Das macht es vielleicht einfacher.«

»Hoffentlich«, sagte Byrony nur. Wenn er wüßte!

Die Saxtons warteten schon mit Joshua in der Halle auf sie. Lächelnd reichte Elizabeth ihr die Hand. »Sie müssen mich bald besuchen, meine Liebe. Wie wär's gleich morgen zum Mittagessen?«

Fragend schaute Byrony Joshua an, der wohlwollend nickte. »Sehr gern, Elizabeth. Ich freue mich.«

»Schön. Bringen Sie doch Michelle mit. Ich bin ja so gespannt auf das Baby.«

Joshua saß schon beim Frühstück, als Byrony am nächsten Morgen in das Speisezimmer kam. »Ich bin so froh, daß wir diese Einladung überstanden haben.«

»Ja, wir können zufrieden sein. Bald verstummen die Gerüchte, du wirst sehen.« Joshua erhob sich, bis Byrony zu seiner Rechten Platz genommen hatte.

»Nein, ich lege keinen Wert darauf, am Kopfende zu sitzen«, sagte sie bestimmt, als sie seinen irritierten Blick bemerkte. »Es erleichtert die Verständigung nicht gerade. Hoffentlich ist Irene nicht mehr wütend.«

»Warum sollte ich? Du beanspruchst doch nur die Privilegien, die dir zustehen.«

»Bitte, Irene.« Joshua ließ die Gabel sinken.

Lautlos wie eine Katze schleicht sie hier herum, dachte Byrony, zwang sich aber zu einem versöhnlichen Lächeln. Was war bloß aus der ruhigen, sanften Frau geworden, mit der sie die langen Monate in Sacramento verbracht hatte? Ihre Schwägerin zeigte sich zunehmend streitsüchtiger. Sie trug nicht das mindeste dazu bei, um diese unglückliche Situation erträglicher zu machen. Im Gegenteil, sie bemühte sich, die Atmosphäre absichtlich zu vergiften. Begriff sie denn nicht, daß es keine andere Lösung gab? »Guten Morgen, Irene. Hast du gut geschlafen?«

»Nein, Michelle war sehr unruhig.«

»Davon habe ich gar nichts bemerkt.«

»Wie solltest du auch? Du bist ja schließlich nicht ihre Mutter.«

»Irene.« Joshuas ruhige Stimme hatte einen warnenden Unterton. »Denk bitte an die Dienerschaft.«

Eingeschüchtert ließ Irene die Schultern sinken. Aber als sie sich auf ihren angestammten Platz am Kopfende setzte, warf sie Byrony einen kalten triumphierenden Blick zu.

Byrony nahm es gelassen hin. Offenbar konnte Irene sich nicht vorstellen, daß ihr wirklich nichts an diesem Privileg lag.

Irene läutete ungeduldig. Einen Augenblick später kam Naomi, die neue Köchin, und brachte ihr Rühreier mit Schinken und frisch geröstetes Weißbrot. Joshua kommentierte das neblige, naßkalte Wetter. Dann wurde es still.

An diesem Morgen war offenbar niemandem nach Konversation zumute. Jeder hing seinen eigenen Gedanken nach.

»Elizabeth Saxton hat mich zum Lunch eingeladen«, sagte Byrony schließlich, um das fast peinliche Schweigen zu brechen.

»Ausgezeichnet«, meinte Joshua zufrieden. »Mrs. Saxton ist sehr nett. Außerdem ist ihr Mann sehr einflußreich. Eine engere Verbindung kann uns also nur von Nutzen sein.«

»Sie möchte, daß ich Michelle mitbringe.«

»Nein! Auf keinen Fall!« widersprach Irene heftig. »Das Kind hatte eine unruhige Nacht«, fuhr sie ruhiger fort. »Es braucht heute seine Ruhe.«

»Soll ich Dr. Morris rufen lassen, Irene?« fragte Joshua besorgt.

»Das ist nicht nötig, Joshua. Babies haben so etwas häufiger. Michelle brauche heute nur besonders viel Ruhe.«

»Ich fürchtete schon, unsere Verabredung absagen zu müssen, aber es geht ihr wieder gut.« Byrony lächelte nervös. Hoffentlich wurde Elizabeth Saxton nicht mißtrauisch oder hielt sie für eine Rabenmutter. »Dr. Morris sagt, daß diese Blähungen bei allen Säuglingen auftreten. Man ist ja immer so besorgt. Aber bei Irene weiß ich die Kleine in guten Händen.«

»Wie gut, daß Sie Ihre Schwägerin im Haus haben, Byrony, und nicht auch noch durch die Haushaltsführung belastet sind.«

»Ja, Irene ist mir eine große Hilfe.« Byrony wunderte sich selbst, wie glatt ihr diese Lügen von den Lippen kamen. Sollte es das ganze Leben so weitergehen? »Sie haben es schön hier, Elizabeth. Ich finde es sehr gemütlich.«

»Dieses Kompliment muß ich an meinen Mann weiterreichen.« Elizabeth lächelte. »Nach unserer Hochzeit brauchte ich praktisch nur hier einzuziehen. Del hatte alles schon herrichten lassen. Übrigens haben Sie Saint Morris nur um ein paar Minuten verpaßt. Dabei hätte ich charmante Unterstützung dringend nötig gehabt. Ich bekomme aus diesem Mann einfach nicht heraus, woher er diesen Namen hat. Ein Heiliger ist er nun wahrlich nicht, wie Del glaubhaft versichert.«

Byrony lachte. »Ich habe es gestern abend auch schon vergeblich versucht.«

»Ein schöner Abend. Ich hoffe, daß Sie uns bald wieder einladen.« Elizabeth zögerte einen Moment. »Sicher sind Sie froh, daß Sie den Abend überstanden haben? War es schlimm für Sie?«

»O nein, alle waren sehr nett.«

»Penelope Stevenson ausgenommen, nicht wahr?«

»Nun, sie hat mich deutlich fühlen lassen, wie sie über mich denkt.« Instinktiv spürte Byrony, daß sie Elizabeth vertrauen konnte. Sie war froh, in ihr einen Menschen gefunden zu haben, mit dem sie offen reden konnte. Obwohl sie auch Elizabeth belügen mußte.

»Soll ich Ihnen ein Geheimnis verraten? Gerade noch rechtzeitig kam ich nach San Francisco, um Del aus ihren Fängen zu retten. Penelope hatte es ernsthaft auf ihn abgesehen. Wie es scheint, ist Brent Hammond ihr nächstes Opfer. Dieses Weibsbild ist ziemlich ehrgeizig.«

Vielleicht nicht nur sie allein, dachte Byrony. Bunker Stevenson würde sich bei der Mitgift für seine einzige Tochter nicht lumpen lassen. Zweifellos war sie eine gute Partie. »Joshua hat mir erzählt, daß Sie schon zwei Monate nach Ihrer Ankunft geheiratet haben.«

Elizabeth lachte. »Es war eben Liebe auf den ersten Blick. Ich bin sehr glücklich mit Del.«

Das war am vergangenen Abend nicht zu übersehen gewesen. Bitterkeit stieg in Byrony auf, als sie daran dachte, daß sie so etwas nie in ihrem Leben erleben würde. Diese Erkenntnis traf sie schwer. Für immer würde sie allein bleiben, gekettet an einen Mann, mit dem sie nichts verband als Lügen.

»Del will uns übrigens zum Lunch ausführen. Auf der Clay Street gibt es ein neues Restaurant, ›Samuel's Chop House‹. Hinterher könnten wir uns ja noch ein bißchen die Stadt ansehen, wenn Sie Lust haben.«

Byrony war freudig überrascht. Der Tag versprach noch interessanter zu werden, als sie gedacht hatte. Noch nie hatte sie in einem Restaurant gegessen. Und die Stadt hatte ihr sicher viel mehr zu bieten, als sie bei ihrem Einkaufsbummel mit Eileen gesehen hatte.

Die ›Saxton and Brewer Bank‹ hatte ihren Sitz in einem imposanten Gebäude an der Montgomery Street. Selbstbewußt schritt Elizabeth Saxton durch die marmorverkleidete Schalterhalle und die großen Büroräume. Die Angestellten zogen höflich den Hut und begrüßten sie respektvoll. Offensichtlich war sie keine Unbekannte in dieser Männerwelt, in die sich sonst wohl kaum eine Frau verirrte. »Hallo, John. Wir haben uns ja lange nicht mehr gesehen.« Sie reichte einem älteren, elegant gekleideten Herrn die Hand. »Darf ich vorstellen? John Brewer, der Kompagnon meines Mannes, und Mrs. Byrony Butler.«

»Guten Tag, Mrs. Butler. Schön, Sie kennenzulernen. Ihr Gatte ist ein guter Kunde unseres Hauses.« John Brewer musterte sie unauffällig.

Lächelnd reichte Byrony ihm die Hand. »Guten Tag, Mr. Brewer.« Wenigstens ersparte er ihr dieses süffisante ›Ich habe schon viel von Ihnen gehört‹.

»Bis später vielleicht, John. Es wird Zeit, daß wir Del von seinem Schreibtisch erlösen. Er hat versprochen, uns zum Essen auszuführen.« Elizabeth klopfte an eine Tür und riß sie dann schwungvoll auf. »Oh, entschuldige bitte, Liebling. Ich hatte ja keine Ahnung, daß du nicht allein bist! Stören wir?«

Wie angewurzelt blieb Byrony im Türrahmen stehen. Nein, das war einfach nicht fair!

»Keineswegs. Komm nur herein. Wir sind gerade fertig geworden. Schönen guten Tag, Byrony. Mr. Hammond brauche ich Ihnen ja nicht mehr vorzustellen.«

»Wie nett, Sie so bald wiederzusehen, Mrs. Butler.« Brent lächelte charmant. Er war aufgestanden. »Tätigen Sie Einkäufe hier in der Stadt?«

»Später vielleicht. Zuerst habe ich das außerordentliche Vergnügen, die Ladies zum Lunch auszuführen.«

Del erhob sich und nahm seinen Mantel vom Garderobenständer neben der Tür. »Willst du dich uns nicht anschließen, Brent? Um diese Tageszeit wartet doch wohl noch kein Pokerspiel auf dich«, fügte er hinzu, als Brent zögerte.

»Nein, das nicht.« Brent zwang sich, seinen Blick von Byrony abzuwenden. Diese kleine Schauspielerin hatte es doch tatsächlich geschafft, so etwas wie Angst in ihrem Blick zu zeigen. Gerade so viel, daß es den Saxtons nicht auffiel. So ein raffiniertes Luder! Aber ihn konnte sie mit dieser Taktik nicht täuschen! »Ich überlege gerade, ob ich es mir bei den mageren Zinsen, die deine Bank bietet, überhaupt noch leisten kann.«

Del lächelte. »Du bist eingeladen, alter Junge.«

Byrony wäre am liebsten davongelaufen. Das durfte doch nicht wahr sein! Ausgerechnet Brent Hammond! Schlagartig war ihr jeder Appetit vergangen. Wie weit würde er seine Gemeinheiten in Gegenwart der Saxtons treiben?

»Mrs. Butler?« Er bot ihr seinen Arm.

Nur widerwillig hakte sie sich bei ihm ein, wobei sie es vermied, ihn anzuschauen. »Ich dachte, Sie wollten heute mit Miss Stevenson ausreiten?«

»Allerdings, Madam.« Spöttisch zog er die Augenbrauen hoch. »Oder erwarten Sie von mir, daß ich Ihnen den ganzen Nachmittag widme?«

Zum Teufel mit ihm! »Warum nicht, Sir?« entgegnete sie

kühl. »Vielleicht würden Sie dann wenigstens lernen, sich wie ein Gentleman zu benehmen.«

»Worum geht es überhaupt?« schaltete Del sich ein.

»Mrs. Butler bezog sich auf meine Art zu pokern. Sie ist der Ansicht, daß sie mich schlagen könnte.«

»Sie pokern, Mrs. Butler?« Überrascht schaute Del sie an.

»Die meisten Frauen haben mehr Talente, als euch Männern lieb sein kann«, wies Elizabeth ihn spitz zurecht.

»Ich bin davon überzeugt, daß Sie viele aufregende Talente haben«, flüsterte Brent Byrony ins Ohr, als er sie aus dem Arbeitszimmer führte. Anzüglich musterte er sie. »Ich frage mich nur, wann Sie mir eine Kostprobe davon geben.«

Byrony beugte sich über die Wiege und nahm das Baby heraus. Zärtlich wiegte sie es in den Armen und strich ihm über den Kopf. Mit großen Augen schaute die Kleine sie an. »Noch weißt du nicht, wer ich bin, nicht wahr? Aber in ein paar Monaten schon wirst du mich erkennen.«

»Sie ist erkältet. Leg' sie bitte wieder hin.«

Byrony zuckte erschreckt zusammen, ließ sich aber nichts anmerken, als sie sich umwandte. »Erkältet? Aber ihr geht es doch gut. Sie ist ganz friedlich.«

»Was weißt du denn schon über ein Baby?« Irene nahm ihr Michelle einfach aus dem Arm und drückte sie besitzergreifend an sich.

»Ich möchte so gern mehr wissen. Aber du läßt mich ja nicht an sie heran«, entgegnete Byrony scharf.

Lange schaute Irene sie nur feindselig an. »Willst du denn alles für dich allein?« stieß sie schließlich bitter hervor. »Bist du nie zufrieden?«

»Ich habe dir überhaupt nichts weggenommen.« Kühl begegnete Byrony ihrem Blick.

»Du hast alles, einfach alles! Du trägst Joshuas Namen. Er verwöhnt dich, schenkt dir schöne Kleider, dein Pferd, einfach alles, was du willst. Du kommst und gehst, wann es dir paßt. O nein, du mußt dir über nichts deinen kleinen dummen Kopf zerbrechen. Ich wünschte nur, er hätte dich nicht geheiratet!«

»Vergiß nicht, daß er mich deinetwegen geheiratet hat.« Byrony zwang sich, ruhig und kühl zu bleiben. Wie undankbar Irene doch war. Dachte sie immer nur an sich selbst? »Ich bemühe mich ehrlich, meinen Teil der Abmachung einzuhalten. Aber du machst es mir wirklich schwer, Irene. Warum können wir uns nicht besser vertragen? Ich will dir wirklich nichts wegnehmen.«

Irene wandte sich ab. »Ich gehe jetzt mit Michelle spazieren.«

»Wie bitte?« Byrony stemmte die Hände in die Hüften. »Ich denke, sie ist erkältet.«

»Was weißt du denn schon du ... du Hure!«

Schockiert starrte Byrony sie an. Einen Augenblick war sie wie gelähmt. Doch dann packte sie unbändiger Zorn. »Hure, Irene? Hast du das wirklich gesagt? Wer hat sich denn mit einem verheirateten Mann eingelassen und ein Kind bekommen?« Kaum waren die Worte über ihre Lippen, da bereute sie es auch schon wieder. »Es tut mir leid, Irene«, sagte sie kleinlaut. »Wir müssen wohl beide mehr Rücksicht aufeinander nehmen.«

Irene schwieg verstockt, drückte Michelle an sich und wiegte sie zärtlich. Schließlich verließ Byrony resigniert das Kinderzimmer. Das kann so nicht weitergehen, dachte sie. Von Tag zu Tag wurde die Situation unerträglicher. Und Joshua? In ihm hatte sie keinen Rückhalt. Vielleicht fürchtete er, daß seine Schwester mit dem Kind das Haus verließ. Ja, Michelle war Irenes Druckmittel. Joshua liebte die Kleine abgöttisch. Erst am Abend zuvor hatte sie Irene und Joshua beobachtet, wie sie mit Michelle gespielt hatten. In diesem Augenblick hatten die beiden richtig glücklich gewirkt. Und sie war dann ganz leise in ihr Zimmer zurückgeschlichen, ehe sie ihre Anwesenheit bemerkten.

Es tat so weh, sich ungeliebt zu wissen und sich wie ein Störenfried zu fühlen. Sie war ein Eindringling im Hause Butler — von Joshua höflich geduldet, aber eine Fremde. Würde sich das denn niemals ändern? Ich bin jetzt zwanzig Jahre alt, dachte Byrony bitter, und was habe ich erreicht? Ihre Ehe bestand nur auf dem Papier, und in der Öffentlichkeit genoß sie einen höchst zweifelhaften Ruf, obwohl sie noch unberührt war. Ihr Leben war eine einzige Lüge.

Leise schloß Byrony die Zimmertür hinter sich und ging zum Fenster hinüber. Dichter Nebel hing schwer über der Bucht und tauchte alles in ein eintöniges, verwaschenes Grau. Ihr Leben kam ihr plötzlich so sinnlos vor. Byrony versuchte, sich die nächsten Jahre vorzustellen. Allein der Gedanke an diese Leere und Einsamkeit war entsetzlich.

Wieder sah sie Brent Hammond vor sich. Längst hatte sie es aufgegeben, den Gedanken an ihn aus ihrem Kopf zu verbannen. Sie schaffte es ja doch nicht. Vierzehn Tage war es jetzt her, daß sie mit ihm und den Saxtons zum Lunch ausgegangen war. Nach seinen Anzüglichkeiten in Dels Büro hatte er sich während des Essens überraschenderweise jede Anspielung verkniffen. Ja, es war eine wirklich nette Runde gewesen. Später waren sie dann übermütig genug gewesen, den ›Wild Star‹ zu besichtigen. Natürlich hatten sie nur einen kurzen Blick in das Lokal hineingeworfen, denn keine anständige Frau hätte sich wohl in einen Saloon gewagt. Insgeheim hatte sich Byrony gefragt, wie es wohl nebenan bei seiner Partnerin eingerichtet war. Sie hatte nicht einmal eine Vorstellung davon, wie ein Bordell aussah.

»Soll ich Maggie fragen, ob sie auch einer Lady eines ihrer Zimmer überläßt?« hatte Brent ihr unvermittelt ins Ohr geflüstert. »Dort treffen wir uns dann. Gefällt Ihnen der Gedanke? Stellen Sie sich nur vor, meine Liebe, was ich dort oben alles mit Ihnen anstellen könnte ...«

»Lassen Sie das, Mr. Hammond«, hatte sie ihn unterbrochen. Seine Unverschämtheit traf sie um so mehr, als er sich besonders zuvorkommend und höflich gezeigt hatte.

»Aber warum?« Seine Stimme war so leise gewesen, daß selbst sie es kaum gehört hatte. »Es wäre mir ein Vergnügen, Ihnen Freude zu bereiten. Ich kann sehr zärtlich sein.«

»Aufhören!« Wären die Saxtons nicht in der Nähe gewesen, hätte sie ihn geschlagen. Sie hatte vor Wut gezittert.

»Macht es Sie nervös, Byrony? Ich kann mir vorstellen, wie sich Ihre Haut anfühlt, weich und warm. Und dann diese langen, schlanken Beine. Sie haben doch schön Beine, oder? Bei all den Kleidern, die ihr Frauen tragt, ist das schwer zu erraten. Vielleicht sollte ich mich an einen Ihrer früheren Liebhaber wenden, diesen jungen Californio zum Beispiel, denn Joshua zu fragen wäre wohl nicht schicklich.«

Verzweifelt hatte sich Byrony von ihm losgemacht. »Elizabeth, ich muß jetzt nach Hause! Michelle ist sicher hungrig.«

»Ach, das hatte ich ja ganz vergessen.« Byrony hatte unverhohlenes Verlangen in seinem Blick entdeckt.

Nicht eines seiner verächtlichen Worte hatte sie vergessen. Es war einfach absurd. Ausgerechnet Irene nannte sie eine Hure. Und Brent Hammond dachte ebenso von ihr. Sie mußte lachen. Doch ihr Lachen hatte einen bitteren Klang. Was würde Brent Hammond wohl sagen, wenn er die ganze Wahrheit erfuhr? Und plötzlich überkam Byrony ein verzweifeltes Schluchzen.

6. KAPITEL

»Es ist viel zu schade, das Geld einfach auf der Bank liegen zu lassen«, meinte Del Saxton. »Der ›Wild Star‹ läuft mittlerweile so gut, daß Maggie ihn für dich führen könnte. Wenn du in meine Schiffahrtsgesellschaft investierst, hast du die Chance, reich zu werden. Wirklich reich, wenn du verstehst, was ich meine.«

Nachdenklich blies Brent den Rauch seines Zigarillos aus. Dels Vorschlag reizte ihn. Die Vorstellung, einige Jahre als Dels Teilhaber die Niederlassung der Reederei im Iran zu leiten, hatte ganz sicher etwas für sich. Immerhin war er noch nicht einmal dreißig und hatte erreicht, wovon er immer geträumt hatte. Er war zufrieden und genoß es, endlich ein wenig zur Ruhe zu kommen. Aber sollte das schon alles gewesen sein? War Dels Angebot nicht eine verlockende Herausforderung für einen Abenteurer wie ihn? »Ich werde es mir durch den Kopf gehen lassen.«

Er mußte an ›Wakehurst‹ mit seinen weitläufigen, von einigen hundert Sklaven bewirtschafteten Ländereien denken. Eines Tages hätte ihm alles gehört. Warum war er nur solch ein Idiot gewesen? Sicher, als Besitzer eines stets gut besuchten Saloons ging es ihm nicht schlecht im aufstrebenden San Francisco. Doch was war das schon im Vergleich zu einer großen Plantage im tiefen Süden?

Unbewußt strich Brent sich mit dem Finger über die lange Narbe auf der Wange. So viele Jahre waren vergangen, aber nie würde er diese schlimme Szene vergessen. In seiner Erinnerung war sie noch so lebendig wie am ersten Tag. Er hatte seinen Vater betrogen. Achtzehn Jahre war er gewesen, fast noch ein dummer Junge. Doch er fühlte sich schuldig. Und er vermißte seinen Vater. Ja, er vermißte ihn mehr, als er sich eingestehen mochte. Und alles nur, weil er ein lüsterner, zügelloser Dummkopf gewesen war, weil Laurel ihn gewollt hatte ...

»Wenn du dich nicht bald entschließt, unterbreite ich Maggie meinen Vorschlag.« Del grinste breit. »Sie wäre eine Partnerin nach meinem Geschmack. Die Lady hat Ehrgeiz, und das gefällt mir.«

Brent nickte. »Geschäftstüchtig ist sie. Das muß man ihr lassen. Ich hätte auch ein Bordell aufmachen sollen. Im ›Wild Star‹ verspielt ein Mann vielleicht fünfzig Dollar. Dann zieht er enttäuscht eine Tür weiter und bezahlt klaglos hundert Dollar für eins von Maggies Mädchen.«

Del schwenkte das Bier in seinem Glas. »Weißt du, was mir an San Francisco so gefällt? Hier muß ein Mann das, was er macht, nicht verheimlichen. Da, wo ich herkomme, ist das ganz anders.«

»Wahrscheinlich ebenso wie im Süden«, meinte Brent. »Jeder Mann prahlt vor den Freunden mit seinen Abenteuern. Doch niemand würde es wagen, die Konventionen zu brechen. Alles geschieht heimlich. Heuchelei gehört zum guten Ton.«

»Du kommst aus Natchez, nicht wahr? Schau' mich nicht so überrascht an«, sagte Del, als er Brents Blick sah. »Maggie hat mir erzählt, daß du der Sohn eines Plantagenbesitzers bist.«

»Ja, oder besser gesagt, ich war es. Mein Vater hat mich enterbt.« Hastig zog Brent an seinem Zigarillo. Warum erzählte er ihm das überhaupt?

Überrascht zog Del die Augenbrauen hoch, fragte aber nicht weiter nach. Schweigen entstand. »Das ist auch etwas, was mir am Westen gefällt. Die Vergangenheit eines Mannes geht niemanden etwas an. Hier wirst du nur nach deinen Leistungen beurteilt. Und das ist gut so.«

Del lachte auf. »Ich habe es wohl nur meinem älteren Bruder zu verdanken, daß es nie zum endgültigen Bruch mit meinem Vater kam. Im Gegensatz zu mir hat John den friedliebenden, ausgleichenden Charakter unserer Mutter geerbt.«

Höflich nickte Brent Bunker Stevenson zu, der soeben das Restaurant betreten hatte. Glücklicherweise befand er sich in Begleitung, so daß kaum zu befürchten war, daß er sich zu ihnen an den Tisch setzen wollte. Brent mochte den alten Schwätzer nicht. Manchmal fragte er sich, wie es dieser Mann zu solchem Reichtum gebracht hatte. Vielleicht hatte er mit der Mitgift seiner Frau sein Vermögen gemacht. »Was ist eigentlich an den Gerüchten dran, daß du dich mit Penelope Steenson verloben wolltest, ehe du Elizabeth trafst?«

Del verdrehte die Augen. »Schon ehe ich Elizabeth kannte, war mir klar, daß ich mir lieber die Pulsadern aufschneiden würde, als Penelope Stevenson zur Frau zu nehmen. Junge, dieses Weibsbild bräuchte dringend eine Tracht Prügel, und das am besten dreimal am Tag. Sicher, eine Zeitlang habe ich mit dem Gedanken gespielt, zumal sie nicht nur eine verlockende Mitgift zu bieten hat, sondern auch sehr hübsch ist. Aber warum fragst du? Hegst du ernste Absichten?«

Brent zuckte mit den Schultern. »Die Lady läßt nicht locker. Seit dem Abend bei den Butlers bleibt sie mir hartnäckig auf den Fersen. Und die Mitgift ist wirklich beachtlich, wie du zugeben mußt. Außerdem könnte ich später Bunkers Geschäfte übernehmen.«

»Dafür handelst du dir aber auch lebenslangen Ärger ein. Nein, mein Junge, mach' dich nicht unglücklich. Laß die Finger von dieser Frau. Schließlich bist du ja auch nicht gerade unvermögend. Überleg' dir diesen Schritt gut, Brent. Sonst wirst du es später bereuen!«

Brent leerte mit einem Zug sein Glas. »Keine Sorge,

Del. Das war nur so eine Gedankenspielerei. Ich habe nicht die Absicht, mich je an eine Frau zu binden.«

»Wenn dir die Richtige über den Weg läuft, wirst du deine Meinung ändern«, entgegnete Del überzeugt. »Übrigens kannst du mir gratulieren. Elizabeth erwartet ein Baby.«

»Wie schön für euch. Ich freue mich. Geht es ihr gut?«

Del grinste jungenhaft. »Diese Frau hat eine beängstigende Energie. Fast zuviel für einen gestreßten Bankier.« Er leerte sein Glas und stand auf. »Jetzt muß ich aber los. Dan wartet sicher schon auf mich. Denk in Ruhe über meinen Vorschlag nach, Brent. Aber laß dir nicht zuviel Zeit, ja? Schönen Tag noch.«

Brent trat vor die Tür und blinzelte in die Sonne. Es war ein klarer, kalter Herbstnachmittag. Das richtige Wetter für einen Ausritt, entschied er. Wenn erst die Regenzeit mit ihren endlos tristen Tagen kam, hatte er wenig Gelegenheit, George, seinen feurigen Araber, zu bewegen.

Der Hengst schaubte unruhig, als Brent ihn eine Viertelstunde später aus Bradleys Mietstall an der Kearny Street führte. Ungeduldig zerrte das temperamentvolle Tier an den Zügeln. Offenbar konnte es gar nicht abwarten, bis sie die Stadt hinter sich gelassen und auf dem Weg zum Ozean die etwas außerhalb gelegene Mission Dolores passiert hatten.

Dieser Teil der Halbinsel war unfruchtbares Dünengelände. Vom Meer her wirbelten kräftige Herbstwinde den Sand auf und überzogen die karge Vegetation mit einer schmutzigbraunen Staubschicht. Brent erinnerte sich an die Geschichten der ersten Goldsucher, die nach der Ankunft in San Francisco hier ihre Zelte aufgeschlagen hatten und sich am nächsten Morgen freischaufeln mußten.

Nur das aufgeregte hungrige Kreischen der Seemöwen war zu hören. Es war eine trostlose, menschenleere Gegend, die Brent gerade um ihrer Einsamkeit willen so schätzte. Kraftvoll nahm George die letzte Anhöhe. Von den regelmäßigen Ausritten längst an den sandigen Boden gewöhnt, scheute das Tier nicht mehr, wenn der Untergrund nachgab.

Der Blick auf die endlose Weite des Ozeans war einfach atemberaubend. Dieser Faszination würde er sich wohl nie entziehen können. Aufschäumend schwappte die Flut mit schweren Brechern auf den Strand. Starker Wind trieb dichte Wolkenfelder vor sich her und peitschte den Sand auf.

Erst spät entdeckte Brent die Reiterin am Strand. Reglos schaute sie aufs Meer hinaus. Er zögerte einen Moment. Eigentlich wollte er in Ruhe nachdenken. Doch dann ließ er George gemächlich antraben. Gegen einen höflichen Gruß, ehe er seinen Weg fortsetzte, war ja nichts einzuwenden.

Auf halbem Wege hörte die Frau ihn und wandte sich um. Brent erstarrte. Warum ausgerechnet Byrony Butler? Versuchte er nicht seit Wochen vergeblich, sie aus seinen Gedanken zu verbannen? Sie war es nicht wert, daß man auch nur einen Gedanken an sie verschwendete. Wut stieg in ihm auf — eine Wut, die er bitter nötig hatte. Es war seine einzige Waffe gegen diese Frau.

»Einen schönen guten Tag, Mrs. Butler.« Galant zog er seinen Hut.

»Was machen Sie denn hier draußen?« fragte sie ihn statt einer Begrüßung.

Sie wirkte verängstigt, was ihn überraschte. Fürchtete sie etwa, er würde sie vom Pferd zerren und sie gleich hier im Sand nehmen? »Wie Sie sehen, reite ich aus. Weiß Ihr Gatte eigentlich, daß Sie allein unterwegs sind? Unterschätzen Sie nicht, welche Gefahren außerhalb der Stadt lauern. Schließlich leben wir in einer noch weitgehend unzivilisierten Gegend.«

»Mit weitgehend unzivilisierten Männern, ich weiß.« Byrony musterte ihn kühl. Doch ihr Herz klopfte bei seinem Anblick heftig. In den engangliegenden schwarzen Hosen, dem Mantel, den polierten schwarzen Reitstiefeln und dem tief in die Stirn gezogenen breitkrempigen Hut wirkte er direkt verwegen. Warum mußte dieser Mann nur so unverschämt gut aussehen? »Aber keine Sorge, Mr. Hammond. Ich bin immer sehr vorsichtig.«

»Ich kann mich des Eindrucks nicht erwehren, daß Sie sich vor mir füchten.«

»Sie irren sich, Mr. Hammond.« Selbstbewußt hielt Byrony seinem forschenden Blick stand.

Brent saß ab. »Dann spricht ja auch nichts dagegen, daß Sie absteigen und mit mir ein bißchen am Strand spazierengehen.«

»Ich weiß nicht recht ...« Nervös befeuchtete Byrony sich die Lippen.

Doch er war schon bei ihr, umfaßte ihre Taille und hob sie einfach aus dem Sattel. Ganz langsam ließ er sie hinab.

Heftiges Verlangen packte ihn. Und er leugnete es nicht, ließ sie vielmehr absichtlich seine Erregung spüren, als er sie fest an sich drückte und sie ungestüm küßte. Nur vage nahm er wahr, wie die Feder ihres Reithütchens die Narbe auf seiner Wange streifte.

Byrony wehrte sich heftig. Mit aller Kraft versuchte sie, ihn wegzustoßen. Doch Brent drückte sie nur noch fester an sich. »Nicht«, bat sie flehentlich. »Nicht, Brent, bitte.«

Er lockerte seinen unnachgiebigen Griff und musterte sie. »Du bist so schön. Warum ausgerechnet du, verdammt?«

Sie machte sich von ihm frei und wandte sich ab. Nein, sie hatte keine Angst vor ihm. Aber sie fürchtete dieses brennende Verlangen — ein Gefühl, das sie noch nie erlebt hatte. Hilflos wandte sie sich ab.

Brent hatte sich wieder gefangen. Wut über seine

Schwäche packte ihn. »Du begehrst mich, und ich will dich in meinem Bett haben. Nur ein einziges Mal, damit ich dich ein für allemal aus meinem Leben streichen kann.« Er sah, wie sie zitterte. »Ein Mann mehr oder weniger. Was macht das schon?« fuhr er verächtlich fort. »Du wirst deinen Spaß haben, das verspreche ich dir.«

Langsam wandte Byrony sich um. So sehr er sie beleidigte, ihr Verlangen nach ihm war unstillbar. »Ich verstehe dich nicht«, flüsterte sie. »Warum willst du eine Frau, die du verachtest wie keine andere?«

In einer wütenden Geste schleuderte er seinen Hut in den Sand und fuhr sich dann mit einer fahrigen Geste durch das dichte schwarze Haar.

»Würdest du aufhören, mich mit deinem Haß zu verfolgen, wenn ich mache, was du willst?« fragte sie unvermittelt.

Überrascht starrte Brent sie an. Instinktiv spürte er ihre Verletzlichkeit und sah, wie sehr sie litt. Laß dich nicht täuschen, schoß es ihm durch den Kopf.

»Bitte, Brent. Gib mir eine Antwort. Ich kann einfach nicht verstehen, warum du mich so behandelst. Du beleidigst mich und versuchst, mich zu demütigen, wann immer wir uns begegnen.« Sie zögerte einen Moment. Dann senkte sie den Blick. »Und dann willst du ... intim werden mit einer Frau, die du verachtest.«

»Ich verachte dich nicht.«

»Dann zeigst du deine Zuneigung aber auf ungewöhnliche Weise.«

»Ich verachte dich nicht«, wiederholte Brent. Krampfhaft suchte er nach den richtigen Worten. »Es ekelt mich einfach an, was du getan hast! Ich kann nicht verstehen, warum Frauen sich verkaufen, warum sie lügen und betrügen. Du spielst mit mir, forderst mich heraus und weist mich dann ab. Gibt es dir etwa ein Gefühl der Macht, wenn du weißt, daß ein Mann dich begehrt?«

»Ich mußte Joshua heiraten«, antwortete Byrony tonlos. »Mir blieb keine andere Wahl. Ich mußte mich in mein Schicksal fügen.«

»Ja, weil du seinen Bastard unter dem Herzen trugst! Warum hast du dich von ihm schwängern lassen?«

Unter seinen Worten zuckte Byrony unwillkürlich zusammen. Sie konnte es einfach nicht länger ertragen. »Bitte, Brent, hör' auf. Ich muß damit fertig werden, nicht du. Laß mich einfach in Ruhe.«

»Nichts lieber als das«, versetzte er kühl. »Aber ich glaube, daß ich nicht eher zur Ruhe komme, als bis ich dich besessen habe.«

Byrony schluckte. »Dann hältst du dich in Zukunft von mir fern, wenn ich mich dir hingebe?«

Er wollte sie in den Sand zerren und ihr die Kleider vom Leib reißen, sie lieben, bis der dumpfe Schmerz in seiner Brust verschwand. Er wollte ...

»Brent ...«

Krank vor Wut starrte er sie an. »Fahr zur Hölle, Byrony.«

»Da bin ich schon.« Ganz leise sagte sie es und wandte sich ohne ein weiteres Wort ab. Er sollte ihre Tränen nicht sehen.

»O Joshua, sie ist so schön! Vielen Dank.« Byrony hob den schweren Zopf, damit er ihr die wertvolle Perlenkette mit dem Diamantanhänger um den Hals legen und im Nacken schließen konnte.

»Sie steht dir ausgezeichnet.« Joshua drückte ihr einen Kuß auf die Stirn. »Fröhliche Weihnachten, Byrony.«

Byrony mußte ein Lachen unterdrücken, als er Irene ebenfalls ein Schmuckkästchen mit einer Halskette schenkte. Der arme Joshua! Er bemühte sich so sehr, seine Schwester zufriedenzustellen. Begriff er denn nicht, daß es Streit und Unzufriedenheit geben würde, solange sie im Haus war?

Irene hatte ihrem Bruder einen wunderschönen spanischen Ledersattel gekauft. Dagegen wirkte das Hemd, das Byrony mit kleinsten Stichen, wie sie es bei ihrer Tante gelernt hatte, mühevoll für ihn genäht hatte, natürlich recht armselig. Aber sie besaß ja kein eigenes Geld. Vielleicht sollte sie Joshua bitten, ihr wenigstens kleinere Beträge auszuhändigen. Nicht daß sie irgend etwas entbehren mußte. Ging sie einkaufen, ließ sie die Rechnung an Joshuas Kontor schicken. Noch nie hatte er sich über eine ihrer Ausgaben beklagt. Nein, sie hatte es wirklich gut bei ihm.

Joshua läutete. Eileen und Naomi servierten ihnen den traditionellen heißen Rum mit aufgelösten Butterstückchen und nahmen ihre Geschenke in Empfang. Byrony lehnte sich entspannt auf dem Sofa zurück und beobachtete Irene, die Michelles zahlreiche Geschenke auspackte. Joshuas Geschäftspartnern war offenbar nicht entgangen, wie vernarrt er in die Kleine war. Michelle saß inmitten der Kartons und schwenkte vergnügt große Fetzen roten Weihnachtspapiers. Irene ist wirklich eine gute Mutter, dachte Byrony. Wie schwer mußte es ihr fallen, vor der Öffentlichkeit ihre Mutterschaft zu leugnen.

»Michelle wird dir von Tag zu Tag ähnlicher, Irene«, stellte Joshua fest. »Nur das blonde Haar hat sie nicht von dir.«

Ja, die Haarfarbe mußte das Kind vom Vater geerbt haben. Sicher war Joshua froh, daß auch seine Frau blondes Haar hatte. So kam erst gar kein Verdacht auf. Aber die Gesichtsform und die großen braunen Augen ähnelten ihrer Schwägerin wirklich auffallend.

Irene öffnete Byronys Geschenk für Michelle. Es war ein mit zarter Spitze verzierter winziger Petticoat, den sie in tagelanger Arbeit genäht hatte. »Für so etwas ist sie noch viel zu klein«, meinte Irene nur und warf das Stück achtlos zwischen die Geschenkkartons.

Es soll niemand behaupten, ich habe keinen guten Willen gezeigt, dachte Byrony resigniert. Sie nahm den dikken, in feines Leder gebundenen Gedichtband von Lord Byron zur Hand. Joshua hatte ihn ihr geschenkt. »Hoffentlich gefallen dir die Gedichte deines Namensgebers«, hatte er gesagt.

Als Byrony Joshua und Irene so einträchtig mit dem Baby zusammen sah, wurde ihr wieder einmal schmerzhaft bewußt, daß sie nicht dazugehörte. Sie fühlte sich einsam und ausgestoßen.

Unvermittelt mußte Byrony an ihre Mutter denken, und ein Gefühl der Wehmut stieg in ihr auf. Hoffentlich hatte sie ihr großes Paket rechtzeitig erhalten. Sicher waren ihr Vater und Charles längst wieder betrunken oder in die Stadt geritten, um das Fest auf ihre Weise zu feiern. Nein, hier war es immer noch besser, als in San Diego zu sein.

Brent Hammond und Saint Morris verbrachten den Weihnachtsabend bei den Saxtons.

»Die Schwangerschaft bekommt dir ganz ausgezeichnet, Elizabeth«, meinte Brent lächelnd.

In gespielter Entrüstung stemmte Elizabeth die Hände in die Hüften. »Irgendwann stürzt dich dein loses Mundwerk noch ins Verderben.«

»Ich fürchte, du könntest recht behalten«, entgegnete Brent ungerührt.

Saint Morris musterte sie abschätzend. »Geh schleunigst nach oben und zieh dir dieses Korsett aus«, meinte er unbarmherzig. »Willst du das Kind mit deiner Eitelkeit umbringen?«

»Männer!« Elizabeth seufzte.

»Komm schon, Liebling. Sei nicht so unvernünftig«, ermahnte Del sie sanft und begleitete sie zur Tür.

Brent lachte. »Seht euch an, was die Ehe aus diesem

einst stolzen Mann gemacht hat. Was meinst du dazu, Saint?«

»Ich denke, daß dies Haus hier bald San Franciscos glücklichste Familie beherbergen wird.«

»Wie denn das?« Brent zog die Augenbrauen hoch. »Hast du da nicht die Butlers vergessen?« Im nächsten Augenblick fühlte er schon Saints forschenden Blick auf sich. Warum hatte er nicht einfach seinen Mund halten können?

»Ich sehe schon, euch beiden fehlt die rechte Einstellung zur Ehe.« Del nahm die Karaffe und schenkte Brent großzügig nach. »Frauen, Glücksspiel, Alkohol. So kann das einfach nicht weitergehen. Es wird Zeit, daß wir euch verheiraten.«

Saint verschluckte sich fast an seinem Whiskey. In gespieltem Entsetzten verdrehte er die Augen. »Du wirst einen alten Freund doch nicht ins Unglück stürzen wollen.«

Brent reagierte gelassener. »Nur kein Neid, Del, alter Junge«, entgegnete er ungerührt. »Du kannst dir ja vorstellen, wohin wir gehen, nachdem wir uns hier bei dir vergnügt haben. Maggie und ihre Mädchen wissen, wie man Feste feiert.«

»Und ich kann mir gut vorstellen, was ihr beiden Gauner zu Weihnachten bekommt!«

Brent lächelte nur vielsagend. Er mußte an den Nachmittag denken, den er bei Celeste verbracht hatte. Noch jetzt fühlte er sich wohlig entspannt. Er hielt sie aus und bekam ihre Liebe dafür. Es war nur ein faires Geschäft — zu gegenseitigem Vorteil und vor allem ohne Komplikationen. Eine feste Geliebte bot eine gewisse Beständigkeit, ohne einen Mann einzuzwängen. Es war ein teures, aber bequemes Vergnügen.

»Ich weiß genau, woran du jetzt denkst.« Saint leerte sein Glas. Er hatte Brent am Abend bei Celeste abgeholt.

»Es gibt einfach nichts Besseres für einen Mann. Man bezahlt für sein Vergnügen, ohne irgendwelche Verpflichtungen einzugehen.«

»Du Zyniker!« Del schüttelte den Kopf.

»So ganz unrecht hat er da nicht.« Nachdenklich kratzte Saint sich am Kopf. »Nicht jeder hat soviel Glück wie du, Del.«

»Ja, genau. Sieh dir nur den alten Butler an. Niemand hätte ihn zwingen können, diese Byrony zu heiraten.«

Del stellte sein Glas auf dem Kaminsims ab und schürte mit dem Feuerhaken die Glut. »Man kann ja von Joshua halten, was man will. Zumindest ist er ein ehrenhafter Mann. Er hat das einzig Richtige getan. Sonst hätte es für Byrony schlecht ausgesehen. Frauen sind dieser Welt doch schutzlos ausgeliefert.«

Brent zog verächtlich die Luft durch die Nase. »Sie haben, was Männer begehren, und schlagen den besten Preis dafür heraus, so oder so.«

»Was haben wir, das die Männer begehren?« Elizabeth kehrte in den Salon zurück.

»Wir philosophieren über euch Frauen, Liebling«, antwortete Del.

»Was du nicht sagst!« Streng musterte sie die Männer. »Ich möchte darauf wetten, daß eure Unterhaltung, kaum daß ich im Raum bin, wieder zu einem langweiligen Nichts verflacht. Damit auch ja nichts Delikates an die Ohren einer Lady dringt. Kommt, erzählt mir schon, worum es ging.«

»Wir sprachen über die Machtlosigkeit der Frau in dieser Welt«, sagte Brent. »Allerdings glaubt nur Del daran.«

Elizabeth blickte Brent ernst an. »Es ist wahr, und ihr alle wißt es. Eine Frau kann sich nicht ihren Platz im Leben erobern, es sei denn, sie ist wie deine Partnerin Maggie bereit, als Ausgestoßene zu leben. Nein, wir können nur hoffen und beten, daß es das Schicksal gut mit uns meint.«

»Einer schönen Frau liegt die ganze Welt zu Füßen, wenn sie es nur geschickt anstellt«, antwortete Brent.

»Einen Zyniker habe ich ihn schon genannt, Liebling«, warf Del rasch ein, als er sah, wie Elizabeth empört Luft holte. »Du kannst es dir also ersparen.«

»Es würde mich wirklich interessieren, Brent, welche Frau dich so sehr verletzt hat, daß du zu dieser Ansicht gekommen bist.«

Brent war sichtlich unangenehm berührt. Nervös wich er Elizabeths durchdringendem Blick aus. »Del, spendierst du einem durstigen Mann noch einen Whiskey?«

7. KAPITEL

»Ob dieser furchtbare Regen jemals aufhört?« Seufzend zog Elizabeth die schweren Samtvorhänge wieder zu und kam zum Sofa zurück. »Jedenfalls bin ich froh, daß du mir Gesellschaft leistest.«

Byrony lächelte schwach. Schon den ganzen Tag hatte sie sich unwohl gefühlt und beim Abendessen kaum einen Bissen herunterbekommen. Jetzt merkte sie, wie ihre Glieder schwer wurden, und der dumpfe Kopfschmerz wurde unerträglich. Widerwillig mußte sie sich eingestehen, daß sie krank war.

»Hoffentlich kommt Del nicht wieder so spät nach Hause. Diese furchtbaren politischen Zirkel! Stundenlang reden sich die Männer die Köpfe heiß, ohne daß etwas dabei herauskommt. Joshua ist doch auch Mitglied im Pacific Club, nicht wahr?«

»Ja. Joshua war sehr froh, daß du mich eingeladen hast. Sonst hat er immer ein schlechtes Gewissen, wenn er mich einen Abend allein läßt.« Byrony spürte ein schmerzhaftes Kratzen im Hals.

Elizabeth zog kaum merklich die Augenbrauen hoch. Wieso soll sich Byrony mit dem Baby und Irene im Haus einsam fühlen, fragte sie sich. Noch nie hatte Byrony ihre Tochter mitgebracht. Überhaupt sprach sie kaum über das Kind. Lehnte sie das Baby etwa ab, weil sie den Vater nicht liebte? Nachdenklich faltete sie die Hände über ihrem gerundeten Leib. »Jetzt ist es Ende Februar.« Sie seufzte. »Die Zeit bis Anfang Juni erscheint mir noch so schrecklich lang. Warst du damals auch so ungeduldig?«

»Wie bitte?«

»Damals, während deiner Schwangerschaft«, fragte Elizabeth.

»Oh ... nun ja, wahrscheinlich. Weißt du, es ist schon so lange her.« Byrony senkte die Lider.

Elizabeth räusperte sich. »Ich habe Angst vor der Geburt«, meinte sie leise. »Saint weicht mir immer aus, wenn ich ihn danach frage. Ist es sehr schlimm?«

Mit Schaudern dachte Byrony an Irenes Schmerzensschreie, die aus dem ersten Stock ins Wohnzimmer gedrungen waren. »Es war nicht gerade angenehm.«

»Geht es dir nicht gut, Byrony? Du siehst so blaß aus.«

Byrony zwang sich zu einem schwachen Lächeln. »Ich bekomme wohl eine Grippe. Schon den ganzen Tag habe ich mich nicht wohl gefühlt. Langsam werden die Kopfschmerzen unerträglich.«

»Aber warum sagst du denn nichts?« Elizabeth sprang auf und legte ihr prüfend die Hand auf die Stirn. »Du hast Fieber. Soll ich den Arzt rufen lassen?«

»Nein, das ist nicht nötig«, wehrte Byrony mit leiser Stimme ab. »Am besten fahre ich sofort nach Hause und gehe zu Bett.«

»Das liegt nur an diesem Wetter! Wochenlang nichts als Regen. Da muß man sich ja eine Grippe holen.« Elizabeth eilte zur Tür. »Daß du dich nicht von der Stelle rührst, Byrony. Ich sage dem Kutscher Bescheid, damit er den Wagen vorfährt.«

Erschöpft lehnte Byrony sich auf dem Sofa zurück und schloß die Augen. Sie sehnte sich nach ihrem warmen, weichen Bett. Kraftlos zerrte sie an dem gestärkten Kragen ihres hochgeschlossenen Kleides, während ein kalter Schauer über ihren Rücken lief. Sie haßte das Gefühl, krank zu werden. Es machte einen schwach und hilflos. Wenn sie doch nur erst in ihrem Bett lag!

»Komm, meine Liebe. Lucas ist vorgefahren. Ich bringe dich zur Tür.« Elizabeth half Byrony auf und legte ihr den

Umhang um die Schultern. »Morgen früh schaue ich bei euch vorbei. Wenn es dir dann nicht besser geht, sorge ich dafür, daß Joshua den Arzt ruft. Männer sind in dieser Hinsicht manchmal ziemlich sorglos. Lucas«, wandte sie sich an den Kutscher, einen gutmütig wirkenden riesigen Schwarzen, »halte den Schirm genau über Mrs. Butler.«

Eiskalter Wind peitschte Byrony den Regen ins Gesicht, während sie zur Kutsche hastete. Dort kuschelte sie sich schutzsuchend in eine Ecke und zog den Umhang noch enger um sich. Schüttelfrost packte sie.

Es war nur eine kurze Fahrt. Das Anwesen der Saxtons lag lediglich eine Meile von Joshua Butlers repräsentativem Stadthaus entfernt. Als die Kutsche vor dem Haus hielt, rappelte Byrony sich mit letzter Kraft auf und stieg aus. Im dichten Nebel konnte sie das Haus nur als dunklen Schatten ausmachen, der sich majestätisch, beinahe drohend vor ihr erhob. Nirgendwo brannte Licht. Irene war wohl schon zu Bett gegangen. Aber wo waren Eileen und Naomi?

»Vielen Dank, Lucas. Fahr zu, du bist schon lange genug im Regen unterwegs.«

Doch der Kutscher sprang vom Bock, nahm fürsorglich ihren Arm und begleitete sie bis zur Tür. Er wandte sich erst ab, als sie im Haus verschwunden war.

Byrony kannte das Haus gut genug, um auch im Dunkeln den Weg zur Treppe zu finden. Sie hatte einfach nicht mehr die Kraft, nach Eileen zu rufen, die ihr Licht bringen würde. Irene und das Baby schliefen sicher schon. Und Joshua war nicht vor Mitternacht aus dem Pacific Club zurück. Auch gut, dachte sie. Morgen früh geht es mir sicher wieder besser.

Byrony hatte die Hand schon am Knauf der Tür, als sie den schwachen Lichtschein unter Joshuas Zimmertür bemerkte. War er etwa schon zu Haus? Er hatte ihr doch gesagt, daß es spät wurde. Vielleicht sollte ich ihn bitten, nach Saint zu schicken, überlegte sie. Plötzlich hörte Byrony ein leises Stöhnen aus seinem Zimmer, so daß sie unwillkürlich die Luft anhielt und lauschte. Ist Joshua etwa auch krank? fuhr es ihr durch den Kopf. Mit zwei Schritten war sie an der Tür und drehte den Knauf um.

Die Lampe auf dem Nachttisch spendete nur ein schummeriges Licht. Es dauerte einen Augenblick, bis Byrony die Situation erfaßte. Doch dann traf es sie wie ein Schlag. Wie gelähmt vor Entsetzen blieb sie stehen.

»Joshua ...«

»Ja, Liebste, ja.«

Fassungslos schlug Byrony die Hand vor den Mund. O nein, das darf nicht wahr sein, schoß es ihr durch den Kopf. Sie sah Irenes Beine, Joshuas weißen Körper, der sich schwer hob und senkte, und die grotesken Schatten, die ihre Leiber im Schein der Lampe an die Wand warfen. Übelkeit stieg in ihr auf.

Langsam wich Byrony zurück. Das Herz klopfte ihr bis zum Hals, als sie die Tür leise hinter sich schloß. Das konnte einfach nicht wahr sein. Irene war doch seine Halbschwester. Und Michelle ihr gemeinsames Kind! »Sie hat das Aussehen der Butlers!« hatte sie selbst allen erzählt, die es hören wollten. Wie naiv und dumm war sie doch gewesen! Joshua war nicht der edle Gentleman, den sie immer in ihm gesehen hatte. Er hatte sie nur geheiratet, um die ungeheuerliche Wahrheit zu vertuschen und seine verbotene Liebe im Schutz ihrer verlogenen Ehe ausleben zu können.

Kopflos lief Byrony die Treppen hinunter. Das war doch Inzest! Mit letzter Kraft stürzte sie aus dem Haus, fiel auf die Knie und übergab sich, während sie von Krämpfen geschüttelt wurde.

Byrony wußte nicht, wie lange sie so im Schlamm gekniet hatte. Der Regen durchnäßte ihren Umhang und drang durch die Kleider auf die Haut. Vollkommen zerschlagen erhob sie sich schließlich. Noch nie hatte sie sich so elend gefühlt. Ich kann nicht zurück, dachte sie nur immer wieder. Ich kann nicht zurück!

Schutzsuchend zog sie den nassen Umhang enger um sich und stolperte einfach los. Nur fort von diesem Haus, fort von Joshua und Irene! Bald tauchten die Lichter der Stadt vor ihr auf. Unfähig, einen klaren Gedanken zu fassen, hastete sie weiter. Geschwächt wie sie war, strauchelte sie im knöcheltiefen Schlamm der Wagenspuren auf der Market Street. Doch sie lief weiter, immer weiter. Ich kann nicht zurück! Nur nicht zurück!

Byrony sah nur das vom dichten Nebel geschwächte Licht der Gaslaternen und beachtete gar nicht den Lärm aus den Saloons und die gierigen Blicke der Betrunkenen auf den Straßen. Nur weiter. Zum ›Wild Star‹. Warum nicht zu Elizabeth? Elizabeth war ihre Freundin. Sie würde sie aufnehmen. Nein, zum ›Wild Star‹ am Portsmouth Square, zu Brent Hammond. Sie war verrückt! Aber nur er konnte ihr helfen und ihr Schutz bieten. Das wußte sie.

Ihr war so schrecklich kalt, und die Kleider klebten ihr am Körper. Wieder packte sie dieser fürchterliche Schüttelfrost. Doch sie schleppte sich weiter. Der ›Wild Star‹ war hell erleuchtet. Nur noch ein paar Meter, dann hatte sie es geschafft. Plötzlich spürte sie eine Hand auf ihrer Schulter.

»Chad, sieh nur, was für einen kleinen Vogel ich mir hier eingefangen habe.« Der bärtige Betrunkene zog sie drohend an sich.

»Lassen Sie mich gehen«, schrie Byrony, aber nur ein heiserer Laut kam über ihre Lippen. Wo ist meine Waffe, schoß es ihr durch den Kopf. Doch die Damenpistole lag bei ihren Reitkleidern in der Kommode.

»Du bist ein richtiger Glückspilz, Neddie. Was machst

du denn hier draußen, Süße? Dein Platz ist im Bett. Suchst dir wohl noch einen Mann, der dich heute nacht wärmt, wie?«

Der zweite grinste anzüglich.

»Bitte, lassen Sie mich in Ruhe.« Mit aller Kraft riß Byrony sich los. Doch da hatte der andere sie schon gepackt und zog sie an sich. Byrony nahm den Geruch von Schweiß und billigem Whiskey wahr, und Ekel packte sie.

»Was, zum Teufel, geht hier vor sich?«

»Hilfe! Bitte helfen Sie mir.«

Brent Hammond kniff die Augen zusammen. Hatte sein Rausschmeißer die betrunkenen Kerle nicht erst fünf Minuten zuvor aus dem Saloon geworfen? Er hatte wenig Lust, sich bei diesem Wetter mit den beiden Raufbolden anzulegen. Und was machte eine Frau um diese Zeit auf der Straße? Die große Kapuze des tropfnassen und verschmutzten Umhangs verdeckte ihr Gesicht.

»Wir haben eine Frau für heute nacht gefunden.« Chad drückte Byrony an sich.

»Offenbar will sie aber nichts mit euch zu tun haben, was man ihr nicht verdenken kann.« Brent warf den Zigarillo auf die Straße. »Laßt sie los. Sofort.« Warum mische ich mich überhaupt ein? dachte er insgeheim. Celeste wartete auf ihn, und der Regen tropfte ihm jetzt schon vom Hut in den Nacken. Was ging ihn diese Frau überhaupt an?

»Halt dich da heraus, Hammond. Das ist meine Sache.«

Byrony nutzte den Moment der Ablenkung, um Chad den Ellbogen mit aller Kraft in den Magen zu rammen. Chad schrie wütend auf und holte mit seiner fleischigen Hand aus.

»Du elender Bastard!« Brent versetzte dem Mann einen Kinnhaken, so daß er benommen nach rückwärts taumelte. Die Frau stolperte auf ihn zu und drückte sich schutzsuchend an ihn. Sie zitterte am ganzen Körper. Vielleicht war sie eins von Maggies Mädchen? »Damit dürfte die Sache wohl geklärt sein, Gentlemen«, meinte Brent drohend.

»Vergiß nicht, daß wir zwei sind, Hammond. Hier draußen hast du gar nichts zu sagen, du Angeber!«

»Das werden wir ja sehen.« Gelassen zog Brent seinen Colt und zielte sorgfältig. »Und jetzt verzieht euch, aber schnell. Nein, versuch' es erst gar nicht, Neddie. Du hast eine Kugel zwischen den Augen, ehe du deine Waffe entsichert hast.«

Byrony spürte den Moment der Anspannung. Dann hörte sie, wie sich die beiden Betrunkenen unter wüstem Fluchen zurückzogen.

»Was, zum Teufel, machen Sie um diese Zeit hier draußen?« Brent sicherte den Colt und steckte ihn in den Halfter. Unwillkürlich schüttelte er sie, so daß die Kapuze zurückfiel. »Du! Byrony ...« Verwirrt brach er ab, als er den fiebrigen Ausdruck in ihren Augen sah. »Was ist passiert? Wo ist Joshua?«

Byrony wurde schwarz vor Augen.

»Warum bist du bei diesem Wetter nicht zu Hause?« Brent zog sie unter das hölzerne Vordach und legte ihr die Hand auf die heiße Stirn, und ein Gefühl der Panik stieg in ihm auf. Sie durfte nicht krank werden! »Komm, ich bringe dich nach Hause.«

»Nein!« Sie riß sich so unerwartet heftig von ihm los, daß er zu spät reagierte.

»Byrony!«

Doch da taumelte sie schon blindlings über die Straße, stolperte in ein Schlagloch, fiel und blieb reglos liegen.

»Byrony!« Mit ein paar großen Schritten war er bei ihr. Beinahe wäre er selbst auf dem regennassen, von unzähligen Wagenrädern und Hufen aufgeweichten Boden ausgerutscht, als er sie auf seinen Armen über die Straße trug. Unter dem schützenden Vordach des ›Wild Star‹ hielt er plötzlich inne. Was sollte er jetzt nur tun? Doch Byrony war bewußtlos, so daß ihm gar keine andere Wahl blieb.

»Du darfst nicht krank werden«, flüsterte er ihr fast beschwörend zu.

Dann brachte er sie zum Hintereingang und stieß die Tür auf. »Hol' deine Chefin, schnell!« herrschte er Felice, eines von Maggies Mädchen, an, das ihm auf der Treppe begegnete.

Einen Augenblick später war Maggie schon bei ihm. »Was ist passiert, Brent?« fragte sie, während sie auf Byrony blickte.

»Sie ist ohnmächtig.« Er zuckte mit den Schultern. »Ich weiß auch nicht, was mit ihr ist. Sie hat Fieber.«

»Wir müssen sie in ein heißes Bad stecken«, meinte Maggie bestimmt. »Bring sie in deine Wohnung hinauf. Ich lasse Saint Morris holen. Da Felice dich sowieso gesehen hat, kann sie mir jetzt auch helfen.« Sie wandte sich ab.

In diesem Augenblick bewegte sich Byrony. »Das Baby«, flüsterte sie kaum hörbar.

»Was ist mit dem Baby?« Brent drückte sie noch fester an sich. Doch ihr Kopf fiel wieder schwer gegen seine Schulter. Es war so lange her, daß er sie zum letzten Mal gesehen hatte — damals draußen am Strand. Jetzt war sie krank. Mußte sie etwa sterben? Nein, das durfte einfach nicht sein. Hastig stieg er die Treppe hinauf.

»Bring sie in dein Schlafzimmer, Brent. Wir müssen ihr die nassen Kleider ausziehen.« Maggie eilte geschäftig an ihm vorbei und öffnete die Tür zu seinen Privaträumen. »Felice macht inzwischen Wasser für ein Bad heiß. Ich habe nach Saint Morris geschickt. Hoffentlich ist er zu Hause und nicht irgendwo in der Stadt unterwegs. Aber wer geht bei diesem furchtbaren Wetter schon aus?«

Wie oft hatte Brent davon geträumt, Byrony in sein Bett zu tragen, ihren verlangenden Blick zu genießen und sie so leidenschaftlich zu lieben, wie sie es noch mit keinem ihrer Liebhaber erlebt hatte?

»Leg' sie vor den Kamin. Und dann hol' dein Badefaß.« Maggie hielt inne und sah ihn an. Brent stand reglos mitten im Zimmer und starrte auf die Frau in seinen Armen. »Brent!«

Vorsichtig legte er sie vor dem Kamin ab. »Sie ist krank.« Er war blaß geworden.

»Ich ziehe ihr schon mal die nassen Kleider aus. Du solltest dich auch umziehen.«

Brent nickte nur. Er war dankbar, daß Maggie mit ihrer praktischen Art alles regelte. Ohne den Blick von Byrony abzuwenden, zog er sich aus und ließ seine nasse Kleidung achtlos auf den wertvollen Teppich fallen. Maggie beachtete ihn gar nicht. Erst als Felice mit zwei Wassereimern hereinkam, wurde Brent bewußt, daß er nackt war.

»Komm schon, hilf mir, Felice«, befahl Maggie ungeduldig. »Meine Güte, starr' Mr. Hammond nicht so an. Er ist doch wirklich nicht der erste Mann, den du siehst.«

Brent wandte sich ab, schlüpfte in seinen Hausmantel und trug das Badefaß, das hinter einem Paravent stand, zum Kamin.

»Warum ist sie bewußtlos?« fragte er Maggie.

»Ich weiß nicht.« Maggie zuckte mit den Schultern. »Hoffentlich kommt Saint bald. Felice, wir müssen ihr das Haar waschen.«

Seit Brent Byrony zum erstenmal begegnet war, hatte es ihn danach verlangt, sie nackt zu sehen. Aber jetzt schaute er ihr nur ins Gesicht. Wie blaß sie war! »Ich bringe diesen elenden Bastard um«, stieß er plötzlich hervor.

»Du wirst überhaupt nichts unternehmen, Brent«, entgegnete Maggie bestimmt. »Gib mir lieber einen deiner

Hausmäntel. Am besten den weinroten aus Samt. Der ist am wärmsten. Und steh nicht im Weg herum.«

Brent reichte ihr den Hausmantel. Dann ging er zum Fenster hinüber und trommelte nervös gegen die Scheibe. Der dichte Nebel gab nicht einmal den Blick auf die andere Straßenseite frei. Das schummerige Licht der erst Wochen zuvor installierten Gaslaternen erschien ihm seltsam unwirklich. Warum war sie so spät abends noch allein unterwegs gewesen? Was hatte dieser Kerl ihr getan?

»Du kannst sie jetzt zum Bett hinübertragen, Brent«, unterbrach Maggie ihn in seinen Gedanken.

Sie ist so leicht, dachte er, als er sie auf die Arme nahm. Beinahe zerbrechlich. Ob sie wohl genug Kraft hat, um eine schwere Krankheit zu überstehen?

»Danke, Felice. Geh jetzt wieder hinunter.« Maggie sammelte Byronys Kleider auf und reichte sie dem Mädchen. »Versuch', ob du sie noch waschen kannst und sorg' dafür, daß Dr. Morris sofort hier heraufkommt. Und kein Wort zu den anderen, verstanden?«

Felice nickte nur und verließ mit einem letzten schüchternen Blick auf die Kranke das Zimmer.

»Wahrscheinlich hat sie eine Grippe.« Maggie setzte sich auf die Bettkante und legte prüfend die Hand auf Byronys Stirn.

»Sie hat hohes Fieber. Kennst du diese Frau?« Sie musterte ihn herausfordernd.

»Ja. Verdammt, Maggie, sieh mich nicht so vorwurfsvoll an. Ich weiß, was du jetzt denkst. Aber ich habe nichts mit ihr. Wirklich, sie bedeutet mir nichts. Wochenlang habe ich sie nicht einmal mehr gesehen. Ich habe nicht die leiseste Ahnung, warum sie so allein ...«

»Offensichtlich wollte sie zu dir«, unterbrach Maggie ihn ungerührt.

»Nein.« Es klang bitter. »Das ist unmöglich.« Wieder sah er sie vor sich, wie sie sich am Strand mit einem letzten leeren Blick von ihm abgewandt hatte. Damals hatte sie so einsam und verletzlich gewirkt.

»Es muß etwas Schlimmes geschehen sein«, sagte er leise.

»Allerdings. Und sie kam zu dir, weil es wohl sonst niemanden gibt, bei dem sie Zuflucht finden kann.« Nachdenklich strich Maggie Byrony eine Strähne aus der Stirn. »Willst du nach ihrem Mann schicken?«

»Auf gar keinen Fall!« Brent räusperte sich, als er Maggies forschendem Blick begegnete. »Als ich ihr eben anbot, daß ich sie nach Hause bringen will, ist sie fortgelaufen. Offenbar hatte sie große Angst davor. Ich weiß nicht, was ich machen soll.«

Sie hörten Schritte auf dem Flur. »Ich kann nur hoffen, daß es dir wirklich schlechtgeht, Brent Hammond. Einen Mann bei diesem Wetter aus dem Haus zu holen . . .« Saint Morris blieb im Türrahmen stehen. »Was ist denn hier los? Byrony!« Fragend schaute er Brent an, der nur mit den Schultern zuckte.

»Es ist wohl eine Grippe. Sie hat Fieber und ist schon lange ohnmächtig.« Maggie erhob sich, um dem Doktor Platz zu machen.

Ein halbes Dutzend Fragen lagen Saint Morris auf der Zunge. Aber er zog nur schweigend den Mantel und Hut aus und warf beides achtlos auf einen Stuhl. Dann setzte er sich zu Byrony ans Bett und legte ihr prüfend die Hand auf die Stirn.

»Ich gehe jetzt besser, Brent«, sagte Maggie leise. »Sonst fragen die Mädchen womöglich Felice aus.«

Brent nickte abwesend. »Vielen Dank für deine Hilfe.«

»Darf man erfahren, was hier eigentlich vor sich geht?« fragte Saint Morris, als Maggie die Tür hinter sich geschlossen hatte.

Brent berichtete ihm in kurzen Sätzen, was er wußte.

»Ich habe also auch keine Ahnung, was passiert ist«, meinte er schließlich.

Saint Morris öffnete den Hausmantel und legte die Wange an Byronys Busen. »Die Lungen sind frei.« Er wollte schon wieder den Mantel schließen, als er plötzlich innehielt. Einen Augenblick musterte er ihren kleinen festen Busen. Nachdenklich schüttelte er dann den Kopf.

»Was ist?« Brent trat näher.

»Laß mich ein paar Minuten mit ihr allein, Brent. Ich will unsere Patientin untersuchen.«

Widerwillig wandte Brent sich ab, ging zum Kamin hinüber und stocherte ungeduldig mit dem kunstvoll verzierten Feuerhaken in der Glut.

»Wann hat Byrony ihr Kind zur Welt gebracht?« fragte Saint Morris ihn plötzlich. Er hatte den Hausmantel ganz geöffnet und betrachtete Byronys schlanken Körper. Sie ist zu schlank, beinahe dünn, dachte er.

»So genau weiß ich das nicht. Vor ungefähr sechs oder sieben Monaten.« Brent lehnte sich gegen den Kaminsims. »Warum fragst du?«

»Ich wollte mich nur vergewissern.« Byrony Butler hatte noch kein Kind geboren. Das sah jeder Arzt auf den ersten Blick. »Bring mir einen Brandy, Brent. Sie muß wieder zu sich kommen.« Offenbar hat ein schwerer Schock diese tiefe Ohnmacht ausgelöst, dachte er im stillen. Er führte das Glas an ihre Lippen und flößte ihr etwas Alkohol ein.

Byrony verschluckte sich. Schnell hob Saint sie an. »Ganz langsam«, ermahnte er sie sanft. »Hier, trinken Sie noch einen Schluck. Das wird Ihnen guttun.«

Die Stimme eines Mannes war das erste, was Byrony hörte. Mühsam öffnete sie die Augen. Nur verschwommen konnte sie den Fremden wahrnehmen. »Nein!« wimmerte sie und versuchte, gegen den Mann anzukämpfen.

Sofort war Brent am Bett, stieß Saint unsanft beiseite und nahm sie in den Arm. »Ist ja schon gut, Byrony. Ich bin's, Brent. Bei mir bist du sicher.«

»Brent«, flüsterte sie schwach, während sie ihn mit fiebrigem Blick anschaute. »Ich bin krank.«

»Ich weiß. Aber Saint ist hier. Bald geht es dir wieder besser.« Sanft legte er sie in die Kissen zurück, doch sie legte beide Arme um seinen Nacken und drückte sich verzweifelt an ihn. »Nicht, bitte ... geh nicht!«

»Natürlich bleibe ich bei dir. Das verspreche ich dir. Aber nun leg' dich wieder zurück. Entspann' dich. Schließ die Augen. Ja, so ist es gut.«

Saint Morris tropfte Laudanum in ein Glas Wasser. »Hier, das muß sie trinken. Es wird sie beruhigen.« Schweigend beobachtete er Brent, der mit sanfter Stimme beruhigend auf Byrony einredete und zärtlich ihre Hand streichelte, bis sie schließlich erschöpft in tiefen Schlaf versunken war. »Um dieses Problem bist du nicht zu beneiden, alter Junge«, meinte er schließlich.

»Ich muß herausfinden, warum sie weggelaufen ist«, meinte Brent, während er Saint Morris finster anblickte. »Wird sie wieder gesund?«

»Sicher, sie hat eine kräftige Natur. Willst du sie heute nacht hierbehalten?«

»Habe ich eine andere Wahl?«

»Wohl kaum. Es sei denn, du läßt Joshua benachrichtigen. Er ist ihr Mann und für sie verantwortlich.«

Brent stand auf und streckte die Hand aus. »Vielen Dank, Saint. Wir sehen uns morgen.«

»Halte sie gut warm. Wenn sie aufwacht, soll sie viel Wasser trinken.« Saint Morris zog den Hut tief in die Stirn, als er ein paar Minuten später in den strömenden Regen hinaustrat. Es ist also Irenes Kind, dachte er. Wie hatte Joshuas Schwester ihre Affäre im klatschsüchtigen San Francisco nur verheimlichen können? Wer war der

Vater des Kindes? Und warum hatte Byrony sich auf diese elende Farce einer Ehe eingelassen?

Unruhig warf Byrony den Kopf hin und her. Von Zeit zu Zeit flüsterte sie im Fiebertraum mit heiserer Stimme etwas, das Brent nicht verstehen konnte. Er saß auf einem Stuhl neben ihrem Bett und verschränkte nervös die Finger, während er unverwandt ihr Gesicht betrachtete. Noch nie hatte eine Frau, ja nicht einmal Laurel, derartige Empfindungen in ihm geweckt — Empfindungen, deren Intensität ihn erschreckte und hilflos machte. Nur wenn er Byrony attackierte, sie beleidigte und seine ganze Verachtung spüren ließ, fühlte er sich ihr gewachsen.

Er stand auf, befeuchtete einen Lappen und tupfte ihr sanft, beinahe schon zärtlich die schweißbedeckte Stirn ab. Unwillkürlich erinnerte er sich an ihre erste Begegnung in San Diego. Wieviel hatte sich seither geändert? Und was wußte er überhaupt von ihr? Eigentlich hatten sie sich nie wirklich kennengelernt. Kein Wunder, schließlich hatte er sie immer nur beleidigt und zu demütigen versucht.

Nachdenklich betrachtete er ihre ebenmäßigen Gesichtszüge, die schmale Nase, die hohen Wangenknochen und die Kinnpartie, die ihre Eigenwilligkeit andeutete. Dunkel hoben sich die langen, seidigen Wimpern von ihrem porzellanfarbigem zarten Teint ab. Die leicht geschwungenen Brauen waren dunkler als das glänzend blonde Haar. Er streckte die Hand aus und wickelte eine dicke Strähne um den Zeigefinger. Wie seidig und weich es war!

Abrupt wich er zurück. Du sentimentaler, alter Trottel, dachte er wütend. Mach' dich nicht lächerlich. Byrony hat sich an Joshua Butler verkauft und sein Kind zur Welt gebracht! Sie hat längst ihre Wahl getroffen.

Doch warum war sie ausgerechnet zu ihm gekommen?

Sie war doch eng mit Elizabeth Saxton befreundet. Es war verrückt, bei diesem Wetter den ganzen Weg in die Stadt zu laufen. Und außerdem war es gefährlich! Allein der Gedanke daran ließ Brent fast das Blut in den Adern gefrieren. Wenn er ihr nun nicht auf dem Weg zu Celeste begegnet wäre und die beiden Betrunkenen sie mitgezerrt hätten ...

Als die Uhr auf dem Kaminsims schlug, schaute Brent überrascht auf. Es war Mitternacht. Wie lange saß er schon so an ihrem Bett?

Widerwillig riß er sich von ihrem Anblick los, stand auf und löschte das Licht. Dann zog er den Hausmantel aus und legte sich zu ihr unter die Bettdecke. Dabei achtete er darauf, ihr nicht zu nahe zu kommen. Unwillkürlich beschleunigte sich sein Pulsschlag, als er ihre Wärme spürte.

Es war einfach lächerlich. Er zwang sich, die Augen zu schließen.

Brent wußte nicht, wie lange er schon geschlafen hatte, als er plötzlich aufschreckte. Byrony hatte sich an ihn gekuschelt, und sofort war er hellwach. Wie oft hatte er davon geträumt, sie so dicht bei sich zu spüren!

Vorsichtig legte er ihr die flache Hand auf die Stirn. Das Fieber war abgeklungen. Er mußte nur den Gürtel lösen und ihr den Mantel abstreifen, um ihren Körper zu genießen. Allein der Gedanke ließ ihn seine Männlichkeit schmerzhaft spüren. Wütend ballte er die Hand zur Faust und drehte sich abrupt auf die andere Seite. Während er in die Dunkelheit starrte, wartete er darauf, daß sich sein Pulsschlag normalisierte. Er sollte sie sich einfach nehmen. Schließlich hatte er sie nicht gezwungen, zu ihm zu kommen. Er schloß die Augen, spürte das heftige, bohrende Verlangen. Es würde ihn nicht mehr zur Ruhe kommen lassen ...

Byrony drehte sich auf die andere Seite. Die ersten Strahlen der Morgensonne wärmten ihr Gesicht. Sie schlug die Augen auf und blinzelte in das helle Licht. Warum regnete es nicht? Es war ein furchtbarer Traum gewesen. Doch plötzlich fuhr sie erschreckt hoch. Das war kein Traum gewesen!

»Es ist ja alles gut, Byrony. Wie fühlst du dich?«

»Brent?« Ihre Stimme erschien ihr so unwirklich rauh und tief.

»Ja. Ich bin's.«

»Aber was . . .? Ich erinnere mich nur dunkel. Wo bin ich?« Sie versuchte sich aufzusetzen, doch sie merkte, wie schwach sie noch war.

»In meiner Wohnung über dem ›Wild Star‹. Kannst du dich an die vergangene Nacht erinnern?«

Erschöpft schloß Byrony die Augen. Wieder sah sie Joshua und Irene engumschlungen auf dem Bett und hörte, wie Joshua lustvoll aufstöhnte. »Ich weiß nur, daß ich gelaufen bin, immer weiter.« Sie wußte, daß es eine Lüge war. Sie hatte nur zu ihm gewollt, aber das durfte er nicht wissen.

»Hier, du mußt viel trinken.« Brent reichte ihr ein Glas Zitronenlimonade. »Maggie hat sie für dich gebracht.«

Gehorsam leerte Byrony das Glas und ließ sich dann erschöpft in die Kissen zurücksinken. »Du bist sehr nett zu mir.«

»Unter den gegebenen Umständen blieb mir nichts anderes übrig«, entgegnete er schroff. »Und jetzt möchte ich wissen, was passiert ist.«

Lange starrte sie ihn nur an. Dann lehnte sie sich zurück und begann zu lachen. Es klang nicht befreiend, sondern eher hysterisch und verzweifelt.

»Byrony!«

Ein Hustenanfall schüttelte sie. Im nächsten Augenblick spürte sie schon, wie Brent sie anhob und ihr sanft auf den Rücken klopfte. Sie rang nach Luft und versuchte, sich wieder zu fangen.

»Hattest du eine Auseinandersetzung mit deinem Mann? Bist du deshalb fortgelaufen? Hat er dich geschlagen?«

Wie aufgebracht er zu sein schien. Zeigte Brent Hammond etwa Gefühle? »Nein, es gab keinen Streit.« In diesem Moment spürte sie einen stechenden Kopfschmerz und schloß die Augen. Ich kann nicht hierbleiben, dachte sie.

»Was ist passiert?«

Warum ließ er sie nicht in Ruhe? Er würde ihr die Wahrheit ja doch nicht glauben. Hatte er ihr nicht immer deutlich zu verstehen gegeben, daß er sie für eine Lügnerin hielt? Was interessierten ihn ihre Probleme? Damit mußte sie ganz allein fertig werden. »Ich muß jetzt gehen.«

»Das lasse ich auf gar keinen Fall zu!«

»Ich muß nach Hause, ehe sie etwas merken.«

»Hat es dein ehrenwerter Gatte zu weit getrieben? Verlangte er zuviel von dir? Beleidigte er die Ohren seiner kleinen Lady?« Brent sprang wütend auf. Er wußte, daß er ungerecht war.

»Allerdings«, entgegnete sie kühl. Jetzt zeigte er also wieder sein wahres Gesicht. Sie hätte sich denken können, daß sein kurzer Anflug von Sanftheit und Hilfsbereitschaft nur Taktik gewesen war.

»Zum Teufel mit dir!« Zornig ballte er die Hände zu Fäusten, daß die Knöchel weiß hervortraten.

Trotzig hielt Byrony seinem Blick stand. Brent trug nur einen Hausmantel. Dunkle Bartstoppeln zeigten sich in seinem Gesicht. Er hatte sich noch nicht rasiert. Es war also noch früh. Hoffentlich früh genug, daß niemand im Hause Butler ihre Abwesenheit bemerkte. Fieberhaft suchte sie nach einer Ausrede, die sie Joshua präsentieren konnte.

Erst jetzt wurde ihr bewußt, daß auch sie nur einen Hausmantel anhatte. Der samtige Stoff war angenehm warm und weich auf der Haut. Er duftete nach Brents herbfrischem Rasierwasser. Byrony schlug die Decke zurück und setzte sich auf die Bettkante. Sie fühlte sich noch immer schwach und zerschlagen, aber wenigstens hatte sie keine Schwindelgefühle mehr. »Wo sind meine Kleider?«

»Sie hängen zum Trocknen auf der Leine. Maggie kann dir etwas leihen«, antwortete Brent. Doch er machte keine Anstalten, jemanden zu rufen.

Byrony lächelte. »Bitte, Brent, ich muß gehen. Könntest du Maggie bitten, mir ein Kleid zu geben? Ich verspreche, es ihr unversehrt zurückzugeben.«

Brent warf ihr noch einen kurzen Blick zu, dann verließ er die Wohnung.

Ein paar Minuten später kam Maggie mit Unterwäsche und Kleidern herein. So hatte Byrony sich die Besitzerin eines Bordells nun wirklich nicht vorgestellt. In der hübschen jungen Frau hätte sie eher die Lehrerin einer höheren Mädchenanstalt vermutet. Aber was hatte sie erwartet? Eine aufgedonnerte Rothaarige, der man den verruchten Lebenswandel schon von weitem ansah?

»Vielen Dank.« Byrony lächelte gewinnend. »Ich weiß Ihre Hilfe zu schätzen.«

Maggie nickte nur. Es war nicht ihre Art, neugierige Fragen zu stellen. Sie half Byrony beim Ankleiden. Das taubengraue Wollkleid reichte ihr nur bis auf die Knöchel. Aber für den Heimweg würde es schon gehen. Als Brent hereinkam, legte Maggie Byrony gerade eine warme Stola um die Schultern.

»John bringt dich nach Hause«, sagte er knapp. »Die Kutsche ist gemietet, so daß Joshua nicht merkt, wo du warst. Ich nehme doch an, daß du einige glaubwürdige Lügen für ihn parat hast.«

»Hoffentlich.«

»Und halte mich künftig aus diesen Dingen heraus, ja?« Seine Stimme hatte einen eisigen Ton angenommen. »Ich schätze es nun mal nicht, in deine schmutzigen kleinen Abenteuer hineingezogen zu werden.«

»Es tut mir leid, daß ich dir solche Umstände gemacht habe.« Byrony schluckte. »Keine Sorge, es soll nicht wieder vorkommen.«

Freundlich nickte sie Maggie zu. »Nochmals vielen Dank, Maggie. Brent.« Sie nickte ihm knapp zu und verließ dann den Raum. Was war nur in sie gefahren, ausgerechnet zu ihm zu kommen?

Mit klopfendem Herzen schloß Byrony eine halbe Stunde später die Haustür auf und spähte in den Flur. Atemlos lauschte sie nach oben. Offenbar war noch niemand aufgestanden. Leise schlich sie die Treppe hinauf in ihr Zimmer und lehnte sich erleichtert gegen die Tür. Niemand hatte ihr Verschwinden bemerkt.

Sie entkleidete sich und versteckte die sorgfältig zusammengefaltete Kleidung tief unten in der Truhe. Dann zog sie ein warmes Nachthemd über und verkroch sich zitternd im Bett.

Ich muß etwas unternehmen, dachte sie. Vielleicht war es gut, daß sie nun die Wahrheit wußte. Lange hätte es ohnehin nicht mehr so weitergehen können. Ihr Leben würde sich ändern. Plötzlich war alles wieder offen, alles möglich. Später, dachte sie schläfrig. Später werde ich eine Entscheidung treffen.

8. KAPITEL

Byrony blieb unschlüssig in der Tür zum Arbeitszimmer stehen. Joshua saß hinter seinem Schreibtisch und war ganz in die Lektüre einer Zeitung vertieft. Die Ruhe und Ernsthaftigkeit, die er ausstrahlte, hatten auf sie immer vertrauenserweckend gewirkt. Ja, sie hatte ihn sogar gemocht und seine Freundschaft gesucht. Nachdenklich betrachtete sie das schmale Gesicht mit den feinen, aristokratischen Zügen, die fast weiße Haut und das blonde Haar, das noch um ein paar Nuancen heller war als Michelles. Immer noch stockte ihr der Atem, wenn sie sich klarmachte, daß dieses Kind seine Tochter war. Sie sah seine schönen Hände, die ihr damals in San Diego als erstes an ihm aufgefallen waren. Lange, schlanke Finger mit perfekt geformten und gepflegten Nägeln. Sanfte Hände, die Irenes Körper streichelten ...

Als Joshua ihre Anwesenheit spürte, blickte er irritiert auf. »Byrony, wie fühlst du dich, meine Liebe?« Lächelnd faltete er die Zeitung zusammen und erhob sich. »Du bist immer noch sehr blaß. Ich habe mir schon richtig Sorgen um dich gemacht. Vielleicht sollten wir Dr. Morris rufen.«

»Das ist nicht nötig. Ich fühle mich schon wieder viel besser.« Wie normal er sich verhielt! Aber er konnte ja auch nicht wissen, daß sich alles geändert hatte. Byrony holte tief Luft. »Joshua, ich muß mit dir sprechen.«

»Natürlich, meine Liebe.« Fahrig fuhr er sich mit der Hand durchs Haar. Er war müde. Seit zwei Tagen gab es wilde Streiks in der Gießerei und endlose Sitzungen mit Arbeiterausschüssen und Komitees. Neuen Streit in seinem Haus konnte er gerade jetzt nicht gebrauchen. »Bitte, setz' dich doch.«

»Nein, danke.« Nervös faltete Byrony die Hände. Wieder und wieder hatte sie in den vergangenen drei Tagen diese Szene in Gedanken durchgespielt. Als er beruhigend ihre Hand tätscheln wollte, zog sie sie erschreckt zurück.

»Joshua«, sagte sie ruhig, »ich weiß alles.«

Sein Gesichtsausdruck blieb unverändert freundlich. Er zeigte überhaupt keine Reaktion. Aber an seinem Blick sah sie, daß er sofort begriffen hatte. »Wie meinst du das, Byrony?«

»Ich weiß von Irene und dir und ... Michelle.«

»Ich verstehe.« Es war vorbei. Er fühlte beinahe so etwas wie Erleichterung. Doch schon im nächsten Augenblick packte ihn die nackte Angst. Wie sollte es jetzt weitergehen? Sie waren doch so vorsichtig gewesen. Hatte etwa Eileen, die schwarze Hexe, ihren Mund nicht halten können? »Woher weißt du es?«

»Ich habe euch gesehen. In deinem Bett.«

Der unterschwellige Ekel in ihrer Stimme traf ihn, und plötzlich haßte er sie. Am liebsten hätte er sie dafür geschlagen, daß sie verachtete, was sie nicht verstehen konnte. Doch er hatte sich noch niemals an einer Frau vergriffen. Sein Vater hatte ihn früh gelehrt, Frauen zu verehren und sie vor den Gefahren des Lebens zu beschützen. Bei der Erinnerung an seine Jugend stiegen längst verdrängte Bilder in ihm auf. Als damals die furchtbare Nachricht kam, daß sein Vater und seine Stiefmutter dem Hurrikan zum Opfer gefallen waren, hatte ihn der Schmerz übermannt, und die gerade erst vierzehnjährige Irene hatte ihn, den fast Dreißigjährigen, trösten müssen. Sie hatte ihn umarmt, war für ihn dagewesen. Und dann hatte sie sich ihm hingegeben und ihm das Gefühl vermittelt, geliebt zu sein. »Auf immer und ewig«, hatte sie geflüstert. Ja, »Auf immer und ewig«.

Byrony sah, wie es in ihm arbeitete. Es traf ihn sehr, daß sie um sein Geheimnis wußte.

»Joshua ...«

»Darf ich fragen, was du jetzt zu tun gedenkst?« fragte er sie kühl, beinahe unbeteiligt.

»Nichts, wenn du einverstanden bist, unsere Ehe aufzulösen und ...«

Der Moment der Erleichterung war schnell verflogen. »Und was?« unterbrach er sie aufgebracht. »Willst du mich etwa erpressen?«

»Du mußt meinen Eltern auch weiterhin monatlich die vereinbarte Summe zukommen lassen. Du weißt, daß es mir dabei nur um meine Mutter geht. Ich möchte nicht, daß sie darunter zu leiden hat.«

»Das ist alles?« Mißtrauisch musterte er sie. Du darfst ihr nicht trauen, sagte er sich. Wiegen Erpresser ihre Opfer nicht immer erst in Sicherheit, ehe sie zuschlagen?

»Ja, das ist alles.«

»Und wie stellst du dir die Auflösung unserer Ehe vor?«

»Darüber habe ich auch schon nachgedacht. Ich bin bereit, aus San Francisco fortzugehen. Alle werden denken, daß ich nicht nur meinen Mann, sondern auch mein Kind im Stich gelassen habe. Euer Geheimnis ist bei mir sicher.«

Sie sah den argwöhnischen Blick in seinen Augen und spürte, wie er fieberhaft nachdachte. »Ich bin keine Erpresserin, Joshua. Aber ich möchte dich bitten, mir etwas Geld zu geben. Ich denke, fünfhundert Dollar werden reichen. Schließlich habe ich kein eigenes Vermögen. Und es würde unnötig Aufsehen erregen, wenn ich versuchen würde, all die Kleider und den Schmuck zu verkaufen.«

»Du hast dir ja alles sehr genau überlegt.«

»Allerdings. In den vergangenen drei Tagen, als ich krank im Bett lag, hatte ich genug Zeit dazu. Joshua, ich wünsche dir wirklich alles Gute. Ich muß gestehen, daß mich eure Beziehung tief erschüttert hat. Aber ich habe nicht das Recht, euch dafür zu verurteilen.«

Niemand hat dieses Recht, schoß es Joshua durch den Kopf. Wer verstand denn schon, was ihn mit Irene verband, und ahnte, was es bedeutete, diese Liebe geheimzuhalten, all die Jahre in Angst zu leben und das schlechte Gewissen zu ertragen?

»Über eines solltest du dir im klaren sein, Joshua. Ich bleibe mit meiner Mutter in Kontakt. Und wenn ich erfahren muß, daß du ihr kein Geld mehr schickst, ruiniere ich dich.«

Ein gespanntes Schweigen entstand, während sie seinem Blick standhielt. »Ich werde darüber nachdenken«, sagte er schließlich.

Ohne ein weiteres Wort verließ Byrony das Arbeitszimmer. Sie schloß die Tür hinter sich und lehnte sich erschöpft dagegen. Plötzlich zitterte sie am ganzen Körper. Aber sie war erleichtert. Endlich hatte sie hinter sich gebracht, was ihr schlaflose Nächte bereitet hatte. Joshua war nicht laut geworden, hatte sie nicht bedroht und sie nicht hinausgeworfen. Was hatte sie erwartet? Daß er versuchte, seine Beziehung zu Irene zu verteidigen? Nein, Joshua war ein vollendeter Gentleman, der jede Situation im Griff hatte. Es war vorbei!

Der Sand, der von kräftigem Westwind aufgewirbelt wurde, brannte Byrony in den Augen, als sie die Mission hinter sich gelassen hatte. Das wilde, einsame Ödland und der salzig-frische Geruch, der vom Ozean herüberwehte, vermittelten ihr ein Gefühl der Freiheit. Sie spürte, wie die Anspannung von ihr abfiel. Übermütig gab sie Thorny die Sporen und genoß den wilden Galopp über das unfruchtbare Gelände.

Eigentlich war sie nicht überrascht, als sie Brent am Strand entdeckte. Er trabte gemächlich auf seinem feurigen Araber am Ufer entlang.

Freudige Erregung packte sie. Winkend hielt sie auf ihn

zu. »Hallo, Brent«, rief sie ihm noch ganz außer Atem zu. Doch kaum hatte sie ihn erreicht, da wurde ihr schlagartig bewußt, daß sie ihn zum letztenmal sah. Und dieser Gedanke schmerzte sie.

Eine ganze Weile musterte er sie nur schweigend. Der Wind hatte sein Haar zerzaust, was ihm einen verwegenen, jungenhaften Ausdruck verlieh. »Geht es dir besser?« fragte er schließlich.

»Ja, ich bin wieder gesund. Eileen hat mir eine Schwitzkur verordnet und streng darüber gewacht, daß ich im Bett blieb. Auf keinen Fall darf sie von meinem Ausritt erfahren.« Byrony saß ab. Als sie etwas Weißes im Sand aufblitzen sah, bückte sie sich und hob die Muschel auf. Spielerisch fuhr sie mit dem Zeigefinger die feinen rosafarbenen Furchen auf dem matten Kalk nach. Sie war sich nur zu bewußt, daß er jetzt dicht hinter ihr stand.

Langsam wandte sie sich um. »Ich hatte gehofft, dich hier zu treffen.« Wenigstens einmal hatte sie ihn noch sehen müssen. »Ich wollte mich für deine Hilfsbereitschaft bedanken.«

»Hatte ich eine andere Wahl? Schließlich konnte ich dich nicht einfach auf der Straße liegen lassen.«

»Nein, das konntest du nicht.« Sie versuchte, seiner schroffen Abfuhr ein freundliches Lächeln entgegenzusetzen.

»Erzählst du mir nun, was an jenem Abend vorgefallen ist?«

»Nein, ich kann nicht.« Wie gern hätte sie ihm die Wahrheit gesagt, ihn wissen lassen, daß sie ganz anders war, als er glaubte.

Wütend wandte Brent sich von ihr ab und spielte nervös mit seiner Reitgerte. Seit drei Nachmittagen hatte er am Strand auf sie gewartet. Er verstand sich selbst nicht mehr. »Hast du deinem Mann eine glaubwürdige Lüge präsentiert?« fragte er schroff.

»Das war gar nicht nötig. Niemand hat meine Abwesenheit bemerkt.«

Also haben sie kein gemeinsames Schlafzimmer, schoß es ihm durch den Kopf.

»Früher oder später wirst du sie sicher brauchen.«

Verständnislos schaute sie ihn an.

Am liebsten hätte er sie geschüttelt, so sehr brachte ihn ihr unschuldiger Blick auf. »Spätestens, wenn du dir einen neuen Liebhaber nimmst, Byrony Butler.«

Byrony holte aus und schlug ihm mit aller Kraft ins Gesicht. Schockiert hielt sie inne, als sie im nächsten Moment die Reitgerte schmerzhaft auf ihrem Po spürte.

»Verdammt«, stieß er hervor und zog sie an sich. Sein leidenschaftlicher Kuß war fast schmerzhaft. Doch als Byrony seine Lippen auf ihrem Mund spürte, war jeder Gedanke an Gegenwehr im Keim erstickt.

Brent spürte, wie Byrony ihren Widerstand aufgab. Und dieses Wissen steigerte seine Erregung. Unbändiges Verlangen packte ihn, als sie einen unterdrückten Schrei ausstieß und sich willig an ihn drückte. Ich bin verrückt, dachte er, vollkommen verrückt. Entschlossen machte er sich von ihr frei und schaute sie an. Ihre Lippen waren so verführerisch, leicht geöffnet und feucht von seinem Kuß.

Heftig drükte er sie an sich. »Ich will dich, Byrony«, flüsterte er heiser. »Bitte, komm heute nacht zu mir.«

Schlagartig waren die wunderbaren Empfindungen, die so neu für sie waren, zerstört. Wie hatte sie sich nur so gehenlassen können. Unwillkürlich schüttelte sie den Kopf, während sie versuchte, einen klaren Gedanken zu fassen.

»Sag, daß du kommst. Bei mir bekommst du, was du brauchst. Ich kann dir mehr Vergnügen bereiten, als der Vater deines Kindes dir je geben kann. Mehr Lust, als alle deine Liebhaber zuvor ...«

Tränen traten ihr in die Augen. Diese ewigen Lügen und Beleidigungen! Es war gut, daß sich ihr Leben ändern würde. »Ich hatte noch nie einen Liebhaber.«

Sie sah, wie er ungläubig die dunklen Brauen hochzog. Nie in ihrem Leben würde sie diese blauen Augen vergessen können. »Ich hatte wirklich noch keinen Liebhaber«, wiederholte sie fest.

Zornig packte er sie bei den Schultern und schüttelte sie. »Spar' dir deine Lügen! Es ist mir egal, wie viele Männer du schon hattest! Und wenn es zwei Dutzend waren. Was spielt das für eine Rolle? Ich will dich.«

»Hör auf, Brent«, sagte sie leise.

Plötzlich gab sie sich wieder unnahbar und abweisend, was ihn nur noch wütender machte.

»Laß mich los«, verlangte sie bestimmt.

Er nahm die Hände von ihren Schultern und deutete spöttisch eine Verbeugung an. »Ganz wie es beliebt, Mrs. Butler. Bist du wirklich so kalt und gefühllos, wie du dich zeigst? Welche Pose ist echt an dir, die entfesselte Leidenschaft oder die abweisende Haltung, die du jetzt an den Tag legst? Liebst du es, mit den Männern zu spielen, sie verrückt zu machen und bis zum äußersten zu reizen, ehe du dich ihnen hingibst?«

Mit hartem Griff umklammerte er ihr Handgelenk, als sie zum Schlag ausholte. »Du hast Glück, daß ich ein Gentleman bin, Byrony. Sonst würde ich dich hier am Strand lieben. Und glaub' mir, so wie ich mich jetzt fühle, würde es dir nicht gefallen.« Unnachgiebig führte er ihre Hand hinab und ließ sie sein Verlangen spüren. »Merkst du, wie sehr ich dich begehre, Byrony? Gibt es dir ein Gefühl von Macht?«

Schockiert starrte sie ihn an, während er lustvoll aufstöhnte und den Kopf zurückwarf. Dann zog sie hastig ihre Hand zurück.

Brent schaute sie durchdringend an. Wie er diesen

ängstlichen Blick aus ihren großen grünen Augen haßte! Sie war wirklich eine großartige Schauspielerin! »Du kannst einem Mann sicher Vergnügen bereiten, Byrony, bis er den Kopf verliert.«

»Ich ... ich weiß nicht, wovon du sprichst.« Sie errötete.

»Dann möchte ich es dir beweisen. Heute nacht, Byrony. Komm heute nacht zu mir. Sicher fällt es dir nicht schwer, deinem Mann zu entkommen. Nur für ein paar Stunden ...«

Sein höhnischer Tonfall verletzte sie zutiefst. Warum nur zog es sie immer wieder zu diesem Mann hin, der ihr nichts als Verachtung entgegenbrachte? Sein einziges Interesse galt ihrem Körper. »Nein«, entgegnete sie fest. »Ich bin keine Hure, Mr. Hammond.«

Er lächelte hintergründig. »Nein, natürlich nicht. Huren, meine Liebe, sind nicht so verlogen wie du und all die anderen, die sich für feine Ladies halten.«

»Ich verlasse die Stadt.«

Brent erstarrte.

»Ja, schon in den nächsten Tagen. Ich bin heute hierhergekommen, um mich von dir zu verabschieden. Doch es war ein Fehler.« Sie lachte bitter auf. »Aber was spielt das jetzt noch für eine Rolle?«

Brent machte einen Schritt auf sie zu. »Warum bist du in jener Nacht zu mir gekommen? Warum?« fragte er sie drohend.

Byrony zögerte. Doch dann wich sie zurück. »Nochmals vielen Dank für deine Hilfe. Leb wohl, Brent.« Sie wandte sich ab.

»Warum?« schrie er ihr nach. »Warum kamst du ausgerechnet zu mir?« Hilflos sah er zu, wie sie ihr Pferd bestieg und fortritt. Sie schaute sich nicht einmal um.

»Wo ist Byrony?«

»Byrony fühlt sich nicht wohl«, erwiderte Joshua. »Eileen hat ihr das Abendessen auf dem Zimmer serviert.« Irene setzte sich auf ihren angestammten Platz am Kopfende des Tisches und faltete ihre Serviette auseinander. »Hast du schon eine Entscheidung getroffen, Joshua?«

»Haben wir denn überhaupt eine Wahl? Sie ist bereit, die Stadt zu verlassen. In ein paar Monaten werde ich in aller Stille die Scheidung in die Wege leiten. Dann sind wir frei, Irene. Und unser Kind auch.«

»Bist du dir da so sicher?«

Der bittere Unterton in ihrer Stimme ließ Joshua aufhorchen. »Ja, ich vertraue Byrony.«

»Dann bist du ein Narr«, versetzte Irene ungewöhnlich schroff. »Will sie nach San Diego zurückkehren?«

»Wohl kaum. Sie hat über ihre weiteren Pläne noch nicht gesprochen, aber sie haßt ihren Vater. Man kann es ihr nicht einmal verdenken. Madison DeWitt ist ein Tyrann.«

»Und wenn sie das Geld erst durchgebracht hat? Glaubst du etwa, sie verdingt sich mit diesem Trumpf in der Hand als Verkäuferin oder Hutmacherin?«

»Sie ist nicht so schlecht, wie du glaubst, Irene«, widersprach Joshua ihr. »Ich weiß, daß ihr beiden euch nicht gut versteht. Aber hast du jemals erlebt, daß sie sich gehässig oder bösartig verhalten hätte?«

»Es wird Gerede und schlimme Gerüchte geben. Eine Scheidung in aller Stille, so wie du es dir wünscht, ist gar nicht möglich. Es wird zu einem furchtbaren Skandal kommen, glaub' mir.«

Joshua verzog unwirsch das Gesicht. »Du weißt so gut wie ich, daß man ihr alle Schuld geben wird. In ihren Augen läßt Byrony nicht nur mich, sondern vor allem auch ihr Kind im Stich.«

»Die Leute werden sich fragen, warum sie fortgegangen ist. Und sie wird nicht hier sein, um sich zu verteidigen. Also wird auch an uns etwas hängenbleiben. Nein, der

Plan gefällt mir nicht.« Irene musterte ihn eindringlich. »Ich traue ihr nicht. Warum sollte sie es uns so einfach machen? Nein, Byrony wird immer drohend vor unserer Zukunft stehen. Nie können wir wissen, wann sie wieder auftaucht, um uns zu erpressen.«

Nervös strich Joshua sich mit der Hand durchs Haar. Obwohl er Byrony zu kennen glaubte, nagte an ihm doch die Angst, daß sie eines Tages zurückkehrte, um seinen Ruf zu ruinieren. Das Schicksal seiner Familie lag in ihren Händen. Es war eine auswegslose Situation.

»Denk an deine Tochter. Du mußt sie schützen.«

Michelle. Ja, er war bereit, alles für die Zukunft seiner Tochter zu tun. Ein unheilvolles Schweigen entstand. »Was willst du damit sagen?« fragte Joshua schließlich leise.

»Du darfst sie nicht gehen lassen«, sagte sie bestimmt, während sich ein harter Zug um ihre Mundwinkel bildete. Byrony war ein Bedrohung für ihre Zukunft. Ihr war nicht entgangen, wie gut Joshua sie leiden mochte und wie nachgiebig und verständnisvoll er sich ihr gegenüber zeigte. Die Vorstellung, daß er sie wirklich zur Ehefrau nahm, hatte ihr schlaflose Nächte bereitet.

Joshua blickte sie schockiert an. »Irene! Ich kann sie nicht zwingen hierzubleiben. Sie ...«

»Ich weiß.« Irene stand auf und ging zu ihm hinüber. Schutzsuchend kuschelte sie sich in seine Arme und rieb die Wange an seiner Schulter. Als er sie fest an sich drückte, spürte sie seine Anspannung, die Verzweiflung — und seine Liebe.

»Sie sollte sterben.«

Joshua hielt sie von sich ab. Er war bleich geworden. »Ich bin kein Mörder.«

»Und wenn sie nicht aufhört, uns zu erpressen und unsere Zukunft zu bedrohen? Joshua, du mußt an deine Tochter denken!«

»Ich bin kein Mörder«, wiederholte er mit tonloser Stimme.

Irene wußte, daß es unklug war, weiter in ihn zu dringen. Sein Entschluß stand fest. Er wollte diese Frau fortlassen. Vermutlich mußte sie selbst Byrony töten? Der Gedanke beschleunigte ihren Pulsschlag. Sie sah seinen ängstlichen, ahnungsvollen Blick und wurde bleich. »Nein, natürlich nicht«, sagte sie hastig. »Keiner von uns könnte es.« Schluchzend drückte sie sich an ihn. »Ich habe nur Angst, Joshua. Furchtbare Angst.«

»Ich weiß, Liebling.«

Wie ich ihn liebe, dachte sie. Aber manchmal war er schwach. Darum mußte sie beschützen, was ihr gehörte. Sie mußte um ihre Liebe und ihr Kind kämpfen. Und sie war bereit, alles dafür auf sich zu nehmen. »Joshua«, sie versuchte, ihr Schluchzen zu unterdrücken, »ich weiß, was zu tun ist.«

An diesem Abend verlor Brent fast tausend Dollar an James Cora. Nach Anfangsverlusten hatte er alles auf eine Karte gesetzt, war aber kläglich gescheitert. Vielleicht weil er ein ehernes Gesetz gebrochen und am Pokertisch getrunken hatte. Er wußte nicht einmal, wieviel Whiskey es gewesen war, sondern merkte nur, daß er langsam benommen wurde. Trotzdem fühlte er sich nicht besser.

»Soll ich dir einen guten Rat geben, alter Junge?« meinte James Cora gönnerhaft, als er mit geübter Hand die Dollarnoten bündelte. »Laß die Finger vom Spiel, wenn du dich nicht unter Kontrolle hast. Mann, warst du heute schlecht! Mit deinem Blatt hättest du gewinnen müssen. Drei Könige! Und ich konnte dich mit zwei lausigen Buben hereinlegen. Ganz zu schweigen von Colin, der mit seinen Damen und Achten bereit war, das Limit zu erhöhen.«

»Ich bin ein Idiot«, sagte Brent mit dem ruhigen und abgeklärten Tonfall eines Betrunkenen, der versucht, nüchtern zu erscheinen.

James Cora lachte. Er lehnte sich im Stuhl zurück und steckte sich eine dicke Zigarre an. »Ärger mit einer Frau, wie? Nein, versuch' erst gar nicht, es zu leugnen. Was könnte einen Mann mehr aus der Bahn werfen? Glaub' mir, ich spreche aus Erfahrung.«

»Sie ist eine verdammte Lügnerin!« stieß Brent wütend hervor.

»Habe ich das Vergnügen, diese Lady zu kennen?«

Doch so betrunken konnte Brent gar nicht sein, daß er sich mehr entlocken ließ, als er zu sagen bereit war. »Wohl kaum«, meinte er nur.

»Du lügst, Hammond.« James Cora zog an der Zigarre und blies genüßlich den Rauch aus. »Nimm es nicht so schwer, alter Junge. Eine Frau ist so gut wie jede andere. Glaub' nicht, daß ich Skrupel hätte, dich heute nacht bis auf den letzten Dollar auszunehmen. Aber es macht einfach keinen Spaß. Geh doch zu Celeste und vergiß die andere.«

»Deine Ratschläge brauche ich nicht, Cora«, entgegnete Brent schroff. »Ich kenne die Frauen und hatte schon viele in meinem Bett.«

»Schon gut, alter Junge, es war nicht so gemeint.« Abwehrend hob James Cora die Hände. Er verspürte keine Lust, sich von einem streitsüchtigen Betrunkenen provozieren zu lassen. Schon gar nicht in seinem eigenen Saloon. Er hatte gewonnen, und das würde er mit Belle zu feiern wissen. »Sieh mal, wer da ist. Hallo, Del, Dan! Ihr kommt gerade recht! Ich suche noch jemanden, den ich ausnehmen kann. Brent habe ich bereits alles abgeknöpft.«

Del Saxton zog die Augenbrauen hoch und pfiff durch die Zähne. »Du siehst miserabel aus, Hammond.«

»Vielen Dank, Saxton. Ich weiß Komplimente zu schätzen.« Brent verzog keine Miene.

»Maggie sagte mir, daß ich dich hier finde.« Del setzte sich an den Tisch. »Sie macht sich Sorgen um dich.«

»Diese Frauen! Du kannst ihr ausrichten, daß sie sich um ihre eigenen Angelegenheiten kümmern soll.«

»Junge, du bist heute abend aber in ziemlich schlechter Stimmung.«

Brent war nach einer Schlägerei zumute. Vielleicht würde es ihm dann wieder besser gehen. Aber nicht mit Del! Warum machte er nur einen solchen Narren aus sich. Und alles nur ihretwegen! »Es tut mir leid, Del. Ich weiß gar nicht, warum ich immer noch hier sitze.«

»Um noch mehr Geld zu verlieren«, antwortete Del ungerührt. »Willst du nicht darüber reden?«

Brent stand auf. »Nein. Vielleicht sind wir bald Geschäftspartner. Aber ganz sicher wirst du nie mein Beichtvater. Wenn die Gentlemen mich jetzt bitte entschuldigen.«

Brent stand auf. Er schwankte bedenklich. »Ich werde mich jetzt zurückziehen, um mich in hoffentlich angenehmerer Gesellschaft zu betrinken.«

»Was ist nur mit ihm los?« Kopfschüttelnd sah Del Brent nach, der inzwischen in betont aufrechtem, aber unsicherem Gang den Saloon verließ. »So habe ich ihn ja noch nie erlebt.«

James Cora verzog den Mund zu einem spöttischen Grinsen. »Ein Jammer, was die Liebe aus einem Mann macht.«

Die frische Luft traf Brent wie ein Schlag. Erst jetzt merkte er, wie betrunken er schon war. Warum war er nur ein solcher Narr? Wie hatte er sich in dem Zustand nur mit Cora an den Tisch setzen können? An guten Tagen hätte er mit dem Blatt alle an die Wand gespielt.

Und alles wegen Byrony. Dieses Frauenzimmer! Wie einen dummen Jungen hatte sie ihn am Strand stehenlassen. Sie hatte mit ihm gespielt, ihn aus der Reserve gelockt und seine Erregung genossen, ehe sie ihre ganze Macht ausspielte. Und in ein paar Tagen verließ sie die Stadt. Für immer.

Hatte Joshua sie verstoßen? War ihm endlich klargeworden, daß er auf ein billiges Flittchen hereingefallen war? Byrony mußte das nicht treffen. Sie zog einfach weiter. Es würde nicht lange dauern, bis sie einen anderen reichen Mann fand, an den sie sich verkaufen konnte.

Später wußte Brent nicht mehr, wie er nach Hause gekommen war. Eigentlich hatte er Celeste besuchen wollen. Doch ihm war klar, daß ihm in dieser Nacht nur der Whiskey helfen konnte. Es war gut, daß Byrony die Stadt verließ und damit aus seinem Leben verschwand. Doch wieviel Alkohol würde er noch brauchen, um sie auch aus seinen Gedanken zu verbannen?

9. KAPITEL

»Wir sollten noch diese Woche die notwendigen Vorbereitungen für deine Abreise treffen, Byrony«, meinte Joshua unvermittelt.

»Dann bist du also bereit, auf meine Wünsche einzugehen?« Byrony bereute es schon, das Frühstück nicht auf ihrem Zimmer eingenommen zu haben.

Angespanntes Schweigen hatte die ganze Zeit auf ihnen gelastet.

»Ja, ich bin einverstanden.«

»Du läßt ihm ja keine andere Wahl«, fügte Irene bitter hinzu.

Byrony wandte sich mit einem freundlichen Lächeln an ihre Schwägerin. »Kannst du dir etwa vorstellen, daß wir weiterhin unter einem Dach leben? Meine Liebe, das zeugt nicht gerade von Geschmack.«

»Du führst hier doch ein sorgloses Leben.« Irene musterte sie durchdringend. »Du trägst den guten Namen der Butlers, genießt eine herausragende gesellschaftliche Stellung als Joshuas Frau und besitzt schöne Kleider, Schmuck — einfach alles, was du willst. Das gibt man doch nicht auf, um sich als Verkäuferin oder Dienstmagd zu verdingen.«

»Wenigstens ist es ein Leben ohne Lügen.«

Irene schien gänzlich unbeeindruckt. »Man gewöhnt sich an Lügen. Besonders, wenn sie einem ein sorgloses Leben bescheren.«

Auf dem Weg zur Kirche überkam Byrony starke Übelkeit, und ihr Magen krampfte sich zusammen. Einen Augenblick glaubte sie, sich übergeben zu müssen. Doch dann war es auch schon wieder vorbei. Das sind sicher die Nachwirkungen der Grippe, dachte sie. Kein Grund zur Beunruhigung!

Saint Morris begrüßte Byrony nach der Messe. Dann musterte er sie, während sie sich mit Elizabeth Saxton für den Dienstag zum Lunch verabredete. Byrony wollte sich von dieser Frau, deren Freundschaft ihr die erste Zeit in San Francisco um sie vieles erleichtert hatte, wenigstens noch verabschieden.

Nach dem Mittagessen war ihr plötzlich wieder so unwohl, daß sie sogar auf den geplanten Ausritt mit Thorny verzichten mußte. Statt dessen ging sie zu Bett. Doch am Abend fühlte sie sich plötzlich sehr schwach. Byrony ließ sich das Dinner auf dem Zimmer servieren. Beim Anblick des Essens drehte sich ihr Magen um, so daß sie keinen Bissen herunterbrachte.

Am nächsten Morgen ging es ihr wieder besser. Die Magenkrämpfe waren überstanden. Obwohl sie immer noch ein wenig schwach war, wollte sie das Frühstück unten einnehmen.

»Bist du auch wirklich wieder ganz gesund?« fragte Joshua sie besorgt, während er ihr blasses Gesicht musterte. Dunkle Ringe zeichneten sich unter ihren Augen ab.

»Es sind wohl die Nachwirkungen der Grippe.« Byrony lächelte schwach.

»Vielleicht sollte ich doch lieber Dr. Morris rufen, damit er dich gründlich untersucht.«

»Nein, das ist nicht nötig. Ich muß mich in den nächsten Tagen nur ein wenig schonen.« Nervös spielte sie mit ihrem Besteck. »Joshua, ich möchte Freitag abreisen.«

»Ja«, sagte er. »Freitag.«

»Seit Tagen ist er einfach unausstehlich. Man kann nicht mehr mit ihm reden, ohne daß er gleich wie ein Wilder herumbrüllt. Es muß etwas mit dieser Byrony Butler zu tun haben. Da bin ich mir ganz sicher.« Maggie stand auf. »Noch einen Kaffee, Saint?«

»Gern.« Er hielt ihr die Tasse hin, damit sie nachschenken konnte.

»Celeste ist schon ganz verzweifelt. Seit über einer Woche war er nicht mehr bei ihr.« Maggie seufzte. »Was weißt du über diese Mrs. Butler?«

Saint nahm einen Schluck Kaffee. Er hatte eine durchwachte Nacht mit einer schweren Geburt hinter sich. Da kam ihm Maggies ausgezeichneter starker Kaffee gerade recht. »Nichts, was ich erzählen könnte, ohne meine ärztliche Schweigepflicht zu brechen«, antwortete er ernst.

»Kannst du nicht mal mit ihm sprechen, Saint?«

Saint wußte, daß Maggie ernsthaft beunruhigt war, und ihm ging es nicht anders. Aber er kannte Brent Hammond lange genug, um zu wissen, daß sich dieser sture Kerl nicht würde helfen lassen. Er seufzte schwer. »Es geht uns nichts an, Maggie.«

Sie zog verächtlich die Luft durch die Nase. »Bist du sein Freund, oder bist du es nicht?«

»Als sein Freund verschone ich ihn mit meiner Neugier.«

»Willst du etwa zusehen, wie er zugrunde geht? Wenn du ihn sehen könntest, wie er sich Nacht für Nacht in seiner Wohnung betrinkt, würdest du dich nicht so vornehm zurückhalten. Darauf wette ich!«

»Worauf wettest du, Maggie?« ließ Brent sich hinter ihr vernehmen.

Maggie fuhr herum. Sie starrte Brent schuldbewußt an. Er hatte schon wieder getrunken. Oder waren es noch die Nachwirkungen einer einsam durchzechten Nacht? »Kannst du nicht anklopfen, Brent Hammond?« fuhr sie ihn schnippisch an. »Ist dir eigentlich noch nie der Gedanke gekommen, daß du uns in einer sehr intimen Situation überraschen könntest?«

Saint verschluckte sich fast an seinem Kaffee. Keine

schlechte Idee, dachte er und musterte Maggie vielsagend, wofür er lediglich einen strengen Blick erntete.

»Ich würde wohl nichts sehen, was ich nicht schon hundertmal erlebt hätte.« Mit schweren Schritten durchquerte Brent den Raum und ließ sich in einen bequemen Sessel sinken. »Nach deinem betretenen Gesichtsausdruck zu urteilen, habt ihr von mir gesprochen. Ich wußte ja gar nicht, daß du so geschwätzig bist, Maggie.«

»Sei doch nicht so ekelhaft.« Unwirsch zog sie die Augenbrauen hoch.

Brent deutete mit dem Finger auf sich. »Ich? Ich bin ekelhaft?«

»Ja, allerdings.« Entrüstet stemmte sie die Hände in die Hüften. »Du bist der ekelhafteste Kerl, der mir seit langem untergekommen ist!«

»Kommt, hört schon auf zu streiten«, schaltete Saint sich ein. Maggie hat recht, dachte er. Brent geht es wirklich schlecht. Noch nie hatte er den Freund so erlebt. Brent war unrasiert, übernächtigt und von einer Aggressivität, die sich gegen alles und jeden richtete. Es wäre sinnlos, ein vernünftiges Gespräch zu suchen. Vielleicht ergab sich in den nächsten Tagen die Gelegenheit, mit ihm allein zu reden. Man mußte etwas unternehmen. Soviel stand fest.

»Ich muß jetzt gehen.« Saint erhob sich. »Vielen Dank für den Kaffee, Maggie. Wenn es Felice heute abend nicht besser geht, sehe ich noch einmal nach ihr. Und, Brent, als dein Arzt muß ich dir dringend raten, mit der Trinkerei aufzuhören.«

»Ich möchte zu Mrs. Butler«, wiederholte Elizabeth Saxton ungeduldig. Wie konnte diese schwarze Haushälterin es wagen, ihr den Weg zu verstellen? Byrony führte ihr Personal offenbar mit viel zu sanfter Hand. »Melde mich deiner Herrin. Sofort.«

»Mrs. Butler ist krank, Mrs. Saxton«, entgegnete Eileen ungerührt. »Der Doktor hat gesagt, daß niemand zu ihr darf.«

»Krank?« Was fehlt ihr?«

Eileen zuckte mit den Schultern. »Da müssen Sie den Doktor fragen, Mrs. Saxton. Ich weiß nur, daß die Misses das Bett hüten muß.«

»Ist Mr. Butler im Hause?«

»Nein, Ma'am. Ich muß jetzt gehen, Mrs. Saxton.« Und damit schlug Eileen ihr die Tür vor der Nase zu.

Fassungslos starrte Elizabeth die Tür an. »Unverschämte Person.« Unschlüssig blieb sie stehen. Sollte sie noch einmal klopfen und mit mehr Nachdruck Einlaß begehren? Schließlich war sie mit Byrony zum Lunch verabredet. Hatte sie die Grippe immer noch nicht ganz überwunden? Es mußte ihr wirklich schlechtgehen, wenn sie nicht einmal daran dachte, ihr eine Nachricht zu senden. Mit ungutem Gefühl kehrte Elizabeth zur wartenden Kutsche zurück. Wie krank war Byrony wirklich? Am besten fragte sie Saint, der als ihr Arzt sicher genaue Auskunft geben konnte. Merkwürdig war es trotzdem, daß man eine Freundin der Hausherrin so brüsk abwies. Nein, Byrony hatte keinen leichten Stand im Hause Butler.

»Mr. Hammond ist oben in seinem Büro, Dr. Morris«, sagte John, der Barkeeper, während er die Messingverblendungen an der Theke polierte. »Sie sollten ihn besser nicht stören, wenn es nichts wirklich Wichtiges ist.«

Saint tippte sich an die Stirn. »Vielen Dank für die Warnung, John. Leider handelt es sich um eine Angelegenheit, die keinen Aufschub duldet. Sonst würde ich wohl kaum meinen Kopf riskieren.«

»Letzte Nacht hat er einen Randalierer eigenhändig aus dem Saloon geworfen«, fügte der Barkeeper mit besorgter Miene hinzu. »Wir mußten ihn zu dritt zurückhalten.«

»Gut für mich.« Saint grinste breit. »Dann ist er jetzt wenigstens zu erschöpft, um auch noch auf mich loszugehen.«

Eine Minute später klopfte er an Brents Bürotür und steckte dann vorsichtig den Kopf zur Tür herein.

»Was willst du?«

Saint zog es vor, diese schroffe Frage zu ignorieren. Er trat ein und schloß die Tür hinter sich. Er wartete erst gar nicht darauf, daß ihm Platz angeboten wurde, sondern ließ sich mit einem Seufzer in einen schweren Ledersessel sinken.

»Nun?« Brent schaute nicht einmal von seinen Bilanzen auf.

»Wir haben aber heute schlechte Laune, wie?«

Mit lautem Knall schloß Brent die Kladde und warf die Feder auf den Tisch. »Saint, wenn du auf Maggies Drängen hier bist ...«

»Keineswegs.« Abwehrend hob Saint die Hände. »Eigentlich wollte ich dich fragen, ob du etwas Neues über Byrony Butler erfahren hast. Ich mache mir nämlich Sorgen um sie.«

Überrascht hielt Brent inne. Dann zuckte er betont gelangweilt mit den Schultern. »Ich weiß nur, daß sie die Stadt verlassen will«, sagte er teilnahmslos.

Doch so leicht ließ Saint sich nicht täuschen. Er merkte genau, daß er Brents volle Aufmerksamkeit besaß. Er konnte förmlich sehen, wie es in ihm arbeitete. »Sie will die Stadt verlassen?« Was sollte das nun wieder heißen? Hatte sie es endgültig satt, für Irenes Fehltritt den Kopf hinzuhalten? »Das ist wohl kaum möglich.«

»Wieso?« Fragend hob Brent die Augenbrauen. »Sie hat es mir selbst gesagt. Aber dann war es wohl auch nur wieder eine ihrer Lügen.«

»Byrony ist krank.«

»Krank?« Erregt sprang Brent auf. »Was fehlt ihr?«

»Ich weiß es nicht.«

»Was soll das heißen?« Drohend ging Brent auf ihn zu. »Du bist doch ihr Arzt!« Er hielt inne. Dann ballte er wütend die Hände zu Fäusten. »Ich verstehe. Sie ist wieder schwanger von diesem Kerl.«

»Das möchte ich bezweifeln«, entgegnete Saint ruhig. »Allerdings weiß ich nicht mehr als du. Joshua hat mich nicht rufen lassen. Er muß einen Kollegen zu Rate gezogen haben.«

»Woher weißt du dann ...«

»Ich war bei Elizabeth Saxton. Sie erzählte mir, daß sie gestern mittag von der Haushälterin brüsk abgewiesen wurde, als sie Byrony zum gemeinsamen Lunch abholen wollte. Auf Anordnung des Arztes dürfte niemand zu Mrs. Butler vorgelassen werden, hieß es lediglich.«

Fieberhaft rechnete Brent nach. Vier, nein, fünf Tage war es jetzt her, daß er sie am Strand getroffen hatte. Sie hatte ihm doch gesagt, daß es ihr wieder gutging. Ein unbehagliches Gefühl beschlich ihn. »Du mußt sie dir ansehen«, sagte er bestimmt.

Saint hatte sich längst dazu entschieden, der Sache selbst auf den Grund zu gehen. Irgend etwas an der ganzen Geschichte gefiel ihm nicht. Seit Jahren war er nun schon der Hausarzt der Butlers. Warum zog man ihn ausgerechnet jetzt nicht zu Rate? »Ja, ich kümmere mich am besten sofort darum.«

»Hältst du mich auf dem laufenden?«

»Sicher.« Saint erhob sich. »Wenn du Wert darauf legst.« Er warf ihm einen mitfühlenden, verständnisvollen Blick zu. Doch Brent war zu sehr mit sich selbst beschäftigt, um es zu bemerken.

»Haben Sie den Verstand verloren?« Saint konnte es einfach nicht glauben. Wütend starrte er Joshua Butler an. »Markus Farnsworth ist ein Scharlatan! Ein Quacksalber, der von der Medizin nicht mehr versteht als mein Pferd! Nein, eher weniger. Mein Gaul bringt wenigstens niemanden ins Grab, was man von diesem elenden Kurpfuscher nicht behaupten kann!«

Joshua erhob sich hinter seinem Schreibtisch. Die zitternden Hände verschränkte er hinterm Rücken, um sich keine Blöße zu geben. »Wenn ich geahnt hätte, daß Sie nur gekommen sind, um mich und meine wohlüberlegten Entscheidungen derartig zu diskreditieren, hätte ich Sie nicht vorgelassen.«

»Joshua, ich will Byrony sehen.«

»Nein.« Joshua stellte sich ans Fenster. Von seinem Büro aus konnte er das Werksgelände mit der Gießerei, den Werkstätten und Waschkauen überblicken. »Dr. Farnsworth hat mein vollstes Vertrauen. Seiner Ansicht nach handelt es sich entweder um eine Gehirnhautentzündung oder einen Schwächeanfall. Weibliche Hysterie, das kennt man ja.«

»Byrony ist nicht hysterisch! Unmöglich!«

Joshua bemühte sich, ruhig zu bleiben. Es war äußerst unklug, Saint gegen sich aufzubringen. Und sehr gefährlich. »Hören Sie, Saint, Farnsworth weiß, was er tut. Im Gegensatz zu Ihnen vertraue ich seinem Urteil. Ich bin davon überzeugt, daß er sie wieder gesund macht.«

»Ich möchte sie trotzdem sehen«, beharrte Saint.

Fieberhaft dachte Joshua nach. Es war wohl klüger, jeden Verdacht im Keim zu ersticken. Saint war ein guter Arzt. Aber er würde ebensowenig wie der Dilettant Farnsworth eine korrekte Diagnose stellen können. Dazu war sie einfach zu vorsichtig. Worauf hatte er sich da nur eingelassen? »Also schön. Wenn es Sie beruhigt, können Sie ja heute nachmittag vorbeikommen. Sagen wir um zwei?«

Punkt zwei Uhr sprach Saint Morris im Hause Butler vor und ließ sich unverzüglich in das Krankenzimmer im ersten Stock führen. Dr. Farnsworth war nicht anwesend, was ihm nur recht war. Weibliche Hysterie! Dieser Mann war wirklich ein elender Kurpfuscher.

Byrony schlief. Offenbar hatte man ihr etwas verabreicht.

Saint setzte sich auf die Bettkante und fühlte ihren Puls, ehe er die Herztätigkeit abhorchte. Der Puls war etwas schwach, was nach mehreren Tagen Bettruhe ganz normal war. Sie sah ungewöhnlich blaß und zerbrechlich aus.

»Was hat er ihr gegeben?« fragte er Joshua.

»Ich glaube Laudanum. Heute morgen ging es ihr wieder sehr schlecht. Sie war gar nicht mehr sie selbst.«

Hat man sie wohl absichtlich vor meinem Besuch in tiefen Schlaf versetzt, damit ich sie nicht befragen kann, fuhr es Saint durch den Kopf. Was hatte ihren Körper nur so geschwächt? Ja, sie hatte etwas Fieber. Aber er bezweifelte, daß es sich um eine Gehirnhautentzündung handelte. »Sagen Sie, Joshua, hat Ihnen Dr. Farnsworth Hoffnung auf Besserung Ihres Zustandes gemacht?«

»Er ist zuversichtlich.« Joshua seufzte. »Trotzdem hat er mir geraten, einen Spezialisten aus Sacramento zu Rate zu ziehen, der schon viele Patientinnen mit hysterischen Anfällen erfolgreich behandelt hat.«

Ratlos musterte Saint die Kranke. Vielleicht sehe ich auch nur Gespenster, dachte er. Aber er wurde das ungute Gefühl einfach nicht los. Er wollte schon seine abgewetzte lederne Instrumententasche schließen, als ein kaum hörbares Stöhnen ihn aufhorchen ließ.

»Byrony?«

Es kostete sie ungeheure Anstrengung, die Augen aufzuschlagen. Sie war so müde. Warum ließ man sie nicht schlafen? »Ich bin so durstig«, flüsterte sie.

Eilig griff Saint nach dem Wasserglas auf dem Nachttisch. »Hier, trinken Sie, aber ganz langsam.«

Das Schlucken tat weh und kostete viel Kraft. »Saint? Was machen Sie hier, Doktor?«

»Ich wollte mal nach Ihnen schauen.« Sanft schloß er die Finger um ihre kleine Hand, die schlaff herabhing. »Wie fühlen Sie sich?«

»Schwach. Und so müde.«

»Man hat Ihnen ein Beruhigungsmittel gegeben. Bald geht es Ihnen wieder besser …« Er brach ab, denn sie war schon wieder bewußtlos. Sanft strich er ihr eine Haarsträhne aus der Stirn. Als er sich erhob und seine Tasche aufnahm, war die Entscheidung gefallen. »Vielen Dank, Joshua.« Er versuchte ein Lächeln. »Sie wird bald gesund.«

»Hoffentlich haben Sie recht.« Nervös rieb Joshua sich die schwitzenden Hände.

Saint tippte sich grüßend an die Stirn. Er wußte, was zu tun war. Sein Verdacht war verrückt, aber je länger er darüber nachdachte, desto wahrscheinlicher erschien ihm das Undenkbare. Jetzt galt es zu handeln.

Aus weiter Ferne nahm Byrony die Stimmen wahr — Stimmen, die sie kannte. Nur langsam und auch dann nur unvollständig hob sich der Schleier von ihrem Bewußtsein. Alles war verschwommen, dumpf und leer. Und dann hörte sie wieder Stimmen. Es waren Joshua und Irene. Sie war zu benommen und schwach, um die Augen zu öffnen.

»Saint ist mißtrauisch geworden, glaub' mir.« Joshua klang besorgt.

»Was kann er uns denn schon nachweisen?« Irene schien nicht im mindesten beeindruckt. »Nichts, sage ich dir, absolut nichts!«

»Trotzdem hören wir damit auf, Irene. Was es auch ist, du gibst es ihr nicht mehr ins Essen, verstanden? Ich lasse sie gehen.«

»Nein, Joshua, nein! Bitte, hör' mir doch zu.«

Die Stimmen entfernten sich. Byrony schlug die Augen auf. Das Herz klopfte ihr bis zum Hals. Plötzlich war sie hellwach. Sie vergiften mich, schoß es ihr durch den Kopf, sie bringen mich um. Panik stieg in ihr auf. Sie mußte weg! Aber sie war zu schwach, um sich aufzurichten.

»Ich habe es dir doch so leicht gemacht, Joshua«, flüsterte sie kaum hörbar. Ihre heiser schwache Stimme erschreckte sie, so fremd war sie ihr. »So leicht.«

Ihre Kehle war ganz trocken, und sie hatte schrecklichen Durst.

Es bereitete ihr große Mühe, nach dem Wasserglas auf dem Nachttisch zu greifen. Durstig leerte sie es in gierigen Zügen. Saint hatte ihr zu trinken gegeben. Ja, er hatte an ihrem Bett gesessen. Warum hatte er nichts gemerkt? War Irene so raffiniert?

Ich muß weg hier, dachte sie. Sofort. Sonst ist es zu spät. Verzweiflung packte sie. Sie war so schwach und allein! Auf Hilfe konnte sie nicht hoffen. Nein, sie mußte es aus eigener Kraft schaffen. Mühsam richtete sie sich auf, schlug die Decke zurück und schwang die Beine über die Bettkante. Doch als sie aufstehen wollte, trugen ihre Beine sie nicht. Erschöpft sank sie wieder in die Kissen zurück.

Sie hatte Angst, furchtbare Angst. Noch nie in ihrem Leben hatte sie sich so einsam und verlassen gefühlt. Warum rauschte Tante Ida nicht geschäftig zur Tür herein, um ihre Kissen aufzuschütteln oder ihr eine stärkende Brühe einzuflößen? Oder um ihr den Besuch der unausstehlichen Miss Perkins anzukündigen? Tränen liefen ihr über die Wangen. Nein, es gab niemanden.

Sehnsüchtig schaute sie zu den Fenstern hinüber. Wolkenlos blauer Himmel und strahlender Sonnenschein kündeten den Frühling an. Heute nacht, dachte sie. Heute nacht muß ich fliehen. Sonst ist es zu spät. Sie faßte wieder Mut. Vor ihrem Fenster stand eine alte Eiche. Wenn sie es schaffte, die Stallungen zu erreichen und Thorny zu satteln, konnte sie südwärts fliehen, nach San Jose. Ich muß schlafen, dachte sie, mich ausruhen. Würde ihre Kraft reichen?

Als Irene eine halbe Stunde später ins Zimmer kam, war Byrony wieder in einen bewußtlosen Schlaf gefallen. Das Gift wirkt stärker als erwartet, dachte Irene zufrieden. Dann trug sie das Tablett mit der Kraftbrühe und dem Brot wieder hinaus. Leise schloß sie die Tür hinter sich. Es war nur noch eine Frage der Zeit, bis Joshua ihr wieder ganz allein gehörte.

Es ging auf Mitternacht zu. Dichter Nebel lag über der Stadt. Die Sicht reichte kaum eine Pferdelänge weit. Brent hatte die mit Gaslaternen spärlich beleuchtete Market Street hinter sich gelassen und wandte sich südwärts nach Rincon Hill zu. Hier, hoch über der Bucht, lichtete sich der Nebel etwas. Unwillkürlich atmete er tief durch. Ungefähr hundert Meter vor dem Anwesen zügelte er seinen Hengst und saß ab.

Aus keinem Fenster drang mehr Licht in die neblige Nacht. Offenbar waren alle Bewohner schon zu Bett gegangen. Gut, dachte Brent zufrieden. Er hatte also den richtigen Zeitpunkt gewählt.

Von Saint wußte er, daß Byronys Schlafzimmer zum Garten auf der Rückseite des Hauses lag. Brent fragte sich, ob der Freund wohl ahnte, welchen verrückten Plan er gefaßt hatte. Wohl niemand besaß soviel Menschenkenntnis wie Saint. »Eigentlich kann es dir ja gleichgültig sein«, hatte er gesagt und sich schwerfällig aus dem Sessel erhoben. »Aber ich hatte versprochen, dich auf dem laufenden zu halten.« Genau in diesem Augenblick hatte Brent seine Entscheidung getroffen. Doch was würde sie sagen, wenn sie ihn sah? Würde sie sich weigern, mit ihm zu kommen, das ganze Haus zusammenschreien, ihn bloßstellen? Dieses Risiko mußte er eingehen.

Lautlos schlich er durch den Vorgarten und um das Haus herum. Dann hielt er inne. Was hatte Saint gesagt? »Ein schönes großes Zimmer mit einer alten Eiche vor dem Fenster.« Ein Lächeln huschte über sein Gesicht. Er legte das zusammengerollte Seil auf den Rasen, denn er würde es nicht brauchen. Dann lief er weiter. Wie würde sie reagieren?

Erschöpft ließ Byrony sich auf die Bettkante sinken. Schweißperlen traten ihr auf die Stirn. Sie zitterte am ganzen Körper. Allein aufzustehen und sich anzukleiden hatte viel Kraft gekostet. Nur einen Augenblick, beschwor sie sich. Dann geht es weiter. Wie sollte sie es nur bis zu den Ställen schaffen? Verzweiflung packte sie. Sie biß die Zähne zusammen. Du mußt, sagte sie sich immer wieder. Sonst bist du verloren. Aber sie hatte einfach nicht mehr die Kraft.

Mutlos schaute sie zu der unruhig flackernden Kerze auf ihrem Nachttisch hinüber. Bald war das Wachs verbraucht. Dann hatte sie nicht einmal mehr Licht, um ihre Sachen zu packen. Doch sie war ohnehin zu schwach, um eine schwere Tasche zu tragen. Prüfend befingerte sie die Halskette. Joshuas Weihnachtsgeschenk mußte sie auf jeden Fall mitnehmen. Sicher bekam sie dafür einen guten Preis.

Ein Rascheln ließ sie zusammenfahren. Atemlos lauschte sie in die Dunkelheit. Das Herz klopfte ihr bis zum Hals. Wenn Joshua sie entdeckte! In diesem Augenblick wurde der Fensterflügel aufgestoßen, und eine dunkle Gestalt schwang sich auf den Sims.

Brent!

Fassungslos starrte Byrony ihn an. Sie konnte einfach

nicht glauben, was sie sah. Ihre Blicke trafen sich. Obwohl sie sein Gesicht in der Dunkelheit nicht genau erkennen konnte, wußte sie, daß er sein unverschämt jungenhaftes Grinsen zeigte.

»Guten Abend, Madam.« Galant deutete er eine Verbeugung an.

»Brent.« Es war nur ein heiseres Flüstern. Im nächsten Moment erhob sie sich und taumelte ihm mit letzter Kraft entgegen. »Ich bin so schwach, doch ich muß fort von hier!«

»Ganz ruhig, Byrony. Ich bin ja da.« Fest drückte er sie an sich und sprach besänftigend auf sie ein. Sie zitterte am ganzen Körper und konnte sich kaum auf den Beinen halten. Er nahm sie auf seine Arme und trug sie zum Bett hinüber, wo er sie vorsichtig absetzte.

Wie blaß und krank sie aussah! Er hob ihr Kinn an. »Byrony, willst du mit mir gehen?«

Mit großen Augen schaute sie ihn an. »Ich war so allein«, flüsterte sie. »Bist du wirklich gekommen, um mich zu holen?«

»Ja.« Plötzlich spürte er einen dicken Kloß im Hals. Was war mit ihr geschehen? Noch nie hatte er sie so verängstigt, hilflos und schwach gesehen. Unbändige Wut packte ihn. Dafür sollte Joshua Butler bezahlen!

»Bitte ... wir müssen gehen. Manchmal sehen sie nach mir ... auch nachts.«

Schweigend betrachtete er sie einen Augenblick. Die Angst stand ihr ins Gesicht geschrieben. Ihre Augen glänzten verräterisch. Hatte sie wieder Fieber? Sanft streichelte er ihre Wange. »Vertrau' mir, Byrony.«

Byrony wurde schwarz vor Augen. War das wieder ein Traum, fantasierte sie im Fieber? Brent war gekommen ... Schwer senkte sich die Bewußtlosigkeit über sie.

Brent verlor keine Zeit. Vorsichtig legte er sich den schlaffen Körper über die Schulter, ging zum Fenster hinüber und stieg mit seiner Last über den Sims. Der dicke Ast knackte bedenklich, als er in die Baumkrone kletterte. Schnell verlagerte er sein Gewicht, balancierte stammwärts und suchte festen Halt. Der Abstieg war mühsam. Immer wieder hielt er inne und lauschte in die nebelverhangene Nacht nach verdächtigen Geräuschen. Doch es regte sich nichts.

Erleichtert atmete er auf, als er endlich festen Boden unter den Füßen spürte. Lautlos schlich er um das Haus und die hundert Meter bis zur Hecke, wo sein Pferd stand.

Byrony war immer noch bewußtlos. Sobald er zu Hause war, wollte er nach Saint schicken. »Du mußt durchhalten, Byrony«, flüsterte er. »Bald bist du wieder gesund.«

Er schwang sich in den Sattel und setzte Byrony vor sich. Der Nebel war wieder dichter geworden. Im gemächlichen Trab kehrte er mit seiner Beute Rincon Hill und dem Butlerschen Anwesen den Rücken. Zärtlich zog er sie an sich. Sie vertraut mir, dachte er seltsam bewegt. Wie oft hatte er sie beleidigt und gedemütigt? Und trotzdem vertraute sie ihm. Genau wie damals, als sie in der stürmischen Nacht zu ihm gekommen war. Ausgerechnet bei ihm hatte sie Zuflucht gesucht.

Warum fürchtete sie sich nur so vor Joshua Butler? Hatte er sie mißhandelt? Vielleicht hatte ihn die Wut gepackt, als er erfuhr, daß sie ihn verlassen wollte. Jedermann in der Stadt wußte, wie abgöttisch er seine Tochter liebte. Aber von dem Kind hatte sie ja gar nicht gesprochen. Seltsamerweise erwähnte sie es nie. Was für eine absurde Situation! Und er steckte mittendrin!

Brent zog Byrony die Kapuze ihres Umhangs tief ins Gesicht und achtete darauf, daß ihn niemand die Market Street herunterreiten sah. Unwillkürlich griff er nach seinem Colt, als sich in der kleinen Gasse hinter dem Saloon plötzlich eine Gestalt aus der Dunkelheit löste und in den schwachen Schein der Gaslaterne trat.

»Guten Abend, Brent.« Saint grinste breit. »Ich hatte dich früher zurückerwartet. Aber heutzutage dauert eine heldenhafte Rettung wohl etwas länger.«

»Saint Morris, du alter Fuchs.« Brent saß ab und nahm Byrony wieder auf die Arme. »Du hast es die ganze Zeit gewußt, nicht wahr?«

»Manchmal bist du nicht gerade schwer zu durchschauen, alter Junge. Bring sie nach oben. Ich will sie sofort untersuchen. Hat dich auch niemand gesehen?«

»Nein.«

Saint hielt ihm die Tür auf und folgte ihm die Hintertreppe hinauf. »Ist sie schon lange bewußtlos?«

»Fast die ganze Zeit. Sie scheint vollkommen erschöpft zu sein.« Brent stieß die Tür zu seiner Wohnung auf und trug sie zu seinem Bett hinüber, wo er sie vorsichtig niederlegte.

»Laß uns allein, Brent.« Saint öffnete seine Instrumententasche. »Ich muß sie gründlich untersuchen.«

Saint wartete, bis Brent den Raum verlassen hatte. Dann maß er Byronys Puls, horchte ihre Lungen und das Herz ab. Als er ihr die Hand auf die Stirn legte, schlug sie die Augen auf.

Verwirrt starrte Byrony ihn an. »Saint?« Panik erfaßte sie. Es ist nur wieder ein Traum, versuchte sie sich einzureden. Ich muß hier weg. Sie wollte sich aufrichten, doch Saint drückte sie wieder sanft in die Kissen.

»Ganz ruhig, Byrony. Es kann Ihnen nichts geschehen.« Besänftigend streichelte er ihre Wange. »Sie sind in Sicherheit, bei Brent in der Wohnung. Erinnern Sie sich?«

Erleichtert atmete Byrony auf. Also hatte sie es nicht nur geträumt! Brent war wirklich gekommen, um sie zu holen. Tränen traten ihr in die Augen. Sie hatte es geschafft. Hier war sie vor Joshua und Irene sicher. Plötzlich spürte sie wieder die bleierne Müdigkeit, und ihre Lider wurden schwer.

»Byrony, Sie dürfen jetzt nicht einschlafen. Was ist geschehen?« Saint schüttelte sie sanft.

»Irene ... sie wollte mich vergiften.« Byrony stockte, als sie an die ausgestandene Angst dachte. »Sie hat ... sie hat mir etwas ins Essen getan.«

Hörbar atmete Saint durch. Also doch, dachte er. Sein Gespür hatte ihn nicht getäuscht. »Wie lange sind Sie schon krank?«

Byrony war so erschöpft. Sie wollte schlafen, nur schlafen. »Ich weiß nicht genau. Seit Sonntag glaube ich.«

»Haben Sie Magenkrämpfe?« Als sie den Kopf schüttelte, öffnete er ihr Kleid und schob den Unterrock hinab. Vorsichtig tastete er ihren Leib ab. »Verspüren Sie hier Schmerzen?«

Wieder schüttelte sie den Kopf.

»Und hier?«

»Nein.«

»Gut.« Zufrieden richtete Saint ihre Kleidung und deckte sie sorgfältig zu. Es klopfte an der Tür. Brent kam mit einem Tablett herein. Er hatte eine kräftige Brühe und frisches Brot geholt. »Ah, da kommt ja auch Ihr kühner Retter.«

Doch Byrony hörte es schon nicht mehr. Der Schlaf hatte sie wieder übermannt.

»Und?« Besorgt musterte Brent die Kranke. Sie war so blaß, so zerbrechlich.

»Irene und Joshua haben versucht, sie langsam zu vergiften.«

Brent erstarrte. Was hatte sie getan, daß Joshua zum Mörder wurde?

Saint nickte. »Ja, es ist schrecklich. Aber sie hat Glück. Wahrscheinlich mußte sie sich sehr oft übergeben, so daß sie nicht allzuviel Gift im Körper hat. Sie ist jung und stark. In ein paar Tagen wird sie wieder ganz gesund sein.«

»Dieser elende Bastard! Ich bringe ihn um!« Brent ballte die Hände zu Fäusten. Mühsam beherrscht trat er an ihr Bett. »Jetzt bin ich ja bei dir«, flüsterte er mit heiserer Stimme. In diesem Augenblick war ihm gar nicht bewußt, daß er nicht allein mit ihr war. »Niemand wird dir je wieder etwas antun. Das schwöre ich dir.«

10. KAPITEL

»Ich kann es einfach nicht glauben. Dieser Heuchler!« Brent schlug mit der Faust auf den Tisch.

»Joshua Butler verhält sich sehr klug«, meinte Saint. »Offenbar will er vorbeugen, damit ihm Byronys Version nicht gefährlich werden kann. Ein geschickter Schachzug, wenn ihr mich fragt. Er kann ja nicht wissen, daß sie hier Freunde hat.«

»Woher weißt du es, Saint?« Maggie warf Brent, der wütend auf und ab lief, einen besorgten Blick zu.

»Del Saxton hat es mir gesagt. Joshua Butler erzählt überall in der Stadt herum, daß seine arme Frau an Wahnvorstellungen leidet, mit anderen Worten, daß sie verrückt ist. Er hat eine Belohnung ausgesetzt für den Fall, daß jemand sie findet. Das arme Ding muß vor sich selbst geschützt werden, sagt er.«

»Elender Bastard«, stieß Brent hervor.

»Wenn wir wenigstens wüßten, worum es überhaupt geht.« Maggie seufzte. »Da hast du dir ganz schön was eingebrockt, Brent Hammond. Was willst du jetzt unternehmen?«

Resigniert zuckte Brent mit den Schultern. »Ich habe nicht die leiseste Ahnung. Habt ihr vielleicht irgendwelche Vorschläge?«

»Dir sind die Hände gebunden, zumindest bis Byrony wieder ganz gesund ist«, stellte Saint nüchtern fest. »Ich nehme doch nicht an, daß du sie in ihrem Zustand fortschicken willst, oder?«

»Natürlich nicht«, entgegnete Brent unwirsch. »Ich bin doch kein Unmensch.« Was wollte Saint hören? Etwa, daß er nicht beabsichtigte, Byrony jemals wieder gehen zu lassen? Doch schon im nächsten Moment verwarf er diesen Gedanken wieder. Was für eine absurde Vorstellung!

Maggie tauschte einen vielsagenden Blick mit Saint aus. »Ohne deinen Einsatz wäre sie vielleicht schon verloren, Brent. Das war wirklich anständig von dir.«

Saint erhob sich. »Ich muß gehen. Schließlich habe ich auch noch andere Patienten zu versorgen. Hoffentlich können wir Byronys Aufenthaltsort geheimhalten.«

Maggie machte eine wegwerfende Handbewegung. »Glaubst du, Joshua Butler käme je auf die Idee, seine Frau bei einem Spieler zu vermuten, direkt über einem Saloon und dazu in nächster Nachbarschaft zum besten Bordell der Stadt?«

Saint grinste breit. »Dieser Punkt geht an dich, Maggie. Brent, laß Byrony schlafen. Denk daran, daß sie viel trinken muß, wenn sie zwischendurch aufwacht. Und achte darauf, daß sie Nahrhaftes zu sich nimmt, damit sie schnell wieder zu Kräften kommt.« Er tippte sich grüßend an die Stirn.

In der Tür wandte er sich noch einmal um. »Ich denke, Del könnte uns in dieser Angelegenheit hilfreich sein. Was meint ihr dazu?«

Maggie nickte. »Eine gute Idee. Aber laßt uns noch ein paar Tage abwarten, bevor wir ihn einweihen. Ehe Byrony sich nicht erholt hat, können wir ohnehin nichts unternehmen.«

»Ja.« Nervös fuhr Brent sich mit der Hand durchs Haar. »Hauptsache, Byrony wird wieder gesund.«

»Warum hast du mich gerettet?«

Nervös wich Brent ihrem durchdringenden Blick aus. »Ist das denn so wichtig?«

Byrony nickte unnachgiebig. Sie hatte zwölf Stunden tief und traumlos geschlafen, und nach einem ausgiebigen Frühstück fühlte sie sich nun kräftig genug aufzustehen. Doch Brent, der sich den ganzen Morgen ausgenommen nett und höflich benahm, wachte streng darüber, daß sie die von Saint verordnete Bettruhe einhielt. »Ich hätte nie gedacht, daß ... ich meine, daß ausgerechnet du ...« Hilflos brach sie ab.

Er lächelte jungenhaft. »Ich will ehrlich zu dir sein. Saint hat mich dazu überredet. Er meinte, daß mir diese Tat der christlichen Nächstenliebe vielleicht den Weg in den Himmel ebnet. Wie hätte ich diese einmalige Chance, meine sündige Seele zu retten, ausschlagen können?«

»Oh.«

Mit Genugtuung registrierte Brent, wieviel Enttäuschung in diesem einzigen Laut mitschwang. Er setzte sich auf die Bettkante, streckte eine Hand aus und wickelte spielerisch eine Strähne ihres glänzenden Haares um den Zeigefinger. Als er spürte, wie sich ihr Atem beschleunigte, jagte ein lustvoller Schauer durch seinen Körper. Abrupt wich er zurück, wobei er sie an den Haaren zog, so daß sie schmerzhaft aufschrie.

»Entschuldigung.« Hastig wandte er sich ab. Sein heftiges Begehren war nicht zu übersehen. Sie sollte doch nicht denken, daß er sie nur gerettet hatte, um später seine Lust an ihr zu befriedigen. Siedendheiß fiel ihm ein, wie unverschämt er sich am Strand benommen hatte. Konnte sie ihm verzeihen? Plötzlich kam er sich ziemlich dumm vor. Welche Macht übte diese Frau über ihn aus, daß ihn eine harmlose, zärtliche Geste derart erregte? »Byrony, du kannst jetzt nicht länger schweigen. Ich muß endlich wissen, worauf ich mich da eingelassen habe.«

Er wandte sich ihr wieder zu. Sie hatte den Blick gesenkt und spielte nervös mit ihren Händen. »Keine Sorge, du hast mit der ganzen Sache nichts zu tun«, sagte sie schließlich. »Sobald ich wieder bei Kräften bin, verlasse ich die Stadt. Ich will nicht, daß du meinetwegen in Schwierigkeiten gerätst.«

»So einfach ist das nicht«, entgegnete er mühsam beherrscht. Warum will sie mir nicht die Wahrheit sagen? dachte er hilflos. Hatte er ihr nicht bewiesen, daß er vertrauenswürdig war? Immerhin standen auch sein Ruf und seine Zukunft in der Stadt auf dem Spiel. »Ich stecke längst tief in der Sache drin. Wag' es also nicht, mich mit halbherzigen Sprüchen abzuspeisen!«

»Es ... es tut mir leid.«

»Und benimm dich nicht wie ein geprügelter Hund! Sag mir einfach nur die Wahrheit, Byrony! Mehr verlange ich ja gar nicht von dir. Was geschah in jener Nacht, als ich dich auf der Straße vor dem Saloon aufgelesen habe? Was war passiert?«

»Es hat nichts mit dir zu tun, Brent. Bitte, ich bin müde. Aber ich verspreche dir, daß ich morgen aus der Stadt verschwinde.«

Wütend starrte er sie an. Selten hatte er sich so hilflos gefühlt. »Und ich verspreche dir, daß ich dich übers Knie legen werde, sobald du wieder gesund bist.« Damit machte er auf dem Absatz kehrt und schlug lautstark die Tür hinter sich zu.

Am Abend brachte Maggie Byrony auf einem großen Tablett eine kräftige Brühe, frisches Brot mit Butter und Kekse.

Lächelnd stellte sie es vor ihr ab. »Was, um Himmels willen, haben Sie mit Brent angestellt? Er ist wieder furchtbar schlechter Laune.«

»Er wollte mich ausfragen«, antwortete Byrony. Doch als sie sah, wie Maggie irritiert die Augenbrauen hochzog, hob sie trotzig das Kinn. »Meine Privatangelegenheiten gehen ihn wirklich nichts an.«

»Nun, ich stelle Ihnen keine Fragen. Da können Sie

ganz unbesorgt sein. Wollen Sie nach dem Essen ein Bad nehmen?«

»Ja, sehr gern.« Mit Appetit löffelte Byrony die Suppe. Sie war fest entschlossen, alles aufzuessen, um schnell wieder zu Kräften zu kommen. »Saint hat gesagt, daß ich eigentlich schon wieder gesund bin.«

»Hier, legen Sie sich Brents Hausmantel um die Schultern, damit Sie sich nicht erkälten. Warum hat sich niemand um den Kamin gekümmert?« Maggie ging zur Feuerstelle hinüber und schürte energisch die Glut. Dann legte sie ein paar trockene Buchenscheite nach.

Byrony schwieg. Seit der Auseinandersetzung am Morgen hatte Brent sich nicht mehr blicken lassen. Sie fürchtete beinahe die nächste Begegnung mit ihm. Es wurde Zeit, daß sie die Stadt verließ. Sie hatte das Gefühl, seine Gastfreundschaft schon über Gebühr in Anspruch zu nehmen.

Maggie setzte sich in den Sessel vor dem Kamin und musterte Byrony verstohlen. Sie konnte gut verstehen, daß diese Frau Brent den Kopf verdrehte, so kühl und geringschätzig er sich auch über sie äußerte. Sie war schön, außergewöhnlich schön sogar. Und trotzdem tat sie ihr leid. Sicher, sie widersetzte sich Brent, schien eigenwillig und stark zu sein. Aber gegen ihn würde sie sich nicht wehren können. Er würde ihr weh tun, eben weil sie ihm nicht gleichgültig war. Welche Frauen auch immer in seiner Vergangenheit wichtig gewesen waren, sie hatten ihn kalt, mißtrauisch und zynisch gemacht.

Aber Byrony hatte er gerettet. Er mußte sehr viel für sie empfinden, auch wenn er sich geradezu verzweifelt dagegen wehrte.

»Sie erwähnten vorhin, daß er wieder schlecht gelaunt sei. Kommt das bei ihm öfter vor?« Byrony biß hungrig in das frische, noch warme Brot.

»Sagte ich das? Ich rede wohl zu viel.«

Erwartungsvoll schaute Byrony sie an.

Maggie seufzte. »Nun, nach Ihrem ersten dramatischen Besuch war er tagelang einfach unausstehlich. Offenbar bringen Sie ihn aus dem Gleichgewicht.«

»Ich weiß. Aber es ist wirklich nicht meine Schuld.« Byrony hatte das Gefühl, sich verteidigen zu müssen. Sie wußte, daß Maggie für ihn mehr als nur eine Geschäftspartnerin war. »Er denkt, daß ich ein schlechter Mensch bin ... Wirklich, davon ist er überzeugt«, fügte sie mit Nachdruck hinzu, als sie Maggies ungläubigen Gesichtsausdruck sah. »Seit wir uns wiedersahen, setzt er alles daran, mich zu beleidigen.«

»Wiedergesehen?« Überrascht schaute Maggie sie an.

»Ja, zum erstenmal bin ich ihm in San Diego begegnet. Wir sind uns zufällig über den Weg gelaufen.« Unwillkürlich mußte Byrony lächeln, als sie an die Szene zurückdachte. »Damals hielt ich ihn für einen sehr charmanten Gentleman.« Sie seufzte. »Wenn man bedenkt, wieviel seither geschehen ist.«

Brent verlangsamte seinen Schritt. Bist du jetzt schon so tief gesunken, daß du im Flur herumschleichst und lauschst, fragte er sich angewidert. Entschlossen öffnete er die Tür und trat ein. Er hatte sogar überlegt, ob er anklopfen sollte. Aber immerhin war das noch seine Wohnung. Und er dachte gar nicht daran, sich von diesem raffinierten Frauenzimmer zum Tölpel machen zu lassen.

»Guten Abend, Ladies.« Er tippte sich grüßend an die Stirn. »Maggie, du hast Kundschaft. Geh ruhig. Ich leiste Mrs. Butler eine Weile Gesellschaft.«

Maggie erhob sich und richtete ihr Kleid. »Man sollte Kunden nie warten lassen, Byrony, eines meiner Mädchen bringt Ihnen gleich heißes Wasser. Und du, Brent, versuchst wenigstens, den Anschein zivilisierten Benehmens zu wahren«, sagte sie streng und war schon aus der Tür.

»Vielen Dank, Maggie«, rief Byrony ihr nach. »Ich finde Maggie sehr nett«, wandte sie sich an Brent. »Sie kümmert sich so rührend um mich.«

»Und trotzdem würde sie nie eine Einladung zu einem glanzvollen Dinner im Hause Butler erhalten«, entgegnete er kühl. »Du verurteilst sie doch auch wegen ihres Gewerbes.« Lässig lehnte er sich an den Kaminsims.

Byrony hielt es für klüger, seine Attacke zu ignorieren. Ruhig aß sie weiter. »Wahrscheinlich«, sagte sie schließlich, um das Schweigen zu brechen, »sind Männer in dieser Beziehung ganz anders als wir Frauen. Ich jedenfalls habe diesen Dingen noch nie viel Bedeutung beigemessen.«

»Merkwürdig, ich hätte geschworen, daß es dir wichtiger ist als alles andere. Ein sorgloses Leben in Luxus einmal ausgenommen.«

»Du bist wirklich schrecklicher Laune.« Sie zuckte mit den Schultern und deutete mit dem Löffel auf ihn. »Ehrlich gesagt, ist es mir lieber, wenn du sarkastisch und beleidigend bist. Nettigkeit paßt einfach nicht zu dir. Das macht mich ganz unsicher.«

Brent schlug mit der Faust auf den Sims und stieß einen Fluch aus.

»Fühlst du dich jetzt besser? Keine Sorge, ich bin nicht schockiert. In San Diego habe ich von meinem Vater den ganzen Tag nichts anderes zu hören bekommen.«

Es klopfte an der Tür. »Da kommt dein Badewasser. Herein!« Brent holte das Badefaß hinter dem Paravent hervor und rückte es vor den Kamin. Felice füllte das Becken und schüttete aus einem zweiten Bottich kaltes Wasser nach. Dann war sie auch schon wieder verschwunden. Unschlüssig blieb Brent, die Hände in den Hosentaschen, mitten im Zimmer stehen. »Du siehst übrigens gut aus. Geht es dir schon besser?«

Byrony nickte. »Allerdings. Morgen sollte ich wieder so

weit bei Kräften sein, daß ich deine Gastfreundschaft nicht länger strapazieren muß.«

»Dann muß ich demnächst also bis nach San Jose reiten, um dir aus der Patsche zu helfen«, entgegnete er schroff.

Byrony hob trotzig ihr Kinn. »Ich möchte dich noch um einen Gefallen bitten, Brent. Dann bist du mich los. Ich habe kein Geld ...«

»Da hast du es aber an Voraussicht mangeln lassen«, unterbrach er sie spöttisch. »Ich hätte gedacht, daß du inzwischen einiges beiseite schaffen konntest. Immerhin bist du doch über ein Jahr verheiratet, nicht wahr? Offenbar ist Joshua doch nicht so dumm, wie du gehofft hattest.«

»... aber ich besitze eine wertvolle Halskette, die ich verkaufen möchte«, fuhr Byrony unbeirrt fort.

»Also hast du es doch geschafft, etwas aus ihm herauszupressen?«

»Es ist ein Weihnachtsgeschenk. Ich möchte dich bitten, das Schmuckstück für mich zu verkaufen.«

»Vielleicht sollte ich es Joshua anbieten. Schließlich hängen Erinnerungen an dem Stück.« Brent wußte selbst nicht, was ihn zu diesen Gemeinheiten trieb. Aber er konnte sich einfach nicht im Zaum halten. Die Wut hatte ihn wieder gepackt. »Ja, ich sollte zu ihm gehen und ihn fragen, warum er seiner kleinen Lady so schnell überdrüssig ist. Warum sollte er dich sonst zurückhaben wollen, nur um dich für immer vor der Welt zu verstecken?«

Verständnislos schaute sie ihn an. »Was willst du damit sagen?«

»Saint erzählte mir, daß dein hochgeschätzter Gatte überall in der Stadt die Neuigkeit verbreitet, du würdest unter Wahnvorstellungen leiden. Es heißt, du wärst eine Gefahr für die Allgemeinheit. Er hat eine hübsche Summe auf deinen Kopf ausgesetzt. Ja, Joshua Butler läßt es sich etwas kosten, dich in eine Anstalt zu bekommen.«

Byrony schwieg betroffen. Das hatte sie Joshua nicht zugetraut. Und sie hatte ganz fest geglaubt, vor ihm sicher zu sein, wenn sie erst aus dem Haus war. Wie lange würde er sie verfolgen, wie intensiv würde er sie suchen lassen? »Irene«, sagte sie schließlich mit tonloser Stimme. »Das ist Irenes Werk.«

»Hat Joshua recht?« Herausfordernd musterte er sie.

»Was glaubst du?« Trotzig hielt sie seinem Blick stand.

»Ich frage mich, was ich getan habe, daß mich das Schicksal mit deiner Bekanntschaft straft!« stieß er aufgebracht hervor. Ohne sie noch eines Blickes zu würdigen, verließ er das Zimmer und knallte die Tür lautstark hinter sich zu.

Das Geschäft lief wie immer gut. Jack, der Rausschmeißer, hatte gerade zwei Randalierer unsanft nach draußen befördert. Rastlos ging Brent von einem Tisch zum anderen, begrüßte alte Bekannte und wechselte ein paar Worte mit Goldgräbern aus dem Norden, die nach Jahren harter Arbeit entäuscht ihre Claims verlassen hatten. Jetzt würden sie sich für ihre letzten Dollars, die sie für ihre Ausrüstung bekommen hatten, bei ihm betrinken. Viele ähnliche Schicksale hatte der ›Wild Star‹ schon gesehen.

An diesem Abend war Brent weder nach einer harten Pokerpartie zumute, noch dachte er daran, sich zu betrinken. Der Gedanke, einfach hinaufzugehen und Byrony zu lieben, ließ ihn nicht mehr los. Ja, er konnte nur noch an sie denken und daran, wie er sie in den Armen hielt, sie küßte und streichelte! Einer mehr oder weniger. Was für einen Unterschied machte das schon? Er hatte sie gerettet. Zweimal sogar! Schuldete sie ihm dafür nicht etwas? Bastard, dachte er. Du bist ein verdammter Bastard!

In diesem Augenblick betrat Joshua Butler mit Stephen Bannion, einem als cleveren Winkeladvokaten bekannten

Rechtsanwalt, den Saloon. Brent erstarrte. Was führte den alten Butler, der sonst höchstens den vornehmen ›Pacific Club‹ aufsuchte, ausgerechnet an diesem Abend in den ›Wild Star‹. Jetzt nur keinen Fehler machen, sagte er sich. Wer konnte ihn in der Nacht gesehen haben?

Freundlich lächelnd trat er an den Tisch der beiden. »Guten Abend, Gentlemen. Willkommen im ›Wild Star‹. Wollen Sie etwa Ihr Glück versuchen, Mr. Butler?«

»Der gute Joshua hat etwas Ablenkung dringend nötig«, antwortete Stephen Bannion. »Wie wär's mit einem Whiskey, Mr. Hammond?«

Brent machte seinem Barkeeper ein Zeichen. Dann setzte er sich zu den beiden an den Tisch. Unauffällig musterte er Joshua Butler. So nervös und abgespannt hatte er den einflußreichen Geschäftsmann noch nie erlebt. Er sah die schlanken bleichen Hände und stellte sich vor, wie die langen Finger über Byronys Körper glitten, ihre Brüste liebkosten, den Weg zwischen ihre Schenkel fanden ...

»Haben Sie Ärger, Mr. Butler?« Er mußte sich räuspern, um die Heiserkeit aus seiner Stimme zu vertreiben. »Ach ja, ich vergaß. Schlimme Geschichte, die Krankheit Ihrer Frau.«

Joshua fühlte sich gleichermaßen deprimiert und wütend. Warum nur hatte er sich von Stephen in diesen Saloon schleppen lassen? An Entspannung war nicht zu denken. Wieder und wieder war er Byronys Flucht in Gedanken durchgegangen. Sie war offensichtlich durch das Schlafzimmerfenster entkommen. Aber wo verbarg sie sich? Außer der Halskette hatte sie nichts Wertvolles mitgenommen, und Thorny stand noch im Stall. Es mußte ihr also jemand geholfen haben. Aber wer? Und warum? Noch am Morgen hatte er einen Dienstboten zu Saint Morris geschickt. Doch dort war sie nicht gewesen. Hielt Morris sie etwa irgendwo versteckt? Oder war sie zwielichtigem Gesindel in die Hände gefallen, das sie ausgeraubt und getötet hatte?

Stephen Bannion stieß ihn an.

»Wie bitte?« Irritiert schaute er auf. »Ja, meine Frau. Ich mache mir große Sorgen um sie.«

»Die Ärmste.« Bannion schüttelte traurig den Kopf. »Wir haben sie überall gesucht. Aber noch gibt es keinerlei Hinweise, keine Spur.«

»Ich werde sie finden.« Nervös faltete Joshua die Hände.

»Es ist ein Jammer«, meinte Brent trocken. »Ihre schwere Krankheit kam so plötzlich, nicht wahr? Ah, da ist ja Ihr Whiskey. Gentlemen.« Er stand auf, tippte sich grüßend an die Stirn und entfernte sich. Wie gern hätte er den elenden Heuchler noch ein bißchen gequält. Aber es war zu gefährlich. Zu leicht konnte Joshua Verdacht schöpfen. Wütend ballte er die Hände zu Fäusten, so daß die Knöchel weiß hervortraten. Der Wunsch, Joshua Butler zur Rede zu stellen, war beinahe übermächtig. Hastig verließ er den Saloon.

»Wie ich sehe, hast du es dir bequem gemacht.« Mit lautem Krachen warf Brent die Tür hinter sich ins Schloß. »Offensichtlich fühlst du dich hier ja schon wie zu Hause.«

Byrony zuckte zusammen. Schuldbewußt klappte sie den Lederband zu. Nach dem Bad hatte sie Brents Bücherschrank inspiziert, einen Band ›Molières Komödien‹ ausgewählt und sich wieder ins warme Bett gekuschelt. »Ich bin sehr sorgfältig damit umgegangen ...«

»Halt den Mund«, fuhr er sie aufgebracht an. »Ich habe interessante Neuigkeiten für dich. Dein Mann sitzt unten, ertränkt seinen Kummer in Whiskey und schwört, dich aufzuspüren. Er sieht mitgenommen aus.«

Byrony wurde blaß.

»Keine Sorge.« Brent machte eine wegwerfende Handbewegung. »Ich habe ihm nicht gesagt, daß du hier oben in meinem Bett liegst.«

»Hast du irgend etwas in Erfahrung gebracht?« Nervös nestelte sie an der Bettdecke.

»Nichts Neues jedenfalls! Joshua hat nicht viel gesagt. Das Reden hat er Bannion, diesem undurchsichtigen Winkeladvokaten, überlassen. Ja, der alte Butler grämt sich sehr um den Verlust seiner armen, dem Wahnsinn verfallenen Frau.«

Byrony schluckte. Joshua war unten! Und Brent war wütend, wahrscheinlich weil er sich unversehens in die ganze Geschichte mit hineingezogen sah. Was sollte sie nur tun? »Es tut mir leid«, erwiderte sie hilflos.

»Ich habe dir doch schon gesagt, daß ich es nicht mehr hören will!«

»Also schön!« erklärte sie zornig. »Was willst du dann überhaupt von mir?«

»Ganz einfach. Ich verlange nur, daß du mir die Wahrheit sagst.«

Wie gern hätte sie ihm alles erzählt, sich endlich alles von der Seele geredet. Aber es war zu gefährlich. So unberechenbar wie er war, durfte sie es ihm nicht anvertrauen. »Ich kann nicht.« Tapfer begegnete sie seinem Blick. »Es hat nichts mit dir zu tun, Brent. Bitte glaub' mir. Ich verspreche dir, dich da nicht mit hineinzuziehen ...«

»Das ist ja nicht zu fassen!« Außer sich vor Zorn schlug er mit der Faust gegen den Kaminsims. »Als ob ich nicht schon mittendrin stecke!« Er kniff die Augen zusammen und musterte sie durchdringend. »Weißt du, was ich mich schon den ganzen Tag frage?« Mit einemmal war er gefährlich ruhig. »Noch nicht ein einziges Mal hast du von deinem Kind gesprochen. Verschwendest du überhaupt einen Gedanken an Michelle?«

Byrony schoß das Blut in die Wangen. Hastig senkte sie den Blick.

»Was bist du nur für eine Mutter!« In seiner Wut war Brent unerbittlich. »Denkst du denn immer nur an dich?«

»Nein! Es ist ganz anders, als du glaubst!«

»Ach, was du nicht sagst! Bist du nicht eine ebenso schlechte Mutter wie treulose Ehefrau?«

Byrony spürte, wie ihr die Tränen in die Augen stiegen. »Bitte, Brent, so darfst du nicht ...«

»Lady, in meinen Augen bist du eine ganz erbärmliche Frau, eine ...«

Verzweifelt schrie Byrony auf. Sie hielt sich die Ohren zu, um seine grausamen Worte nicht hören zu müsssen. Er war so gemein, so ungerecht. Und doch traf es sie bis ins Mark, daß er so über sie dachte. Laut schluchzte sie auf, während Tränen über ihre Wangen liefen.

Brent schimpfte weiter, setzte sich dann aber auf die Bettkante und zog Byrony an sich. »Hör' schon auf zu weinen«, sagte er rauh. Plötzlich bereute er seine harten Worte. Sanft streichelte er sie und barg sein Gesicht in ihrem Haar. Er spürte, wie sich ihr Busen an seiner Brust heftig hob und senkte, sog ihren frischen Duft ein. Ja, er begehrte sie. Mehr als je eine Frau zuvor. »Byrony.« Zärtlich küßte er sie auf die Stirn. »Ruhig, Liebling, ganz ruhig.«

Er beugte sich zu ihr hinab. Zärtlich streiften seine Lippen ihren Mund. Er schmeckte ihre salzigen Tränen und fühlte, wie sie am ganzen Körper zitterte. Aber sie stieß ihn nicht zurück, wehrte sich nicht gegen seinen Kuß. Es war ein großer Fehler, das wußte er, aber er konnte sich einfach nicht länger beherrschen. Er küßte sie fordernder, leidenschaftlicher, und ein lustvoller Schauer jagte durch seinen Körper, als sich ihre Lippen teilten.

Brent konnte nicht genug von ihr bekommen, umfaßte ihre Brüste und erstickte einen leisen Aufschrei in einem leidenschaftlichen Kuß.

Hilflos wand sie sich unter seinen zärtlichen Berührungen. Seine Hände waren überall. Widerstreitende Gefühle beherrschten sie. Heißes Verlangen hatte sie gepackt. Und doch war da immer noch die Angst vor ihm. »Brent, bitte.«

Er versuchte sich im Zaum zu halten. Aber er hatte zu oft von ihr geträumt, zu lange auf sie warten zu müssen. Er sehnte sich danach, jeden Zentimeter ihres Körpers zu erforschen, sie unter sich zu spüren. Er hielt sie von sich ab, um sich zu entkleiden.

Aber sie gab ihn nicht frei, sondern legte die Arme um seinen Nacken und drückte sich aufreizend an ihn, um seine Männlichkeit zu spüren. Laut stöhnte er auf. Schließlich war sie es, die ihm das Hemd aufknöpfte und die Hosen öffnete.

Ohne sich von ihrem Mund zu lösen, streifte er die Stiefel ab und entledigte sich hastig seiner Kleidung. Heiser flüsterte sie seinen Namen, während er voller Begierde die Decke wegzog und den Gürtel ihres Hausmantels löste. Ihr verlangender Blick ging ihm durch und durch. Nein, er konnte einfach nicht länger warten. Hastig glitten seine Hände über ihren flachen Bauch. Er spürte, daß sie bereit war. Als sie lustvoll aufstöhnte und sich ihm entgegendrängte, war es um ihn geschehen.

»Byrony!« Er verharrte einen Augenblick, dann nahm er von ihrem Körper Besitz und spürte im gleichen Augenblick, wie sie unter ihm zusammenzuckte. Sie schrie auf und wollte sich zurückziehen. Doch sie bewegte sich heftig unter ihm, wohl um ihn abzuwehren. Er fühlte, wie er zum Höhepunkt kam, und dann sank er mit einem lauten Aufschrei auf ihr zusammen.

Lange blieb er reglos liegen. Es konnte einfach nicht sein! »Byrony«, flüsterte er atemlos. Er spürte ihren Herzschlag. Er wußte nicht, was er sagen sollte. Noch nie war sie mit einem Mann zusammen gewesen. Und er hatte ihr weh getan. »Byrony!«

Sie öffnete die Augen. Tränen liefen ihr über die Wangen. Das hatte er nicht gewußt! »Es kann nicht sein«, murmelte er verständnislos.

»Ich wußte nicht, daß es weh tut.« Byrony schluckte.

»Nur beim erstenmal«, flüsterte er. Vorsichtig zog er sich zurück, rollte sich neben sie und nahm sie in die Arme. »Byrony, ich habe es nicht gewußt. Warum hast du es mir nicht vorher gesagt? Ich ...«

»Das habe ich.«

»Du hast gesagt, daß es keinen Liebhaber gibt. Wie sollte ich ahnen, daß du noch Jungfrau warst? Du hast einen Mann, ein Kind!« Fassungslos starrte er sie an, und plötzlich wurde ihm alles klar. Dieser Butler! Er hatte sie nur geheiratet, um seinen guten Namen vor der Schande zu bewahren, die Irenes Kind über die Familie gebracht hätte. Elender Heuchler! Das also hätte sie fast das Leben gekostet.

Schockiert ließ er sich in die Kissen zurücksinken. Was habe ich da angerichtet, schoß es ihm durch den Kopf. Ihm stockte der Atem, als er an die wüsten Beschimpfungen und Demütigungen dachte, mit der er sie beleidigt hatte. Verfolgt hatte er sie mit seinen Gemeinheiten, seinem Haß. Es gab so viel zu klären zwischen ihnen. »Byrony.« Er hob den Kopf. Doch sie schlief schon tief und fest.

Brent betrachtete sie lange Zeit. Schließlich strich er ihr zärtlich eine Haarsträhne aus der Stirn. Sie war ganz anders, als er immer geglaubt hatte, nicht berechnend und falsch. Plötzlich wurde ihm bewußt, wie wenig er von ihr wußte. Was hatte er ihr nicht alles angetan. Und trotzdem war sie zu ihm gekommen und hatte ihm vertraut.

Er schüttelte den Kopf. »Du bist ein Idiot, Brent Hammond«, flüsterte er. »Sie war die erste Jungfrau in deinem Leben. Und du hast versagt.« Aber er würde es wiedergutmachen. Und wenn sie ihn abwies? »Byrony.« Zärtlich küßte er sie auf die Stirn. »Es tut mir ja so leid.«

11. KAPITEL

Byrony wälzte sich auf die andere Seite. Im Halbschlaf spürte sie Brents Körper neben sich und die Wärme, die er ausstrahlte. Sie schlug die Augen auf und blinzelte verwirrt. Es war taghell. Einen Moment lang wußte sie nicht, was sie geweckt hatte. Dann fühlte sie seine Hand auf der Hüfte. Vorsichtig drehte sie sich um.

Wirr hing ihm das Haar in die Stirn, und dunkle Bartstoppeln zeigten sich an seinem Kinn. Im Schlaf hatte er einen gelösten Gesichtsausdruck, wie sie es noch nie bei ihm gesehen hatte.

Ich bin jetzt eine Frau, dachte sie, während sie vorsichtig von ihm abrückte. Sie setzte sich auf und schlug die Bettdecke zurück. Ja, sie war jetzt eine Frau. Versonnen nahm sie das lange Haar über die Schultern nach vorn und fuhr mit den Fingern hindurch, um es zu entwirren.

»Was hast du da auf dem Rücken?«

Erschreckt zuckte sie zusammen, als sie Brents Stimme hörte.

»Byrony, antworte mir!« forderte er sie auf.

Sie spürte, wie er sanft über ihren Rücken fuhr, und erschauerte. Unwillkürlich zog sie sich die Decke bis zum Kinn, was natürlich nicht ihre Blöße bedeckte. Langsam wandte sie sich ihm zu.

»Wer hat dich so zugerichtet? Etwa dein Mann?«

»Nein, Joshua hat mich nie angefaßt.«

Er lachte heiser auf. »Das kann ich bezeugen!« Dann wurde er wieder ernst. »Byrony, wer hat dir das angetan?«

»Mein Vater.«

»Warum?«

»Ich konnte einfach nicht mit ansehen, wie er meine Mutter schlug.«

Die tiefe Verachtung, aber auch Duldsamkeit, die aus ihren Worten sprach, erschütterte ihn.

»Mein Vater ist ein gemeiner, brutaler Kerl.« Sie schluckte schwer. »Deswegen schickte meine Mutter mich auch als kleines Kind zu ihrer Schwester nach Boston. Um mich vor ihm zu schützen, hat sie auf mich verzichtet. Ich habe nicht mal ein Jahr in San Diego gelebt.«

Brent ließ sich in die Kissen zurücksinken und verschränkte die Arme hinterm Kopf. Sie war einfach wunderschön, so wie sie aufrecht im Bett saß und ihm den Rücken zukehrte. Sofort packte ihn wieder heftiges Verlangen. Doch er spürte, daß sie dazu noch nicht bereit war. Und er wollte ihr nicht weh tun. Nicht noch einmal.

»Dann war alles, was mir der Alte in San Diego erzählte, gelogen.«

»Natürlich. Ich habe es dir doch gesagt.«

»Aber warum verbreitet ein Vater über seine eigene Tochter solche ungeheuren Lügen?«

»Mein Vater ist ein widerlicher Kerl.« Wut und Bitterkeit stiegen in ihr auf. »Er hat sogar versucht, den Vater meines einzigen Freundes zu erpressen. Er behauptete einfach, Gabriel habe mir Gewalt angetan, und verlangte die Heirat.«

Brent setzte sich auf und legte den Arm um ihre Schultern. Ganz fest drückte er sie an sich und bettete sie dann auf die Kissen.

Byrony merkte, wie ihr das Blut in die Wangen schoß. Schamhaft senkte sie den Blick. »Tut es immer so weh?«

Sie war so unschuldig und unerfahren. Und er hatte sie einfach genommen — wild und ungestüm. Schuldgefühle packten ihn. Er würde es wiedergutmachen, ganz bestimmt. »Nein, nur beim erstenmal. Komm schon her«, sagte er rauh, als er spürte, wie sie ängstlich vor ihm zurückwich. »Ich will dich nur in den Armen halten.« Es war eine Lüge, das wußte er. Aber diesmal würde er sich zu beherrschen wissen.

Zögernd kuschelte sich Byrony an Brent. Doch dann entspannte sie sich in seinen Armen. Lange Zeit schwiegen sie.

»Wie hast du Joshua Butler kennengelernt?« fragte Brent schließlich. Zärtlich spielte er mit ihrem Haar. Er spürte, wie sie sich versteifte, und drückte sie an sich. »Byrony, es ist an der Zeit, daß ich die Wahrheit erfahre.«

Byrony schaute ihn an. In diesem Augenblick wußte sie, daß sie ihm vertrauen konnte. Und dann erzählte sie ihm, wie sie ihre Mutter immer wieder vergeblich beschworen hatte, mit ihr fortzugehen, berichtete von Joshuas überraschendem Besuch, der einmaligen Chance, ihrem brutalen Vater zu entkommen, und dem monatlichen Wechsel für die Eltern, der ihrer Mutter das schwere Los etwas erleichterte, von Joshuas Offenbarung in der Hochzeitsnacht und den langen, einsamen Monaten in Sacramento.

»Und in der Stadt glaubte jeder, Irene hätte dich nach Sacramento begleitet, um dir Gesellschaft zu leisten.« Brent schüttelte den Kopf, als er an die gehässigen Gerüchte dachte, die man sich damals über die neue Mrs. Butler erzählt hatte. »Aber was geschah in jener Nacht, als ich dich auf der Straße auflas?«

Er spürte, wie sie sich verkrampfte, sah, wie ihre Lippen zitterten. Vorsichtig löste er sich von ihr und musterte sie eindringlich. »Byrony, vertrau' mir.«

»Michelle ... sie ist Joshuas Tochter«, brach es aus ihr heraus. Wieder sah sie die beiden engumschlungen vor sich ... »Ich kam von Elizabeth früher als erwartet, weil ich mich unwohl fühlte. Im ganzen Haus war es dunkel. Dann hörte ich aus Joshuas Zimmer ein Stöhnen. Ich ...

ich ging zu ihm hinein, weil ich dachte, er sei krank. Dann habe ich sie zusammen im Bett gesehen. Sie ...«

Inzest, dachte er erschüttert. Nie im Leben wäre er auf diese ungeheuerliche Idee verfallen. Ausgerechnet der alte aristokratische Butler, der vornehme Geschäftsmann mit dem guten Namen! Wie mußte die Wahrheit erst Byrony getroffen haben? »Und dann bist du aus dem Haus gelaufen und kamst zu mir.«

»Ja«, sagte sie tonlos. »Ich kam zu dir.«

»Obwohl ich dir immer nur meine Verachtung gezeigt hatte, kamst du zu mir.« Brent war tief bewegt. »Du hast gespürt, daß es da auch noch etwas anderes gibt.«

Byrony horchte auf. Wie meinte er das? Konnte es etwa sein ... Nein, das war absurd. Nicht Brent Hammond.

»Du hast Joshua angeboten, die Stadt zu verlassen, nicht wahr?«

Sie nickte. »Ich habe nichts für mich verlangt«, fügte sie hastig hinzu, als sie seinen Blick sah. »Er sollte lediglich meinen Eltern weiterhin den monatlichen Wechsel schikken und die Scheidung einleiten. Dafür hätte ich die Schande auf mich genommen, als treulose Ehefrau und schlechte Mutter dazustehen.«

»Offenbar fürchtet er ja, daß du ihn später zu erpressen versuchst ...«

»Das war Irenes Werk. Davon bin ich überzeugt. Sie war es auch, die mir das Gift verabreichte.«

»Aber er hat davon gewußt. Wenn Saint nicht wäre ...« Brent brach ab.

»Ja, Saint und du. Ihr habt mich gerettet.«

Sie schwiegen.

Plötzlich traten ihr Tränen in die Augen. »Was soll ich jetzt bloß tun? Sie werden nach mir suchen, überall in der Stadt. Bitte, Brent, du mußt die Halskette für mich verkaufen. Dann verlasse ich San Francisco. Ich will dir nicht länger zur Last fallen ...«

»Hör' auf!« herrschte er sie ungehalten an. Dann räusperte er sich verlegen, als er ihren ängstlichen Blick sah. Es war nicht seine Absicht gewesen, sie so anzufahren. »Ich stehe jetzt auf. Wenn ich noch länger neben dir liege, kann ich für nichts mehr garantieren.« Er schlug die Bettdecke zurück. Als er ihren Blick auf sich spürte, wandte er sich hastig ab und griff nach seinem Hausmantel. Sie sollte seine Erregung nicht sehen. Noch nie hatte er eine derartige Schamhaftigkeit an sich entdeckt. Was machte diese Frau nur aus ihm?

»Ich wollte mich auch anziehen ...«

»Du bleibst schön liegen.« Brent fuhr herum und musterte sie eindringlich. »Erst einmal müssen wir entscheiden, was jetzt zu unternehmen ist.« Er verschwand mit seinen Kleidern hinter dem Paravent. »Am besten ziehe ich Saint zu Rate. Du jedenfalls bleibst hier oben in der Wohnung. Und daß du dich ja nicht am Fenster blicken läßt. Maggie wird dir gleich dein Frühstück heraufbringen. Danach kannst du lesen. Wo der Bücherschrank ist, weißt du ja.«

»Aber Brent, jeder Tag zählt«, entgegnete sie. »Ich muß aus der Stadt verschwinden.«

Brent kam fertig angezogen hinter dem Paravent hervor. »Später vielleicht.« Und damit verließ er das Zimmer.

Diesmal hat's dich wirklich schwer erwischt, Brent Hammond, dachte er, als er, den Hut tief in die Stirn gezogen, über die vom Dauerregen in eine Schlammstrecke verwandelte Kearny Street eilte. Das war wirklich eine üble Geschichte. Eine nie vollzogene Ehe, Inzest, ein Mordversuch und nichts als Lügen! Und er steckte mittendrin, weil er einfach nicht die Finger von dieser Frau lassen konnte. Sie war so verlockend jung, unschuldig und schön. Aber es war mehr, als ihn zu ihr hinzog. Viel mehr. Und er fürchtete sich davor.

Eine Viertelstunde später nahm Lydia Mullins, Saints Haushälterin, den durchnäßten Hut entgegen und führte Brent mit einem mißbilligenden Blick auf seine schlammverkrusteten Stiefel in den kleinen Salon. Einen Augenblick später kam Saint herein. Er trug einen sehr eleganten Hausmantel. Offenbar zeitigte Maggies Einfluß seine Wirkung.

»Was gibt's?«

»Ich brauche deinen Rat.« Brent nahm auf dem Sofa Platz.

»Aber nicht, ehe ich einen starken Kaffee getrunken habe.«

Saint nickte der Haushälterin, die mit einem Tablett hereinkam, dankbar zu, und nahm sich eine Tasse Kaffee. »Ich hatte heute nacht einen Todesfall. Eine junge Frau starb an Kindbettfieber.«

»Das tut mir leid.«

Saint wirkte abgespannt und übernächtigt. »Es ist schlimm, wenn man hilflos zusehen muß, wie jemand stirbt.« Er versuchte ein Lächeln. »Was führt dich zu so früher Stunde zu mir?«

»Du wußtest die ganze Zeit, daß es nicht Byronys Baby ist.«

»Ja.«

»Warum hast du es mir nicht gesagt?«

»Es ging dich nichts an. Außerdem muß ich mich als Arzt an die Schweigepflicht halten. Aber was ist passiert? Wie geht es Byrony?«

Brent räusperte sich. »Ich habe mit ihr geschlafen«, sagte er ohne Umschweife. »Sie war noch Jungfrau.«

»So?« Saint verzog keine Miene.

»Michelle ist Irenes Kind.«

Saint nickte. »Das habe ich mir gedacht.«

»Und Joshua ist der Vater! Ich möchte wetten, daß du das noch nicht wußtest.«

Hörbar holte Saint Luft. »Nein«, stieß er fassungslos hervor. »Deshalb also ...«

»Ja, genau deswegen«, bestätigte Brent. »Es hat ja lange genug gedauert, Byrony die Wahrheit zu entlocken. Sie wollte die Stadt verlassen. Aber Joshua fürchtet wohl, daß sie ihn erpressen würde.«

»Dieser Heuchler!« Mit lautem Klirren setzte Saint die Tasse auf dem Tablett ab.

»Die Frage ist, was wir jetzt unternehmen sollen.«

Nachdenklich lehnte Saint sich in seinem Sessel zurück, streckte genüßlich die Beine aus und nickte. »Eine gute Frage.«

Nervös rührte Brent in seiner Tasse. »Byrony ist immer noch entschlossen, die Stadt zu verlassen.«

»Das scheint mir keine gute Lösung zu sein.« Saint schloß die Augen und rieb sich müde die Schläfen.

»Der Ansicht bin ich auch. Eigentlich kommt es überhaupt nicht in Frage. Sie ist viel zu jung und unerfahren, um sich hier allein zurechtzufinden. Stell' dir vor, sie will nach San Jose.«

»Vor allem hat sie kein Geld. Und wir dürfen nicht außer acht lassen, daß sie schwanger sein könnte.«

Fassungslos starrte Brent ihn an. Daran hatte er überhaupt nicht gedacht.

»Außerdem ist sie verheiratet, was es noch komplizierter macht«, fuhr Saint fort. »Das war reichlich unüberlegt von dir, Brent.«

Natürlich war es das. Nervös faltete Brent die Hände. »Die Ehe wurde nie vollzogen. Das kann ich bestätigen.« Unter Saints unverschämtem Grinsen wurde er direkt rot. »Man könnte sie annullieren lassen.«

»Es wird Zeit, daß wir Del einweihen. Drei intelligente Burschen wie wir sollten doch auch für ein so delikates Problem eine Lösung finden können.«

»Tatsache ist, daß Byronys Ehe so schnell wie möglich annulliert werden muß«, stellte Saint abschließend fest, nachdem er Del eine knappe Zusammenfassung der Ereignisse gegeben hatte.

»Warum?« Fragend schaute Del ihn an.

»Damit Brent sie heiraten kann, natürlich«, meinte Saint trocken.

»Sie heiraten?« Erregt sprang Brent auf. »Niemals! Ich habe keineswegs die Absicht ...«

»Dann hat sie dich also in ihr Bett gelockt und dich nach allen Regeln der Kunst verführt«, entgegnete Saint ungerührt.

»Nein! Ich ... ach, verdammt!« Brent warf Del einen entschuldigenden Blick zu. »Ich denke nicht daran, zu heiraten und mich für immer an eine Frau zu binden.« Noch während er es sagte, wußte er, daß er log.

Es war nicht nur die Lust, die ihn in ihre Arme trieb. Byrony weckte Gefühle in ihm, die er längst verloren geglaubt hatte — Gefühle, vor denen er sich insgeheim fürchtete. Und trotzdem konnte er sich nicht dagegen wehren.

»Zu spät, alter Junge«, stellte Saint unbarmherzig fest. »Das hättest du dir vorher überlegen sollen. Oder willst du, daß dein Kind unehelich zur Welt kommt?«

»Wer sagt denn überhaupt, daß sie schwanger ist?« brauste Brent auf. »Es war doch nur ein einziges Mal!«

»Beruhig' dich, Brent«, schaltete Del sich ein. »Und du, Saint, laß ihn endlich in Ruhe. Ein Heiliger bist du schließlich auch nicht gerade. Hört zu, ich habe einen Vorschlag. In Sacramento wohnt ein guter Freund von mir, ein Rechtsanwalt mit ausgezeichneten Verbindungen zu den maßgeblichen Stellen. Was spricht dagegen, die Ehe dort annullieren zu lassen? Natürlich wird es einen Skandal geben. Das läßt sich nun mal nicht vermeiden. Allerdings macht mir Sorge, daß man alle Schuld auf Byrony abwälzen wird, die treulose Ehefrau, die Mann und Kind im Stich läßt. Es sei denn ...«

»Es sei denn«, fuhr Brent finster fort, »wir zwingen Joshua, öffentlich zuzugeben, daß Irene die Mutter des Kindes ist.« Er wandte sich an Saint. »Butler wird sich nicht dagegen wehren, die Ehe zu annullieren, wenn wir ihm drohen, sein inzestuöses Verhältnis öffentlich zu machen.«

»Kommen die beiden nicht zu glimpflich davon?« Fragend schaute Del von Saint zu Brent. »Immerhin haben sie versucht, Byrony umzubringen.«

Brent schüttelte den Kopf. »Byrony ist nicht auf Rache aus. Sie will diesen Alptraum beendet wissen, endlich frei sein und ohne Angst vor einem erneuten Anschlag leben können.«

»Und wenn sie einfach aus der Stadt verschwindet, ehe wir die Bombe platzen lassen?« schlug Saint vor. »Dann würde sie von dem ungeheuren Skandal verschont bleiben.«

»Nein!« stieß Brent heftig hervor. Dann räusperte er sich. »Das kommt nicht in Frage«, sagte er dann ruhiger.

»Noch etwas anderes, Brent. Selbst wenn Byrony nicht schwanger sein sollte, ist sie, vorsichtig ausgedrückt, mit dem Makel behaftet, keine Jungfrau mehr zu sein. Woran du ja nicht ganz unschuldig bist«, fügte er anzüglich hinzu und quittierte Brents vernichtenden Blick mit einem unschuldigen Lächeln. »Du weißt ja, wie Männer sind. Wer nimmt schon eine Frau, die nicht mehr unberührt ist? In einer anderen Stadt, weit weg an der Ostküste, könnte sie vielleicht vorgeben, kinderlos verwitwet zu sein. Aber hier ... Nein, früher oder später muß sie die Stadt ja doch verlassen.«

Nervös fuhr Brent sich mit der Hand durchs Haar. Saint übertrieb maßlos. Eine so schöne Frau wie Byrony würde jederzeit wieder eine gute Partie machen können. Trotzdem plagten ihn Schuldgefühle. Wenn sie nun wirklich schwanger war? Worauf hatte er sich da nur eingelassen? Er stand auf. »Byrony bleibt hier.« Die Entscheidung war gefallen. Ein unbehagliches Gefühl beschlich ihn. Würde er es eines Tages bitter bereuen müssen?

Widerwillig führte Eileen die drei Herren in den Salon, wo Joshua und Irene bereits warteten. Es war Irenes Miene, die Brents Aufmerksamkeit auf sich zog. Sie wirkte verschlossen und abweisend, konnte ihre Angst aber doch nicht verbergen. Beide ahnten, warum sie gekommen waren.

»Gentlemen.« Joshuas Stimme hatte einen erstaunlich ruhigen Klang. »Darf ich fragen, in welcher Angelegenheit Sie meine Schwester und mich beehren?«

Del Saxton trat vor. »Vielleicht wollen Sie ihrer Schwester diese Unterhaltung lieber ersparen, Joshua.«

»Ich bleibe, Mr. Saxton«, antwortete Irene an Joshuas Stelle und legte eine Hand auf seinen Arm.

»Wir wissen über alles Bescheid«, sagte Brent ohne Umschweife.

»Dann hält sich diese kleine Schlampe also bei Ihnen versteckt«, erklärte Irene spitz. Haßerfüllt starrte sie ihn an. »Welch schmutzige Lügen hat sie Ihnen erzählt?«

»Laß gut sein, Irene.« Mit einer müden Geste tätschelte Joshua ihre Hand. »Es hat ja doch keinen Zweck.«

»Was willst du damit sagen? Joshua, reiß dich zusammen!« Wütend starrte sie ihn an. »Du wirst dich doch nicht Byronys Lügen beugen. Hat sie dir nicht genug angetan?«

Irenes unerträgliche Heuchelei widerte Brent an. Plötzlich bekam er eine Vorstellung davon, was Byrony in diesem Hause durchgemacht hatte. Aber er sah auch die Angst in Irenes Blick. Sie kämpfte einen verzweifelten Kampf — für ihr Kind und für den Mann, den sie liebte.

»Byrony hätte nie etwas verlauten lassen, wenn Sie nicht versucht hätten, sie zu vergiften«, stieß Brent bitter hervor. »Aber Sie haben ihr ja nicht vertraut, Butler.«

»Hat sie nicht rasch Trost bei ihrem Geliebten gefunden? O ja, ihre Sorte kenne ich. Diese Abenteurerin. Ich wußte ja, daß sie uns betrügen würde, daß ...«

»Das reicht jetzt«, unterbrach Brent sie. Er schaute von Irene zu Joshua. »Es ist an der Zeit, diese elende Farce zu beenden. Wenn Sie auf unsere Bedingungen eingehen, wird niemand erfahren, daß Michelle Ihr gemeinsames Kind ist. Andernfalls ruinieren wir Sie.«

»Was verlangen Sie von mir?« Joshua wandte sich ab und ging zum Fenster hinüber. Teilnahmslos schaute er in den Regen hinaus, so als berühre ihn das alles nicht.

»Diese Ehe muß sofort annulliert werden«, schaltete Del sich ein. »Es erscheint uns nicht gerecht, Byrony alle Schuld allein anzuhängen. Deshalb werden Sie zugeben, daß Irene Michelles Mutter ist. Welche Erklärungen Sie finden, um den Skandal zu mildern, bleibt Ihnen überlassen. Sagen Sie, der Vater des Kindes sei noch vor der Festsetzung des Hochzeitstermins tödlich verunglückt. Byrony wird Ihre Version bestätigen. Es ist unwahrscheinlich, daß die Leute auf die Idee kommen, Michelle sei das Kind einer inzestuösen Beziehung. Wenn Sie Mitleid zu erwekken verstehen, wird man Ihnen diesen Fehltritt rasch verzeihen. San Francisco kann es sich kaum leisten, einen seiner einflußreichsten Bürger gesellschaftlich zu ächten.«

»Wie lange kennen wir uns jetzt schon, Joshua?« Saint schüttelte den Kopf. »Ich kann kaum fassen, was Sie Byrony angetan haben. Und ich denke da nicht nur an Ihren Plan, sie langsam zu vergiften oder die schlimmen Gerüchte, sie sei dem Wahnsinn verfallen. Am liebsten würde ich Ihnen an die Kehle gehen. Ich kann Ihnen nur raten, die Bedingungen zu akzeptieren. Sie wissen, daß wir es Ihnen verdammt leichtmachen.«

»Ja.« Joshua wandte sich ihnen wieder zu. »Ich bin einverstanden. Nur eins möchte ich noch wissen. Hat Irene recht? Ist Byrony wirklich Ihre Geliebte, Brent?«

Lange Zeit starrte Brent ihn nur an. Dann schüttelte er den Kopf. »Butler, Sie scheinen Ihre Frau nicht gut zu kennen. Was sind Sie nur für ein selbstgerechter Heuchler!«

»Geben Sie es doch zu, Hammond, daß Sie Ihre Geliebte ist!« schrie Irene aufgebracht. »Wenigstens ist sie jetzt da, wo sie hingehört. Bei einem Spieler, der sich mit einer Hure zusammengetan hat!«

Brents Gesichtszüge verhärteten sich. »Sie versetzen mich in Erstaunen, Miss Butler. Vielleicht sollten Sie erst einmal sich selbst anschauen, ehe Sie so leichtfertig über andere Menschen urteilen. Ich glaube kaum, daß Maggie sich mit einer Giftmischerin wie Ihnen abgeben würde. Und ...«

Saint sprang vor, um Joshua zu stützen, der bleich geworden war. »Nein, danke, es geht schon«, wehrte Joshua ab. »Wir werden Ihre Bedingungen erfüllen. Bitte schikken Sie Byrony nicht zu Ihren Eltern zurück. Ihr Vater würde sie nur wieder schikanieren.«

»Wer weiß, vielleicht ist es das Beste, wenn Byrony erst mal nach San Diego zurückkehrt.« Del warf Saint einen vielsagenden Blick zu. »Schließlich hält sie nichts mehr in dieser Stadt.«

Brent räusperte sich. »Byrony verläßt San Francisco nicht. Ich werde sie heiraten, sobald die Ehe annulliert ist.«

Byrony hatte es sich in Brents Lieblingssessel, einem abgewetzten schwarzen Lederfauteuil, vor dem Kamin gemütlich gemacht. Ein Gedichtband, den sie im Bücherschrank gefunden hatte, lag ungelesen in ihrem Schoß. Nachdenklich schaute sie in die Flammen, die gierig emporzüngelten und die schwach duftenden Buchenscheite knacken ließen.

Maggie hatte ihr beim Frühstück und beim Lunch Gesellschaft geleistet. Jetzt war sie schon wieder seit Stunden allein. Brent hatte sich nicht mehr blicken lassen. Wann kam er endlich zurück? Was sollte sie jetzt bloß tun? Wo konnte sie hingehen, um den Nachstellungen von Joshua und Irene zu entkommen? Sie hatte so viele Fragen. Aber es gab keine Antworten. Und sie war allein. Eigentlich war sie es ihr ganzes Leben gewesen. Würde sich das nie ändern?

Geräusche auf dem Flur ließen sie aufhorchen. Brent war wieder zurück. Merkwürdig, dachte sie. Schon jetzt erkannte sie ihn an seinem Schritt. Ungeduldig musterte sie ihn, als er zur Tür hereinkam. Seinem Gesichtsausdruck war nichts zu entnehmen. Brachte er gute Nachrichten mit?

Lange Zeit schauten sie sich nur schweigend an. Plötzlich sah Brent sie mit ganz anderen Augen. Diese Frau würde er also heiraten. Seit er ihr in San Diego begegnet war, reizte sie ihn wie keine zuvor und verfolgte ihn sogar bis in seine Träume. Er hatte entdeckt, daß sie ganz anders war, als er immer geglaubt hatte. Und sie weckte Beschützerinstinkte in ihm. Reichte das für eine Ehe?

»Wie fühlst du dich?« fragte er abrupt.

»Danke, gut.« Die Anspannung war ihr deutlich anzumerken.

»Maggie sagte mir, daß du mit Appetit gegessen hast.«

»Um das zu erfahren, hättest du mich selbst fragen können und nicht meine ... meine Bewacherin!«

»Sei nicht so ungerecht, Byrony.» Er kam auf sie zu. »Was ist? Mache ich dir etwa angst?«

»Nein, nein«, versicherte sie ihm hastig. Dann senkte sie den Blick und spielte nervös mit dem Lesezeichen des Gedichtbandes. »Ich bin nur den ganzen Tag schon so unruhig. Wenn ich nur wüßte, wie es jetzt weitergehen soll!«

»Du brauchst dir keine Sorgen mehr zu machen. Die Angelegenheit ist bald geklärt.«

Überrascht schaute sie ihn an. »Wie meinst du das?«

»Heute nachmittag war ich mit Saint Morris und Del Saxton bei deinem Mann. Morgen reist Del nach Sacramento, um eure Ehe annullieren zu lassen. Irene wird sich zu ihrem Kind bekennen und mit einer herzzerreißenden Geschichte über den tödlich verunglückten Vater aufwarten.«

»Aber warum, Brent?« Verständnislos starrte sie ihn an. »Warum hast du sie dazu gezwungen? Behaupte nicht, es ging dir um Gerechtigkeit. Ich verlasse die Stadt. Es ist also egal, was die Leute ...«

»Hör' auf«, unterbrach er sie schroff. Unschlüssig war er vor ihr stehengeblieben. Dann ging er zum Kamin hinüber, nahm den Feuerhaken und schürte die Glut. »Du gehst nicht, Byrony, bist du denn wirklich so naiv? Wie lange, glaubst du, kannst du von dem Verkauf der Halskette leben? Und was geschieht dann? Willst du dich etwa als Dienstmagd verdingen?«

»Jedenfalls habe ich nicht die Absicht, künftig noch jemandem zur Last zu fallen«, entgegnete sie trotzig.

Was hatte das schon wieder zu bedeuten? Er atmete tief durch. »Byrony, ich will, daß du mich heiratest.«

Byrony sprang abrupt auf, so daß das Buch zu Boden fiel. Ungläubig starrte sie ihn an.

Ein bißchen enttäuschend fand Brent ihre Reaktion schon. Aber was hatte er erwartet? Daß sie ihm auf Knien dankte, ihm um den Hals fiel und vor Glück weinte? »Ja, du hast ganz recht gehört«, sagte er. »Sobald deine Ehe mit Joshua annulliert ist, will ich dich heiraten.«

»Das ist keine gute Idee.« Entschieden schüttelte sie den Kopf. Fühlte er sich in die Pflicht genommen, weil er sie entjungfert hatte? Nein, das war eine schlechte Basis für eine Ehe. »Du magst mich nicht, jedenfalls nicht wirklich.«

»Ich dich nicht mögen?« Er lachte heiser auf. »Glaub' mir, es fällt mir schwer, dich in Ruhe zu lassen.«

»Du weißt, wie ich es meine.«

Er sah, daß es ihr weh tat. Nach all den Enttäuschungen erhoffte sie sich um so mehr die große Liebe. Erging es nicht allen so? Nur hatte er genug vom Leben gesehen, um zu wissen, daß es eine nie gestillte Sehnsucht war, mehr nicht. »Byrony, bedeute ich dir etwas?«

Sie mußte schlucken. »Ja«, sagte sie schließlich leise. »Ich bin wohl eine Närrin.«

Brent wußte, daß sie gar nicht daran dachte, vielleicht schwanger zu sein. Und er würde sie in dieser Situation nicht noch mehr verwirren. Er kam auf sie zu und packte sie sanft bei den Schultern. »Byrony, du mußt doch spüren, daß du mir nicht gleichgültig bist. Ich will dich zur Frau haben und versuchen, dir ein guter Ehemann zu sein.«

Er meinte es ernst, obwohl er nicht sicher war, ob er dieses Versprechen auch halten konnte. Doch er war fest entschlossen, es zu versuchen. Und als sich ihre Blicke trafen, spürte er, daß sie ihm glaubte. Er beugte sich über sie.

»Hab' keine Angst vor mir«, flüsterte er. »Ich werde dich nicht verletzen, das schwöre ich dir.«

Byrony hätte ihm so gern gesagt, daß sie viel mehr für ihn empfand. Ich liebe dich, dachte sie, ich liebe dich so sehr. »Willst du mich wirklich heiraten?«

»Ja. Und du? Nimmst du mich?«

Glücklich lächelte sie ihn an. »Wie könnte ich dich abweisen, wo du mich doch auf Knien anflehst ...«

»Byrony, du übertreibst«, ermahnte er sie lächelnd. »Ich werde wohl ein strenger Ehemann sein müssen. Und um dich zu strafen, werde ich dich dann immer ins Bett tragen.«

»Keine schlechte Idee.«

Sehnsüchtig schaute er zum Bett hinüber. Er stellte sich vor, wie sie nackt vor ihm lag, fühlte ihre samtweiche Haut unter seinen Händen ... Nein, noch einmal durfte er sich nicht so gehenlassen. Er mußte ein paar Tage warten, so schwer es ihm auch fiel. »Hoffentlich ist Del bald aus Sacramento wieder zurück.«

12. KAPITEL

Zehn Tage später wurden sie im Hause der Saxtons von einem Friedensrichter getraut. Byrony trug eine cremefarbene Kreation aus Monsieur Davids Werkstätten, einen wunderschönen Traum aus Seide und Satin mit einem duftigen, meterlangen Tüllschleier. Brent hatte das Hochzeitskleid persönlich in Auftrag gegeben. Ihr sollte es an nichts fehlen, wovon eine Frau an diesem Tag träumte.

Nun war sie Mrs. Brent Hammond! Nervös leerte Byrony ihr Champagnerglas. Es war alles so furchtbar schnell gegangen. Würde ihr die zweite Ehe mehr Glück bringen? Um sie herum unterhielten sich die wenigen geladenen Gäste angeregt und bedienten sich an dem üppigen kalten Büffet. Elizabeth und Del Saxton hatten sich viel Mühe gegeben, der kleinen Feier einen festlichen Rahmen zu verleihen. Der Salon war mit unzähligen Blumenbuketts geschmückt, und ein Kammerquartett, das etwas abseits in der Halle plaziert war, spielte mit heiteren Melodien von Mozart auf.

Es war nur ein kleiner Kreis, der sich zu Ehren des Brautpaares eingefunden hatte: die überaus liebenswürdige Agatha Newton und ihr Mann Horace, Dels Kompagnon Dan Brewer, einige gute Geschäftsfreunde von Brent und natürlich Saint Morris und Maggie, ihre Trauzeugen. Byrony war froh, daß Brent und sie wenigstens ein paar echte Freunde hatten, die zu ihnen standen.

Natürlich hatte es einen Skandal gegeben, als die ungeheuerlichen Vorgänge im Hause Butler an die Öffentlichkeit gedrungen waren. Und die feineren Kreise hatten auf die neuerliche Eheschließung der ehemaligen Mrs. Joshua Butler besonders schockiert reagiert. Daß nicht einmal eine angemessene Schamfrist eingehalten wurde, hatte man allgemein als Affront aufgenommen. Und es kursierten bereits gehässige Gerüchte über den Grund für diesen überstürzten Schritt. O ja, in den vergangenen Tagen hatte Byrony die Ablehnung zu spüren bekommen. Viele von Joshuas Geschäftspartnern, die im Hause Butler verkehrten, hatten sie auf der Straße einfach ignoriert. Und in den Geschäften, in denen sie mit Elizabeth ihre Aussteuer gekauft hatte, waren bei ihrem Eintreten jedesmal alle Gespräche verstummt.

Brent hatte sie nichts davon erzählt. Sie hatte ohnehin schon Schuldgefühle, weil man ihn ihretwegen gesellschaftlich ächtete. Überhaupt hatte sie ihn in den vergangenen Tagen wenig gesehen. Bis spät in die Nacht war er im Saloon gewesen oder hatte in seinem Büro über seinen Abrechnungen gesessen.

»Woran denkst du?«

Byrony fuhr erschreckt herum und verschüttete etwas von ihrem Champagner. Gutgelaunt prostete Brent ihr zu. Der elegante Frack mit der grauen Weste und dem schneeweißen Hemd stand ihm ausgezeichnet. »Es war eine schöne Zeremonie«, meinte sie lächelnd. »Und alle hier sind so nett zu mir.«

Amüsiert hob er die Brauen. »Was hattest du erwartet? Daß sie dich bei Sonnenaufgang steinigen?«

Byrony senkte verlegen den Blick. »Mein Ring ist wunderschön.« Sie betrachtete den schmalen Goldreif mit dem großen eingefaßten Diamanten. Im Facettenschliff brach sich das helle Licht der Kristallüster und ließ den Stein wunderbar funkeln.

»Fein, daß er dir gefällt. Es ist ein Stück aus Elizabeths Besitz. Ich habe es ihr abgekauft.«

»Elizabeth? Nicht Del?«

»Ja, wußtest du nicht, daß Elizabeth ein beträchtliches Vermögen mit in die Ehe gebracht hat?«

Und ich besitze nichts, dachte Byrony. Hatte er das damit sagen wollen?

In diesem Moment kam Dan Brewer auf sie zu. »Was sehe ich denn da, Mrs. Hammond. Eine traurige Miene am Hochzeitstag? Ist der Bräutigam ein so miserabler Unterhalter?« Er schlug Brent freundschaftlich auf die Schulter. »Komm, alter Junge. Del spendiert uns sicher einen Whiskey.«

»Alles in Ordnung?« fragte Maggie, als Byrony den beiden Männern gedankenverloren nachblickte, und legte ihr eine Hand auf den Arm.

»Ach, Maggie. Ich mußte gerade daran denken, daß ich völlig mittellos bin. Es muß ein schönes Gefühl sein, reich und unabhängig zu sein.«

»Für die meisten Frauen ist Unabhängigkeit ein unerschwinglicher Luxus, meine Liebe«, antwortete Maggie trocken. »Nur wenn ihre Ehemänner sterben und ihnen ihr Vermögen hinterlassen, anstatt es Treuhändern zur Verwaltung zu übergeben, kommen sie in diesen seltenen Genuß. Oder sie entschließen sich, ein Geschäft wie meines aufzumachen. Aber das möchte ich dir nicht gerade empfehlen, Byrony.«

»Dann bleibt mir also nichts anderes übrig, als mich dem Willen meines Mannes zu beugen?« Byronys Stimme klang bitter. »Glaub' mir, damit habe ich die schlechtesten Erfahrungen gemacht.«

Maggie lächelte aufmunternd. »Du mußt nicht alles so schwarz sehen. Brent ist kein schlechter Kerl. Darf ich dir eine persönliche Frage stellen?«

Byrony schaute zu Brent hinüber, der sich im Kreise seiner Freunde bestens amüsierte. Sein angenehm tiefes Lachen drang zu ihr herüber.

»Liebst du Brent?«

Verlegen senkte Byrony den Blick. »Ja«, sagte sie

schließlich kaum hörbar. Warum sollte sie Maggie belügen?

Maggie nickte nur verstehend. Welche Frau konnte sich schon Brents unvergleichlichem Charme verschließen? Sie konnte nur hoffen, daß Brents Liebe für Byrony stark genug war. Nur wenn er die Enttäuschungen der Vergangenheit überwand, hatten die beiden eine Zukunft.

»Ist sie nicht eine hinreißende Braut?« Elizabeth gesellte sich zu ihnen. Stolz streichelte sie über ihren Bauch. »Unser Junior kommt ganz nach seinem Vater«, meinte sie schmunzelnd. »Er sollte schon längst schlafen, gibt aber einfach keine Ruhe. Saint meint, ich sollte ihn mit einem Gläschen Champagner beruhigen.«

Byrony lächelte. »Der Ring ist traumhaft, Elizabeth. Brent sagte mir, daß er ihn von dir hat.«

Hochstimmung herrscht hier ja nicht gerade, dachte Elizabeth. Angesichts der Anfeindungen der vergangenen Tage war es ja auch kein Wunder, daß Byrony so bedrückt wirkte. Dabei hätte sie wirklich eine fröhlichere Hochzeit verdient! »Ja, es war eines meiner Lieblingsstücke. Ich hätte ihn keiner anderen gegönnt als dir.«

In diesem Augenblick bat Del um die Aufmerksamkeit der Gäste und brachte einen launigen Toast auf das Brautpaar aus. Agatha Newton schloß sich mit den besten Glückwünschen für ein langes gemeinsames Leben an, während Saint Morris eine Anekdote aus Brents wild bewegtem Junggesellenleben zum Besten gab, für dessen nun verbotene Freuden der junge Gatte, wie Saint mit einer galanten Verbeugung in Byronys Richtung augenzwinkernd hinzufügte, mit einer zauberhaften Braut entschädigt würde.

Später wußte Byrony nicht mehr, wieviel Champagner sie in der Hektik der Toasts und Gratulationen getrunken hatte. Kaum hatte sie ein Glas geleert, drückte man ihr schon das nächste in die Hand, um mit ihr auf eine glückliche Zukunft anzustoßen.

»Ich werde doch meine Braut nicht betrunken nach Hause bringen müssen?« hörte sie schließlich eine Stimme hinter sich.

Beschwingt drehte sie sich um. »O Brent.« Vor ihren Augen drehte sich alles.

»Es wird langsam Zeit, daß wir aufbrechen.« Er wandte sich an Maggie. »Du kommst am besten mit uns. Ich traue diesem Dan Brewer nicht über den Weg.«

Maggie lächelte wissend, was ihn bis unter die Haarwurzeln rot werden ließ.

Irgendwie überstand Byrony die Aufregung um den Aufbruch des Brautpaares. Auf dem Weg zur Kutsche bewarfen Elizabeth und Agatha Newton sie mit Reis. Byrony war froh, als sie in der Kutsche saß und den Kopf an Brents Schulter lehnen konnte. Erschöpft schloß sie die Augen und beteiligte sich nicht an der Unterhaltung zwischen Maggie und Brent. Die Hure und der Spieler, dachte sie noch. Ein wirklich gutes Paar. Dann war sie auch schon eingeschlafen.

»Sieh nur«, meinte Brent kopfschüttelnd. »Meine entzückende kleine Braut schläft tief und fest.«

»Es war ein anstrengender Tag für sie.«

»Die Hochzeitsnacht wird sie für alles entschädigen.« Maggies mißbilligenden Gesichtsausdruck quittierte er mit einem jungenhaften Lächeln. »Warum glaubst du, habe ich sie wohl geheiratet?«

Mit einem Schlag war Byrony hellwach. Verwirrt setzte sie sich auf. Die Petroleumlampe auf dem Nachttisch tauchte das Schlafzimmer in ein angenehm schummeriges Licht. Sie trug noch immer ihr Hochzeitskleid. Nur der Schleier lag über dem Sessel am Kamin.

»O nein.« Sie sprang auf und lief zur Tür. Wie spät war

es? Und wo war Brent? Er hätte sie nicht schlafen lassen dürfen. Im Flur vernahm sie ein Geräusch aus Brents Büro. Byrony hatte die Hand schon auf dem Türknauf, da hörte sie Brents Stimme.

»Maggie, du brauchst mich über meine ehelichen Pflichten wirklich nicht aufzuklären!«

»Warum regst du dich auf? Ich habe dich lediglich gefragt, ob du schon mit Celeste gesprochen hast. Immerhin weiß ich, daß du in der vergangenen Woche ein paarmal bei ihr warst. Wie ich dich kenne, Brent Hammond, erschien es dir als äußerst noble Geste, Byrony vor der Eheschließung nicht zu bedrängen.«

Byrony erstarrte. Celeste? Brent war bei einer Frau gewesen!

»Celeste hat also wieder einmal ihren Mund nicht halten können«, erwiderte Brent ärgerlich. »Aber so seid ihr Frauen nun mal. Nichts könnt ihr für euch behalten!«

»Wozu braucht ein frisch verheirateter Mann eine Geliebte?« beharrte Maggie. »Deine Junggesellenzeit ist nun vorbei, Brent. Du kannst nicht weiterleben wie bisher.«

Atemlos lauschte Byrony, während ihr das Herz bis zum Hals schlug. Brent hatte also eine Geliebte!

»Was willst du eigentlich von mir? Ich habe sie geheiratet, weil ich keine andere Wahl hatte. Und keine Sorge, sie soll es gut bei mir haben. Ist das Thema damit beendet? Ich sollte nach Byrony sehen. Immerhin ist es unsere Hochzeitsnacht.«

Tränenblind stolperte Byrony ins Zimmer zurück. Unsere Hochzeitsnacht. Bitter lachte sie auf. Wenigstens diese Nacht verbrachte er bei ihr und nicht bei seiner Geliebten! Warum hatte er sie überhaupt geheiratet? »Weil ich keine andere Wahl hatte«, hatte er erklärt. Das war einfach nicht wahr. Immer wieder hatte sie ihm angeboten, die Stadt zu verlassen und aus seinem Leben zu verschwinden. Nun war sie Mrs. Brent Hammond, aber es würde keine Hochzeittsnacht geben!

Brent löschte das Licht und schloß das Büro hinter sich ab. Maggie sollte sich um ihre eigenen Angelegenheiten kümmern, anstatt sich als Tugendwächter aufzuspielen, dachte er ärgerlich. Natürlich hatte er mit Celeste gesprochen. Er hatte ihr sogar ein fürstliches Abschiedsgeschenk gemacht. Aber er sah nicht ein, warum er Maggie darüber Bericht erstatten sollte. Das war ganz allein seine Sache. Er war nun einmal für klare Verhältnisse. Was brauchte er jetzt noch eine Geliebte?

Leise öffnete er die Wohnungstür und trat ein. Es war dunkel. Byrony mußte aufgewacht sein, da die Lampe auf dem Nachttisch gelöscht war. Vorsichtig tastete er sich zum Kamin vor und suchte nach Streichhölzern. Ganz sanft würde er sie wecken. Schließlich war es ihre Hochzeitsnacht. Und er würde dafür sorgen, daß es ein unvergeßliches Erlebnis für sie wurde. Er mußte sie für so vieles entschädigen. »Byrony.« Zärtlich flüsterte er ihren Namen. Endlich gehörte sie ihm. Das Streichholz flammte auf, und er zündete die Lampe auf dem Kamin an.

Als er sich umdrehte, sah er sie mitten im Raum stehen. Und im nächsten Augenblick schleuderte sie ihm die Waschschüssel entgegen, die ihn nur knapp verfehlte und mit lautem Krachen am Kaminsims zerbarst.

»Du Lügner!«

Die Petroleumlampe vom Nachttisch traf ihn an der Schulter, ehe sie auf dem Fußboden in zwei Teile zerbrach.

»Byrony, hör' auf. Nein, nicht meinen Messingleuchter!« Geschickt fing Brent den Leuchter auf, nur um gleich darauf von einem ledergebundenen Buch im Magen getroffen zu werden. Er hörte ihre heftigen Atemstöße, und sah, wie sie mit hochrotem Gesicht nach einem weiteren Band griff. »Jetzt reicht es aber!« Er duckte sich, ließ den Leuchter fallen und stürzte sich auf sie. Mit aller Kraft drückte er ihr die Arme an die Seiten.

»Ich hasse dich!« schrie Byrony außer sich, während sie vergeblich versuchte, sich aus seinem unerbittlichen Griff zu befreien. »Du verlogener ...«

»Hör' auf!« Er schüttelte sie heftig. »Was ist in dich gefahren?«

Gegen seine Kraft kam sie nicht an. Trotzdem gab sie nicht auf und kämpfte verzweifelt weiter. Brent wartete, bis sie schließlich so erschöpft war, daß sie von selbst aufgab. »Und jetzt sag' mir endlich, was dieser hysterische Anfall zu bedeuten hat.«

»Laß mich los!«

»Nein. Wenn dir mein Hab und Gut auch egal ist, so liegt mir doch vieles daran.« Wütend schüttelte er sie. Doch dann sah er die Tränen in ihren Augen. Sie hat gelauscht, schoß es ihm durch den Kopf. Hatte sie etwa alles mitangehört, den ganzen Unsinn, den er Maggie erzählt hatte? Fest drückte er sie an sich und barg das Gesicht in ihrem duftenden Haar. Was hatte er da nur wieder angerichtet?

»Ich habe es nicht so gemeint«, sagte er. »Bitte glaube mir. Maggie war so neugierig, und da ...«

»Warum hast du mich überhaupt geheiratet? Niemand hat dich gezwungen, mich zu nehmen. Du hattest die Wahl. Wieso hast du gelogen? Dafür hasse ich dich!«

»Du hast uns belauscht«, entgegnete er anklagend.

»Ja. Und wahrscheinlich ist es die gerechte Strafe, daß ich die Wahrheit hören mußte.« Byrony schluchzte auf.

Brent schwieg hilflos. Und er hatte versprochen, ihr nie wieder weh zu tun, ihr ein guter Mann zu sein!

»Laß mich los.« Energisch versuchte sie, sich von ihm freizumachen. »Ich verspreche auch, nichts mehr von deinem kostbaren Eigentum anzufassen.«

Brents Gesichtszüge verhärteten sich. »Du weißt, daß ich es so nicht gemeint habe. Alles, was ich habe, gehört jetzt auch dir. Sogar die gesammelten Werke von Aristophanes und der jetzt etwas aus der Form geratene Voltaire«, fügte er mit Blick auf die verstreuten Seiten vor dem Kamin hinzu.

»Und Celeste? Wieviel steht ihr zu?« Anklagend starrte Byrony ihn an und wischte sich die Tränen aus dem Gesicht.

Sie zitterte am ganzen Körper und spürte, wie erneut Zorn in ihr aufstieg.

Ja, sie ist eifersüchtig! dachte er. Doch schon im nächsten Augenblick verwarf er diesen Gedanken wieder. Mach' dich nicht lächerlich, ermahnte er sich. Sie war wütend. Wohl keine Ehefrau konnte sich damit abfinden, wenn ihr Mann eine Geliebte hatte — wie wenig sie auch für ihn empfinden mochte. »Celeste«, begann er betont ruhig, »geht dich nichts an. Überhaupt nichts. Und jetzt möchte ich nicht mehr über dieses Thema reden. Hörst du auf, wie eine Wilde um dich zu schlagen, wenn ich dich freigebe?«

Byrony warf Brent nur einen verächtlichen Blick zu und wich sofort zurück, als er sie losließ.

»Gut.« Brent überging ihre abweisende Haltung. »Und jetzt erinnerst du dich bitte daran, daß du meine Frau bist.«

»Ach, was ist denn mit dir, Brent Hammond? Bist du nicht auch mein Mann?« Herausfordernd musterte sie ihn. Doch eine Antwort wartete sie erst gar nicht ab. »Warum hast du mich für etwas beleidigt und verachtet, was für dich selbstverständlich ist? Wie viele Frauen hast du in deinem Leben gehabt?«

Irritiert zog er die Brauen hoch. So hatte er es noch nie zuvor gesehen. »Männer haben eben diese Bedürfnisse, die eine Frau allein nicht befriedigen kann«, erklärte er. »Bei Frauen ist das anders. Sie sind eher ...«

Byrony zog verächtlich die Luft durch die Nase. »Alles nur Geschwätz! Das Gerede eines selbstgerechten Heuchlers!«

»Genug jetzt!« herrschte er sie an. Dann räusperte er sich. »Sieh mal, Byrony«, fuhr er etwas ruhiger fort. »Ich habe dich falsch eingeschätzt, das gebe ich zu. Und es tut mir wirklich leid. Aber in meinem Leben gab es eine Frau, die so war ...«

»Willst du mir etwa weismachen, daß du verführt wurdest? Aber Brent, Frauen machen so etwas doch nicht«, spottete sie. »Oder hast du damals schon bezahlt für dein Vergnügen?«

»Nein.« Sein Gesichtsausdruck verhärtete sich. »Sie war meine Stiefmutter.«

Schockiert starrte Byrony ihn an. »Und seitdem glaubst du also, daß alle Frauen so sind?« fragte sie ihn schließlich ungläubig.

In einer hilflosen Geste zuckte er mit den Schultern, hielt aber ihrem Blick stand. »Es war ein Fehler, ich weiß. Byrony, ich will dich nicht belügen. Vom ersten Augenblick an fühlte ich mich unwiderstehlich zu dir hingezogen. Vielleicht wollte ich die Verleumdungen des Alten in San Diego nur deshalb glauben, um mich vor einer weiteren Enttäuschung zu schützen. Als ich dich wiedertraf, warst du Joshuas Frau. Du hattest dich — so glaube ich — an einen reichen Mann verkauft, von dem du schwanger warst. Ich ... habe dich damals verachtet.«

»Du hast mir sehr weh getan«, sagte sie leise. »Immer wieder.«

»Ja, ich weiß, es war ein großer Fehler.« Ihr ungläubiger, mißtrauischer Blick zeigte ihm, daß sie ihm diese Reue nicht recht glaubte. Grübelte sie immer noch über sein Gespräch mit Maggie nach? Er war der Mann im Haus und ihr keinerlei Rechenschaft schuldig! Was er machte, ging sie nichts an. Hauptsache, er wahrte Diskretion. Mehr konnte sie von ihm nicht verlangen. »Schluß jetzt mit dem Gerede«, sagte er abrupt. »Es ist unsere Hochzeitsnacht.«

Byrony starrte ihn fassungslos an. Dann schüttelte sie den Kopf. »Geh zu deiner Geliebten.«

Brent wandte sich wortlos von ihr ab, zog die Weste aus und knöpfte das Hemd auf. Er hörte, wie sie tief Luft holte, streifte die Stiefel ab und öffnete den Gürtel. »Möchtest du, daß ich dir aus deinem Kleid helfe?«

»Nein. Ich schlafe auf dem Sofa.«

Er fuhr herum. »Das wirst du nicht tun.« Während er die Hose auszog, ließ er sie nicht aus den Augen. »Sieh genau hin, Byrony. Hoffentlich gefällt dir mein Körper, denn er wird der einzige sein, den du je nackt zu sehen bekommst.«

Ihr Blick fiel auf seine Lenden.

»Byrony, du bist meine Frau. Und ich werde mir meine ehelichen Rechte nehmen. Es ist deine Wahl, ob ich dir Vergnügen bereite oder dich zwinge.«

Schweigend starrte sie ihn nur an.

Er trat hinter sie und begann, die unzähligen satinbezogenen kleinen Knöpfe in ihrem Rücken zu öffnen. Wie gern hätte er ihren schlanken Hals geküßt. Aber er beherrschte sich. Er wollte ihr nicht weh tun. In ein paar Minuten würde sie alles um sich herum vergessen haben und sich unter seinen Zärtlichkeiten winden.

»Fertig.« Sanft streifte er ihr das Kleid über die Schultern. »Soll ich dir bei dem Rest auch helfen?«

»Bitte, Brent, laß mich in Ruhe.« Ihre Stimme hatte einen verzweifelten Klang angenommen.

»Nein.« Er mußte sich zwingen, von ihr abzulassen. Gemächlich schlenderte er zum Kamin hinüber. »Aber ich genehmige mir einen Brandy, während du dich ausziehst.«

Müssen alle Frauen sich in der Hochzeitsnacht so demütigen lassen? dachte Byrony. Er wollte sie zwingen, wollte sich seine ehelichen Rechte nehmen. Warum hatte ausgerechnet sie sich in diesen grausamen, selbstgerechten Mann verliebt? Er betrachtete sie als seinen Besitz, mit dem er machen durfte, was er wollte.

»Ich habe nicht die Absicht, die ganze Nacht Brandy zu trinken.« Ohne sie aus den Augen zu lassen, setzte er das Glas an die Lippen. »Du hast genau fünf Minuten Zeit, Byrony.«

Byrony warf Brent einen letzten verächtlichen Blick zu, ehe sie hinter dem Paravent verschwand. Mit zitternden Händen zog sie sich aus und legte die spitzenverzierte Unterwäsche sorgsam gefaltet über den Paravent. Als sie nach dem Nachthemd greifen wollte, das über dem Wandschirm hing, spürte sie seine Hand auf ihren Fingern.

»Nein. Ich will dich sehen.« Er kam um den Paravent herum und spürte im nächsten Augenblick ihre geballte Faust im Magen. Schmerzhaft zuckte er zusammen, packte sie dann und trug sie zum Bett hinüber. Unsanft ließ er sie fallen und legte sich mit seinem ganzen Gewicht auf sie.

»Jetzt reicht es mir aber«, meinte er leise. Finster starrte er sie an. Doch dann sah er das zornige Funkeln in ihren Augen. »Ich verbringe meine Hochzeitsnacht offenbar mit einer kleinen Wildkatze!«

»Ich hasse dich«, erwiderte sie erbost.

Der selbstgefällige Ausdruck schwand nicht aus seinem Gesicht. »Keine Sorge, ich nehme dich nicht mit Gewalt. Gleich wirst du dich unter meinen Zärtlichkeiten winden und um mehr betteln.«

Verzweifelt bewegte Byrony sich unter ihm, merkte aber bald, daß ihn das noch mehr erregte.

»Du wirst es genießen, Byrony. Ich weiß es.«

»Niemals.«

»Wir werden sehen, Byrony.« Sanft streichelte er über ihren Busen und umkreiste aufreizend ihre Brustwarzen, ohne sie jedoch zu berühren. »Wir werden sehen.« Triumphierend lächelte er, als er spürte, wie sich ihr Herzschlag beschleunigte. Sie hatte so schöne Brüste, rund, voll und doch fest. Ihre Haut war samtweich und sehr hell, fast weiß.

»Nein«, flüsterte sie beinahe flehentlich. »Bitte nicht.« Doch sie wehrte sich nicht mehr, als seine Hand weiter abwärts glitt. Resigniert schloß sie die Augen. Wie sie diesen selbstgefälligen Ausdruck in seinem Gesicht, dieses siegessichere Lächeln haßte. Trotzdem konnte sie sich einfach nicht gegen die heißen Gefühle wehren, die in ihr aufstiegen. Eine lustvolle Spannung breitete sich in ihrem Schoß aus. Allein dafür haßte sie ihn.

Plötzlich spürte sie, daß Brent kurz davor war, ihren Körper in Besitz zu nehmen.

»Nicht!« schrie sie entsetzt auf. Panik erfaßte sie. Es würde wieder weh tun, so wie beim erstenmal.

Doch er drückte sie mit seinem ganzen Gewicht in die Kissen und verschloß ihren Mund mit einem leidenschaftlichen Kuß. »Byrony«, flüsterte er heiser. »Ich weiß, daß du bereit für mich bist.«

»Ich will nicht«, stieß sie hervor und warf heftig den Kopf zur Seite, um seinem Mund zu entgehen. »Lügner! Du hast es versprochen ...«

Sofort rollte er sich auf die Seite und zog sie in seine Arme. »Es ist ja schon gut.« Beruhigend streichelte er ihr übers Haar. »Ich will dir nicht weh tun. Bitte glaub' mir.« Er schloß die Augen. Sie hatte wirklich Angst vor ihm. Das hatte er nicht gewollt. Aber er hatte sich einfach nicht beherrschen können, als er sie so nah gespürt hatte. Ja, sie war bereit gewesen.

»Laß uns jetzt schlafen.« Er stand auf, löschte die Lampe auf dem Kaminsims und deckte sie sorgfältig zu. Dann legte er sich wieder neben sie.

Verwirrt sah sie ihn aus tränenfeuchten Augen an.

»Komm schon her, Byrony. Ich möchte dich nur in meinen Armen halten.«

Sie zögerte, gehorchte dann aber schweigend. Sonst würde er sie zwingen. Das wußte sie. Steif und abweisend lag sie neben ihm. Doch bald kuschelte sie sich müde an ihn. Es war ein langer und anstrengender Tag gewesen. Bald atmete sie tief und regelmäßig.

Brent lag noch lange wach und starrte in die Dunkelheit. So hatte er sich seine Hochzeitsnacht nicht vorgestellt. Er hatte sich wie ein unerfahrener Dummkopf benommen.

Aber er würde es wiedergutmachen. Das schwor er sich. Schon morgen, dachte er. Schon morgen ...

Es war noch dunkel, als Brent schweißgebadet aus einem Traum erwachte. Immer noch hielt er Byrony in den Armen. Er hatte von ihr geträumt. Allein die Erinnerung daran steigerte seine Erregung noch mehr. Vorsichtig wälzte er sie auf den Rücken. Sie schlief tief und fest. Langsam streichelte er ihren Bauch. Unwillkürlich hielt er die Luft an, als er daran dachte, wie er sie lieben würde. Er wollte ihr unvorstellbare Lust bereiten ...

Langsam, dachte er, langsam. Er durfte nicht wieder denselben Fehler machen.

Byrony spürte im Halbschlaf, wie ein seltsames Lustgefühl in ihr aufstieg. Plötzlich schlug sie die Augen auf und merkte im selben Moment, wie heiße Wellen der Erregung ihren Körper durchfluteten. Sie wußte nicht, wie ihr geschah, sondern starrte Brent nur verwirrt an. Plötzlich konnte sie die süße Spannung nicht länger ertragen, und auf dem Gipfel der Lust schrie sie leise auf.

Im ersten schwachen Licht des Tages konnte Brent ihr Gesicht erkennen. Er genoß es, das Verlangen in ihrem Blick zu sehen. Hastig legte er sich zu ihr und stöhnte auf, als sie sich ihm instinktiv entgegendrängte. Im heftigen Rhythmus spürte sie seinen heißen Atem auf der Haut. Sie klammerte sich an ihn, fühlte, wie sich die lustvollen Gefühle mit jeder Bewegung steigerten und sich erneut in einem unbeschreiblich intensiven Höhepunkt entluden. Einen Augenblick später sank Brent erschöpft zusammen.

Schwer atmend klammerte er sich an sie. Ihre Lust zu spüren hatte ihn einfach überwältigt. Das hatte er noch nie erlebt. »Byrony«, flüsterte er zärtlich. Dann war er auch schon eingeschlafen.

Reglos blieb Byrony liegen. Brent war ziemlich schwer, aber sie genoß es, ihn so nah zu spüren, und ein heißes Glücksgefühl durchströmte sie. Nie hätte sie es für möglich gehalten, daß es Gefühle gab, die so intensiv waren, daß sie alles andere vergessen ließen. Plötzlich fühlte sie sich ihm stark verbunden und streichelte zärtlich seinen Rücken.

Brent war sofort wieder hellwach. Erregt nahm er sie erneut. Dabei streichelte und liebkoste er sie, so daß sie sich lustvoll unter ihm wand, bis sie gemeinsam den Höhepunkt erreichten.

Byrony schlug die Augen auf. Brents Brusthaar hatte sie an der Nase gekitzelt. Draußen war es schon taghell. Wie lange hatte sie geschlafen? Vorsichtig hob sie den Kopf und betrachtete liebevoll den Mann an ihrer Seite. Das dunkle Haar hing ihm wirr in die Stirn. Besitzergreifend hatte er einen Arm um ihre Taille geschlungen.

Mein Mann, dachte sie. Jetzt ist er wirklich mein Mann. Ein warmes Gefühl durchströmte sie, als sie an die vergangene Nacht dachte. Er war raffiniert, denn er hatte genau gewußt, daß sie ihm nicht widerstehen konnte. Eigentlich sollte sie ihm böse sein, daß er sie so im Schlaf überrumpelt hatte. Aber nein, es war einfach unglaublich gewesen. Sie hatte ja keine Ahnung gehabt, daß es so etwas Wunderbares gab. Mit keiner Silbe hatte ihre Mutter davon gesprochen, wie schön die Liebe war. Und was hätte erst Tante Ida dazu gesagt, daß sie sich lustvoll unter einem Mann gewunden hatte ...

Nie zuvor in ihrem Leben war sie sich ihrer Weiblichkeit so sehr bewußt gewesen. Und noch nie hatte sie dieses Gefühl so genossen. Jetzt konnte sie auch verstehen, was Männer immer wieder zu Frauen trieb und Frauen alle falsche Moral vergessen ließ. Vorsichtig schob sie seinen Arm beiseite, um sich auf den Rücken zu drehen.

»Byrony.« Brent schlug die Augen auf, sah sie an und lächelte. »Guten Morgen. Kuschel' dich an mich. Du bist herrlich warm und weich.« Er zog sie an sich.

»Hast du gut geschlafen?« Zufrieden barg er den Kopf in ihrem Haar.

Sie spürte seinen Atem im Nacken. »Ja.« Er drehte sie zu sich herum, drückte sie an sich und ließ sie seine wachsende Erregung spüren. Sie schluckte. »Aber ...«

»Was aber?« fragte er sichtlich amüsiert, während er zärtlich an ihrem Ohrläppchen knabberte.

Byrony mußte an den furchtbaren Streit denken. Hatte sich für ihn überhaupt etwas geändert? Würde er weiterhin Celeste aufsuchen?

»Mache ich dich sprachlos?«

Sein unverschämt selbstsicherer Gesichtsausdruck war einfach unwiderstehlich. Unwillkürlich mußte Byrony lächeln. »O Brent, das ist doch nicht möglich. Du ...« Aufreizend rieb er sich an ihr und glitt mit den Händen tiefer. Byrony fuhr erschreckt zurück. »Nicht, es ist ... ich bin ...«

»Aber Byrony, ich weiß, draußen ist es Tag, aber du bist

so aufregend warm ...« Er begann sie zu streicheln, und ein triumphierendes Lächeln umspielte seine Mundwinkel, als sie sich bereitwillig an ihn drückte. »Byrony, du verstehst es, einen Mann verrückt zu machen.«

Dann beugte er sich über sie. Doch als er merkte, daß sie sich versteifte, hielt er sofort inne. »Bereitet es dir Schmerzen, Byrony?«

Byrony schüttelte den Kopf und hielt ihn fest umklammert. »Nein«, flüsterte sie. Ihn so besorgt zu sehen tat gut. Und es gab ihr für einen winzigen Moment ein Gefühl der Macht. Instinktiv drängte sie sich ihm entgegen, um ihn tief in sich zu spüren. Lustvolle Schauer ließen sie erzittern, und ein heftiges Begehren erfüllte sie. »Brent«, bat sie leise. »Bitte.«

Langsam steigerte er seinen Rhythmus, während er sie nicht aus den Augen ließ.

Er genoß das Verlangen, das sich in ihrem Blick zeigte. Und als er spürte, wie sie sich dem Höhepunkt näherte, ließ auch er sich gehen, so daß sie gemeinsam den Gipfel der Lust erreichten.

Danach blieben sie schweigend beisammen liegen. Byrony wagte es nicht, sich zu bewegen. Sie genoß das Gefühl, ihm so nah zu sein. Erschöpft schloß sie die Augen. Sie hörte, wie sich sein heftiger Atem langsam normalisierte.

Ein Klopfen an der Tür riß sie aus ihrer Benommenheit. Verlegen schaute sie Brent an. Hoffentlich hatte sie niemand gehört.

Doch Brent lächelte nur. Er zog sich vorsichtig zurück und stand auf. »Das ist wahrscheinlich unser Frühstück. Einen Augenblick, ich bin gleich wieder zurück.« Auf dem Weg zur Tür streifte er sich seinen Hausmantel über. Ehe er öffnete, schaute er noch einmal zum Bett hinüber. Sie sah einfach wunderschön aus mit ihrem zerzausten Haar und den leicht geröteten Wangen.

Hastig zog sich Byrony die Bettdecke bis ans Kinn. Als Brent die Tür wieder schloß und mit dem großen Tablett zum Bett kam, griff sie nach dem Nachthemd auf dem Boden und zog es sich rasch über.

Enttäuscht zog er die Brauen hoch, sagte aber nichts. Er sah es nicht gern, daß sie ihre vollen Brüste und die makellose zarte Haut versteckte. Aber sie war eben noch nicht gewohnt, sich ihrem Mann nackt zu zeigen. »Kaffee?« fragte er freundlich.

Sie nickte nur.

Warum war sie nur plötzlich wieder so verkrampft? Er reichte ihr eine Tasse. »Und frische Croissants. Aus Pierres Bäckerei, unten an der Ecke. Er versteht sein Handwerk.«

Die Matratze gab nach, als Brent sich wieder zu ihr ins Bett legte. »Warum so schüchtern, Byrony?« Zärtlich strich er ihr eine Locke aus der Stirn. »Ich habe dich ganz anders in Erinnerung!«

Entrüstet knuffte sie ihn in die Seite.

»So ist es schon besser, meine kleine Wildkatze.« Er biß in ein knuspriges Croissant, das er mit Marmelade bestrichen hatte, ehe er es ihr hinhielt. »Weißt du eigentlich, daß wir uns noch gar nicht entschieden haben, wo wir die Flitterwochen verbringen wollen?«

»Jedenfalls nicht in Sacramento.« Sie verzog das Gesicht zu einer Grimasse.

»Nein, natürlich.« Einen Moment musterte er sie schweigend. »Trotzdem wäre es ratsam, die Stadt für eine Weile zu verlassen, bis das Gerede über den Skandal verstummt ist. Obwohl Irene und Joshua als die Schuldigen dastehen, werden einige auch dich ihre Abneigung spüren lassen.«

»Ich weiß.« Byrony spürte, wie sich ihr Magen zusammenkrampfte. Sicher würde man ihr diese Jugendsünde ein Leben lang nachtragen. Diese Gesellschaft war grausam. Wen kümmerte es schon, daß sie keine andere Wahl gehabt hatte?

»Außerdem habe ich mir überlegt«, fuhr er stirnrunzelnd fort, »daß ein verheirateter Mann wie ich daran denken sollte, ein Haus zu bauen. Es ist nicht gerade standesgemäß für eine Lady, über einem Saloon und in nächster Nachbarschaft zu einem Bordell zu wohnen. Nein, die Junggesellentage sind endgültig vorbei.« Er seufzte.

»Mir gefällt es hier«, versicherte Byrony ihm eilig. »Wirklich, Brent, meinetwegen brauchst du nichts unternehmen, was du nicht wirklich willst. Außerdem ist Maggie eine gute Freundin. Mich stört das Gerede der Leute nicht.«

Brent räusperte sich. »Ich möchte nur, daß es dir gutgeht. Niemand soll dir mehr weh tun.«

Ein Glücksgefühl durchströmte sie. Er meinte es ehrlich, das wußte sie. Aber war er auch bereit, wirkliche Opfer zu bringen? Würde er auf Celeste verzichten? Der Gedanke, daß er zu seiner Geliebten ging, war ihr nach dieser Nacht noch unerträglicher. Heiß stieg die Eifersucht in ihr auf. Vielleicht genügte sie ihm nicht ... »Darf ich dich etwas fragen?«

»Sicher.« Er nahm ein zweites Croissant und schenkte Kaffee nach.

»Ich bin wohl sehr unerfahren.« Nervös zupfte sie die zartbraune Kruste von ihrem Croissant. Eigentlich konnte man einem Mann diese Frage nicht stellen.

»Aber dafür um so lernbegieriger.« Er lächelte vielsagend.

»Wie oft will ein Mann seine Frau lieben?« Sie wurde rot.

»Keine Sorge, nicht häufiger als jede Stunde«, antwortete er leichthin. Dann lachte er.

Scheinbar schüchtern senkte sie den Blick. »Ist es schon eine Stunde her?«

Noch nie zuvor hatte er sie flirten sehen, und es faszinierte und betörte ihn gleichermaßen. »Beinahe«, meinte er und spürte, wie er allein auf die Vorstellung, sie erneut zu besitzen, heftig reagierte. Er würde wohl nie genug von ihr bekommen. Sie war jetzt seine Frau. Das bedeutete Verantwortung und verlangte Kompromisse, wovor er sich auch ein wenig fürchtete. Er nahm ihr das Tablett vom Schoß, stellte es auf den Boden und beugte sich über sie.

»Nun, die Stunde ist um.« Er seufzte theatralisch. »Mach' mit mir, was du willst. Ich werde mich in mein hartes Schicksal fügen.« Doch dann ergriff er selbst die Initiative, nahm ihr Gesicht zwischen seine Hände und küßte sie leidenschaftlich. Sofort hatte er die Flitterwochen, das Haus, das er bauen wollte, und die unsichere Zukunft vergessen. Auch daß er mit ihr über den Streit der vergangenen Nacht noch sprechen wollte, zählte nicht mehr. Später, dachte er. Später war immer noch Zeit.

13. KAPITEL

»Du siehst einfach blendend aus.« Elizabeth Saxton zwinkerte Byrony vergnügt zu. »Die Ehe scheint dir ja ausgezeichnet zu bekommen.«

»Brent ist ...« Verlegen senkte Byrony den Blick. »Ach, ich weiß auch nicht. Vielen Dank jedenfalls, daß du dich überhaupt noch mit mir auf die Straße wagst.« Die neugierigen, teilweise sogar feindseligen Blicke einiger Passanten waren Byrony keineswegs entgangen.

»Kümmer' dich gar nicht um die Leute. In ein paar Monaten wird der ganze Skandal vergessen sein.« Elizabeth seufzte. »Können wir uns ein wenig ausruhen? Junior ist heute wieder besonders lebhaft. Wie wär's mit einer schönen Tasse Tee?«

»Ist dir heute nicht gut?« Besorgt wollte Byrony sie stützen.

Doch Elizabeth lachte nur. »Keine Sorge, mir geht es ausgezeichnet. Nur wird es Zeit, daß bald das Baby kommt. Ich fühle mich so furchtbar dick. Hoffentlich ist meine Figur nicht ruiniert.«

Sie gingen zu ›Mortimer's‹, dem vornehmen Kaffeehaus, in der Kearny Street. Timothy Mortimer, der kleine rundliche Besitzer, geleitete sie persönlich zu einem der Fenstertische. »Ladies.« Mit einer galanten Verbeugung bot er ihnen Platz.

Nachdem sie bestellt hatten, lehnte Elizabeth sich in ihrem Stuhl zurück und seufzte. »Es tut gut, sich ein wenig auszuruhen. Außerdem brauche ich deinen Rat, Byrony. Nächste Woche feiern wir unseren ersten Hochzeitstag, und ich habe noch keine Ahnung, was ich Del schenken könnte.«

Doch Byrony antwortete nicht. Nervös nestelte sie an ihrem Kleid. Sie war blaß geworden.

Aus den Augenwinkeln sah Elizabeth, daß Penelope Stevenson in Begleitung ihrer Mutter die Konditorei betrat.

»Beachte sie einfach nicht«, riet Elizabeth Byrony mitfühlend. »Außerdem wissen wir ja nicht einmal, über wen sich die beiden Klatschtanten mehr aufregen. Immerhin habe ich Penelope eine ausgezeichnete Partie vor der Nase weggeschnappt. Und jetzt«, fügte sie hinzu, wobei sie Mrs. Stevensons affektierten Tonfall nachahmte, »bin ich doch tatsächlich schamlos genug, mich in diesem Zustand auf die Straße zu wagen. Eine echte Lady würde der Öffentlichkeit diese Peinlichkeit ersparen.«

Unwillkürlich mußte Byrony lächeln. Wieviel hätte sie um Elizabeths gesundes Selbstbewußtsein gegeben!

»Ah, da kommt ja schon unser Tee. Mr. Mortimer, die Torte sieht köstlich aus.« Elizabeth schenkte dem Konditor ein bezauberndes Lächeln, unter dem er förmlich dahinschmolz. »Dieser Versuchung kann man einfach nicht widerstehen.«

»Vielen Dank, Mrs. Saxton. An diesem Erfolg ist Ihr werter Gatte ja nicht ganz unbeteiligt. Richten Sie ihm doch bitte aus, daß der Ofen noch viel besser ist, als ich zu hoffen wagte. Übrigens geht Ihre Bestellung selbstverständlich auf Kosten des Hauses.« Er entfernte sich.

»Del hat ihm das Geld für einen neuen Ofen geliehen, der angeblich Wunderdinge vollbringt«, erklärte Elizabeth lächelnd, als sie Byronys fragenden Blick sah.

»Schönen guten Tag zusammen.« Penelope Stevenson war an ihren Tisch getreten. »Darf man sich nach dem Befinden der Braut erkundigen?«

Mit zitternden Fingern stellte Byrony die Teetasse ab. »Guten Tag, Miss Stevenson.«

»Wenn Sie mich fragen, sieht die Braut hinreißend aus,

finden Sie nicht, Penelope?« Elizabeth bedachte sie mit einem gekünstelten Lächeln.

Penelope zog mitbilligend die Augenbrauen hoch. »Sehen Sie immer so zufrieden aus, wenn Sie gerade mal wieder geheiratet haben, Mrs. But ... Hammond? Leider hält das Glück ja nie lange, nicht wahr?«

Byrony versteifte sich und hielt den Blick starr auf den Tisch gerichtet.

»Neulich habe ich Michelle mit ihren Eltern gesehen. Schade, daß sie nicht Ihre Tochter ist. Die Kleine ist so entzückend.«

»Es ist bedauerlich, daß Sie nicht über das geringste Taktgefühl verfügen«, entgegnete Elizabeth kühl. »Kein Wunder, daß Sie trotz aller intensiven Bemühungen noch keine halbwegs passable Partie gefunden haben. Die Männer dieser Stadt scheinen sich auch nicht durch eine noch so verlockende Mitgift für eine bösartige alte Jungfer entscheiden zu können.«

»Ich jedenfalls weiß, was sich ziemt«, versetzte Penelope wütend, »und ich bin allerdings der Ansicht, daß eine ... eine Person, die ihren Mann im Stich läßt, um nicht einmal einen Monat später ihren Geliebten zu heiraten, unsere höchste Mißbilligung verdient. Erwarten Sie also nicht, daß man Ihnen in dieser Stadt noch mit Sympathie begegnet, Mrs. Hammond!«

Brent hat mich gewarnt, dachte Byrony bitter. Doch es war leichter, feindselige Blicke zu ertragen als persönliche Attacken. Sie mußte sich wehren und durfte nicht zulassen, daß Elizabeth allein sie verteidigte. Kam das nicht einem Schuldbekenntnis gleich? Byrony hob den Kopf und begegnete mutig Penelopes verächtlichem Blick. »Ich denke, Miss Stevenson«, sagte sie ruhig, »daß Sie sich jetzt entfernen sollten. Ergötzen Sie Ihre Mutter mit Ihren Gehässigkeiten. Uns langweilen Sie damit nur.«

»Sie platzt fast vor Wut«, stellte Elizabeth befriedigt fest, als Penelope mit hochrotem Kopf davonstolzierte. »Es wird Zeit, daß wir in die Offensive gehen. Ich will ja nicht angeben, aber als Frau des reichsten Bankiers in der Stadt habe ich einen gewissen Einfluß. Wir arrangieren eine Dinnerparty für euch. Mit Agathas Hilfe sollte es uns gelingen, den kleinen Kreis um Mrs. Stevenson und ihre unmögliche Tochter auszustechen. Weißt du, Agatha kann vernichtend sein, wenn sie es erst einmal auf jemanden abgesehen hat. Ich werde nie vergessen ...«

Byrony hörte gar nicht richtig zu. Penelope Stevensons gehässiger kleiner Auftritt hatte sie wieder einmal daran erinnert, wie absurd ihre Situation war. Sie hatte immer noch nicht den Mut gefunden, ihrer Mutter zu schreiben. Joshua hatte ja versprochen, auch weiterhin den monatlichen Wechsel zu schicken. Aber sie mußte ihr doch wenigstens mitteilen, daß sie nicht mehr im Hause Butler lebte.

Liebe Mutter, ich habe einen neuen Ehemann, aber eigentlich war ich zuvor gar nicht wirklich verheiratet, und ich habe auch kein Kind und ...

»Es kommt schon alles in Ordnung, glaub' mir.«

Verwirrt blickte Byrony auf und versuchte ein schwaches Lächeln. »Ja, natürlich.« Sie seufzte. »Ich hätte San Francisco verlassen sollen. Brent wollte mich gar nicht heiraten. Sicher ist es dir nicht entgangen. Vielleicht sollte ich einfach ...«

»Hör' schon auf, Byrony«, entgegnete Elizabeth kopfschüttelnd. »Was redest du denn da für einen Unsinn? Brent Hammond läßt sich zu nichts zwingen. Es hätte keine Hochzeit gegeben, wenn er dich nicht wirklich gewollt hätte.«

»Er hat eine Geliebte.«

Überrascht schaute Elizabeth sie an. »Del hatte vor unserer Hochzeit auch eine Freundin. Sie hieß Marie«, erklärte sie dann leichthin. »Das muß nichts bedeuten.«

Byrony seufzte schwer. »Es ist so ungerecht. Von Männern erwartet man es geradezu, daß sie Erfolg bei Frauen haben. Aber wehe, eine Frau verliert schon vor der Hochzeitsnacht ihre Jungfräulichkeit. Dann ist sie die elendige, ehrlose ...« Sie brach ab.

Elizabeth nickte. »Du hast recht. Das ist die Ungerechtigkeit einer von Männern regierten Welt. Aber woher weißt du von Brents Geliebter?«

»Ich habe gehört, wie er mit Maggie über sie gesprochen hat. Es war am Abend unserer Hochzeit. Als ich ihn daraufhin erbost zur Rede stellte, sagte er nur, daß es mich nichts anging.«

»Und damit hast du dich zufriedengegeben?« Ärgerlich zog Elizabeth die Augenbrauen hoch und schüttelte verwundert den Kopf. Sie mochte Brent Hammond, obwohl er, was Frauen anbetraf, mitunter recht engstirnig und selbstherrlich war, wie sie in Gesprächen oft genug hatte feststellen können. Offenbar behandelte er Byrony nicht, wie es sich gebührte. Was war nur mit ihm los, daß er sich so als herrischer Ehemann aufspielte? Er war doch sonst ein zuvorkommender und sicher auch einfühlsamer Mann. Und Byrony war ganz bestimmt nicht die Frau, die es klaglos hinnahm, daß sie ihren Mann mit einer anderen teilen mußte. »Natürlich ist es deine Sache«, fügte sie hinzu. »Schließlich bist du mit ihm verheiratet.«

»Er behandelt mich, als ob ich ihm gehörte. Es ist einfach unerträglich.«

Elizabeth beugte sich vor und tätschelte verständnisvoll Byronys Hand. Sie zögerte einen Augenblick. »Liebst du ihn?«

Byrony schwieg.

»Bitte verzeih, diese Frage war taktlos.«

»Nein, es ist nur so, daß ich darüber noch nie nachgedacht habe.« Lügnerin, schalt sie sich selbst. Warum konnte sie nicht einmal ihrer besten Freundin gegenüber ehrlich zugeben, daß sie Brent trotz allem liebte. Aber sie empfand es als demütigend, daß sie ihr Herz an einen Mann hing, der sie lediglich als seinen Besitz betrachtete. »Ich weiß nur, daß ich ihn am liebsten umgebracht hätte, als ... ach, Elizabeth. Ja, es stimmt, ich liebe ihn.«

»Dann kommt auch alles in Ordnung«, meinte Elizabeth zuversichtlich. »Du wirst sehen.« Hatte Del nicht noch am Morgen gesagt, daß er Brent zum erstenmal wirklich verliebt gesehen hatte? Byrony brauchte nur eine gesunde Portion Selbstbewußtsein, um ihn in seine Schranken zu weisen. Sie war ja noch so jung und eingeschüchtert durch die ungeheuren Vorfälle. Wer weiß, dachte sie zuversichtlich, vielleicht findet er in ihr seine Meisterin, wenn es an der Zeit ist.

Es war eine kalte, nebligfeuchte Nacht. Fröstelnd rückte Byrony den Sessel näher an den Kamin heran. Brent war unten im Saloon. Maggie hatte Byrony am frühen Abend besucht und ihre beiden neuen Kleider bewundert, die sie bei Monsieur David hatte anfertigen lassen.

Wo blieb Brent nur? Es war schon weit nach Mitternacht. Sie schlug den dicken Lederband mit Voltaires Abhandlungen zu und schaute nachdenklich in die Flammen.

Drei Tage war sie nun verheiratet. Und jede Nacht mit ihm war wunderschön gewesen. Sie mußte endlich ihrer Mutter schreiben. Seit Tagen schob sie es vor sich her. Ich bin ein Feigling, dachte sie. Doch sie konnte sich einfach nicht dazu durchringen, sich an den Schreibtisch zu setzen.

»Du bist noch nicht im Bett?«

Byrony fuhr hoch. Sie hatte Brent gar nicht kommen hören. »Nein, ich habe auf dich gewartet.« Sie lächelte ihn an. In den enganliegenden schwarzen Hosen und dem Hemd sah er einfach hinreißend aus. Spontan stand sie auf und umarmte ihn. »Ich bin froh, daß du endlich hier bist.«

»Ich auch.« Er drückte sie an sich. Es tat so gut, zu wissen, daß sie auf ihn wartete, wenn er nach Hause kam. Aber es ängstigte ihn auch. Er durfte sich nicht zu fest an sie binden, ihr soviel Macht über ihn geben ... »Leider muß ich noch einmal fort. Es dauert nicht lange. Ich habe mit James Cora Geschäftliches zu besprechen.«

Besucht er Celeste? dachte Byrony sofort. Hatte er Sehnsucht nach seiner Geliebten? War er sie nach so kurzer Zeit schon leid? »Laß mich mitkommen, Brent. Ich bin überhaupt noch nicht müde.«

Brent lachte. »Das geht nicht, Liebes.« Zärtlich strich er ihr eine Haarsträhne aus der Stirn.

Allein diese Geste ließ sie wieder Hoffnung schöpfen. Erwartungsvoll schaute sie ihn an. Aber ihm bedeutete so etwas natürlich nichts. Wahrscheinlich dachte er gerade an Celeste.

»Dein Haar ist so weich.« Spielerisch wickelte er sich eine Strähne um den Finger.

Er drückte sie an sich, barg das Gesicht in ihrem Haar und sog den Duft ein. Irgendwie erinnerte es ihn an etwas.

»Es sind Magnolien.«

Abrupt wich er zurück und musterte sie kalt. Das war Laurels Lieblingsduft gewesen. Plötzlich erinnerte er sich wieder daran, wie sehr ihn dieser Duft betört hatte. »Ich mag ihn nicht«, erklärte er kühl. »Warum benutzt du nicht Jasmin oder Rosen? Ich kaufe dir, was du willst.«

Gekränkt schaute Byrony zu ihm auf.

Aber er bemerkte es gar nicht. »Ich bin bald wieder zurück.« Dann war er auch schon verschwunden.

Byrony wartete noch lange auf ihn. Eifersucht und Unsicherheit quälten sie. Vermutlich lag er jetzt in Celestes Armen und hatte sie längst vergessen! Sie haßte es, untätig herumzusitzen und nichts unternehmen zu können. War es denn ihr Schicksal, immer nur geduldig abzuwarten und alles klaglos hinzunehmen, was er ihr zumutete? Es war schon lange nach zwei Uhr, als sie schließlich zu Bett ging und sich unruhig von einer Seite auf die andere wälzte. Erst im Morgengrauen fiel sie endlich in einen unruhigen Schlaf.

Brent war mit James Cora, der einige nagelneue Pokertische aus Baltimore anzubieten hatte, rasch ins Geschäft gekommen. Doch dann hatte ihn Maggie, die ihn auf der Treppe gehört hatte, aufgehalten. Ungeduldig hatte sie ihn in ihr kleines Büro neben ihrem auch zu dieser späten Stunde noch gut besuchten Etablissement gezogen. »Ich muß mit dir reden.«

Das ließ nichts Gutes ahnen. Seufzend nahm Brent Platz. Ihn drängte es zu Byrony, die sicher schon ungeduldig auf ihn wartete. Oder schlief sie bereits? Nun, dann würde er sie ganz sanft wecken müssen. Er liebte es, sie zu verführen, wenn sie noch ganz schläfrig war.

»Ihr müßt für eine Weile aus der Stadt verschwinden«, begann Maggie ohne Umschweife. »Und erst recht aus deiner Wohnung über dem Saloon. Das Gerede wird nicht verstummen, wenn du mit deiner Frau hier wohnen bleibst.«

»Byrony sagt, daß es ihr hier gefällt.« Brent hatte plötzlich das Gefühl, sich verteidigen zu müssen.

»Stell' dich doch nicht so dumm«, entgegnete Maggie scharf. »Weißt du eigentlich, daß heute morgen zwei meiner Mädchen, Felice und Nora, bei Byrony zu Besuch waren? Byrony hatte sie auf dem Flur getroffen und auf einen Kaffee zu sich in die Wohnung gebeten.« Grimmig nickte sie, als sie seine bestürzte Reaktion sah. »Also hat sie es dir nicht erzählt. Ich möchte gar nicht wissen, worüber die beiden gesprochen haben. Noras Lieblingsthema ist jedenfalls ihr Beruf. Und Felice ... Nun ja, diese Art Umgang wünschst du dir doch wohl kaum für deine Frau, oder?«

»Ja, da hast du recht«, stimmte Brent ihr düster zu.

»Versteh mich nicht falsch, Brent. Ich werde euch beide schrecklich vermissen, das weißt du. Aber ihr solltet wirklich eine längere Reise antreten. Warum macht ihr nicht Flitterwochen in Europa? Und noch etwas. Byrony hat mich gefragt, ob ich morgen nicht mit ihr ausgehen wollte. Kannst du dir das Gerede vorstellen? Die junge Mrs. Hammond in Begleitung einer Hure! Natürlich habe ich es abgelehnt, was sie sehr verletzt hat! Sie versteht wirklich nicht, worum es geht.«

»Jetzt brauche ich einen Whiskey, Maggie.«

»Typisch Mann. Wenn es Probleme gibt, flüchtet ihr euch in den Alkohol, ihr Feiglinge.« Mißbilligend zog Maggie die Augenbrauen hoch, schenkte Brent dann aber doch einen Whiskey ein. »Wie sehen eigentlich deine Pläne aus?« fragte sie, als sie ihm das Glas reichte. »Beabsichtigst du vielleicht, über dem Saloon zu wohnen, bis Byrony schwanger wird?«

Brent verschluckte sich fast. »Ich will keine Kinder!» stieß er heftig hervor.

Maggie verzog den Mund. »Oh, ich verstehe«, sagte sie trocken, »dann ist sie also immer noch Jungfrau? Brent Hammond, der alte Schürzenjäger, rührt seine eigene Frau nicht an. Hast du ihr gezeigt, wie sie es verhindern kann, schwanger zu werden?«

»Nein, ich ...« Keinen Gedanken hatte er daran verschwendet, wenn er sie bis zur völligen Erschöpfung geliebt hatte.

»Männer. Sie sind doch immer wieder dümmer, als man es sich vorstellen kann.«

Maggie stemmte die Hände in die Hüften. »Vergiß nicht, daß du bislang mit Frauen zu tun hattest, die ihr

Geschäft verstehen. Celeste, Felice, Nora, sie alle wissen, wie sie sich vor einer ungewollten Schwangerschaft schützen können. Aber Byrony? Was weiß sie schon von der Liebe? Das arme Ding sitzt Abend für Abend allein in deiner kleinen Wohnung. Was hat sie schon vom Leben? Sie ...«

»Sie hat einen Ehemann«, unterbrach Brent sie kühl.

»Welch ein Glück für sie! Glaubst du, es macht ihr Spaß, jeden Abend allein zu sein, während du dich an den Spieltisch setzt? Gesellschaftlich ist sie doch praktisch geächtet. Und das wird sich nicht ändern, wenn du sie da oben verkümmern läßt.«

Brent trank seinen Whiskey aus, setzte das Glas mit lautem Knall auf den Tisch und stand auf.

»Und ich will dir noch etwas sagen«, fuhr Maggie unbeirrt fort. »Saint ist ebenfalls der Meinung, daß ...«

»Warum muß sich denn jeder in meine Angelegenheiten mischen? Morgen kommt womöglich noch Del mit seinen Ratschlägen!« Brent hob abwehrend die Hand, als Maggie fortfahren wollte. »Also gut, ich denke darüber nach. Früher war das Leben einfacher.«

Brent beobachtete Byrony wehmütig. Unruhig bewegte sie sich im Schlaf. Dann spürte er, wie ihre Hand seinen Bauch hinabfuhr. »Nein.« Er packte ihre Hand.

Byrony blinzelte ihn an. »Ich habe dich vermißt.« Sie kuschelte sich an ihn.

»Ich muß aufstehen.« Er rückte von ihr ab.

»O nein, nicht jetzt schon. Es ist doch noch so früh ...« Eingeschüchtert durch seinen kühlen Tonfall brach sie ab. Gern hätte sie ihm gesagt, daß sie es genoß, an seiner Seite aufzuwachen und mit der Liebe den Tag zu beginnen. Warum war er so abweisend? Sicher war er noch erschöpft von den vielen Stunden, die er bei Celeste verbracht hatte.

Schlagartig war Byrony hellwach. »Ich habe dich gar nicht zurückkommen hören.« Sie setzte sich auf. »War es ... sehr spät?«

»Ziemlich«, antwortete er knapp. Nach dem Gespräch mit Maggie war er in den Saloon hinuntergegangen. Stundenlang hatte er an der Bar gesessen und sich wieder und wieder alles durch den Kopf gehen lassen. War Byrony bereits schwanger? Ein schrecklicher Gedanke. Und es war seine Schuld. Bisher hatte er noch nie darüber nachgedacht. Erst Maggies Spott hatte es ihm klargemacht. Vor der Ehe war alles so einfach gewesen. Celeste und all die anderen hatten sich zu schützen gewußt. Sehnte Byrony sich nach Kindern? Doch dafür war es noch zu früh. Allerdings hatten sie nie darüber gesprochen.

Sie wirkt so verführerisch in ihrem zarten, durchscheinenden Nachthemd, dachte er unvermittelt. Ihr Haar war vom Schlaf zerzaust und ihre Wangen leicht gerötet. Abrupt schlug er die Bettdecke zurück und stand auf. Es war kalt im Zimmer. Ihn fröstelte, als er nach seinem Hausmantel griff.

»Brent?«

Er wandte sich ihr erst zu, als er den Gürtel geschlossen hatte. »Ja?«

»Was hast du nur? Ich verstehe dich nicht.« Fragend schaute sie ihn an.

Nein, natürlich nicht, dachte er. Du bist es ja gewohnt, daß ich dich schon am Morgen leidenschaftlich lieben will. Aber das war jetzt vorbei. Er würde sie nicht mehr anrühren, ehe er nicht wußte, wie man sich gegen eine Schwangerschaft schützte. »Da gibt es nichts zu verstehen«, sagte er leichthin. »Ich habe heute einfach zu viel zu tun.« In ihrer Miene spiegelten sich Schmerz und Enttäuschung wider, und Brent wußte, daß sie sich zurückgewiesen fühlte.

»Byrony«, begann er. »Bitte, Liebling, ich ... Möchtest du heute nachmittag mit mir ausreiten? Vielleicht ans Meer? Wenn sich der Nebel lichtet und die Sonne hervorkommt, könnten wir in Russ Gardens eine Pause einlegen oder die Rennbahn besuchen ...«

»Wahrscheinlich fehlt dir die Zeit«, wandte sie tonlos ein. »Vielleicht kann Maggie mich begleiten ...«

»Nein!« Er räusperte sich. »Nein«, wiederholte er dann ruhiger. »Es wird sich schon einrichten lassen. Ich möchte den Nachmittag gern mit dir verbringen. Einverstanden?«

»Ganz wie du willst.« Byrony senkte den Kopf.

Ärgerlich wandte Brent sich ab. »Habe ich dir nicht schon gesagt, daß du dich nicht so demutsvoll aufführen sollst? Diese Unterwürfigkeit paßt nicht zu dir.« Doch als er wieder aufschaute und ihre Brüste sah, die sich unter dem dünnen Seidenstoff des Nachthemdes verführerisch abzeichneten, mußte er schlucken. Nur noch ein einziges Mal, dachte er. Es war einfach zu verlockend.

Trotzig hob sie das Kinn. »Wann soll ich fertig sein?«

Er dachte nach. Celeste schief immer sehr lange, jedenfalls wenn sie die Nacht mit ihm verbracht hatte. Eigentlich hatte er nicht vorgehabt, sie noch einmal aufzusuchen. Aber mit wem sollte er sonst über dieses delikate Thema reden? Natürlich hätte er Maggie fragen können, aber davor schreckte er zurück. Ihr süffisantes Lächeln konnte er sich gut vorstellen. »Ausgerechnet du, Brent Hammond«, würde sie spöttisch sagen, »der Mann, der mehr Frauen hatte als jeder andere im Westen, hat keine Ahnung, wie man eine Schwangerschaft verhindert.« Und dann würde sie von Verantwortung sprechen, seiner Selbstsucht ... »Wie wäre es direkt nach dem Lunch?« fragte er Byrony.

Sie nickte nur. Es war ihr nicht entgangen, wie es in ihm arbeitete. Woran hatte er gedacht? An die aufregenden Stunden mit seiner Geliebten? Glaubte er, sie mit einem Ausritt am Nachmittag für sein Fortbleiben in den Nächten entschädigen zu können? Schweigend beobachtete Byrony, wie er sich wusch und rasierte.

»Ich lasse dir gleich dein Frühstück heraufbringen.« Er beugte sich zu ihr herab und gab ihr einen flüchtigen Kuß auf die Stirn. »Warum schläfst du nicht noch ein bißchen? Für dich ist es noch viel zu früh.« An der Tür warf er ihr noch einen letzten Blick zu. »Bis später, Byrony.«

Byrony blieb reglos liegen. Sie hörte, wie Brent die Treppe hinunterlief. Hatte er es so eilig, zu Celeste zu kommen? Was sollte sie jetzt nur tun? Untätig herumsitzen und darauf hoffen, daß er ab und zu auch für sie noch etwas Zeit hatte? Sie konnte immer noch die Stadt verlassen, so wie sie es ursprünglich geplant hatte. Aber das war feige. Hatte Brent ihr nicht selbst gesagt, daß er Unterwürfigkeit haßte? Nun gut. Er sollte bald zu spüren bekommen, daß auch sie ihren Stolz hatte.

Entschlossen schlug sie die Bettdecke zurück und stand auf. Hastig kleidete sie sich an. Sicher frühstückte er unten im Saloon, ehe er zu seiner Geliebten ging. Brent Hammond, dachte sie grimmig, du sollst mich jetzt von einer ganz anderen Seite kennenlernen.

Eine Viertelstunde später wartete Byrony bereits in der kleinen Gasse neben dem Vordereingang des ›Wild Star‹ auf Brent. Die Morgenluft war vom Nebel schwer und feucht. Fröstelnd zog sie den Umhang enger um sich. Vielleicht hatte sie ihn schon verpaßt. Oder er verließ den Saloon gar nicht. Plötzlich hörte sie seine Stimme. Hastig drückte sie sich an die Wand.

»Wenn Coras Leute die Tische liefern, quittiere die Rechnung, John.« Brent trat aus dem Saloon. Er zog den Hut tief in die Stirn und überquerte die Straße.

Unauffällig folgte Byrony ihm die Kearny Street hinunter. Auf der Market Street herrschte bereits reges Treiben.

Geschäftsleute und Arbeiter eilten zum Dienst, Händler bauten ihre Verkaufsstände auf und schwer beladene Wagen quälten sich über die nach langen Regenmonaten aufgeweichte Straße.

Brent bog in die Clay Street ein, eilte die Holztreppe eines Eckhauses hinauf und verschwand hinter einer Tür.

Byrony wartete ein paar Minuten, dann folgte sie ihm lautlos die Treppe hinauf. Er hat nicht einmal geklopft, dachte sie. Das Haus muß ihm ja sehr vertraut sein. Wut und Bitterkeit stiegen in ihr auf. Zu ihrer Überraschung war die Haustür nicht verschlossen. Byrony klopfte das Herz bis zum Hals, als sie in den kleinen Flur schlich. Links ging es in den Salon, rechts wohl in ein kleines Speisezimmer.

Plötzlich hörte sie gedämpfte Stimmen im ersten Stock. Es waren Brent und eine Frau! »Das wirst du mir büßen, Brent Hammond«, stieß Byrony leise hervor. Ohne zu zögern eilte sie geräuschlos die Treppe hinauf. Zorn und Empörung hatten rasch ihre Angst besiegt.

»Und deshalb kommst du mitten in der Nacht hierher?« sagte in diesem Moment eine Frauenstimme.

Byrony schlich den Flur entlang. Die Tür zum Schlafzimmer war nur angelehnt. Ein Lichtschein drang zu ihr hinaus.

»Celeste, es ist mir wirklich unangenehm, dich damit zu belästigen, aber es muß sein«, entgegnete Brent. Er klang ungeduldig. »Außerdem ist es bereits nach acht.«

»Bestehst du darauf, daß ich aufstehe, oder ist es dir lieber, wenn ich im Bett bleibe?«

Wie schaffte diese Frau es bloß, ihre Stimme so verführerisch klingen zu lassen? Byrony ballte die Hände zu Fäusten. Machte sie sich nicht lächerlich, wenn sie lauschte? Es war entwürdigend, das wußte sie, aber sie konnte einfach nicht anders.

»Warum legst du dich nicht zu mir ins Bett, Brent? Es

ist schon so lang her, seitdem du das letzte Mal bei mir warst.«

Lang her? Kaum ein paar Stunden! dachte Byrony wütend.

»Celeste, ich brauche deinen Rat.«

Byrony hörte Schritte im Schlafzimmer. Das war unverkennbar Brents energischer Gang. Dann trat wieder Stille ein. Lagen sie sich jetzt schon in den Armen? Wütend stieß sie die Tür weit auf und erstarrte.

Brent lehnte voll bekleidet am Kamin. Nicht einmal den Mantel hatte er abgelegt. Aber es war seine Geliebte, die Byronys Blick auf sich zog. Nur in ein duftiges, beinahe durchsichtiges Negligé gehüllt, das an einer Seite sehr effektvoll über die Schultern hinabgerutscht war, räkelte sie sich auf dem breiten Bett. Die Decke hatte sie zurückgeschlagen, so daß ihre schönen, perfekt geformten langen Beine zur Geltung kamen. Celeste war eine verführerisch schöne Frau. Das vom Schlaf zerzauste schwarz glänzende Haar kontrastierte mit der makellos weißen Haut. Warum konnte sie nicht abstoßend aussehen — mit Lockenwicklern im Haar und einer dicken weißen Cremeschicht im Gesicht?

»Byrony! Was machst du hier?« Fassungslos starrte Brent seine Frau an, die unbeweglich in der Tür stand und nur Augen für Celeste hatte.

»Aber was haben wir denn da? Ist das nicht deine entzückende kleine Frau, Brent?«

»Halt den Mund, Celeste«, fuhr Brent sie an. »Byrony, was hast du hier zu suchen?«

Blaß und mit leerem Blick wandte sich Byrony ihm zu. »Ich bin dir gefolgt«, erklärte sie tonlos. »Ich wollte mich vergewissern, ob du wirklich bei ihr bist.«

»Ich will, daß du nach Hause gehst, Byrony, sofort.« Er kam sich so albern vor. Und in seiner Hilflosigkeit hätte er sie am liebsten geschlagen. »Wir unterhalten uns, wenn ich wieder zurück bin. Es wird nicht lange dauern.«

»Nicht lange dauern, Brent!« Byrony hob spöttisch die Augenbrauen. »Aber ich bitte dich. Meinetwegen brauchst du dich nicht zu beeilen. Es tut mir leid, daß ich dir nicht genug Zeit ließ, damit du es dir ... bequem machen konntest.« Sie wandte sich ab. »Bitte entschuldigt die Störung«, sagte sie über die Schultern zurück.

Mit drei großen Schritten war Brent bei ihr. Er packte Byrony grob am Arm und drehte sie zu sich herum. Wütend schüttelte er sie. »Jetzt reicht es aber«, herrschte er sie an. »Ich war nicht hier, um ...«

»Laß mich los, Brent!«

»Nein.« Wieder schüttelte er sie. »Es ist die Wahrheit, Byrony.« Warum rechtfertigte ich mich überhaupt? schoß es ihm durch den Kopf. Sie vertraute ihm ja ohnehin nicht. Wäre sie ihm sonst gefolgt? »Wir gehen jetzt nach Hause.«

»Aber Brent«, ließ Celeste sich vom Bett her amüsiert vernehmen. »Du wolltest doch etwas Wichtiges mit mir besprechen.«

»Später«, meinte er. »Komm schon, Byrony, dein lächerlicher Auftritt ist beendet.«

Byrony konnte es nicht fassen. »Später? Du elender ... Mit dir werde ich nirgendwo hingehen!«

»Du wirst mir gehorchen.« Wieder schüttelte er sie. »Und du machst mir keine Szene mehr, sonst wirst du mich kennenlernen.« Gewaltsam zerrte er sie aus dem Schlafzimmer die Treppe hinunter und aus dem Haus. Celestes Gelächter dröhnte in seinen Ohren. »Ich kann es einfach nicht glauben«, stieß er wütend hervor, während Byrony vergeblich versuchte, sich von ihm freizumachen. »Benimm dich gefälligst wie eine erwachsene Frau. Sonst lege ich dich übers Knie.«

Doch Byrony war so aufgebracht, daß sie diese Drohung nicht schrecken konnte. »Versuch' es nur, Hammond. Dann erschieße ich dich!«

»Halt den Mund! Und ich dachte, mit einer Lady verheiratet zu sein!«

»Ich bin keine Lady!« schrie sie zornig. »Ich bin deine Frau!«

Brent war nicht entgangen, daß sich die Passanten schon neugierig nach ihnen umdrehten. Er verstärkte den Griff um ihren Arm und zog Byrony unerbittlich weiter. Als sie nach zehn Minuten den ›Wild Star‹ erreicht hatten, wehrte sie sich längst nicht mehr. Blaß und schweigsam ließ sie sich mitziehen. Was habe ich nur getan, fragte sie sich verzweifelt? Ich Närrin! Vor allen Leuten hatte sie Brent unmöglich gemacht. Wie ein Idiot stand er jetzt vor den Augen der Öffentlichkeit da. Klaglos rieb sie sich den schmerzenden Arm, als er sie in die Wohnung schob.

»Wenn ich dich nicht verprügele«, sagte er betont ruhig, als er die Tür hinter sich geschlossen hatte, »dann nur deshalb, weil ich geschworen habe, dir nie weh zu tun. Aber du hättest es verdient, Byrony. Und jetzt sag' mir, warum du mir gefolgt bist.«

Byrony schwieg trotzig. Doch sie konnte seinem Blick nicht lange standhalten und senkte beschämt den Kopf.

»Ich habe dir gesagt, daß Celeste nichts mit uns beiden zu tun hat«, versetzte er scharf. Ihre Schweigsamkeit machte ihn rasend.

»Morgen verlasse ich die Stadt«, erklärte sie endlich, ohne ihn anzuschauen. »Keine Sorge, Brent, ich verlange nichts von dir. Ich habe ja noch Joshuas Halskette, die ich verkaufen kann. Mit diesem Geld beginne ich irgendwo ein neues Leben.«

Wütend preßte er die Lippen zusammen. »Du, meine Liebe, wirst nirgendwo hingehen«, befahl er drohend.

Byrony begegnete seinem durchdringenden Blick. »Du

willst mich doch überhaupt nicht. Jedenfalls nicht wirklich. Du hast mich nur geheiratet, weil ... weil du mich verführt hast. Ja, du hattest Schuldgefühle, weil ich nicht die Hure war, als die du mich immer beschimpft hast, sondern noch Jungfrau. Oder war es Mitleid für die heimatlose Herumgestoßene, die nicht wußte, wohin sie sich wenden sollte?«

»Ich habe dich geheiratet, weil mir etwas an dir liegt, du kleine Närrin!« Brent sah, daß sie ihm nicht glaubte, was er ihr nicht einmal verübeln konnte. Er hatte ihr einfach zuviel zugemutet. Schuldgefühle, Mitleid — natürlich hatte auch das eine Rolle gespielt. Aber das war doch nicht alles! Merkte sie denn nicht, wieviel sie ihm bedeutete?

»Dir liegt auch sehr viel an Celeste«, entgegnete sie bitter.

»Das ist etwas ganz anderes.« Nervös strich er sich mit der Hand durchs Haar. Er war sich bewußt, daß er sich tiefer und tiefer verstrickte. Wie konnte sie es wagen, ihm solche Fragen zu stellen? Schließlich war er der Herr im Hause und ihr keinerlei Rechenschaft schuldig.

»Und wenn Celeste dir gleichgültig geworden ist, nimmst du dir eine andere.«

»Nein! Byrony, ich bin nicht zu ihr gegangen, um ... mit ihr zu schlafen.«

»Ach, dann hast du dir sicher den weiten Weg nur gemacht, um mit ihr heute morgen zu frühstücken? Oder um sie zu einem Ausritt einzuladen, vielleicht schon morgen, wenn du frei bist?«

Er zögerte. »Keineswegs.« Finster musterte er sie. »Ich war bei ihr, um sie zu fragen, wie ich dich vor einer Schwangerschaft schützen kann.«

Fassungslos starrte Byrony ihn an.

»Ja, weil ich nicht will, daß du schwanger wirst!« Jetzt war es heraus. »Byrony, es ist noch viel zu früh. Du bist viel zu jung, und ich ... ich ...«

»Was, Brent?« fragte sie herausfordernd. Enttäuschung und Schmerz spiegelten sich in ihrer Miene wider. Sie wußte genau, warum er kein Kind von ihr wollte. »Wenn ich schwanger würde, wärst du erst recht an mich gebunden, nicht wahr? Dann wäre deine Freiheit ein für allemal beschnitten.«

»Darum geht es nicht«, widersprach er schwach. »Wir brauchen Zeit, um uns richtig kennenzulernen, Zeit, um ...«

»Zeit, um zu sehen, wie schnell du mich leid bist?« unterbrach sie ihn. Die Bitterkeit in ihrer Stimme war nicht zu überhören. »Und wenn es soweit ist, habe ich ja immer noch die Halskette. Dann kann ich aus deinem Leben verschwinden, nicht wahr?«

»Hör' doch endlich auf, dich wie eine kleine Närrin aufzuführen!« rief er aufgebracht.

Spöttisch hob sie die Augenbrauen. »Ich, eine Närrin! Da hast du allerdings recht. Für dich bin ich doch nicht mehr als eine Geliebte, die den Vorzug hat, immer verfügbar zu sein, weil sie deinen Namen trägt. Und ich dachte ...« Abrupt wandte sie sich ab. Sie konnte seinen Anblick einfach nicht länger ertragen. Hastig wischte sie sich die Tränen aus dem Gesicht. Nein, er sollte sie nicht weinen sehen. Als sie ihn hinter sich spürte, flüchtete sie zum Bett.

»Laß mich in Ruhe, Brent Hammond. Ich will nichts mehr mit dir zu tun haben.«

Selten war Brent so wütend gewesen. Die Anspannung ließ ihn am ganzen Körper zittern. Wie konnte Byrony es wagen, ihm zu folgen, ihn zum Gespött der Leute zu machen und derartig zu beschuldigen? Wie weit war es eigentlich schon mit ihm gekommen? Was sollte er sich noch alles gefallen lassen? »Es ist mir egal, was du willst, Byrony. Hast du nicht selbst gesagt, daß du mir gehörst?

Und mit meinem Besitz kann ich machen, was mir gefällt. Du wirst also tun, was ich dir befehle!«

Sein kalter, verächtlicher Ton ließ Byrony aufhorchen. Sie fuhr herum und musterte ihn kühl. »Was hast du vor?« Ihre Stimme hatte fest klingen sollen, doch seine Entschlossenheit machte sie unsicher.

»Zieh dich aus«, befahl er ihr. »Wie du weißt, bereitet es mir besonderes Vergnügen, dich am frühen Morgen zu lieben. Und bislang hatte ich den Eindruck, daß auch du es genießt. Jedenfalls hast du dich mir immer sehr bereitwillig hingegeben.«

»Nein.« Trotzig hob sie den Kopf. »Ich will dich nicht mehr.«

Er zuckte mit den Schultern. »Was macht das schon für einen Unterschied? Nur mein Wille zählt. Ist es nicht so, daß Ehefrauen die Liebe nur selten genießen? Sind sie oft nicht sogar froh, wenn ihre Männer, diese wilden Tiere, ihre schmutzigen Gelüste woanders befriedigen? Aber bislang war ich dir ein treuer Ehemann, Byrony. Und so soll es auch bleiben. Zieh dich aus!«

Mutig hielt Byrony seinem Blick stand. Zorn und Spott sah sie in seinen Augen. Ja, und heißes Verlangen. »Nein!« Wild entschlossen stürzte sie zur Tür. Doch Brent war schneller. Krachend fiel die Tür wieder ins Schloß, als sie sie gerade aufgerissen hatte. Er stand dicht hinter ihr, einen Arm über ihr kraftvoll gegen die Tür gedrückt. Sie spürte seinen Atem auf der Haut und die Wärme seines Körpers.

Wieder stiegen die verhaßten Tränen in ihr auf. Aber er sollte sie nicht verzweifelt und ängstlich sehen. Nein, diesen Triumph gönnte sie ihm nicht. Sie schluckte schwer und atmete tief durch. Langsam drehte sie sich um und suchte seinen Blick. Ein kaltes Lächeln lag auf ihren Lippen. »Nun gut. Möchtest du, daß ich mich nackt aufs Bett lege? Oder soll ich wie Celeste ein Negligé tragen und mich aufreizend vor dir räkeln«, fragte sie ihn verächtlich.

Brent war überrascht. Das konnte sie deutlich an seiner Miene ablesen. Mit dieser Reaktion hatte er nicht gerechnet. Hatte er etwa geglaubt, sie würde ihn weinend anflehen und demütig Gehorsam loben? Niemals!

Brent fühlte sich plötzlich ziemlich elend. Was war er doch für ein mieser Kerl! Aber jetzt durfte er nicht nachgeben, nur keine Schwäche zeigen. »Zieh dich nur aus«, sagte er schließlich kühl. »Alles andere überläßt du mir.«

Verächtlich zuckte sie mit den Schultern. »Wie du willst, Brent. Glaubst du, ich werde heute schwanger?«

Unwillkürlich kniff er die Augen zusammen. Doch das war auch das einzige Zeichen, daß sie ihn wiederum getroffen hatte. Er lachte. Ja, tatsächlich, dieser Wüstling hatte die Stirn, sie auszulachen! »Meine Liebe«, meinte er leichthin und strich ihr mit einer hastigen Geste übers Haar, »du mußt noch viel lernen.« Er beugte sich über sie und küßte sie sanft. »Und nun beeil' dich. Dein Mann ist ein ungeduldiger Liebhaber.«

Brent fühlte so etwas wie Genugtuung, als er ihren verwirrten und ängstlichen Gesichtsausdruck sah. Endlich hatte auch sie einsehen müssen, wer hier den Ton angab. Doch er konnte seinen Triumph nicht recht genießen. Er bemühte sich um ein spöttisches Lächeln. »Du bist nicht schlecht, Byrony, und vielleicht kannst du es später einmal mit mir aufnehmen. Aber bis dahin wird noch viel Zeit vergehen.«

»Ich hasse dich«, flüsterte sie.

»Nein, du bist nur eine schlechte Verliererin«, meinte er, während er die Knöpfe ihres Kleides öffnete.

Bitte, dachte Byrony flehentlich, bitte tu es nicht. Aber sie blieb stumm. Noch nie hatte sie sich so erniedrigt gefühlt. Brent hatte offenbar genug Erfahrung im Entkleiden von Frauen. Bei diesem Gedanken schwand plötzlich alle Unterwürfigkeit. »Nein!« Mit aller Kraft riß sie sich von ihm los. Heftig hob und senkte sich ihr Busen. »Nein, das lasse ich nicht zu!«

Es schien, als zögerte er einen Moment. Doch dann schloß er wortlos die Tür ab. »Ich werde dir zeigen, wer hier der Herr im Haus ist, meine Liebe«, erwiderte er kalt. »Keine Angst, Byrony, ich werde dir keine Gewalt antun. Obwohl ich natürlich weiß, daß es dich in deiner Meinung bestätigen würde, ich sei ebenso brutal und gemein wie dein Vater!«

»Du bist nicht besser als er«, stieß sie bitter hervor. »Ihr Männer seid alle gleich. Nein, Brent, bleib mir vom Leib!«

Langsam kam Brent auf sie zu, packte sie unsanft und streifte Byrony das Kleid von den Schultern. Er mußte es tun, mußte sich beweisen, daß er ihr nicht hilflos ausgeliefert war. Unerbittlich erstickte er ihre verzweifelten Versuche der Gegenwehr im Keim. Als sie schließlich nur noch in Unterwäsche vor ihm stand und nicht mehr um sich schlug, registrierte er mit einem grimmigen Lächeln ihre Kapitulation.

»Ich werde laut schreien.« Sie zitterte am ganzen Körper.

»Dann muß ich dich knebeln.« Ihr entsetzter Blick erfüllte ihn mit Genugtuung. Brent zog sie zum Bett und drückte sie unnachgiebig in die Kissen. Nachdem er ihr auch die Unterwäsche ausgezogen hatte, trat er vom Bett zurück, um sich hastig zu entkleiden. »Wag' es nicht aufzustehen«, warnte er sie, während er sie nicht aus den Augen ließ.

Byrony schlüpfte unter die Decke, die sie schützend bis ans Kinn zog. Es war eine hilflose Geste, um sich seinem unverhohlen verlangenden Blick zu entziehen. Teilnahmslos starrte sie an die Decke. Sie hörte, wie er sich entkleidete. Er würde sich nehmen, was er haben wollte.

Daran zweifelte sie nicht. Aber sie würde nicht auf ihn reagieren, sondern steif und stumm daliegen und ihn mit ihrer Verachtung strafen.

Unbeeindruckt legte Brent sich neben sie und musterte ihr Profil. Jetzt versucht sie es also auf diese Weise, dachte er. Er verzog den Mund zu einem spöttischen Lächeln. Ahnte sie überhaupt, wie sehr sie ihn damit herausforderte? Kleine Närrin! Hatte sie etwa schon vergessen, daß er es verstand, einer Frau Vergnügen zu bereiten? Ihr Körper würde sich ihrem Diktat nicht unterwerfen. Er schlug die Decke zurück. Mit beiden Händen umfaßte er ihren Busen und fuhr mit dem Daumen aufreizend um ihre Brustspitzen, ohne sie jedoch zu berühren. Als Byrony abzurücken versuchte, drückte er sie unnachgiebig in die Kissen.

»Ich bin dein Mann«, sagte er kühl. »Niemand hat dich gezwungen, mich zu heiraten. Ich habe dich gelehrt, was es heißt, eine Frau zu sein. Fühlst du mich, Byrony?« Provozierend führte er ihre Hand, damit sie seine Erregung spüren konnte.

»Nein.« Sie wandte ihr Gesicht ab. »Ich will nicht.«

»Du benimmst dich wie ein dummes kleines Mädchen.« Zärtlich knabberte er an ihrem Ohrläppchen. »Byrony, ich möchte die leidenschaftliche Frau, die ich kenne.«

Verzweifelt bemühte sie sich, nichts zu empfinden. Sie dachte an seine Gemeinheiten, an Celeste. Aber jede zärtliche Berührung, jede Liebkosung ließ alles andere zunehmend verblassen. Warm und feucht schloß sich sein Mund über ihrem Busen.

»Nein«, wiederholte sie, während heiße Schauer der Erregung durch ihren Körper fuhren.

Brent begann, ihren Körper zu streicheln und zu liebkosen. Als seine Lippen sich dem Zentrum ihrer Lust näherten, wagte Byrony noch einen letzten verzweifelten Versuch, ehe sie völlig die Fassung verlor.

»Ich hasse dich«, stieß sie hervor, während ihr Körper sich ihm bereitwillig entgegendrängte.

»Ja, Liebste.» Er hauchte zarte Küsse auf die Innenseite ihrer Schenkel. Daß er sie nicht dort berührte, wo sie es ersehnte, ließ sie verzweifelt aufstöhnen. Heißes Begehren löschte alle Gedanken an Rache aus.

Er hatte sie bestrafen wollen und gedacht, er könne sie bis zum Äußersten treiben, nur um sie dann sich selbst zu überlassen. Doch ihre Leidenschaft steigerte seine Begierde ins Unermeßliche. Voller Sehnsucht beugte er sich über sie und begann, sie auf erregende Weise zu liebkosen, bis Byrony einen ekstatischen Höhepunkt erlebte.

Erst danach kam er zu ihr. Doch bevor er den Gipfel der Lust erreichte, zog er sich rasch zurück und blieb dann erschöpft neben ihr liegen.

Byrony spürte seinen heftigen Herzschlag und seinen heißen Atem in ihrem Nacken. »Du hast dich zurückgezogen.«

Kraftlos rollte er sich auf die Seite. Er fühlte sich ausgebrannt und leer. Am liebsten hätte er sie in seine Arme genommen und sie getröstet. Wozu hatte er sich in seiner Wut hinreißen lassen? Als er tief durchatmete, roch er die Magnolien in ihrem Haar. Laurels Duft! Abrupt stand er auf.

»Laß es dir eine Lehre sein, Byrony. Du solltest dich mir nie wieder verweigern. Gegen mich kannst du nur verlieren.« Brent wußte selbst, daß es eine Lüge war! Schließlich war sie es, die ihn besiegt hatte. Noch nie war die Lust so stark gewesen, sich in ihr zu verlieren. Unwillkürlich versteifte er sich. »Es war keine Vergewaltigung, oder?«

Ihr ausdrucksloser Blick ging ihm durch und durch. »Nein, das war es nicht«, gab sie zu.

Byrony zog die Bettdecke hoch und wandte sich ab. Sie fühlte nichts, sondern sehnte sich nur danach, endlich allein zu sein. Schutzsuchend zog sie die Knie hoch und bettete den Kopf auf den Arm.

Brent ballte die Hände zu Fäusten. Ich muß fort von hier, schoß es ihm durch den Kopf. Hastig zog er sich an. Ohne sie noch eines Blickes zu würdigen, verließ er die Wohnung. Laut fiel die Tür hinter ihm ins Schloß.

14. KAPITEL

»Byrony! Warum liegst du im Bett? Was geht hier vor sich?«

Es ist Abend, dachte Byrony benommen. Die Gaslaterne vor dem Fenster spendete ein fahles Licht. Sie blinzelte, als der helle Schein von Maggies Lampe sie traf.

»Bist du krank? Soll ich Saint holen lassen?«

»Nein, ich bin nur müde.« Diesmal würde ihr auch Saint nicht helfen können. Byrony richtete sich mühsam auf. Es war kalt im Zimmer. Fröstelnd zog sie sich die Decke bis ans Kinn.

Maggie stellte die Petroleumlampe auf dem Nachttisch ab und musterte sie eindringlich. »Bist du schwanger?«

Byrony lachte hysterisch auf. »Ich und schwanger? Aber Maggie, dazu bin ich doch viel zu jung.«

»Wo ist Brent?«

»Brent? Ich weiß es nicht.«

»Hier, zieh deinen Hausmantel an. Sonst erkältest du dich noch. Ich sage John, daß er dir etwas zum Essen heraufbringen soll.«

Als Maggie ein paar Minuten später zurückkehrte, lag Byrony immer noch im Bett. Was hatte dieser Mann nur wieder angestellt? »Selbst wenn du schwanger sein solltest, ist es noch viel zu früh, um irgend etwas zu merken. Also, was ist passiert?«

»Das habe ich dir doch gesagt. Ich bin nur müde.«

»Hast du dich mit Brent gestritten?«

Byrony lachte bitter. »Gestritten? Er hat mir nur ein für allemal bewiesen, wer hier der Herr im Haus ist. Daran kann es jetzt keinen Zweifel mehr geben.«

Es klopfte an der Tür. »Dein Abendessen.« Maggie nahm das Tablett entgegen und trug es zum Bett hinüber.

Mit einer Geste, die keinen Widerspruch duldete, stellte sie es auf Byronys Schoß ab. Dann legte sie ihr sorgsam den Hausmantel um die Schultern.

»Ich habe keinen Hunger.«

»Du mußt aber etwas essen.« Maggie zog sich einen Stuhl heran. Ungeduldig beobachtete sie, wie Byrony lustlos auf den Teller mit dem saftigen Roastbeef, den dampfenden Kartoffeln und den frischen Erdbeeren starrte.

Widerwillig nahm Byrony schießlich das Besteck auf und kostete einen Bissen von dem Fleisch. »Wo ist Brent?« fragte sie.

»Ich weiß es nicht. Den ganzen Tag habe ich ihn noch nicht gesehen.«

»Dann solltest du ihn in der Clay Street suchen. Ihr Name ist Celeste.«

Irritiert zog Maggie die Augenbrauen hoch. Deswegen hatten sie sich also gestritten. »Dein Ehemann, Byrony, war seit eurer Hochzeit nicht mehr bei Celeste«, sagte sie mit Nachdruck.

Byrony ließ das Besteck fallen. »Das stimmt nicht. Heute morgen habe ich ihn dort erwischt«, sagte sie leise. »Ich bin ihm heimlich gefolgt.«

»O nein«, entfuhr es Maggie. Sie konnte sich gut vorstellen, welches Szenario Byrony vorgefunden hatte.

Doch Byrony schüttelte den Kopf. »Ich kam zu früh, Maggie.« Sie schluckte, als sie an die häßliche Szene dachte. »Er hat mich gezwungen, mit ihm nach Hause zu gehen.«

»Und?«

Byony senkte beschämt den Blick und schwieg. Es schnürte ihr die Kehle zu, wenn sie nur daran dachte. Noch nie hatte sie sich so erniedrigt gefühlt.

Maggie seufzte. Eigentlich ging es sie ja gar nichts an.

Plötzlich sah sie Byronys Kleider verstreut auf dem Boden liegen. Hatte Brent sie etwa ins Bett gezwungen, ihr womöglich Gewalt angetan? Der Atem stockte ihr.

»Es ist meine eigene Schuld.« Byrony war den Tränen nahe. Krampfhaft hielt sie das Tablett mit beiden Händen umklammert. »Ich bin nicht stark genug, um gegen ihn zu bestehen.«

»Unsinn«, widersprach Maggie heftig. Sie haßte Byronys Unterwürfigkeit und den weinerlichen Tonfall, den ihre Stimme angenommen hatte. Das paßte einfach nicht zu ihr.

»Es tut mir leid, Maggie. Ich langweile dich und belaste dich nur mit meinen Problemen. Dabei waren mir immer die Leute zuwider, die ihr Leben nicht selbst in die Hand nehmen. Und jetzt ...« Byrony lehnte sich gegen das Betthaupt und schloß erschöpft die Augen. »Vielen Dank für das Essen, Maggie. Du bist immer sehr gut zu mir.«

»Du mußt jetzt kämpfen und darfst dich nicht von Brent unterkriegen lassen, Byrony.« Maggie beugte sich vor. »Du bist nicht schwach und hilflos. Zeig' mehr Selbstvertrauen.«

Byrony schwieg mutlos.

»Es ist für euch beide eine schwere Zeit. Ihr müßt euch erst aneinander gewöhnen. Ich will Brent nicht verteidigen, Byrony. Aber er ist kein schlechter Kerl. Er ist stur und zeigt sich häufig selbstgerecht und egoistisch. Doch er ist auch bereit zu geben. Du mußt Geduld mit ihm haben und versuchen, ihn zu verstehen. Schließlich hat er viele Jahre allein gelebt. Er mußte sich durchbeißen und hart kämpfen, um es soweit zu bringen. Brent hat Angst, seine wahren Empfindungen zu zeigen, aber das heißt nicht, daß er kalt und gefühllos ist. Glaub' mir, er ist es wert, daß man um ihn kämpft.«

Byrony brach in Tränen aus. »Wenn ich ihm doch nur nie begegnet wäre!« meinte sie schluchzend. »Ich bin mit einem Mann verheiratet, der mich nicht liebt und Angst hat, ich könnte ihn mit einem Kind endgültig an mich binden.« Sie versuchte, sich wieder zu fangen. Dankbar nahm sie das Taschentuch, das Maggie ihr reichte.

»Erwarte ich denn wirklich zuviel vom Leben, Maggie? Ich will einen Mann, dem etwas an mir liegt. Warum soll ich mich mit weniger zufrieden geben und mich in mein Schicksal fügen?« Als sie Maggies betroffenen Gesichtsausdruck sah, lachte sie hysterisch auf. »Es ist einfach lächerlich! Sieh mich an! Ich bin eine dumme, schwache Frau, die sich die Augen aus dem Kopf weint, weil sie zu unreif ist, mit dem Leben fertig zu werden. Ach Maggie, ich möchte gern so wie du sein.«

Unwillkürlich stieg Bitterkeit in Maggie auf. Was wußte Byrony denn schon von den schweren Opfern, mit denen sie sich ihre Unabhängigkeit erkauft hatte! Doch sie lächelte nur schwach. »Weißt du, was ich an deiner Stelle tun würde? Den Kampf mit ihm aufnehmen und mich nicht unterkriegen lassen.«

»Du würdest nicht einfach deine Sachen nehmen und gehen?«

»Nur, wenn ich den Mann wirklich haßte. Dann würde ich mich nicht einmal umdrehen. Aber wenn mir an ihm wirklich etwas läge, würde ich um ihn kämpfen.«

Schweigend sah Byrony sie an. Dann nickte sie nur. Ja, Maggie würde es mit jedem aufnehmen können. Auch mit Brent. Sie hatte recht. Jammern und Weinen änderten nichts. Sie mußte etwas unternehmen und sich wehren.

Maggie atmete erleichtert auf, als sie das verräterische Funkeln in Byronys Augen sah. Diese Frau hatte die Kraft, das Temperament und die Entschlossenheit, um Brent Hammond zu zähmen. Warum war dieser Mann nur ein so großer Dummkopf? Byrony war die einzige Frau, die wirklich zu ihm paßte. »Ich muß an die Arbeit.« Sie stand auf. »Soll ich Nora mit Badewasser heraufschicken?«

»Ja, bitte.« Byrony schlug die Decke zurück und sprang auf. Überschwenglich umarmte sie Maggie. »Vielen Dank.«
»Ich setze auf dich, Byrony. Du wirst es schon schaffen. Da gehe ich jede Wette ein.«

Maggie brauchte nicht lange zu überlegen, wo Brent zu finden war. Während sie noch Cesar, ihrem schwarzen Barkeeper, Anweisungen gab, wo er ihn suchen sollte, lieferten James Cora und Greg Norman den bis zur Besinnungslosigkeit Betrunkenen bei ihr ab. Den ganzen Tag hatte Brent bei Cora gezecht. Als er den Saloon schließlich verlassen wollte, war er gestürzt und hatte sich eine Platzwunde am Kopf zugezogen.
»In diesem Zustand wollten wir ihn nicht seiner jungen Frau präsentieren«, verkündete James Cora mit der bemühten Würde eines Betrunkenen. »Sch ... Schließlich soll die arme Byrony keinen Schreck bekommen.«
Und ich, dachte Maggie. Bin ich etwa seine Mutter? Resigniert schüttelte sie den Kopf. »Bringt ihn schon herein.«
Mit vereinten Kräften trugen die Männer Brent in ihr kleines Büro und betteten ihn auf das Sofa. Dann verabschiedeten sie sich rasch. Die Frau grämt sich, und der Mann betrinkt sich, dachte Maggie kopfschüttelnd. Wenigstens war er nicht bei Celeste gewesen. Das war schon ein gutes Zeichen. »Soll ich dir einen Kaffee machen? Du siehst furchtbar aus, Brent.«
Er versuchte, sich aufzusetzen, und zog eine Grimasse, als es nicht gelang. »Gibst du mir einen Whiskey? Ich habe Durst.«
»Du hast genug getrunken, Brent Hammond«, wies Maggie ihn streng zurecht. »Eigentlich ist es verkehrt, daß ich dich hier aufnehme. Byrony sollte ruhig wissen, was für einen trunksüchtigen Mann sie geheiratet hat.«
Doch Brent hörte sie schon nicht mehr. Der Schlaf hatte ihn bereits übermannt.

Kopfschüttelnd wandte Maggie sich ab und holte eine Schüssel mit heißem Wasser. Vorsichtig säuberte sie die Platzwunde an der Stirn. Es war wohl besser, nach Saint zu schicken, damit er ihn gründlich untersuchte.

»Byrony«, murmelte Brent im Schlaf und versuchte, Maggies Hand wegzuschieben. »Was machst du denn da? Komm schon her, ich will dich küssen.«

»Wenigstens weiß er noch, daß er eine Frau hat.« Sie seufzte. Hoffentlich wurde ihm früh genug klar, daß er in Byrony mehr hatte, als andere Männer je bekamen.

Als Brent am nächsten Morgen erwachte, fühlte er sich so elend wie noch nie in seinem Leben. Allein die Augen aufzuschlagen kostete ihn ungeheure Mühe.

»Hier, trink etwas Kakao. Saint hat gesagt, daß dir der Zucker darin guttun wird.« Byrony lächelte ihn liebevoll an. Es war für sie ein Riesenschreck gewesen, als Maggie und Saint Brent spät in der Nacht zu ihr gebracht hatten. Daß Brent, wie Saint sich ausdrückte, lediglich besoffen war, hatte sie ungeheuer erleichtert — und natürlich die Tatsache, daß er nicht bei Celeste gewesen war.

Brent nahm einen Schluck Kakao und ließ sich dann erschöpft in die Kissen zurücksinken. Rasender Kopfschmerz und ein schaler Geschmack im Mund erinnerten ihn an die zahllosen Whiskeygläser, die er geleert hatte.

»Saint meint, daß ein kräftiges Frühstück dich wieder auf die Beine bringt. Viel Rührei mit Speck ...«

Entsetzt stöhnte Brent auf. »Bitte, Byrony, laß mich einfach in Frieden sterben.«

Sie legte ihm einen neuen feuchten Lappen auf die Stirn und schob ihm das Haar zurück. »Dann ruh' dich aus. Ich bin hier, wenn du mich brauchst.«

Einen Augenblick später hörte sie an seinen regelmäßigen Atemzügen, daß er schlief. Zärtlich betrachtete sie ihn. Wie sehr sie ihn doch liebte! In Zukunft würde sie

Maggies Rat beherzigen. Brent Hammond würde sich damit abfinden müssen, daß sie eine ebenbürtige Partnerin für ihn war.

Am Nachmittag ging es Brent bereits wieder besser. Und auch die Kopfschmerzen waren verschwunden. Vorsichtig befühlte er seine Stirn.

»Saint sagt, daß alles in Ordnung sei.« Byrony lächelte. Sie nahm das Tablett von seinem Schoß und stellte es auf den Flur.

Brent beobachtete sie unsicher. Benahm sich so eine Frau, der man den nicht einmal eine Woche zuvor Angetrauten betrunken nach Hause gebracht hatte? Nur vage konnte er sich daran erinnern, daß er erst bei Maggie gewesen war. Warum war Byrony so betont freundlich? Schlagartig fiel ihm der Grund für seinen Barbesuch wieder ein. Entsetzt stöhnte er auf. Gerade das hatte er vergessen wollen.

Doch Byrony ließ sich nichts anmerken, sondern zeigte lediglich auf das Badefaß vor dem Kamin. »Möchtest du ein Bad nehmen? Ich habe John soeben gebeten, heißes Wasser heraufzubringen.«

Brent nickte und schlug die Bettdecke zurück. »Fühlst du dich wirklich besser?« fragte sie besorgt.

In diesem Moment klopfte es an der Tür.

John trug zwei Bottiche mit heißem Wasser herein, die er in das Badefaß entleerte. Dann reichte er Brent, der sich mit einem wohligen Seufzer in das Faß setzte, einen Brief. »Sieht wichtig aus, Boß.« Er deutete auf das Siegel.

Brent drehte den zerknitterten Umschlag in seiner Hand. »Nein!« stieß er leise hervor.

Alarmiert horchte Byrony auf. »Was ist denn, Brent? Schlechte Nachrichten?«

»Ein Brief aus Natchez — vom Rechtsanwalt meines Vaters.« Plötzlich zitterte seine Hand. Hastig erbrach er das

Siegel, öffnete den Umschlag und überflog die beiden Seiten. Dann lehnte er sich zurück und schloß die Augen.

»Was ist geschehen, Brent?« Byrony blickte ängstlich zu John hinüber, der das Zimmer verließ und leise die Tür hinter sich schloß.

»Mein Vater ist tot.« Brent lachte heiser auf. »Und er hat mich zu seinem Erben bestimmt.«

Irritiert zog Byrony die Augenbrauen hoch. »Warum wundert dich das? Bist du nicht sein ältester Sohn und damit sein rechtmäßiger Erbe?«

Brent zog verächtlich die Luft durch die Nase. »Sicher, aber er hat mich von zu Hause fortgejagt und für immer aus seinem Leben verbannt. Damals war ich achtzehn Jahre alt.« Es klang bitter.

»Soll ich dir einen Whiskey bringen?«

»Ja.«

Byrony füllte ein Glas und brachte es ihm. »Warum hat er das getan?«

»Weil er mich mit seiner schönen jungen Frau im Bett erwischt hat.« Er prostete sich mit einer verächtlichen Geste zu und leerte das Glas auf einen Zug.

Obwohl er ja schon einmal davon gesprochen hatte, trafen Byrony seine Worte. Sie schwieg.

»Laurel hat immer bekommen, was sie wollte. Und sie wollte mich. Mein Vater hat uns beide in seinem eigenen Bett überrascht. Noch am gleichen Tag mußte ich ›Wakehurst‹ verlassen.« Unbewußt rieb er sich die Narbe an der Wange.

Dann hat ihm also sein eigener Vater diese Verletzung zugefügt, dachte Byrony. »Aber du warst doch erst achtzehn! Und deine Stiefmutter? Hat er sie auch verstoßen?«

Brent lachte heiser auf. »O nein, meine Liebe. Damals war ich noch ein galanter Kavalier. Als echter Gentleman habe ich natürlich alle Schuld auf mich genommen. Und Laurel war Lady genug, um dieses Opfer anzunehmen«, fügte er ironisch hinzu. Er seufzte. »Heute denke ich, daß es ein Fehler war. Ich hätte meinem Vater viel ersparen können. Offensichtlich ist dem alten Herrn aber auch so klargeworden, daß seine Frau nicht der zauberhafte Unschuldsengel ist, den er im Überschwang der Gefühle heiratete. Sonst hätte er mir wohl kaum die Plantage vermacht und mich darüber hinaus noch zum Verwalter über Laurels Erbe bestellt. Ich hätte zu gern ihre Miene gesehen, als sie davon erfuhr. Ich kann mir lebhaft vorstellen, wie sie darüber denkt.«

»Hast du keine Geschwister?« Plötzlich wurde Byrony klar, wie wenig sie eigentlich über Brent wußte. Daß er seine Kindheit auf einer Plantage im tiefen Süden mit aristokratischem Lebensstil verbracht hatte, paßte so gar nicht zum draufgängerischen Brent Hammond, der aus eigener Kraft sein Glück gemacht hatte.

»Doch, einen jüngeren Bruder. Vater hat Drew eine größere Summe hinterlassen sowie die gesamte Erbschaft meiner Mutter. Drew ist der einzige, mit dem ich all die Jahre brieflichen Kontakt hatte. Er ist Maler und hat lange Zeit in Paris studiert. Seit zwei Jahren ist er wieder auf ›Wakehurst‹. Wie er mir schrieb, hat er sich das Gartenhaus als Atelier eingerichtet.« Brent schwieg einen Moment. »Byrony, ich muß nach Hause. Die Rechtsanwälte können ohne meine Einwilligung nichts unternehmen.«

»Gut.« Sie zögerte keinen Moment. »Ich begleite dich.«

Abrupt setzte er sich auf, so daß das Wasser auf den Fußboden schwappte. »Wirklich?«

»Natürlich. Ich bin deine Ehefrau.« Fest hielt sie seinem Blick stand.

»Es scheint, als bliebe mir keine andere Wahl.« Er lächelte. »Ich bin übrigens fest entschlossen, die Plantage zu verkaufen.«

»Aber Brent, sie ist doch sicher seit Generationen im Familienbesitz!«

Nachdenklich fuhr er sich mit der Hand durch das zerzauste Haar. »›Wakehurst‹ hat immer das Leben der Hammonds bestimmt«, begann er schließlich. »Schon 1784 hat mein Großvater das Land in Besitz genommen und das Haupthaus erbaut. Es ist eine schöne Plantage südlich von Natchez, Byrony, ganz in der Nähe des Mississippi und dicht an der Grenze zu Louisiana.« Genüßlich streckte er sich im warmen Wasser. »Als ich damals fortging, gab es fünfhundert Sklaven auf ›Wakehurst‹.«

Überrascht starrte Byrony ihn an. »Fünfhundert? Das ist ja eine kleine Armee!«

Er nickte. »Die meisten von ihnen sind Feldarbeiter, arme Teufel, die von Sonnenaufgang bis zum Einbruch der Dunkelheit bei mörderischer Hitze die Baumwolle pflücken. Am besten ergeht es noch den Handwerkern und Haussklaven, über die Mammy Bath mit strenger Hand das Regiment führt.« Unwillkürlich mußte er lachen, als er an die alte, unglaublich dicke Mammy Bath dachte, die für ihn immer wie eine zweite Mutter gewesen war. Sie war auch die einzige, von der er sich damals hatte verabschieden können.

»Ich finde es furchtbar, Menschen als Sklaven zu halten.« Angewidert schüttelte Byrony den Kopf.

Er nickte. »Früher habe ich darüber nie nachgedacht. Ich kannte es eben nicht anders. Und auf ›Wakehurst‹ erging es ihnen immer noch besser als auf den meisten anderen Plantagen der Umgebung. Sie bekamen zwei warme Mahlzeiten am Tag, und mein Vater hatte die Höchststrafe für Ungehorsam auf zwölf Peitschenhiebe heruntergesetzt. Manchmal hat er für die Kranken sogar den Arzt rufen lassen.« Brent seufzte. »Wenn ich dort geblieben wäre, würde ich wahrscheinlich heute noch nicht anders darüber denken. Die Weißen betrachten ihre Stellung als ein gottgewolltes Vorrecht und die Sklaverei als eine wirtschaftliche Notwendigkeit.« Er lachte. »Jetzt bin ich der Herr über fünfhundert Sklaven, und du bist die Herrin.«

»Gib ihnen die Freiheit«, sagte Byrony ohne zu zögern. »Die Sklaverei ist etwas Entsetzliches.«

»Und dann? Byrony, diese Menschen sind dank der langjährigen Herrschaft der Weißen vollkommen ungebildet und hilflos. Sie haben nie in ihrem Leben eigene Entscheidungen getroffen. Wohin sollten sie sich wenden? Du hast sicher recht, daß es eine schreiende Ungerechtigkeit ist. Aber so einfach ist das alles nicht. Und was Laurel betrifft ...«

»Wenigstens hat sie einen guten Geschmack, was Männer anbelangt«, meinte Byrony trocken. »Aber sie hätte dich nicht verführen dürfen. Du warst doch erst achtzehn!« Und vermutlich war sie es, die Brent für immer ein beinahe krankhaftes Mißtrauen gegen alle Frauen eingepflanzt hatte, dachte sie im stillen. Byrony war schon sehr gespannt darauf, sie kennenzulernen. Was war das für eine Frau, die ihren eigenen Stiefsohn verführte?

»Es war nicht nur ihre Schuld«, winkte er ab. »Damals war ich in der ganzen Umgebung als Draufgänger bekannt. Natürlich hatte ich auch schwarze Mädchen. Wohl jeder Herr gönnt sich dieses Vergnügen. Unter den jungen Ladies der Gesellschaft war ich als Enfant terrible verschrien. Ihre Mütter fürchteten sich vor mir. Und mein Vater war sogar stolz auf die Eskapaden seines Ältesten. Jedenfalls bis zu jenem Tag. So, nun kennst du die düsteren Geheimnisse meiner Vergangenheit.«

Byrony lächelte. »Nicht ganz. Aber während der langen Reise kannst du mir ja alle Einzelheiten über deine Ausschweifungen während der letzten zehn Jahre erzählen.«

Ernst musterte er sie. »Willst du mich wirklich begleiten? Es ist eine beschwerliche Reise. Und ich bin mir nicht sicher, ob man uns in Natchez willkommen heißen wird.«

»Hattest du mir nicht ausgedehnte Flitterwochen versprochen?«

Er lächelte. »Also gut. Wer weiß, wozu diese Reise gut ist. Ich hätte nicht gedacht, ›Wakehurst‹ noch einmal in meinem Leben zu sehen ...«

»Das mit deinem Vater tut mir leid.« Mitfühlend nahm Byrony seine Hand.

Brent schwieg lange. »Ich habe ihn trotz allem immer sehr vermißt«, sagte er schließlich leise. »Warum hat er mich nicht rufen lassen, als es mit ihm zu Ende ging?«

»Wahrscheinlich war es sein großer Stolz, den er einfach nicht überwinden konnte. Das Testament sollte dir jetzt zeigen, wie er wirklich für dich empfand.« Byrony suchte seinen Blick. »Vielleicht sollte es uns eine Lehre sein, unsere wahren Gefühle nicht aus Stolz zu verbergen.«

Die Saxtons hatten zu einem Abschiedsdinner im kleinen Kreis geladen. Obwohl Elizabeth mittlerweile hochschwanger war, enttäuschte es sie, ihre von Agatha Newton nach Kräften unterstützte Kampagne zu Byronys gesellschaftlicher Ehrenrettung um einige Monate verschieben zu müssen. Nur ungern überließen die beiden den Stevensons und ihrem Kreis kampflos das Feld.

»Du siehst blendend aus, Byrony!» Elizabeth gab ihr zur Begrüßung einen Kuß auf die Wange und musterte sie anerkennend. »Dieses Kleid bringt deine Figur hervorragend zur Geltung. Sieh nur, wie Dels Augen leuchten. Er ist froh, endlich mal eine Frau zu sehen, die nicht kugelrund ist.«

»Früher wußte ich gar nicht, wie aufregend schwangere Frauen sind.« Del ignorierte Elizabeths strafenden Blick und zwinkerte Brent verschwörerisch zu. »Das wird auch für dich eine ganz neue interessante Erfahrung, Brent, glaub' mir.«

Brent lächelte höflich. Doch es entging Byrony nicht, daß sich sein Gesichtsausdruck kaum merklich verhärtete. Ihre Blicke trafen sich. Hastig wandte er sich ab.

»Dan Brewer ist mein Tischpartner?« beschwerte Saint Morris sich. »Das wird ein langweiliger Abend.«

Del ging ins Schlafzimmer voran. »Tut mir leid, alter Junge. Etwas Attraktiveres konnte ich nicht für dich auftreiben. Nachdem Byrony Brent unter das Ehejoch gezwungen hat, herrscht wieder der übliche Mangel an schönen unverheirateten Frauen. Doch Dan hat versprochen, nicht über Zinsen und Tilgungsraten zu reden.«

Gelassen nahm Dan Brewer den Spott seiner Freunde hin. »Angesichts der Tatsache, daß Damen anwesend sind, will ich mich über meinen Tischpartner lieber nicht äußern.« Er prostete Saint Morris mit seinem Whiskey zu. »Byrony, Sie sehen heute abend übrigens bezaubernd aus, was man von Ihrem Gatten nicht gerade behaupten kann.«

»Dein Trinkgelage im Saloon ist Stadtgespräch«, schaltete Horace Newton sich ein. »Du mußt ja gut in Fahrt gewesen sein nach allem, was man sich erzählt.«

»Es handelte sich lediglich um einen kleinen Umtrunk«, entgegnete Brent würdevoll.

»So kann man es auch nennen«, meinte Saint Morris trocken.

»Nichts ist kindischer als Männer, die sich ihre Männlichkeit beweisen müssen.« Agatha Newton schüttelte den Kopf. »Ich kann mich noch gut erinnern, wie wild Horace sich immer aufführte, wenn er betrunken war.«

»Armer Saint«, sagte Byrony mitfühlend. »Dein Selbstbewußtsein muß furchtbar leiden. Bei deiner Größe wird sich doch niemand finden lassen, der es mit dir aufnehmen will.«

Saint Morris winkte ab. »Darüber bin ich erhaben. Von den Missionaren weiß ich, daß der liebe Gott alles gerecht verteilt hat. So große Kerle wie ich sind meist lammfromm. Nur die kleinen Schmächtigen wie Brent müssen sich immer selbst beweisen.«

»Missionare?« Ungläubig schaute Brent ihn an. »Wo sollen ausgerechnet dir Missionare begegnet sein? Wo du dich für gewöhnlich herumtreibst, findet man sie wohl kaum.«

»Auf Maui, einer der Hawaii-Inseln. Damals war ich Arzt auf einem Walfänger. Wir legten bei Lahaina, dem größten Ort der Insel an.« Saint lachte, als er an diese Zeit zurückdachte. »Für die Missionare dort waren die Seemänner auf Landgang die leibhaftigen Teufel, vor denen es die Bevölkerung zu schützen galt. Wir allerdings fühlten uns angesichts der freizügigen Inselschönheiten wie im Paradies.«

»Mach' schon, alter Junge. Wann bekommen wir die pikanten Details zu hören?« Dan Brewer beugte sich verschwörerisch vor.

»Später, Dan, später. Immerhin sind Damen anwesend.« Saint Morris kommentierte Agatha Newtons strafenden Blick mit einem unschuldigen Lächeln. »Übrigens, Elizabeth, wie soll euer Stammhalter eigentlich heißen?«

»Wie wäre es mit Beauregard Saxton«, schlug Dan Brewer vor. »Mein Patensohn soll einen klingenden Namen haben.«

»Oder Percival?« schaltete Brent sich ein. »Das klingt sehr britisch und nobel, findet ihr nicht? Immerhin dürfen wir nicht vergessen, daß die Mutter des Jungen Engländerin ist. Ein sehr schweres Erbe«, fügte er lächelnd hinzu.

Elizabeth seufzte. »Del und ich können uns einfach nicht einigen. Vielleicht wird es ja auch ein Mädchen.«

»Armer Junge.« Brent warf Del einen mitfühlenden Blick zu. »Du tust mir jetzt schon leid, wenn ich mir vorstelle, wie du dich von zwei Frauen in deinem Haushalt tyrannisieren lassen mußt.«

»Brent Hammond, ich wünsche dir fünf Töchter«, entgegnete Elizabeth ungerührt. »Und alle sollen den Charme und die Energie ihrer Mutter erben.«

Brent verdrehte in gespieltem Entsetzen die Augen. »Das wäre die Hölle auf Erden. Glaub' mir, ich weiß, wovon ich rede.«

Den Kaffee nahm man im Salon ein. Die Herren hatten gerade ihre erste Zigarre entzündet, als sich Elizabeth, die auf dem Sofa Platz genommen hatte, plötzlich verkrampfte und schmerzhaft das Gesicht verzog. »Meine Güte«, stieß sie atemlos hervor und warf ihrem Mann einen hilflosen Blick zu.

Saint drückte seine Zigarre aus und stand auf. »Ich bin froh, meine Liebe, daß du damit bis nach dem Essen gewartet hast«, meinte er gelassen.

»Ist es soweit?« Del sprang auf. Ängstlich musterte er seine Frau.

Vorsichtig tastete Saint Elizabeths Leib ab. Als er spürte, wie sie sich unter einer Wehe verkrampfte, tätschelte er beruhigend ihre Schulter. »Wann hast du deine erste Wehe gespürt, Elizabeth?«

»Heute nachmittag. Bislang war es nur ein leichtes Ziehen. Aber jetzt ...«

»Elizabeth!« Del stöhnte entsetzt auf. »Warum hast du mir nichts gesagt? Womit habe ich diese sture Frau ...«

»Du hättest mich nur verrückt gemacht.«

Sie lächelte schwach. »Es reicht, wenn du dich jetzt aufregst.«

»Dazu gibt es überhaupt keinen Grund.« Saint half ihr auf. »Wir sollten jetzt besser nach oben gehen. Einen Monat zu früh. Der kleine Kerl kann es offenbar gar nicht abwarten, auf die Welt zu kommen.«

»Halt! Was soll ich tun?« Del war ganz blaß geworden.

Saint grinste. »Du hast deinen Beitrag schon geleistet, alter Junge. Alles weitere mußt du schon Elizabeth und mir überlassen. Nimm wieder Platz und genehmige dir einen Drink! Agatha, gehst du mit uns hinauf? Du kannst Elizabeth beim Auskleiden helfen. Und ihr anderen hier leistet dem werdenden Vater Beistand, ja?«

Byrony sprang auf. »Ich helfe euch.«

»Nein, meine Liebe.« Saint schüttelte den Kopf. »Du bleibst hier unten.«

»Aber ...«

»Byrony«, sagte Brent scharf. »Setz' dich.«

Entschlossen trat Del an Elizabeths Seite und hielt sie, als sie sich unter einer Wehe krümmte. »Keine Sorge, Liebes. Ich bleibe bei dir!«

Saint seufzte. »Das hat mir gerade noch gefehlt. Was ist schlimmer als ein werdender Vater?«

Schließlich blieben Brent und Byrony, Dan Brewer und Horace Newton im Salon zurück. Nervös ergriff Byrony Brents Arm. »Vielleicht sollte ich doch hinaufgehen und sehen, ob ich helfen kann.«

»Nein. Eine Geburt ist nichts für dich.«

»Was weißt du schon davon?« entgegnete sie ärgerlich.

»Leider nichts.« Brent wurde blaß. »Sonst hätte ich Joyce Morgan und ihre Tochter vielleicht nicht beerdigen müssen.«

»Wie meinst du das?« Horace blies bedächtig den Rauch seiner Zigarre aus.

Brent zögerte einen Augenblick. »Sieben Jahre ist das jetzt her«, sagte er schließlich nachdenklich. »Es passierte oben in Colorado. Auf dem Weg nach Denver traf ich zwei Tagesritte von der nächsten Ansiedlung entfernt in der Wildnis auf einen Planwagen. Eine Frau lag darin seit Stunden in den Wehen. Und sie war allein.« Er spürte, wie ihm der Schweiß auf die Stirn trat. Hilflos zuckte er mit den Schultern. »Sie hat sich so gequält. Ich habe versucht, ihr zu helfen, so gut es ging, aber es hat nicht gereicht.«

»Wo war ihr Mann?« Plötzlich hatte Byrony eine ganz trockene Kehle.

»Er war nach Denver geritten, um das letzte Vieh zu verkaufen, ehe es vor Durst krepierte. Man hat ihn bei einer Schießerei getötet. War auch besser für ihn, sonst hätte ich ihn wohl umgebracht. Wie konnte er seine Frau so kurz vor der Niederkunft draußen in der Wildnis allein lassen?« Plötzlich waren die ohnmächtige Wut und die Hilflosigkeit, die ihn wochenlang gelähmt hatten, wieder lebendig. Er war sich gar nicht bewußt, daß sein Gesichtsausdruck die bitteren Erfahrungen widerspiegelte. Plötzlich hielt es ihn nicht mehr auf seinem Platz. Er sprang auf und lief unruhig auf und ab. »Elizabeth wird alles gut überstehen. Sie ist ja nicht allein.«

»Natürlich.« Horace leerte sein Glas in einem Zug. »Mann, das erinnert mich an die Geburt meines Sohnes. Die ganze Nacht habe ich in der Halle gewartet. Ich dachte, ich werde verrückt. Doch als sie mir John dann brachten ...« Er lächelte versonnen.

Brent wischte sich den Schweiß von der Stirn, so sehr hatte ihn das alles aufgeregt. Warum hatte er diese Geschichte überhaupt erzählt? Jahrelang hatte er die furchtbare Erinnerung tief in seinem Gedächtnis begraben, so wie er Joyce Morgan und ihr Baby draußen in der Wildnis Colorados beerdigt und dem Vergessen überantwortet hatte. Jetzt sah er ihre schmerzgequälte Miene wieder vor sich.

Niemals würde er Byrony das antun. Nein, sie sollte nicht schwanger werden. Das schwor er sich. Verstohlen warf er ihr einen Blick zu. Doch Byrony schaute auf ihre im Schoß gefalteten Hände.

Zur Erleichterung aller lenkte Dan Brewer die Unterhaltung auf David Broderick, den ehrgeizigen Senator des jungen Staates. »Broderick häuft immer mehr Macht an. Daß Kalifornien ein Land der Möglichkeiten ist, scheint angesichts seiner sprunghaften Karriere reichlich untertrieben. Vom New Yorker Rausschmeißer einer Spelunke zum Senator der Vereinigten Staaten aufzusteigen, ist keine Karriere.«

»Vorsicht, Dan«, meinte Horace. »Broderick ist inzwischen schon so einflußreich, daß man überall Spitzel vermuten muß. Ich hoffe nur, daß Del es sich nicht in den Kopf gesetzt hat, gegen ihn zu kandidieren.«

»Del ist ein kühler Rechner. Er würde in nichts investieren, was das Risiko nicht lohnt.« Dan Brewer lächelte. »Wir Bankiers stehen üblicherweise mit beiden Beinen auf dem Boden der Tatsachen. Und Garrison, unser hochverehrter Herr Bürgermeister, hält uns über die politische Szene auf dem laufenden.«

In diesem Augenblick hörte man von oben einen Schmerzensschrei, der alle erstarren ließ.

»Schrei ruhig, Liebes.« Del tupfte Elizabeth die Stirn ab. Elizabeth hielt seine Hand fest umklammert. »Es tut so weh«, flüsterte sie atemlos.

»Ich weiß.« Er lächelte nervös.

»Geh mal zur Seite, Del.« Saint schob ihn unsanft fort. »Ich habe etwas mit deiner Frau zu besprechen.«

Zuerst wollte Elizabeth ihren Mann gar nicht loslassen. Daß er dann nur knapp zwei Schritte zurückwich, beruhigte sie jedoch.

»Es ist alles in Ordnung, Elizabeth.« Saint setzte sich auf die Bettkante, nahm ihre Hand und maß den Puls. Zufrieden nickte er. »Das Baby ist nicht besonders groß. Es kommt ja auch einen Monat zu früh. Also wird es für dich ein wenig leichter. Gegen Mitternacht hast du es wohl überstanden. Das Dinner hat übrigens wie immer hervorragend geschmeckt. Mir ist aufgefallen, daß du kaum etwas gegessen hast. Um so besser.«

»Mitternacht!« Fassungslos stöhnte Del auf. »Das sind noch drei volle Stunden.«

»Das ist ja auch ihre erste Geburt.« Sanft tätschelte Saint Elizabeths Hand. »Es ist schneller überstanden, als du glaubst. Du mußt nur auf deine Atmung achten. Mach' es genauso, wie ich es dir gezeigt habe. Und versuch' nicht, den Schmerz zu unterdrücken.« Er stand auf und wusch sich die Hände in dem heißen Wasser, das Agatha Newton gebracht hatte. »Und jetzt wollen wir mal sehen, was der kleine Kerl macht.«

Eine Stunde später kam Agatha in den Salon. »Es dauert nicht mehr lange«, sagte sie, als sie die fragenden Blicke der Anwesenden sah. »Elizabeth hält sich sehr tapfer. Und Del, nun ja, für einen Mann«, sie lächelte Horace zu, »schlägt er sich ganz ordentlich. Byrony, ich muß einen Augenblick mit dir sprechen.«

Byrony folgte Agatha in die Halle hinaus. »Ist auch wirklich alles in Ordnung?« fragte sie ängstlich.

»Aber ja, natürlich. Saint ist wunderbar. Er nimmt ihr alle Angst.« Beruhigend legte Agatha eine Hand auf ihren Arm. »Byrony, ich bin froh, daß ihr San Francisco für eine Weile den Rücken kehrt. Weißt du, es ist Irene. Zwar hat sie diese Gerüchte nicht selbst in die Welt gesetzt, aber auch nichts unternommen, um sie zu entkräften. Wenn du mich fragst, spielt sie die Märtyrerin nicht gerade überzeugend, was Sally Stevenson und ihre Tochter wenig kümmert. Du kannst dir sicher sein, daß Elizabeth und ich während eurer Abwesenheit nicht untätig bleiben. Bis zu eurer Rückkehr werden wir diesen gehässigen Weibern schon den Wind aus den Segeln nehmen.«

Byrony lächelte dankbar. »Ach, Agatha ...«

»Kopf hoch, meine Liebe. Alles wird wieder gut. Und jetzt gehe ich wieder hinauf. Es ist bald soweit.«

Elizabeth fühlte Saints tastende Hand auf dem Leib. »Komm her, Del. Willst du dein Kind spüren?«

Zaghaft legte Del die flache Hand auf den Bauch seiner Frau. Als er die starke Wehe spürte, die sie gequält aufstöhnen ließ, zog er die Hand erschreckt zurück. »Kannst du nichts gegen die Schmerzen unternehmen?«

Saint schüttelte den Kopf. »Noch nicht, sonst verzögern sich die Wehen. Das Baby soll doch bald kommen. Wenn es soweit ist, gebe ich ihr vielleicht Chloroform.«

Ein markerschütternder Schrei ließ Del blaß werden.

»Jetzt ist es soweit«, meinte Saint ruhig. »Du mußt pressen, Elizabeth. Ja, gut so. Gleich hast du es geschafft. Auch ohne Chloroform. Del, komm her. Ohnmächtig werden kannst du später.«

Jetzt war der Kopf des Kindes sichtbar. Elizabeth schrie wieder auf. Fasziniert beobachtete Saint, wie das Baby mit der letzten Preßwehe dem wartenden Vater in die Hände glitt.

Del konnte es nicht fassen. Ein unbeschreibliches Glücksgefühl durchströmte ihn.

»Ein Mädchen! Wunderschön, nicht wahr?« Saint durchtrennte die Nabelschnur. Das Baby schrie aus Leibeskräften. »Ganz der Vater. Kräftige Lungen, ein gutes Zeichen.«

Behutsam legte Del seiner Frau das Baby auf die Brust. Elizabeth strich ihrer kleinen Tochter über den blonden Flaum. Tränen des Glücks und der Erleichterung liefen ihr über die Wangen. Del beugte sich über sie. Sein zärtlicher Kuß sagte mehr als alle Worte. »Danke«, flüsterte er nur überwältigt.

Eine halbe Stunde später präsentierte der stolze Vater Alexandra Aurora Saxton den Wartenden im Salon.

»Sie ist wunderschön. Ich bin froh, daß alles gutgegangen ist.« Mit einem Seufzer ließ Byrony sich in die Kissen zurücksinken.

»Elizabeth hatte Glück. Es war eine leichte Geburt.« Brent legte sich neben sie und streckte den Arm nach ihr aus. »Außerdem hatte sie den besten Arzt und ihren Mann zur Seite.«

Byrony kuschelte sich an ihn. Zärtlich fuhr sie mit der flachen Hand über seine behaarte Brust, ehe sie langsam tiefer glitt.

»Nein.« Brent packte ihre Hand. »Ich bin müde. Außerdem haben wir morgen einen anstrengenden Tag vor uns. Das Reisegepäck muß am Nachmittag im Hafen sein.«

Aufreizend drückte sie sich an ihn.

»Nein, Byrony.« Er hielt sie von sich ab.

Gekränkt starrte sie ihn an. Doch als sie das mühsam unterdrückte Verlangen in seinem Blick sah, wurde ihr plötzlich klar, daß er Angst hatte. Dachte er an die Frau, die er damals in der Wildnis Colorados begraben hatte? Durfte sie deshalb nicht schwanger werden? Beinahe hoffte sie es, daß er sie deswegen zurückwies und nicht, weil er fürchtete, mit einem Kind für immer an sie gebunden zu sein.

Spielerisch fuhr sie mit den Fingern durch sein Brusthaar. »Entspann' dich, Brent.«

»Laß uns schlafen gehen, Byrony.«

»Nun gut, du willst nicht, daß ich schwanger werde. Aber warum sollte ich dir nicht trotzdem Vergnügen bereiten?« Überraschend glitten ihre Hände tiefer. Sie lächelte triumphierend, als sie seine Reaktion spürte. »Von Felice weiß ich, was Männer mögen.«

Er fühlte ihren warmen Atem auf den Schenkeln und stöhnte lustvoll auf. Heiße Schauer jagten durch seinen Körper. Ihre Unerfahrenheit und das leidenschaftliche Interesse, ihm Vergnügen zu bereiten, verbanden sich unter ihren Zärtlichkeiten. »Nicht.« Er konnte es einfach nicht länger ertragen.

Hastig zog er sie zu sich hoch. Und plötzlich hatte er alle Vorbehalte vergessen. Als er zu ihr kam, drängte sie sich ihm bereitwillig entgegen. »Du machst mich verrückt«, flüsterte er heiser und verlor beinahe jede Kontrolle, als er ihre heftige Reaktion spürte. Er hielt inne, doch sie bewegte sich ungestüm unter ihm. Leidenschaftlich bestimmte sie den wilden Rhythmus. Auf dem Höhepunkt der Lust schrie sie hemmungslos auf. Brent bemühte sich verzweifelt, sich von ihr zurückzuziehen, doch sie hielt ihn mit Armen und Beinen umklammert. Mit einem wütenden, lustvollen Aufschrei sank er auf ihr zusammen.

Schweißnaß barg er den Kopf an ihrem Hals. Sein Puls raste. Sie hatte ihn besiegt. Wieder einmal!

15. KAPITEL

Laurel Hammond sog den süßen Duft der Magnolien ein, als sie durch die weit geöffneten Flügeltüren des kleinen Musikzimmers in den Garten trat. Es war ein schöner Tag, ohne die feuchte Schwüle der drückenden Sommermonate, die das Leben im Süden so beschwerlich und träge machte. Jetzt war der richtige Zeitpunkt gekommen, um die Magnolien zu pflücken. Mammy Bath würde ihr einen strafenden Blick aus riesengroßen dunklen Augen zuwerfen, wenn sie ihr den Korb voller duftender Blüten in die Küche brachte, und dann würde sie sich darüber beklagen, daß die aufwendige Zubereitung des Parfums soviel Arbeit erforderte.

Mißmutig schaute Laurel an ihrem schwarzen Kleid herab. Wie sie diese Farbe haßte, auch wenn die Seide noch so luxuriös schimmerte oder der elegante Schnitt geschickt ihre atemberaubende Figur betonte. Sechs Monate war Ashley jetzt tot. Insgeheim beschloß sie, nach Brents Ankunft die Trauerkleidung sofort abzulegen. Sollten sich doch alle die Mäuler über sie zerreißen! Sie war noch zu jung, um die Farbe gramgebeugter Witwen zu tragen.

Brent! Noch hatten sie nichts von ihm gehört. Mr. Jenkins, der Rechtsanwalt, mußte ihn längst über den Tod seines Vaters in Kenntnis gesetzt haben. Warum hatte er ihnen bisher noch nicht geschrieben? Er wußte doch, daß er mit dem Erbe auch die Verantwortung für das Schicksal der Menschen auf ›Wakehurst‹ übernahm. Wieder mußte Laurel an die Testamentseröffnung zwei Tage nach der Beerdigung denken, und ein Gefühl der Bitterkeit stieg in ihr auf.

Damals hatte Drew lauthals gelacht, als sie ihre Wut und Enttäuschung über Ashleys letzte Rache nicht mehr hatte verbergen können.

San Francisco, das war eine ganz andere Welt als der tiefe Süden mit seinem schwerfälligen Lebensstil. Drew hatte ihr gesagt, daß Brent dort sein Glück gemacht hatte. Warum schwieg Brent so lange Zeit? Haßte er sie? Seit damals war doch soviel Zeit verstrichen! Außerdem waren sie beide doch noch halbe Kinder gewesen! Und nun ließ Ashley sie über seinen Tod hinaus für ihren Fehler büßen!

»Es ist jammerschade, daß diese zarte Blüte zerstört wird, nur um deine Eitelkeit mit ihrem betörenden Duft zu befriedigen, Stiefmama.«

Laurel fuhr herum. Sie hatte Drew gar nicht kommen hören. Wie sie es haßte, wenn er sie — besonders gern in Gesellschaft — ›Stiefmama‹ nannte. Drew Hammond nahm eine Blüte aus dem Korb und roch daran. Er trug enganliegende Hosen und ein halb geöffnetes weißes Rüschenhemd. Ein zynisches, gelangweiltes Lächeln umspielte seine Mundwinkel. Auf den ersten Blick wirkte er wie der tpyische aristokratische Südstaatler — gebildet, von feiner Lebensart und mit der Blasiertheit seiner Klasse ausgestattet, die ihre Vorrechte als gottgegeben betrachtete. Seine hellen schlanken Künstlerhände mit den langen, feingliedrigen Fingern und den sorgfältig manikürten Nägeln bewiesen augenfällig, daß er noch nie in seinem Leben richtig hatte zupacken müssen. Das hellbraune Haar lichtete sich schon auf der hohen Stirn. Drew ähnelte weder im Aussehen noch im Temperament seinem älteren Bruder. Doch eigentlich konnte sich Laurel kaum noch an den draufgängerischen Brent erinnern. Nur den heißen, verlangenden Blick aus diesen unvergleichlich blauen Augen würde sie wohl nie mehr vergessen. »Warum bist du nicht in deinem Atelier bei der Arbeit?«

Unwirsch warf Drew die Blüte in den Korb zurück. »Zwei Stunden habe ich mich vergeblich an der Staffelei abgequält. Mir fehlt einfach die Inspiration.«

»Es ist nicht gut, daß du dich auf Wakehurst vergräbst, Drew. Einige junge Damen warten doch nur darauf, daß du ihnen den Hof machst. Melinda Forrester, zum Beispiel, wäre eine wirklich gute Partie. Sie ist jung, hübsch und reich. Außerdem bewundert sie deine Malkünste ...«

»Verschone mich, Laurel!« Drew machte eine wegwerfende Handbewegung. »Melinda Forrester ist ... nun, jedenfalls habe ich, gelinde gesagt, keinerlei Interesse an dieser unreifen Person. Nein, ich weiß genau, was mir fehlt.« Träumerisch verklärte sich sein Blick. »Paris, das ist meine Stadt.«

Laurel zog ihre perfekt geschwungenen Augenbrauen hoch. »Warum gehst du nicht wieder nach Europa? Das Erbe deines Vaters macht dich unabhängig. Was hält dich also noch hier? Wakehurst gehört jetzt deinem Bruder.«

Eindringlich musterte Drew seine schöne Stiefmutter. »Warum so bitter, Laurel? Brent ist der älteste Sohn und damit Vaters rechtmäßiger Erbe. Fragt sich nur, wie er sich Wakehursts Zukunft vorstellt.«

»Noch bin ich die Herrin von Wakehurst!« Stolz hob Laurel das Kinn. »Wie konnte dein Vater es nur wagen, Brent als Treuhänder über meinen Erbteil einzusetzen? Es ist so ungerecht!«

Drew schwieg. Wenn er auch die meiste Zeit in seinem Atelier verbrachte, so war er doch nicht blind für das, was um ihn herum geschah. Ihm war nicht entgangen, daß seine Stiefmutter eine heftige Affäre mit Mr. John Lattimer, einem reichen Emporkömmling, hatte. Offenbar war auch seinem Vater diese Tatsache nicht verborgen geblieben. Vielleicht war das Testament die Rache des verbohrten alten Mannes an seiner schönen, jungen und so untreuen Frau.

»Lizzie!« rief Laurel und im nächsten Augenblick noch einmal ungehalten: »Lizzie!«

Ein junges schwarzes Mädchen kam in den Garten gelaufen. Ängstlich hielt sie den Blick auf ihre bloßen Füße gesenkt. »Ja, Missis?«

»Bring diesen Korb zu Mammy Bath in die Küche.«

»Ja, Missis.«

»Sie soll die Blüten sofort verarbeiten.«

»Ja, Missis.«

»Wenn du der erste bei der Kleinen sein willst, mußt du dich beeilen«, sagte Laurel geringschätzig, als sie sah, wie Drew dem hübschen Mädchen nachsah. »Jesse, der Aufseher, hat auch schon ein Auge auf sie geworfen. Und Paxton erst recht.«

»Meine Güte, Laurel, sie ist doch fast noch ein Kind, höchstens vierzehn Jahre alt.«

»Du und deine europäische Einstellung! Du warst zu lange in Paris. Dein Bruder wäre sicher nicht so feinfühlig. Hier ist es immer noch Sitte, daß dem Herrn die erste Nacht gebührt.«

»Missis! Der Massa kommt!« Wild gestikulierend kam Mammy Bath in den Garten gelaufen. Sie keuchte schwer. »Der Massa ist wieder zu Hause! Mein kleiner Junge!«

»Brent? Ist es wirklich Brent?« Laurel wurde blaß. Hatte er sich sehr verändert? Konnte sie ihn mit ihrer Schönheit immer noch betören? »Nun, dann will ich es nicht versäumen, den neuen Herrn auf Wakehurst würdig zu empfangen.«

»Das ist Wakehurst.« Brent konnte nicht verbergen, wie sehr es ihn bewegte, nach so vielen Jahren in sein Elternhaus zurückzukehren. »Hier habe ich meine Kindheit verbracht.«

»Es ist noch viel schöner, als du es mir beschrieben

hast.« Andächtig betrachtete Byrony das imposante weiße Herrenhaus mit der umlaufenden, von schlanken Säulen getragenen Veranda im ersten Stock.

Das wuchtige Holzportal schwang auf. »Mein Junge! Wie schön, mein Junge ist wieder zurück!« Mammy Bath lief mit ausgestreckten Armen die Treppe hinab und umarmte Brent überschwenglich. Zärtlich nahm sie sein Gesicht zwischen ihre Hände. Sie lachte, und Brent sah, daß sie immer noch diese gesunden weißen Zähne hatte, die ihn als Kind immer so faszinierten. »Und wie er aussieht!«

»Mammy, du erdrückst mich ja«, protestierte Brent gerührt. »Ich möchte dir meine Frau Byrony vorstellen.«

»Nein, nein, du hast dir eine Missis erwählt! Sieh sich nur einer dieses hübsche Gesicht an.« Ohne jede Scheu drückte Mammy Bath auch Byrony an ihren großen Busen.

Brent hörte ein Geräusch und wandte sich um. Sie ist immer noch schön, dachte er, als er Laurel sah. Ihre Blicke trafen sich. Aber was hatte er nach zehn Jahren erwartet? Eine vorzeitig gealterte, verbitterte Frau? Nein, Laurel hatte es wirklich verstanden, sich ihre außergewöhnliche Schönheit zu bewahren.

Und da war Drew. Inzwischen war er natürlich ebenfalls ein erwachsener Mann. Mit ein paar weit ausholenden Schritten kam er auf seinen Bruder zu, der die Arme nach ihm ausstreckte. »Drew, bist du's wirklich? Ich erinnere mich nur an einen schmächtigen Jungen, der nicht hinter seiner Staffelei hervorkommen wollte.« Lachend umarmten sich die beiden Brüder und klopften sich auf die Schultern.

Wie erstarrt verharrte Laurel auf dem Treppenabsatz und blickte wie gebannt auf die Frau neben Mammy Bath.

Das war Brents Frau! Der ausladende Hut verdeckte ihr

Gesicht, und das Kleid war von der langen Reise zerknittert und fleckig. So wie sie die Hände nervös verkrampfte und sich schüchtern zurückhielt, wirkte sie völlig unbedeutend. Laurel lächelte selbstbewußt. Diese Frau würde ihren ehrgeizigen Plänen wohl kaum gefährlich werden!

»Willkommen auf Wakehurst, meine Liebe. Ich bin Laurel, Brents Stiefmutter.« Mit einem strahlenden Lächeln schritt sie die Treppe hinab und verströmte einen betörenden Magnolienduft, als sie Byrony flüchtig umarmte. »Wie müde du aussiehst, armes Ding. Die weite Reise von San Francisco hierher muß furchtbar anstrengend gewesen sein.«

Byrony war von der langen Reise erschöpft und verschwitzt. Neben dieser selbstbewußten Schönheit fühlte sie sich plötzlich häßlich und klein. Das ist also die Frau, die Brent verführt hatte, dachte sie. Und ein heißes Gefühl der Eifersucht stieg in ihr auf.

»Othello! Llyod!« rief Laurel herrisch. »Tragt das Gepäck des Masters hinauf. Mammy, du kümmerst dich um Brents kleine Frau. Natürlich bezieht ihr das Schlafzimmer des Hausherrn. Ich habe es nicht mehr betreten, seit mein lieber Mann verschied.« Mit Abscheu dachte sie an das dunkle Zimmer mit der Erinnerung an Krankheit und Tod.

»Vielen Dank«, brachte Byrony nur hervor. Dann folgte sie Laurel die Treppe hinauf.

Nur mit Mühe konnte Laurel ihre Wut bezähmen. Brents Frau war jung und schön. Was sollte sie jetzt nur tun? Sie durfte nicht zulassen, daß dieses unbedarfte Ding ihre Pläne durchkreuzte.

In der großen, angenehm kühlen Halle hatten sich schon die Haussklaven zur Begrüßung ihres neuen Herrn versammelt. »Massa! Massa!« Überschwenglich hoben sie die Arme und umringten Brent, der die meisten noch beim Namen kannte.

Wakehurst war unverkennbar dem respäsentativen Stil europäischer Herrenhäuser nachempfunden. Eine breite, elegant geschwungene Treppe mit kunstvoll geschmiedeten Handläufen zu beiden Seiten führte in den ersten Stock. Von der Galerie blickten drei Generationen der Familie Hammond auf den Betrachter herab. Trotzdem war auch der spanische Einfluß in der Architektur unverkennbar. Die grob verputzten Wände waren weiß gekalkt. Auf dem hellen, Kühle ausstrahlenden Steinfußboden lagen wertvolle farbenprächtige Teppiche. Üppige Blumensträuße in großen Bodenvasen verströmten einen betörenden Duft. Und das gehört jetzt alles ihm, dachte Byrony. Sie hatte sich fest vorgenommen, sich von diesem auf Sklaverei gegründeten Reichtum nicht zu beeindruckt zu zeigen. Aber Wakehurst war einfach überwältigend. Hier konnte die weiße Herrschaft fürstlich leben.

»Komm her, Byrony, ich will dir unsere Dienerschaft vorstellen.«

Freundlich lächelte Byrony den Menschen zu, die sie ehrfurchtsvoll anstarrten. Othello, Desdemona, Portia und Lear. Es war beinahe wie bei einem Shakespeare-Festival. Byrony fragte sich, wie diese bedauernswerten Kreaturen, die allesamt barfuß liefen und zwar saubere, aber teilweise abenteuerlich zusammengestellte Kleidung trugen, wirklich heißen mochten. Gehörte es etwa zu der berühmten Lebensart des Südens, die Brutalität der Sklaverei mit Kunstsinn zu verbrämen? Es war einfach abscheulich, daß diese Menschen so leben mußten!

Energisch klatschte Mammy Bath in die Hände. »Genug! Geht jetzt wieder an die Arbeit, faules Pack! Missis, Sie kommen mit mir. Wir werden jetzt ein schönes heißes Bad nehmen.«

Brent nickte Byrony zu. »Ja, geh nur schon nach oben. Ich komme auch gleich.«

Auf der Galerie warf Byrony einen Blick zurück und

sah Brent im Gespräch mit Laurel vertieft. Sie war eine außergewöhnlich schöne Frau, so zart und zerbrechlich! Ihr charmantes Lächeln hatte etwas Intimes. Erneut stieg Eifersucht in Byrony auf. Du Närrin, tadelte sie sich. Mach' dich nicht lächerlich! In diesem Moment schaute Drew auf. Ihre Blicke trafen sich, und Byrony hatte das Gefühl, daß er augenblicklich wußte, was in ihr vorging. Als er ihr verstohlen zuzwinkerte, mußte sie unwillkürlich lächeln.

Mammy Bath führte sie unter einem endlosen Redeschwall den Flur hinunter und öffnete die schweren Flügeltüren aus dunklem Zedernholz.

Was für ein furchtbarer Raum! Byrony erschauerte. Schwere Vorhänge vor den Fenstern hielten das Sonnenlicht ab. Dunkle Möbel und Teppiche gaben dem muffig riechenden Raum einen bedrückend schwermütigen Charakter. Rasch zog Byrony die staubigen düsteren Vorhänge zurück und öffnete die großzügigen Flügeltüren, die auf die Veranda führten.

»Das ist ja wunderschön.« Andächtig lehnte Byrony sich gegen das weiße Geländer und genoß den Blick in den weitläufigen, parkartig angelegten Garten. Farbenprächtige Blumenrabatten, eine ausgedehnte Rasenfläche mit einem entzückenden kleinen Pavillon und alter Baumbestand ergaben ein harmonisch abgerundetes Bild.

»Der alte Massa hatte schlimme Augen und konnte das Sonnenlicht nicht vertragen. Aber jetzt wird alles anders. Ich bin froh, daß der neue Massa endlich gekommen ist.« Energisch dirigierte Mammy Bath die beiden Träger, die das Gepäck brachten, und nahm alles weitere in die Hand.

Eine Viertelstunde später saß Byrony schon in einer riesigen Wanne aus Zedernholz und entspannte sich in einem heißen, nach Jasmin duftenden Bad. Erschöpft schloß sie die Augen. Es war eine lange beschwerliche Reise gewesen. In New Orleans hatte Brent ein kleines Vermögen für ihre neue Garderobe ausgegeben. Selbst Monsieur David hätte ihr keine eleganteren Modelle auf den Leib schneidern können. Und die großen Hutschachteln neben dem Bett erinnerten sie an die traumhaften Kreationen, die sie bei ›Jane's‹, der besten Putzmacherin der Stadt, erstanden hatte.

Brent hatte sich in den vergangenen Wochen stark verändert. Mit jedem Tag der Reise war sein zuvor kaum hörbarer Akzent breiter geworden, und er hatte sich mehr und mehr in einen gut gekleideten, sehr charmanten, aber auch leicht blasierten Gentleman aus dem aristokratischen Süden verwandelt. Manchmal fragte sich Byrony, ob sie ihn wohl je verstehen würde. Immer wenn sie glaubte, ihm wirklich nahe zu sein, zog er sich unweigerlich zurück, ja, er wies sie sogar schroff ab.

»Darf man der Lady Gesellschaft leisten?«

Verwirrt öffnete Byrony die Augen. Sie hatte Brent gar nicht kommen hören. »Besser nicht. Sonst gibt es noch eine Überschwemmung.« Wohlig enspannt seufzte sie. »Das ist mein erstes Bad seit New Orleans. Es ist einfach herrlich.«

»Und diese Wonnen willst du mir vorenthalten? Du bist grausam, Byrony.«

»Nun, hat sich die erste Aufregung um unsere Ankunft gelegt?« Byrony nahm das zart duftende Seifenstück zur Hand. »Deine Stiefmutter ist übrigens reizend.«

»Was hast du anderes erwartet? Streit und Jammern bereits am ersten Tag? Meine Liebe, wir sind hier im Süden.«

Mit einem schweren Seufzer ließ Brent sich auf das Bett fallen. »Ladies sind hier noch echte Ladies, zumindest nach außen hin. Laurel wird ihre Attacken im rechten

Augenblick schon gut zu plazieren wissen. Kampflos gibt diese Frau ihre Pfründe nicht auf.«

Verstohlen musterte Byrony ihn. Stand er Laurel wirklich so gleichgültig gegenüber?

Brent schaute sich im Raum um. »Laurel hat mir erzählt, daß mein Vater es ihr verboten hatte, das Schlafzimmer neu einzurichten. Das Zimmer ist wirklich deprimierend. Du wirst einiges verändern müssen, um es für uns wohnlicher zu machen.«

»Werden wir denn so lange bleiben?«

Brent zuckte mit den Schultern. »Nach dieser beschwerlichen Reise haben wir uns ein paar ruhige Wochen verdient«, antwortete er ausweichend.

»Die Sklaven tragen nicht einmal Schuhe«, meinte Byrony unvermittelt.

»Wenigstens sind sie sauber und halbwegs menschlich gekleidet. Glaub' mir, so gut geht es ihnen auf anderen Plantagen nicht.« Brent zog sich die Stiefel aus. Nachdenklich hielt er inne. »Drew hätte ich beinahe nicht wiedererkannt. Als ich ihn das letzte Mal sah, war er fast noch ein Kind.«

»Du wirst eben langsam alt.«

Lächelnd stand er auf und zog die Hosen aus. »Soll ich dir zeigen, wie alt sich dein Mann wirklich fühlt?«

»Brent! Nicht! In einer Viertelstunde werden wir zum Essen erwartet!« wehrte Byrony ab.

»Laß sie warten! Ich bin jetzt der Herr auf Wakehurst.«

»Wo, zum Teufel, bist du gewesen?« Breitbeinig und die Arme vor der Brust verschränkt stand Brent auf der Freitreppe. Finster musterte er Byrony aus zusammengekniffenen Augen.

Unwillkürlich verkrampfte Byrony die Hand um die Reitpeitsche. Sie sah, wie es in ihm arbeitete. »Ich bin mit Drew ausgeritten«, antwortete sie ruhig. »Warum?«

»Ich habe dich überall gesucht.«

»Du hättest ja vielleicht auch Laurel fragen können. Sie wußte es.«

»Laurel nimmt gerade ein Bad. Und es wäre wohl kaum angemessen, wenn ich sie jetzt aufsuchte!« Wütend starrte Brent sie an. »Demnächst möchte ich wissen, wann und mit wem du ausreitest.«

Byrony war fassungslos. Wie konnte er es wagen, auch noch den strengen Ehemann zu mimen? Schließlich hatte er sie die ganze Nacht allein gelassen. Sofort nach dem Abendessen war er verschwunden und zum Frühstück noch nicht wieder zurück gewesen. »Ich wußte ja nicht, wo du warst«, entgegnete sie kühl.

Das verräterische Funkeln in ihren Augen entging ihm keineswegs. War sie etwa eifersüchtig? Der Gedanke gefiel ihm. »Jedenfalls will ich wissen, wo sich meine Frau herumtreibt.«

Byrony hätte ihm am liebsten die Reitpeitsche durchs Gesicht gezogen. Die ganze Nacht hatte sie wach gelegen und vergeblich auf ihn gewartet. Wo war er nur gewesen? Und sie hatte schon geglaubt, daß sie sich in den vergangenen Wochen wirklich nähergekommen waren. Wie naiv sie doch gewesen war! »Ich habe die Quartiere der Haussklaven gesehen«, sagte sie unvermittelt. »Sie sind in einem furchtbaren Zustand. Und Drew hat mir gesagt, daß die Feldarbeiter noch weitaus schlechter untergebracht sind.«

»Du bist noch keine vierundzwanzig Stunden hier und hast schon an allem etwas auszusetzen.« Brent kam die Treppe herab. »Ich möchte, daß du dich jetzt umziehst. Wir fahren nach Natchez. Die Forresters haben zum Dinner geladen.«

»Wo warst du letzte Nacht, Brent?«

Er musterte sie kühl. »Das, meine Liebe, geht dich nichts an. Oder erinnerst du dich nicht mehr an die Lektion, die ich dir nach deiner häßlichen Szene vor Celeste erteilen mußte?«

Mit einem vernichtenden Blick ließ Byrony ihn einfach stehen, lief die Treppe hinauf und verschwand im Haus. Nachdenklich schaute Brent ihr nach. Warum hatte er ihr nicht gesagt, daß er die ganze Nacht mit Jesse, dem schwarzen Vorarbeiter, gesprochen hatte? Von seinem besten Freund aus Kindertagen hatte er in wenigen Stunden mehr über Wakehurst erfahren, als er aus Frank Paxton herausbekommen würde. Nach allem, was Jesse ihm erzählt hatte, mußte der Aufseher en verschlagener, grausamer Kerl sein. Aber erforderte der Job nicht genau diesen unangenehmen Menschenschlag? Verdammt, was sollte nur aus der Plantage werden?

Wenigstens war Lizzie, auf die Paxton offenbar ein Auge geworfen hatte, in Sicherheit. Brent hatte sie Byrony kurzerhand als Mädchen zugeteilt. In Zukunft würde sie eine Kammer im Dachgeschoß des Herrenhauses bewohnen, so daß ihr der alte Wüstling nichts anhaben konnte.

Frank Paxton kam von den Stallungen herüber. Zwölf Jahre war er jetzt Aufseher auf Wakehurst und hatte offenbar Ashley Hammonds volles Vertrauen besessen. Von Jesse wußte Brent, daß Paxton ein paar Wochen vor dem Tod des alten Herrn in New Orleans einen hohen Preis für einige besonders gute Sklaven erzielt hatte. Er fragte sich, ob diese Summe auch in den Büchern auftauchte.

»Willkommen zu Hause, Mr. Hammond! Sie waren ja verdammt lange fort.«

Brent ergriff die ausgestreckte Hand. »Hallo, Frank.«

Sieht gut aus, der alte Bastard, dachte Frank, während er sich um ein verbindliches Lächeln bemühte. »Haben Sie heute Zeit, die Bücher zu kontrollieren? Übrigens bin ich vorhin bei den Quartieren der Hausklaven Ihrer Frau begegnet. Eine charmante Lady, nur versteht sie nicht, wie wir hier am Mississippi leben ...«

»In einer halben Stunde fahren wir nach Natchez«, erklärte Brent. »Ich hatte schon ganz vergessen, daß im Süden die gesellschaftlichen Verpflichtungen vor den geschäftlichen rangieren.«

»Das ist wahr.« Paxton verzog den Mund zu einem breiten Grinsen.

Brent musterte ihn eindringlich. Für einen Aufseher kleidete Paxton sich außergewöhnlich elegant. Die schwarzen Stiefel und der Anzug aus feinem Tuch mußten ein kleines Vermögen gekostet haben. »Die Bücher sehe ich morgen früh durch.«

»Gut, Mr. Hammond. Mir soll es recht sein.« Paxton nickte. »Übrigens suche ich eine junge Schwarze, Lizzie ist ihr Name. Sie soll etwas für mich erledigen.«

»Mammy Bath hat sie meiner Frau als Mädchen zugeteilt«, sagte Brent leichthin.

Kaum merklich kniff Paxton die Augen zusammen. »Ist die Kleine nicht viel zu jung für diese Aufgabe?« Gleichgültig zuckte er mit den Schultern. »Aber mir soll es egal sein.«

Lizzie ist jung genug, um deine Tochter zu sein, dachte Brent angewidert. Von nun an würde sie im Schutz des Herrenhauses leben, bis sie ins heiratsfähige Alter kam. Jesse liebte die Kleine. Und er war bereit zu warten. »Bis morgen, Frank.« Die Durchsicht der Bücher würde zeigen, wie gerissen Paxton wirklich war. Vielleicht gab es bald schon einen neuen Aufseher auf Wakehurst.

Die Straße nach Natchez folgte dem Flußlauf des Mississippi, der sich träge durch sein breites Bett wälzte. Das Licht der späten Nachmittagssonne bildete glitzernde Punkte auf der unbewegten Wasserfläche.

»War es ein schöner Ausritt mit Drew, meine Liebe?«

Gelangweilt drehte Laurel den Sonnenschirm in der Hand.

»Es war vor allem sehr informativ.«

»Oh?« Laurel zog ihre perfekt geschwungenen Augenbrauen hoch.

»Natürlich wollte ich Byrony die unermeßlichen Weiten unseres schönen Besitzes mit seiner vielfältigen Flora und Fauna zeigen«, schaltete Drew sich ein. Seine Stimme hatte einen spöttischen Unterton. »Aber sie wollte lieber die Unterkünfte der Sklaven inspizieren. Man hat ihr einen sehr ehrenvollen Empfang bereitet. Immerhin ist sie jetzt ja auch die neue Herrin auf Wakehurst«, fügte er mit einem Seitenblick auf Laurel hinzu und registrierte befriedigt das wütende Funkeln in ihren Augen. Er wandte sich an Brent. »Wie ich höre, hast du die ganze Nacht mit Jesse über alte Zeiten geredet.«

Byronys Herz machte einen Sprung. Deshalb also war er die ganze Nacht fortgewesen. Wieder einmal hatte er sie überlistet. Warum weckte er absichtlich ihr Mißtrauen und schürte ihre Eifersucht? Manchmal waren sie sich einander so nah. Doch nie ließ er sie wirklich an sich heran. Immer war er darauf bedacht, Distanz zu wahren.

Brent entging nicht, daß Byrony vergeblich versuchte, ihre Überraschung zu verbergen. »Ja, und er hat mir alles Wichtige berichtet, was die Plantage anbelangt. Jesse ist unser schwarzer Vorarbeiter«, wandte er sich an Byrony, »und mein bester Freund aus Kindertagen. Ich hoffe sehr, daß er uns mit seiner Lizzie nach Kalifornien begleiten wird.«

»Wenn ihr überhaupt nach San Francisco zurückkehrt«, warf Laurel ein.

»Ich dachte, Kalifornien hätte die Sklaverei abgeschafft.« Irritiert zog Drew die Brauen hoch.

»Allerdings.«

»Du willst ihm doch nicht etwa die Freiheit schenken«,

entrüstete Laurel sich. »Jesse ist einer unserer besten Männer. Er ist mindestens dreitausend Dollar wert.«

»Das möchte ich meinen.« Brent nickte.

»Und Lizzie! Sie ist ein gesundes Ding, noch Jungfrau ...«

»Sie ist erst vierzehn!«

»Komm schon, Brent«, versetzte Laurel ärgerlich. »Du weißt genau, daß eine Plantage ihre Sklaven braucht. Frank Paxton wird sich Lizzie nehmen, wenn Drew keine Rechte anmeldet!«

Byrony schnappte hörbar nach Luft. »Es ist entsetzlich, wie ihr über das arme Mädchen redet. Frank Paxton ist ein Weißer. Noch dazu könnte er ihr Vater sein ...«

Laurels helles Lachen brachte sie zum Schweigen. »Meine Liebe, du mußt noch viel lernen«, sagte sie herablassend. »Sklaven sind nun mal keine Menschen wie wir. Sie müssen die harte Hand ihres Massas fühlen.«

Brent nahm Byronys Hand. »Ich habe dir Lizzie als Mädchen zugeteilt, Liebes. Solange sie bei uns im Haus wohnt, ist sie vor Frank Paxton sicher.« Ihr dankbarer Blick berührte ihn. Glaubte sie denn wirklich, daß er die Sklaverei nicht ebenso ablehnte wie sie? Er konnte sich gut vorstellen, wie die Schwarzen die neue weichherzige Missis mit ihren Bitten um besseres Essen und neue Unterkünfte gerührt hatten. Byrony schockierte das Elend der Schwarzen, das ihn seine ganze Kindheit begleitet hatte, ohne daß es ihn je berührt hätte. Sein Vater hatte immer von einer schicksalhaften Ordnung gesprochen. Und war es den Sklaven auf Wakehurst nicht immer noch besser ergangen als auf den anderen Plantagen der Umgebung?

Verärgert preßte Laurel die Lippen zusammen. Was würde Brent noch alles seiner Frau zu Gefallen tun? Sicher, Byrony war jung und schön. Aber bald würde Brent ihrer überdrüssig sein. Von Drew wußte sie, daß die beiden erst drei Monate verheiratet waren. Sie konnte sich beim besten Willen nicht vorstellen, daß Brent treu sein würde. Wenn die Zeit gekommen war, würde sie ihm schon signalisieren, daß ihre Gefühle für ihn auch nach zehn Jahren keineswegs erloschen waren. In seinen Augen brannte immer noch dieses Feuer, das sie damals in seine Arme getrieben hatte. Brent Hammond war ein Mann, um dessen Gunst es sich zu kämpfen lohnte. Er hatte die Macht, ihr weiteres Schicksal zu bestimmen. Aber er war auch der beste Liebhaber, den sie je gehabt hatte.

»Gib dich nicht so brav, Brent.« Laurel lachte auf. »Willst du Jesse wirklich einen Freundschaftsdienst erweisen? Oder willst du die kleine Schwarze nicht vielmehr für dich? Du weißt, die erste Nacht steht dir zu. Wie man hört, hast du früher von diesem Recht reichlich Gebrauch gemacht.«

Brent spürte, wie Byrony sich neben ihm versteifte. Sie wollte die Hand zurückziehen, doch er ließ es nicht zu. »Das waren Jugendsünden«, sagte er leichthin. »Damals war ich ein anderer Mensch. Wie sehen übrigens deine Pläne für die Zukunft aus, Drew?«

»Ich gehe nach Europa zurück. Meine Abreise habe ich nur hinausgezögert, weil ich dich wiedersehen wollte. Vielleicht lasse ich mich in Paris nieder. Es ist eine einmalige Stadt, aufregend und vital.« Seine Stimme bekam einen schwärmerischen Tonfall.

»Könnte es dich nicht reizen, Herr auf Wakehurst zu sein?«

Entschieden schüttelte Drew den Kopf. »Nein, der Gedanke erscheint mir alles andere als verlockend. Die Sklaverei ist mir zuwider. Als Kind habe ich nie darüber nachgedacht, aber jetzt . . . Wahrscheinlich war ich zu lange fort.«

»Yankee-Geschwätz! Ich kann nur hoffen, daß ihr diese

sentimentalen Ansichten nicht bei den Forresters äußert«, versetzte Laurel scharf. »Erwartet nicht, daß ich tatenlos zusehe, wie ihr den guten Ruf der Hammonds ruiniert.«

Brent schloß die Augen und lehnte sich in die bequemen Lederpolster zurück. Eigentlich wußte er, was zu tun war. Die Zeit der Sklaverei ging unweigerlich zu Ende, so sehr sich die Südstaatler auch gegen diese Einsicht wehrten. Vielleicht würde es Krieg geben ...

Aus halbgeschlossenen Lidern musterte er Byrony verstohlen. Er hatte ihr wieder absichtlich weh getan. Es war ihm selbst unbegreiflich. Ahnte sie überhaupt, wie sehr er sich danach sehnte, ihr nahe zu sein? Gleichzeitig fürchtete er aber auch nichts mehr, als sich ihr zu öffnen.

Und Laurel? Über ihre Zukunft hatte er noch nicht entschieden. Er wußte, daß sie auf eine Gelegenheit wartete, ihre Talente geschickt einzusetzen. Wenn er jemanden genau kannte, dann war es seine schöne eiskalte Stiefmutter. Und er genoß es, mit ihr zu spielen. Sollte sie ruhig ihre Intrigen spinnen, sich Vorteile zu schaffen versuchen und geschickte Schachzüge planen für ihren Kampf, der längst verloren war. Es war seine Rache, die er auskosten wollte.

16. KAPITEL

Gedankenverloren klappte Brent den letzten dicken Lederband zu, in dem alle Einnahmen und Ausgaben der vergangenen fünf Jahre verzeichnet waren. Dann lehnte er sich in seinem Stuhl zurück. Hinter diesem Schreibtisch mit seinen säuberlich geordneten Papierstapeln, dem Tintenfaß aus schwarzem Onyx und der antiken französischen Tischuhr hatte sein Vater auf ihn noch bedrohlicher und mächtiger gewirkt.

»Ich erwarte, daß du meine Frau mit Respekt behandelst, Brent. Sie ist jetzt auch deine Mutter«, hatte er ihm damals erklärt.

»Meine Mutter ist tot«, hatte Brent geantwortet. Immer wieder hatte es ihn getrieben, gegen den strengen Vater aufzubegehren. Und jetzt holte er sich auch noch eine Frau ins Haus, die seine Tochter sein konnte.

»Fünf Jahre ist es jetzt her, daß deine liebe Mutter uns verlassen hat.« Ashley Hammond hatte schwer geseufzt. »Ich war allein, Brent, all die Jahre einsam. Verstehst du mich?«

Nein, damals hatte er es nicht begriffen. Aber er hatte genickt, weil es ihm egal gewesen war und er sich mit Russell Longston zur Jagd verabredet hatte. Wie egoistisch war er damals doch gewesen! Doch die Reue kam zehn Jahre zu spät. Und dennoch hatte sein Vater ihm sein Erbe nicht vorenthalten. Was sollte nun aus Wakehurst werden?

Energisches Klopfen an der Tür ließ Brent auffahren. »Herein.«

Frank Paxton trat ein, reichte Brent mit einem selbstbewußten Lächeln die Hand und setzte sich ohne Aufforderung in den schweren Sessel vor dem Schreibtisch. »Sie haben mich rufen lassen, Mr. Hammond. Haben Sie die Bücher kontrolliert?«

Brent setzte sich wieder. Eindringlich musterte er seinen Oberaufseher. »Ja, und ich habe einige Fragen an Sie, Frank.«

»Baumwolle ist für den Sommer genau das richtige. Ich werde mit Brent darüber sprechen. Es ist ein Unding, daß die Skla ... Diener bei der größten Hitze Wolle tragen, nur weil sie nichts anderes besitzen«, ereiferte sich Byrony.

»Warum kleidest du sie nicht gleich in Samt und Seide?« spottete Laurel, während sie sich gelangweilt Luft zufächelte. »Du bist viel zu weichherzig. Das faule Pack beklagt sich immer, egal ...«

»Außerdem brauchen wir eine Näherin, die einige unserer jungen Mädchen anlernt, Mammy«, fuhr Byrony unbeirrt fort. »Und wir dürfen die Feldarbeiter nicht vergessen.«

»Das ist vergebliche Liebesmüh, meine Liebe. Das schwarze Gesindel wird es dir nicht danken, glaub' mir. Mein verstorbener Mann hätte eine solche sentimentale Verschwendungssucht niemals geduldet. Und auch Brent wird sein Geld nicht für ein derart lächerliches Vorhaben ausgeben.«

Mammy Bath schwieg. Die jungen Herrschaften weckten Hoffnungen in den Leuten auf Wakehurst. Aber wenn sie erst wieder abgereist waren, würde Paxton allen mit seiner Peitsche beweisen, daß sich nichts geändert hatte. Missis Laurel stand auf seiner Seite, und Massa Drew lebte nur für seine Malerei.

»Mammy, bitte laß Sabilla vom Feld holen«, sagte Byrony fest. »Für die Dauer ihrer Schwangerschaft soll sie Arbeiten im Haus verrichten. Sie bat mich gestern darum.«

»Ja, Missis.« Verstohlen warf Mammy Bath Laurel, die

jetzt heftig auf ihrem Rosenholzstuhl schaukelte, einen Blick zu.

»Mammy, ist mein Parfum endlich fertig?« fragte Laurel scharf.

»Ja, Missis. Ich habe es schon in Ihr Zimmer gebracht.« Mit einem scheuen Blick auf Byrony verließ Mammy Bath den Salon.

Einen Augenblick später waren erregte Stimmen aus dem Arbeitszimmer im ersten Stock zu hören. »Ich will eine Antwort, Paxton. Und zwar sofort!« Brent beugte sich vor. Dieser verlogene Kerl! dachte er zornig.

»Ich bin es nicht gewohnt, daß man in diesem Ton mit mir spricht, Mr. Hammond«, entgegnete der Aufseher ungerührt. »Wie ich schon sagte, habe ich die Sklaven auf Anweisung Ihres Vaters in New Orleans verkauft. Bitte überzeugen Sie sich, daß die Summe in den Büchern korrekt verzeichnet ist.«

Korrekt! Wahrscheinlich hatte er einen weitaus höheren Preis erzielt und das meiste in die eigene Tasche gesteckt.

Offenbar war sein Vater in den letzten Monaten seines Leidens nicht mehr in der Lage gewesen, die Transaktionen seines Aufsehers zu kontrollieren. Es sollte ihn nicht wundern, wenn sich der Kerl schon seit Jahren heimlich bereichert hatte. Frank Paxtons Tage auf Wakehurst waren gezählt. Soviel stand jedenfalls fest. »Heute nachmittag will ich auf die Felder.«

»Wie Sie wünschen.« Frank Paxton stand auf. Seine Miene zeigte keinerlei Regung. Aber innerlich kochte er vor Wut. Was bildete sich dieser blasierte Kerl eigentlich ein? Schließlich hatte er seit Jahren die Drecksarbeit erledigt. Hatte er sich da nicht eine kleine Prämie verdient? Von den feinen Hammonds hatte sich keiner die Hände schmutzig gemacht. Nur noch diese Ernte, dachte er. Dann hatte er genug Geld für eine eigene kleine Plantage beisammen. Hoffentlich machte ihm dieser verdammte Hammond keinen Strich durch die Rechnung!

»Es scheint, als ob der gute Brent mit dem Gewinn, den die Plantage abwirft, nicht zufrieden ist.« Laurel schenkte Byrony ein falsches Lächeln. »Geht es euch so schlecht, daß ihr hinter jedem Dollar herrennt? Gücklicherweise konnte ich es vor unseren Freunden verschweigen, daß Brent sich bislang als Saloonbesitzer seinen Lebensunterhalt verdienen mußte.«

Stolz hob Byrony das Kinn. »Brent ist alles andere als arm. Und wir sind beide sehr stolz auf den ›Wild Star‹. Nicht jeder kann von sich behaupten, aus eigener Kraft sein Glück gemacht zu haben.«

Brent blieb im Türrahmen stehen. Gut pariert, dachte er amüsiert. Ja, seine Byrony war Laurel durchaus gewachsen. Seine kleine Frau war eigenwillig und kratzbürstig, aber hatte doch ein so weiches Herz. Unwillkürlich mußte er an die vergangene Nacht denken. »Ich liebe dich«, hatte sie im Augenblick der Ekstase heiser geflüstert. »Ich liebe dich.« Wie ein Dieb hatte er sich am Morgen aus dem Bett geschlichen aus Angst, sie könnte eine Reaktion von ihm erwarten. Aber war es ihr überhaupt bewußt, was sie gesagt hatte?

»Darf ich die Ladies zum Lunch ins Speisezimmer führen?« Lächelnd trat er in den Salon.

Byrony wagte es nicht, Brent in die Augen zu schauen. Wie hatte sie nur so dumm sein können, ihm gestern nacht ihre Liebe zu gestehen? Damit hatte sie ihm noch mehr Macht gegeben. Sie liebte einen Mann, der sie demütigte, sobald sie ihm zu nahekam. Bin ich wie meine Mutter, fragte sie sich, hilflos und schwach? Es war ein quälender Gedanke.

Mit einem bezaubernden Lächeln hakte Laurel sich bei Brent unter. »Dein Gespräch mit Frank Paxton verlief offenbar unerfreulich. Wir konnten euch bis in den Salon hören. Entsprechen die Gewinne der letzten Jahre nicht deinen Erwartungen?«

»Auf Wakehurst liegt vieles im argen, das zu klären ich hier bin«, antwortete Brent vielsagend und bot Byrony mit einer galanten Verbeugung den anderen Arm.

»Heute nachmittag reite ich mit Paxton auf die Felder.«

»Nimmst du mich mit?« Byrony warf ihm nur einen flüchtigen Blick zu.

»Unmöglich! Eine Lady hat dort draußen nichts zu suchen!« Laurel warf ihr einen mißbilligenden Blick zu. »Es ist unschicklich und unanständig.«

»Unanständig?« Verwirrt schaute Byrony sie an.

»Die Feldarbeiter tragen nur kurze Hosen, manche lediglich einen Lendenschurz. Brent wird es kaum dulden, daß du diesen Teil seines Besitzes in Augenschein nimmst«, fügte sie spöttisch hinzu.

Aber Brent dachte vor allem an das feuchtwarme, schwüle Klima und die ansteckenden Krankheiten, die immer wieder unter den Feldarbeitern ausbrachen. Nein, dort draußen war es für Byrony viel zu gefährlich. »Du bleibst hier«, sagte er auf ihren bittenden Blick hin schroff und zeigte damit deutlich, daß er keine Widerrede duldete.

Byrony schwieg. Es war unklug, ihm vor Laurel eine Szene zu machen. Aber Brent Hammond sollte wissen, daß sie sich nichts befehlen ließ!

Oliver, der alte gichtgebeugte Stallknecht, sattelte die temperamentvolle Stute. »Der Massa hat gesagt, daß die Missis nicht allein ausreiten darf.«

»Keine Sorge, Oliver. Der Massa wird sich freuen, mich zu sehen.« Byrony lächelte zuversichtlich, obwohl sie reichlich nervös war. Brent würde es provozieren, daß sie sich über seine Wünsche hinwegsetzte. Obwohl es mehr wie ein Befehl geklungen hatte — knapp und schroff. Das durfte sie nicht klaglos hinnehmen.

Von dem alten Mann erfuhr Byrony sogar, in welche Richtung Brent und Frank geritten waren. Rasch ließ sie die Quartiere der Haussklaven hinter sich und folgte dem schmalen Pfad, der in die Baumwollfelder führte. Schier endlos erstreckte sich die Plantage als riesiges Feld vor ihren Augen. Ab und zu nur kreuzte ein kleiner Weg ihren Pfad. Unbarmherzig brannte die Sonne auf sie herab. Eine heiße, stickige Schwüle ließ die Nähe der Sümpfe erahnen. Kein Lüftchen regte sich, und kein Laut drang an ihr Ohr. Die unerträgliche Hitze dörrte ihr die Kehle aus, und auch die Reitkleider klebten bald schweißnaß an ihrem Körper.

Wie sollte sie in dieser trostlosen Weite Brent finden? Byrony wollte schon kehrtmachen, als sie plötzlich Stimmen hörte.

Ein paar hundert Meter weiter vor ihr stand eine Gruppe von schwarzen Arbeitern zusammen. Das häßliche Schnalzen der Peitsche und ein lauter Schmerzensschrei ließen Byrony unwillkürlich zusammenzucken. Sie gab Velvet die Sporen. Als sie näher kam, sah sie, daß es Frank Paxton war, der mit seiner Bullenpeitsche auf eine bis zur Taille entblößte Frau einschlug, die mit den Händen an den tiefhängenden Ast eines verkrüppelten Baumes gefesselt war.

»Aufhören! Sofort aufhören!« schrie Byrony entsetzt. Sie saß ab und lief zu dem Aufseher hinüber. »Machen Sie sofort diese Frau los!«

Frank Paxton kniff die Augen zusammen. Was machte die weiße Lady in den Feldern? Das war sein Gebiet. Hier hatte er die Befehlsgewalt. »Mrs. Hammond, das hier ist ganz allein meine Angelegenheit. Bitte mischen Sie sich nicht in Dinge ein, die Sie nichts angehen. Sie haben schon genug Schaden angerichtet. Eine Feldarbeiterin in den Haushalt zu stecken! Hat man so etwas schon gehört? Bald kommt das ganze schwarze Pack zu Ihnen gekrochen und will Vergünstigungen. Aber sie sollen meine Peitsche schon zu spüren bekommen.«

»Das ist ja Sabilla!« Erst jetzt erkannte Byrony die junge Schwarze, die halb bewußtlos an dem Ast hing. Ihr geschundener Rücken war blutüberströmt. »Sie ist schwanger! Mr. Paxton, nehmen Sie der Frau sofort die Fesseln ab!«

»Nein, Madam«, entgegnete er ungerührt. »Sie bleibt dort bis zum Einbruch der Dunkelheit hängen. So will es die Regel.«

»Wie kann man nur so grausam sein?« Byrony wollte an ihm vorbeieilen, doch er stellte sich ihr in den Weg.

»Jetzt hören Sie mir gut zu, Mrs. Hammond«, sagte er drohend. »Steigen Sie auf Ihr Pferd und kehren Sie um. Ich dulde es nicht, daß Sie meine Autorität untergraben. Haben Sie mich verstanden?«

Ein Raunen ging durch die Menge. Mutig hielt Byrony Paxtons durchdringendem Blick stand. Was sollte sie jetzt nur tun?

»Was geht hier vor sich?«

Erleichtert atmete Byrony auf, als sie Brents Stimme hinter sich hörte. Sie fuhr herum. Er saß von seinem schwarzen Hengst ab und übergab die Zügel einem Sklaven.

»Sieh nur, wie gräßlich er Sabilla zugerichtet hat.« Ihre Stimme zitterte. »Und alles nur, weil ich ihr für die Dauer ihrer Schwangerschaft leichtere Arbeit im Haus geben wollte.«

»Steig auf dein Pferd und reite zum Haus zurück.« Brent zeigte keinerlei Regung.

Schockiert starrte sie ihn an. »Aber Brent ...«

»Ich kümmere mich jetzt um die Frau. Geh jetzt.«

Mit einem letzten Blick auf Sabilla kehrte Byrony zögernd zu ihrem Pferd zurück. Brent packte sie um die Taille und hob sie in den Sattel. Dann gab er ihrem Pferd einen Klaps. Als Velvet antrabte, drückte Byrony ihr energisch die Fersen in die Flanken. Tränen verschleierten ihren Blick, als sie in wildem Galopp zum Haus zurückjagte.

Laut fiel die Schlafzimmertür hinter Brent ins Schloß. »Verkriechst du dich im Bett? Das wird dir nichts nützen.«

Byrony setzte sich auf. »Was ist mit Sabilla?«

Brent hatte schon eine schroffe Antwort auf den Lippen. Doch dann sah er ihren ängstlichen Blick. Mit einemmal wirkte sie wieder so zerbrechlich und schutzbedürftig. »Ich habe angeordnet, daß sie gut versorgt wird. Und es wird ihr nichts mehr geschehen, das verspreche ich dir.«

Es klopfte. Zwei junge Hausdiener brachten Bottiche mit heißem Wasser und füllten die schwere Zedernwanne, die vor dem Kamin stand. Byrony hatte nach ihrer Rückkehr ein Bad genommen und sich dann erschöpft und todunglücklich ins Bett gelegt.

Nervös faltete sie die Hände über der Bettdecke. »Es ist meine Schuld«, sagte sie leise. Beschämt senkte sie den Blick. »Aber woher sollte ich auch wissen, daß er Sabilla auspeitscht, nur weil sie bei mir war? Es ist nicht zu fassen, wie grausam die Menschen hier sind.«

»Mach' dir keine Vorwürfe«, entgegnete er ruhig. »Es ist nicht deine Schuld. Ich habe mit Paxton gesprochen. Auf Wakehurst wird in Zukunft niemand mehr ausgepeitscht.« Brent zog sich aus und ließ die verschwitzte Kleidung achtlos auf den Boden fallen.

Byrony beobachtete ihn schweigend. Selten hatte sie ihn so erschöpft gesehen. Draußen auf den Feldern hatte er eine natürliche Autorität ausgestrahlt, die wohl niemand angezweifelt hätte. Nicht einmal Paxton hatte es gewagt, sich ihm zu widersetzen. Brent Hammond war der Herr auf Wakehurst. Sein Wort war Gesetz. Er war ein

Mann, und er hatte Macht. Sie dagegen war als eine Frau ohne jeden Einfluß und konnte lediglich als unterwürfige Bittstellerin versuchen, seine Erlaubnis für Veränderungen zu erlangen. Nur durch Bitten und Betteln, mit Tränen oder geschickten Manövern konnte sie ihre Ziele erreichen. Sie dachte an ihren Vater, der kein reicher Mann war. Aber auch er übte Macht über ihre arme Mutter aus, weil er ihr Mann war.

»Ich möchte nach Hause.« Es war heraus, ehe sie sich versah, Wakehurst war einfach nicht ihr Leben. Es bedeutete Sklaverei und schreiende Ungerechtigkeit. Wenn sie schon nichts dagegen ausrichten konnte, wollte sie wenigstens nicht daran teilhaben.

Nackt wie er war, wandte er sich ihr zu und musterte sie einen Augenblick schweigend. Dann stieg er in die Wanne, lehnte sich entspannt zurück und schloß die Augen. »Du mußt aufstehen und dich anziehen. Ich möchte nicht, daß du dein Abendessen im Bett einnimmst.«

»Und ich bin es leid, mich von dir herumkommandieren zu lassen. Zufällig bin ich keine deiner zahlreichen Sklavinnen. Ich bleibe im Bett, solange es mir paßt.« Wütend ließ Byrony sich wieder in die Kissen zurücksinken. Er hatte nicht einmal reagiert auf das, was sie gesagt hatte. Was kümmerten ihn schon ihre Wünsche? Es zählte ja nur, was er wollte. Und jetzt lachte er auch noch. Ja, verdammt, er lachte. Spontan packte sie das Buch auf dem Nachttisch und warf es nach ihm. Es traf ihn an der Schulter.

Das Gelächter erstarb abrupt. Brent richtete sich auf und starrte sie aus zusammengekniffenen Augen an. Unbewußt rieb er sich die schmerzende Stelle. Dann stieg er aus der Wanne und trocknete sich flüchtig ab. »Du willst also wirklich im Bett bleiben?«

Diesen Blick kannte sie nur allzugut. »Nein, Brent! Nicht das! Ich ...«

»Es ist das Recht eines Mannes, von seiner Frau Gehorsam zu verlangen.« Er ließ das Handtuch fallen und kam auf sie zu. »Du hast eine Strafe verdient. Immerhin hatte ich dir verboten, allein auszureiten. Noch dazu auf die Felder.«

»Eine Strafe? Wie kannst du es wagen, so mit mir zu reden, du ... du Scheusal.« Schützend zog Byrony die Decke bis ans Kinn und hob trotzig den Kopf. Nur jetzt keine Schwäche zeigen, dachte sie.

»Eine Frau, die schon sehnsüchtig im Bett wartet, ist genau das, was ein Mann nach der harten Arbeit des Tages braucht, um sich zu entspannen.« Unnachgiebig drückte er sie in die Kissen und legte sich zu ihr.

»Laß mich los!« rief sie aufgebracht. »Sofort!«

Drohend beugte er sich über sie. »Geben wir uns jetzt wieder als Lady und sträuben uns ein bißchen?« meinte er geringschätzig. »Du willst es doch ebensosehr wie ich. In ein paar Minuten wirst du dich mir bereitwillig öffnen, und du wirst lustvoll stöhnen, wenn ...«

Byrony versuchte verzweifelt, von ihm loszukommen.

Doch Brent lachte nur. »Es ist zwecklos, Byrony. Du entkommst mir nicht. Merkst du denn nicht, daß du genau das Gegenteil damit erreichst?« Er zerrte die Decke weg, schob ihr Nachthemd hoch und zog es ihr unsanft über den Kopf. »So ist es schon besser, meine Liebe. Wenn ich wie Drew ein Künstler wäre, würde ich dich malen, wie du nackt vor mir liegst.« Abwägend musterte er sie, während ein anerkennendes Lächeln seine Mundwinkel umspielte. »Du hast ja doch keine Macht über deinen Körper«, meinte er dann. Langsam ließ er seine Hand tiefer gleiten.

»Du hast versprochen, mir nicht weh zu tun«, brachte Byrony mühsam hervor. Sie versteifte sich und versuchte, nichts zu empfinden als Wut und Abscheu.

Triumphierend lächelte er. »Betrachtest du das etwa als schmerzhaft, meine Liebe?«

»Ja!«

»Warum reagierst du dann so auf meine Zärtlichkeiten?«

Beschämt schloß sie die Augen. »Das tue ich doch gar nicht.«

»Wirklich nicht?« Er zog seine Hand fort und strich mit einem Finger über ihre fest zusammengepreßten Lippen.

Hastig wandte sie den Kopf ab. Doch im nächsten Augenblick küßte er sie. »Du duftest so verführerisch nach Rosen, Byrony«, flüsterte er. »Es ist Mammys Parfum, nicht wahr? O ja, die alte Frau weiß, was Männern gefällt.« Wieder glitt seine Hand tiefer.

»Nicht, Brent!« Byrony versuchte, seine Hand wegzuschieben.

»Was ist, Byrony? Du genießt es doch. Ich spürte es ganz genau.«

Nur mühsam konnte Byrony ein lustvolles Stöhnen unterdrücken. Heiße Schauer jagten durch ihren Körper und steigerten ihre Erregung. Seine Zärtlichkeiten raubten ihr den Atem und ließen sie alle Scham vergessen. Als sie seine feuchten Lippen hart und fordernd auf ihrem Mund spürte, wehrte sie sich nicht mehr. Er hatte gesiegt — wieder einmal. Es war so demütigend! Und trotzdem drängte sie sich ihm entgegen. Er ließ ihre Hände los, um ihren Busen zu umfassen. Byrony ließ es geschehen. Sie stieß ihn nicht fort, sondern legte beide Arme um seinen Nacken und gab sich ganz dem fieberhaften Verlangen hin, das er in ihr weckte.

»Sag' es mir, Byrony«, flüsterte er heiser an ihren Lippen. »Sag' mir, daß du mich liebst.« Dann war er auch schon bei ihr. Er spürte, wie sie sich unter ihm verkrampfte, ehe sie sich ihm hemmungslos auslieferte. Und ihr lustvolles Stöhnen steigerte den wilden Rhythmus der Liebe.

»Ich liebe dich.« Es war nur ein atemloses Flüstern. Ungestüm bewegte sie sich und schrie hemmungslos auf, als sich die Spannung in einem atemberaubenden Höhepunkt entlud. »Brent!«

Er wußte nicht, daß sie ihn im Augenblick der Ekstase beobachtete, aber er hörte ihr Flüstern. »Brent, ich liebe dich.«

Schweigend lagen sie beisammen und warteten darauf, daß sich ihr Herzschlag wieder beruhigte. Auch als Brent sich schließlich auf die Seite rollte, rührte sich Byrony nicht. Spielerisch wickelte er eine Strähne ihres langen Haares um den Finger. Sie wagte es nicht, ihre Augen zu öffnen, da sie seinen Blick jetzt einfach nicht ertragen konnte.

»Du gehörst mir, Byrony.«

Der triumphierende Tonfall holte sie endgültig in die Wirklichkeit zurück. Ja, sie gehörte ihm. Und sie wußte nicht einmal, wie sie sich dagegen wehren sollte.

»Ich will nichts mehr davon hören, daß du abreisen willst. Dazu ist es einfach noch zu früh.«

Byrony schluckte. »Ich vermisse den Geruch nach Tabak und Whiskey, der vom Saloon heraufkommt«, sagte sie leise. »Es erinnert mich daran, wie ich das erste Mal in deinem Bett aufwachte. Damals fand ich diesen Geruch so fremdartig. Jetzt vermisse ich ihn. Ich will nach Hause, Brent.«

Zum Teufel, ihm erging es doch nicht anders. Sanft strich er ihr übers Haar. »Du liebst mich also«, meinte er leise. Doch dann spürte er, wie sie sich unwillkürlich versteifte. »Frauen«, sagte er verächtlich, »ihr sagt alles, um zu bekommen, was ihr wollt, nicht wahr?«

Byrony schluckte. Entschieden rückte sie von ihm ab. Es wunderte sie nicht, daß er sie freigab. Schließlich hatte er ja seinen Willen bekommen.

Hastig stand sie auf und griff nach ihrem seidenen

Hausmantel. »Du hast recht«, erwiderte sie mit unbewegter Miene. »Es war eine Lüge. Ich hasse dich.«

Schmerzhaft krampfte sich sein Magen zusammen. Einen Augenblick betrachtete er sie schweigend. Dann lächelte er kalt. »Du gehörst mir, Byrony, vergiß das nicht. Alles andere zählt nicht.«

17. KAPITEL

»Brent! Ich hörte schon, daß Sie wieder zurück sind! Willkommen daheim, mein Sohn.« Lächelnd streckte James Milsom die Hand aus.

Er ist alt geworden, dachte Brent. Das schlohweiße Haar lichtete sich, und die faltige Haut war von Altersflecken übersät. James Milsom, der einflußreichste Bankier in Natchez, war Ashley Hammonds bester Freund gewesen — ein Mann seiner Generation und Denkweise. Unwillkürlich fragte Brent sich, wie sein Vater zuletzt ausgesehen haben mochte.

Zehn Jahre waren eine lange Zeit. »Ich muß mit Ihnen sprechen, Mr. Milsom.«

»Und ich habe schon auf Sie gewartet, Brent. Bitte setzen Sie sich doch.«

Brent ließ sich in dem bequemen Ledersessel nieder, der vor Milsoms wuchtigem Schreibtisch aus glänzendem Mahagoni stand. Nachdenklich schaute er sich in dem dunklen holzvertäfelten Arbeitszimmer um. »Ich konnte mich immer gut an diesen Raum erinnern«, sagte er lächelnd. »An das Ticken der alten Standuhr und den würzigen Geruch Ihres Pfeifentabaks. Züchten Sie immer noch Rennpferde, Sir?«

»Allerdings. Es ist eines der wenigen Hobbys, die einem alten Mann noch bleiben.« Er seufzte und deutete auf das Gemälde über der Hausbar. Es zeigte einen prächtigen Rotschimmel. »Bullet war mein erfolgreichster Hengst. Er hat mir viele Preise eingebracht. Ich bin froh, daß ich ihn malen ließ, ehe es zu spät war. Bei einem Rennen brach er sich das Bein. Man mußte ihm den Gnadenschuß geben. Es war wohl besser so. Aber lassen Sie uns nicht über vergangene Zeiten sprechen. Das ist eine Krankheit alter Männer, wissen Sie?«

»Natchez hat sich sehr verändert«, sagte Brent. »Die Stadt ist offenbar sprunghaft gewachsen. Ganze Straßenzüge und Viertel sind in den letzten Jahren hinzugekommen.«

»Ja, es ist nichts mehr so wie früher. Jeden Tag machen jetzt die Raddampfer im Hafen fest. Natchez ist eine junge aufstrebende Stadt.« James Milsom entzündete im gewohnt umständlichen Ritual seine Pfeife. »Wie ich höre, sind Sie verheiratet. Meinen Glückwunsch.«

»Vielen Dank, Sir.«

James Milsom lehnte sich in seinem Schreibtischstuhl zurück. Brent Hammond war jetzt ein erwachsener Mann. Die Ähnlichkeit mit dem jungen Ashley Hammond war unverkennbar. Ja, das waren noch Zeiten gewesen. »Ihr Vater hat unter dem Zerwürfnis sehr gelitten«, erklärte er unvermittelt.

»Ich nehme an, daß Sie den Grund kennen.« Unwillkürlich strich Brent sich mit dem Finger über die Narbe.

»Ja, aber ich bin der einzige. Niemand sonst in der Stadt weiß davon.« Plötzlich sah James Milson wieder den gut aussehenden, draufgängerischen und überheblichen jungen Mann vor sich. Achtzehn Jahre! Es war eine Jugendsünde gewesen. »Bitte nehmen Sie es mir nicht übel, daß ich alte Wunden wieder aufreiße. Aber Sie sind doch wohl gekommen, um über Ihren Vater zu sprechen?«

»Ich war meinem Vater ein feiner Sohn, nicht wahr?« Brent lachte bitter auf.

»Was geschehen ist, läßt sich nun mal nicht mehr ändern.«

»Ja, er ist tot. Es ist zu spät, um ihn um Verzeihung zu bitten.«

»Wußten Sie eigentlich, daß er Ihre Briefe an Drew

förmlich verschlang? Er hat Ihre Entwicklung immer mit dem größten Interesse verfolgt. Als sie Ihren Saloon in San Francisco eröffneten, war er sehr stolz, daß sie es aus eigener Kraft geschafft hatten. Noch kurz vor seinem Tode erzählte er mir, wie froh er sei, daß Sie nun Ihr rastloses Leben aufgeben und endlich zur Ruhe kommen wollen.«

Brent erinnerte sich gut an den letzten Brief, den er Drew geschrieben hatte. Wie glücklich und stolz war er gewesen, daß sein Traum wahr wurde. Und sein Vater hatte es gelesen.

James Milsom sah, wie es in Brent arbeitete. »Es ist an der Zeit, daß Sie Ihre Schuldgefühle ablegen, Brent. Es war eine Jugendsünde. Und Sie haben dafür bezahlt. Glauben Sie mir, Ashley hatte Ihnen längst vergeben.«

Nervös spielte Brent mit seinem Hut.

»Es ist nicht gut, wenn man eine zu junge Frau heiratet. Ihr Vater wollte es nicht einsehen. Es wurde ihm um so schmerzlicher bewußt, als er Laurel und sie . . .« James Milsom räusperte sich. »Er hat seine Frau nie wieder angerührt.«

»Warum? Weil sein Sohn sie entehrt hatte?« fragte Brent bitter.

»Nein.« Bedächtig schüttelte James Milsom den Kopf. »Es war ihm klargeworden, daß Laurel nicht die richtige Frau für ihn war. Hören Sie, Brent. Ihr Vater starb nicht einsam und verbittert, wie die meisten glauben. Ihm war ein spätes Glück vergönnt. Ich möchte behaupten, daß die letzten Jahre seines Lebens seine schönsten waren.«

Überrascht schaute Brent auf.

»Den Namen der Lady kann ich Ihnen nicht nennen«, wehrte James Milson ab, als er seinen fragenden Blick sah. »Doch ich habe Ihnen etwas anderes zu sagen. Ich war bei Ihrem Vater, kurz bevor es mit ihm zu Ende ging. Er wollte Ihnen einen Brief schreiben, um sein Gewissen zu erleichtern. Aber es blieb ihm einfach nicht mehr genug Zeit. Und was sein Testament betrifft, so sollten Sie wissen, daß er Sie schon vor acht Jahren wieder als seinen Erben eingesetzt hat.«

Sein Vater hatte ihm schreiben wollen! Es berührte Brent mehr, als er zugeben mochte. Er brauchte eine Weile, bis er wieder sprechen konnte. »An seine Stelle hätte ich Drew zum Erben gemacht«, meinte er schließlich mit bewegter Stimme.

»Ihr Bruder lebt für die Malerei«, erwiderte James Milson. »Und Laurel ... Ashley wird sich etwas dabei gedacht haben, als er ausgerechnet Sie zum Treuhänder über das Erbteil seine Frau bestimmte. Sie sollten das Vertrauen, das er damit in Sie gesetzt hat, nicht mißbrauchen«, fügte James Milsom hinzu.

Offen begegnete Brent seinem Blick. Er wußte, daß auch er dem besten Freund seines Vaters vertrauen konnte. »Ich bin auch noch aus einem anderen Grund zu Ihnen gekommen, Mr. Milsom. Es geht um Frank Paxton.«

»Ich verstehe.« Bedächtig zog der alte Mann an seiner Pfeife.

»Ich habe den Verdacht, daß er seit Jahren in die eigene Tasche gewirtschaftet hat. Offenbar konnte mein Vater seinen Aufseher in der letzten Zeit seiner Krankheit nicht mehr kontrollieren.«

»Diesen Verdacht hegte Ihr Vater auch. Aber er konnte ihm nie etwas nachweisen. Die Bücher sind korrekt geführt. Dieser Paxton ist ein gerissener Bursche, wenn Sie mich fragen. An Ihrer Stelle würde ich ihn einfach feuern.«

»Unterhält Frank Paxton ein Konto bei Ihrer Bank?«

James Milsom schüttelte den Kopf. »Nein, so dumm ist er nicht.« Er beugte sich vor. »Kommt Ihre Frau eigentlich aus dem Süden?«

Brent schüttelte den Kopf. Er wußte genau, worauf der alte Mann abzielte. »Nein, Sie wurde in Boston erzogen. Erst letztes Jahr kehrte sie wieder nach Kalifornien zurück.«

»Dann versteht sie wohl kaum, wie wir hier leben.«

»Nein, allerdings nicht. Ehrlich gesagt, Sir, ergeht es mir nicht anders. Und deshalb weiß ich nicht, was ich machen soll.«

»Was Wakehurst betrifft, könnte ich Ihnen bei der Suche nach einem neuen Aufseher behilflich sein.«

Brent schüttelte den Kopf. »Vielen Dank, Sir. Aber das ist nicht der Punkt. Die Sklaverei ist etwas Entsetzliches. Erst die langen Jahre im Westen haben mir die Augen dafür geöffnet, wie bigott und selbstgerecht es ist, Menschen zu versklaven und sie wie wilde Tiere zu behandeln.«

James Milson seufzte schwer. »Sie wissen so gut wie ich, daß der Süden ohne seine Sklaven wirtschaftlich zugrunde geht. Ich bin überzeugt, daß Abraham Lincoln sich früher oder später durchsetzt. Aber es wird Krieg geben — einen Krieg, in dem Amerikaner gegen Amerikaner kämpfen.«

»Und ich werde nicht auf der Seite des Südens stehen«, sagte Brent fest.

James Milsom musterte ihn eindringlich. »Was haben Sie mit Ihrem Erbe vor?«

Brent zuckte mit den Schultern. »Ich sehe mich schon mit fünfhundert befreiten Sklaven nach Kalifornien zurückkehren«, sagte er mißmutig.

»Sie haben in der Tat Probleme, mein Junge. Und ich weiß Ihnen nichts zu raten. Ich bin zu alt, um meine Ansichten noch zu ändern. Andererseits liegt es mir fern, Sie an Ihr Geburtsrecht zu erinnern und daran, was Sie Ihrer Klasse schuldig sind. Das ist doch nur das Geschwätz einer Gesellschaft, die vor dem Ruin steht. Sie haben Ihr Leben noch vor sich, Brent. Folgen Sie Ihrem Gewissen. Warum verkaufen Sie die Plantage nicht einfach und kehren nach San Francisco zurück?«

»Und die Sklaven? Soll ich mich am Verkauf von Menschen bereichern?«

»Haben Sie schon mit Laurel darüber gesprochen?«

Brent schüttelte den Kopf und stand auf. »Ich muß diese Entscheidung ja nicht sofort treffen. Vielen Dank, Sir, Sie haben mir sehr geholfen.«

James Milsom klopfte ihm väterlich auf die Schultern. »Sie sind mir jederzeit willkommen, Brent. Egal, wie Sie sich auch entscheiden.«

Brent ließ die Stadt mit ihrem geschäftigen Treiben hinter sich und ritt in leichtem Galopp die Straße am Fluß entlang. Gleichmäßig und doch kraftvoll wälzte sich der Mississippi durch sein breites Bett. An einer schönen, romantischen Stelle, nicht weit von Wakehurst, saß er ab und befestigte die Zügel an einem tiefhängenden Ast einer alten Eiche. Gemächlich schlenderte er zum Ufer und setzte sich auf einen verrotteten Baumstamm. Nachdenklich starrte er in die braunen Fluten.

Als Kind war er oft hierhergekommen, wenn er Kummer gehabt hatte. Ganze Nachmittage hatte er allein am Fluß verbracht. Nicht einmal Drew oder Jesse hatte er diesen Ort je gezeigt. Das Gespräch mit James Milsom ging ihm durch den Kopf. Sein Vater hatte ihn schon vor acht Jahren wieder zum Erben von Wakehurst gemacht. Warum hatte er ihm nicht geschrieben? Dieser verdammte Stolz!

Ein Geräusch ließ ihn herumfahren. Auch im Gegenlicht erkannte er die Gestalt auf dem Pferd sofort. »Hallo, Laurel.« Brent machte sich nicht einmal die Mühe aufzustehen. »Wie hast du mich gefunden?«

Laurel saß ab. Sie hatte Brent schon eine ganze Weile

beobachtet. Immer noch fühlte sie sich unwiderstehlich zu ihm hingezogen und sehnte sich danach, in seinen Armen zu liegen. Zehn Jahre waren eine lange Zeit. Er war jetzt ein erwachsener Mann und zweifellos ein erfahrener Liebhaber. Konnte sie noch einmal diese Leidenschaft in ihm entfachen? Sie befestigte die Zügel ebenfalls an einem Ast. »Warst du in Natchez?«

»Ja.«

»Warum?« Konnte er nicht höflich aufstehen? Die meisten anderen Männer hätten ihr in dieser Situation längst mit netten Komplimenten den Hof gemacht und sie galant umsorgt.

Spöttisch hob er eine Braue. »Bin ich dir etwa Rechenschaft schuldig?« Wieder einmal mußte Brent feststellen, daß Laurel eine außergewöhnlich schöne Frau war. Und sie verstand es, ihre Vorzüge geschickt zu unterstreichen. Keck saß die Reitkappe auf ihrem lockigen tizianroten Haar, das ihren zarten, porzellanartigen Teint noch betonte. Ihre Taille war atemberaubend schmal, und der enge Schnitt des Kleides brachte ihren vollen Busen zur Geltung. Mit dem Tag seiner Ankunft auf Wakehurst hatte sie die Trauerkleidung abgelegt. Mitternachtsblaue Seide oder weinroter Taft waren das äußerste Zugeständnis, das sie an ihre Witwenschaft machte. Er konnte sie gut verstehen. Sie war zu jung, um diese Lebenslüge des guten Tons wegen über den Tod des ungeliebten Mannes hinaus aufrechtzuerhalten.

»Ich war bei James Milsom«, erklärte Brent unvermittelt. »Er wußte mir Interessantes zu berichten.«

»Das kann ich mir gut vorstellen«, entgegnete sie verächtlich und ließ sich neben ihm auf den verrotteten Stamm nieder. »Du solltest den Geschichten des alten Mannes keinen Glauben schenken. Dein Vater hat ihm immer mißtraut. In den letzten Jahren hatten sie kaum Kontakt miteinander.«

Brent lächelte nur. Warum belog sie ihn? War James Milsom einer jener wenigen Männer, die ihr nicht den Hof gemacht hatten? »Warum so heftig? Du brauchst dir keine Sorgen zu machen, Laurel. Milsom ist ein Gentleman. Er würde nie schlecht über eine Lady sprechen.«

»Im Gegensatz zu dir?«

»Allerdings«, antwortete er ohne Zögern. »Ich hatte geglaubt, du hättest dich sehr verändert. Immerhin war ich zehn Jahre fort. Aber du bist noch genauso schön wie damals, vielleicht sogar noch attraktiver.«

»Vielen Dank.« Mit Genugtuung registrierte Laurel, daß sein Blick auf ihrem Busen verweilte. Er begehrt mich immer noch, dachte sie triumphierend. Und das würde sie zu nutzen wissen. Sie hatte es immer verstanden, ihre Schönheit und ihren Körper gewinnbringend einzusetzen. Was blieb einer Frau auch anderes übrig? »Brent, ich muß mit dir sprechen.«

»Worüber?« Er musterte sie eindringlich.

»Über meine Zukunft natürlich.« Sie wich seinem Blick nicht aus. »Das Testament deines Vaters wirft Fragen auf, die geklärt werden müssen.«

»Endlich ein offenes Wort. Das hört man nicht oft von einer Frau.« Er schaute auf den Fluß hinaus. »Als Junge kam ich nach dem Tod meiner Mutter häufig hierher. Ich habe sie so sehr vermißt.«

Laurel war klug genug zu schweigen.

Abrupt wandte er sich ihr wieder zu. »Ich will ganz offen zu dir sein, Laurel. Noch habe ich mich nicht entschieden.«

»Es war der Wille deines Vaters, daß du als Herr auf Wakehurst lebst. Sonst hätte er dir das Erbe der Familie nicht vermacht.«

Genau dieser Gedanke hatte Brent tagelang gequält. Aber nach seinem Gespräch mit James Milson war er sich nicht mehr sicher, ob sein Vater das wirklich von ihm erwartet hatte. Das Testament enthielt keine Klauseln und keine Forderungen. Hatte Ashley Hammond ihm Wakehurst nicht vielmehr vermacht, um ihm die freie Entscheidung über die Zukunft der Plantage zu ermöglichen?

Sanft legte Laurel eine Hand auf seinen Arm. »Brent, das Leben hier hat dir so viel zu bieten.«

Brent hätte blind sein müssen, um das verlockende Angebot in ihrem Blick nicht zu sehen. Doch er dachte an Byrony, die nicht auf Wakehurst leben wollte. Sie zog es nach San Francisco zurück. »Nach Hause«, hatte sie gesagt. Und das war die kleine Wohnung über dem Saloon. Auch für ihn.

»Da hast du zweifellos recht.« Er erhob sich. »Laß uns zurückreiten.«

Laurel folgte ihm zu den Pferden. »Ich war noch sehr jung damals«, sagte sie ruhig. Eindringlich musterte sie ihn. »Jung und dumm — genau wie du.«

Brent schwieg. Seine Miene zeigte keinerlei Regung. Wortlos faßte er sie schließlich um die Taille und hob sie in den Sattel. Er spürte ihren Blick im Rücken, als er aufsaß. Er wußte, daß es feige von ihm war, ihr nicht zu antworten. Aber verdammt, er konnte einfach nicht.

Byrony und Drew saßen auf der Veranda, als die beiden Reiter im leichten Galopp den Kiesweg zum Herrenhaus nahmen. Laurel war eine ausgezeichnete Reiterin. Byrony versetzte es einen Stich, als sie sah, wie sie auf einen Zuruf Brents den Kopf in den Nacken warf und herzhaft lachte. Nervös verkrampfte sie die Hände um das Glas. Mammy hatte ihnen soeben einen erfrischenden Mint Julep serviert, dessen Geheimrezept sie sich auch nicht durch noch so schmeichelhafte Komplimente entlocken ließ.

Laurel saß ab. »Hallo, ihr zwei. Habt ihr die Arbeit schon beendet?« Sie schenkte Drew ein bezauberndes

Lächeln. »Kann dich dein Modell heute nicht inspirieren?«

»Ganz im Gegenteil«, meinte Drew, noch ehe Byrony etwas erwidern konnte. »Selten habe ich ein derart ausdrucksstarkes Gesicht porträtiert. Brent, du mußt dir die Entwürfe ansehen, die ich gemacht habe, und entscheiden, aus welchem Blickwinkel ich Byrony malen soll.«

Unwillkürlich fühlte sich Brent an den vergangenen Abend erinnert. Als er Byrony einen spöttischen Blick zuwarf, wurde sie rot. Sie wußte also, an welche Pose er dachte, in der er sie am liebsten porträtiert gesehen hätte.

»Brent, ich muß mit dir sprechen.« Abrupt stand Byrony auf und richtete mit unwirscher Geste ihren Rock. »Ich brauche Geld für Stoffe, eine Näherin ...«

»Nein«, unterbrach Brent sie ruhig.

»Warum nicht?« Herausfordernd starrte sie ihn an.

»Weil es reine Geldverschwendung ist, meine Liebe«, schaltete Laurel sich ein. »Das schwarze Pack ist es einfach nicht wert.«

»Wir sollten in Ruhe darüber reden.« Brent übergab sein Pferd dem herbeigeeilten Stallknecht. »Reib ihn bitte gut ab, Oliver. Byrony, warum gehst du nicht schon nach oben und machst dich frisch? Ich möchte, daß pünktlich gegessen wird.«

Wütend starrte Byrony ihn an. Dann machte sie auf dem Absatz kehrt und ging ins Haus. Er will also in Ruhe darüber reden, dachte sie verächtlich. Er spielt doch nur mit mir! Aber noch länger ließ sie sich nicht hinhalten. Ungeduldig lief sie in ihrem Schlafzimmer auf und ab, denn Brent ließ sich absichtlich Zeit. Vermutlich war ihm klar, daß es eine Auseinandersetzung gab. Als er endlich kam, kochte Byrony vor Wut.

»Brent, ich bestehe darauf, daß du mir das Geld gibst.« Selbstbewußt stellte sie sich vor ihn hin. Noch einmal ließ sie ihn nicht davonkommen. »Ich bin deine Frau, und als

Herrin von Wakehurst ist es meine Aufgabe, für unsere Arbeiter zu sorgen.«

»Meine kleine selbstlose Frau.« Brent lächelte spöttisch. »Woher soll ich wissen, daß du dich mit dem Geld nicht aus dem Staub machst?«

»Sonst hast du dazu nichts zu sagen?« versetzte sie scharf. »Ich lasse mich nicht länger mit diesem dummen Gerede hinhalten.«

Nachdenklich musterte er sie. Offenbar war sie entschlossen, sich von ihm nicht provozieren zu lassen. Zum Teufel, jeder wollte etwas von ihm. Warum ließen sie ihm denn keine Zeit, in Ruhe zu einer Entscheidung zu gelangen?

»Ich weiß genau, was du denkst, Brent Hammond.« Stolz hob sie ihr Kinn. »Glaubst du denn wirklich, daß alle Frauen lügen und sich verkaufen, nur um ihr Ziel zu erreichen?«

»Genug jetzt.« Brent wandte sich ab.

»O nein, Brent. Du hörst mir zu. Laurel ahnt ja nicht einmal, wie sehr sie dein ganzes Leben beeinflußt. Diese Frau hat dich zu einem mißtrauischen und verbitterten Mann gemacht.«

Brent stieß einen heftigen Fluch aus.

Doch Byrony ließ sich nicht beirren. »Maggie ist deine Freundin, nicht wahr? Oder vertraust du nicht einmal ihr?«

»Halt den Mund, Byrony! Du weißt ja nicht, was du da redest.«

»O doch, Brent. Du machst mir nichts vor.« Eindringlich musterte sie ihn. »Warum hast du solche Angst, mir zu zeigen, daß ... daß ich dir nicht gleichgültig bin? Du fürchtest, ich könnte dir weh tun.« Sie packte seinen Arm. »Das ist doch die Wahrheit, nicht wahr?«

Wortlos schüttelte er sie ab und ging zur Tür.

»Warte, Brent! Bekomme ich das Geld?«

Brent hielt inne. Er zögerte. Doch dann wandte er sich ihr zu. Sein Gesichtsausdruck verhärtete sich. »So seid ihr Frauen. Immer habt ihr Wünsche und Forderungen, nie macht ihr etwas uneigennützig. Heute gibst du dich noch als die selbstlose Fürsorgerin. Aber morgen? Was verlangst du morgen von mir?«

»Bitte glaub' mir doch, daß ich nichts für mich persönlich will ...«

Er öffnete die Tür und warf ihr nur einen verächtlichen Blick zu. »Warum verkaufst du nicht Joshuas Halskette? Sicher bringt sie dir genug ein, um den barmherzigen Engel zu spielen.«

Krachend fiel die schwere Eichentür hinter ihm ins Schloß.

Bodentiefe Flügelfenster und das pastellzarte, von üppigen Stuckreliefs unterbrochene Grün der Wände verliehen dem Speisezimmer eine freundliche, helle Atmosphäre. Honigfarben glänzten die geschliffenen und polierten Holzbohlen, auf denen wertvolle Teppiche lagen. Die geschickt drapierten Vorhänge ließen viel Tageslicht einfallen, während die umlaufende Veranda vor dem Haus die Hitze des Tages abhielt.

Der lange Tisch, der mit gestärktem Damast, feinem Porzellan, Kristallgläsern und Silberbesteck gedeckt war, bot mühelos achtzehn Personen Platz. Wenn keine Gäste erwartet wurden, ließen die Hammonds am unteren Ende der Tafel decken, um den Mahlzeiten die steife Atmosphäre zu nehmen.

Brent war während des Essens wie verwandelt. Er schien glänzender Laune zu sein und zeigte sich bei Tisch charmant und gesprächig. »Mammy ist eine hervorragende Köchin«, meinte er und nahm ein zweites Stück Braten. »Ich hatte schon ganz vergessen, wie gut man im Süden ißt.«

»Da muß ich dir allerdings recht geben«, fügte Byrony lächelnd hinzu. »Ich kann nicht gerade behaupten, daß ich mich nach der Bostoner Küche zurücksehne. Bei uns stand meist Fisch auf dem Speisezettel, so daß ich schon befürchtete, mir würden spätestens mit fünfzehn Jahren Schwimmhäute zwischen den Fingern wachsen.«

»Deine Tante scheint dich damals ja nicht einmal über die wichtigsten Dinge des Lebens aufgeklärt zu haben.« Brent lächelte spöttisch. »In diesem Alter gab es wahrscheinlich weit aufregendere Veränderungen an deinem Körper.«

»Tante Ida hätte nie über so etwas geredet.« Zu ihrem großen Ärger merkte Byrony, daß sie rot wurde.

»Du bist herrlich.« Laurel tupfte sich mit der Serviette die Mundwinkel ab. »Doch ich weiß, was du meinst. Wahrscheinlich hat jeder von uns solch eine Verwandte.«

»Eine unverheiratete Jungfer, nichtsahnend und prüde?«

»Unverheiratet warst du bis vor kurzem auch, mein lieber Bruder«, schaltete Drew sich ein. »Trotzdem wäre ich nie auf die Idee verfallen, dich als nichtsahnend und prüde zu bezeichnen.«

Brent zuckte mit den Schultern. »Selbst bei den Frauen treffen diese Eigenschaften wohl nur auf die wenigsten zu.« Er suchte Byronys Blick. »Wenn eine Frau natürlich weder ein hübsches Gesicht noch eine gute Figur zu bieten hat, mit der sie einen Mann betören kann, muß sie sich auf Barmherzigkeit und gute Taten verlegen. Die Ladies an unserem Tisch haben dies allerdings keineswegs nötig, nicht wahr, Drew?«

»Und wenn nun einem Mann jegliche Attribute fehlen, die ihn für das weibliche Geschlecht anziehend machen?« fragte Byrony spitz.

»Du meinst, ob er dann auch als vertrockneter, schrulliger Junggeselle endet?« Brent schüttelte den Kopf. »O nein, meine Liebe. Er braucht lediglich Geld, um sich zu kaufen, was er haben will.«

»Wenn Frauen Macht hätten, wäre das nicht so«, sagte Laurel.

»Glücklicherweise bleibt den Frauen die Macht verwehrt.« Brent seufzte. »Allein der Gedanke ist entsetzlich. Wir Männer wären nicht mehr als gehorsame Schoßhündchen, die um einen Gunsterweis betteln.«

Verstohlen warf Byrony ihrer Schwägerin einen Blick zu. Die Bitterkeit in ihrer Stimme war ihr nicht entgangen. Wenn Laurel Geld gehabt hätte — und was war Geld anderes als Macht —, hätte sie sich nicht an einen alten Mann gebunden. Sie selbst wäre Joshua ja auch nicht nach San Francisco gefolgt. Und Brent? Das war etwas anderes gewesen. Von Anfang an hatte sie sich zu ihm hingezogen gefühlt. Und trotzdem ... Hätte sie eine andere Wahl gehabt? Sie war allein gewesen, schutzlos Joshua und Irene ausgeliefert — ohne Geld und ohne Zukunft. Brent hatte sie gesichert.

»Ich frage mich«, fuhr Brent im charmanten Plauderton fort, »ob sich überhaupt noch Frauen fänden, die sich dem Willen des Mannes beugen würden, wenn sie nicht aus dem einen oder anderen Grund dazu gezwungen wären?«

»Hör' schon auf, Brent«, wandte Drew ein. »Du bist ein alter Zyniker. Bei deinen düsteren Schilderungen vergißt man beinahe, daß es so etwas wie Liebe gibt.«

»Liebe? Aber Drew!« Brent verzog verächtlich die Mundwinkel. »Meinst du nicht viel mehr unerfüllte Lust? Und wenn sie erst gesättigt ist, was bleibt dann?«

»Zuneigung und Wärme, gegenseitiges Vertrauen, die Sorge um die gemeinsamen Kinder«, antwortete Byrony, ehe sie sich versah.

Brent lachte auf. »Mit Kindern kann man einen Mann natürlich binden und ihm für immer die Flügel stutzen.«

Byrony spürte, wie sich ihr Magen schmerzhaft zusammenkrampfte. Übelkeit stieg in ihr auf.

»Wie kommt es dann, daß die meisten Männer früher oder später heiraten?« fragte Laurel.

Einen Augenblick zögerte Brent. Er nahm einen Schluck Wein und stellte das Glas sorgsam wieder ab. »Vielleicht bleibt ihnen einfach keine andere Wahl.«

»Du meinst, wenn er die Lady bereits verführt hat?«

»Ich bin mir nicht sicher, Laurel«, entgegnete Brent lächelnd, »ob es so etwas überhaupt gibt.«

Entnervt warf Byrony ihre Serviette auf den Tisch. Warum war er so gemein! Nur mühsam konnte sie sich beherrschen. Er provozierte sie absichtlich. Aber sie würde ihm keine Szene machen. Nicht vor Laurel und Drew! Nein, diesen Gefallen würde sie ihm nicht erweisen! Byrony zwang sich zu einem Lächeln.

»Wenn ihr mich jetzt bitte entschuldigt«, sagte sie scheinbar ruhig. »Ich möchte mich zurückziehen. Mir geht es nicht gut.«

Ohne Brent noch eines Blickes zu würdigen, verließ sie das Speisezimmer.

Erst weit nach Mitternacht öffnete Brent leise die Schlafzimmertür. Mondlicht tauchte den Raum in ein unwirklich fahles Licht. Byrony lag auf ihrer Seite, die Wange gegen ihre Hand gepreßt. Leise schlich er zum Bett hinüber und betrachtete sie. Ganz sanft strich er ihr über das glänzende Haar. Sie bewegte sich unruhig, wachte aber nicht auf. Er dachte an all die häßlichen Dinge, die er gesagt hatte, um sie zu treffen. Warum hatte er nur immer dieses unwiderstehliche Bedürfnis, sie zu kränken?

Er zog sich aus und legte sich neben sie. Plötzlich packte ihn heißes Verlangen, als er ihren warmen Körper spürte und den Duft ihres frischgewaschenen Haars wahrnahm. Vorsichtig schob er ihr das Nachthemd bis zur Taille hoch und streichelte sanft ihre wohlgeformten Schenkel.

Byrony fuhr aus tiefem Schlaf hoch. Schlagartig war sie hellwach. »Nein!« Sie wollte sich ihm entwinden, doch er drückte sie mit seinem ganzen Gewicht in die Kissen.

»Halt still«, herrschte er sie an.

»Nein, Brent! Nicht!« rief sie voller Panik.

Brent hielt inne, als er die Angst in ihrem Blick sah. Er zögerte einen Moment. Dann rollte er sich auf die Seite. Ich habe den Verstand verloren, dachte er.

Byrony schluckte schwer. Hastig schob sie das Nachthemd wieder hinunter. »Du hast getrunken, Brent.«

Ihr vorwurfsvoller Tonfall versetzte ihm einen Stich. Er wollte ihr alles erklären, ihr sagen, wie leid es ihm tat. Beinahe schüchtern streckte er seine Hand nach ihr aus.

»Laß mich in Ruhe«, versetzte sie scharf und rückte von ihm ab.

Regungslos wartete er, daß sich sein Herzschlag beruhigte. Du bist ein verdammter Narr, dachte er.

18. KAPITEL

Ungeduldig beobachtete Byrony, wie Mr. Dubois die Halskette untersuchte. Das Schmuckstück gefiel ihm, das spürte sie genau. Doch seine Miene zeigte keinerlei Regung.

»Handwerklich ist das Stück nicht gerade gut gearbeitet. Aber was kann man bei Steinen mittlerer Qualität schon anderes erwarten?« meinte er schließlich geringschätzig.

Byrony sagte nichts, zog nur die Augenbrauen unwillig hoch und wartete. Hoffentlich bot er ihr mehr als die anderen.

Wieder beugte sich Mr. Dubois mit seiner Lupe über die Kette. Schließlich seufzte er schwer. »Dafür kann ich Ihnen höchstens dreihundert Dollar geben, Mrs. Hammond. Es tut mir wirklich leid. Aber momentan ist Schmuck schwer zu verkaufen und ...«

»Nein danke, Mr. Dubois«, sagte Byrony entschieden und streckte die Hand nach der Kette aus. »Das ist mir einfach zu wenig.«

Begehrlich musterte der Juwelier das Stück. »Also gut, Madam. Vierhundert Dollar. Aber das ist der äußerste Preis ...«

»Nein.« Heftig schüttelte sie den Kopf. »Fünfhundert Dollar sind das mindeste, was ich verlange. Darunter verkaufe ich einfach nicht.«

Minutenlang redete Mr. Dubois auf Byrony ein und erklärte ihr immer wieder geduldig, daß er für dieses Stück einfach nicht mehr bezahlen konnte. Dann beklagte er sich über die heftige Konkurrenz im aufstrebenden Natchez und die schlechte handwerkliche Ausführung der Kette.

Byrony hörte ihm ruhig zu, blieb aber hart. All das hatte sie schon von drei anderen Juwelieren gehört.

»Das ist allein Ihre Entscheidung, Sir«, sagte sie schließlich. »Geben Sie mir bitte die Kette wieder zurück?«

Als Mr. Dubois merkte, wie hartnäckig Byrony war, zählte er schließlich fünfhundert Dollar auf den Ladentisch.

»Wohin geht es jetzt, Missis?« fragte Lizzie, die gehorsam im Landauer gewartet hatte.

Zufrieden atmete Byrony auf und lehnte sich in die Polster zurück. »Zum nächsten Stoffhändler.«

»Wo warst du?« Brent hatte die Hände gebieterisch in die Hüften gestemmt und erwartete Byrony auf dem Treppenabsatz. Seinem Gesichtsausdruck war nichts zu entnehmen. Doch Byrony kannte ihn gut genug, um zu wissen, wie es in ihm aussah. »Nun? Mammy Bath sagte mir, daß du in aller Frühe mit Lizzie nach Natchez gefahren bist. Jetzt ist es fast dunkel. Wo hast du dich so lange herumgetrieben?«

Fieberhaft dachte Byrony nach. Durfte sie es ihm überhaupt erzählen? Vielleicht versuchte er ja, die Auslieferung der Stoffballen zu verhindern. Würde er es über sich bringen, die schwerbeladenen Wagen, die bereits auf dem Weg zu den Quartieren waren, vor den Augen seiner Sklaven zu stoppen oder zurückzuschicken? Nervös befeuchtete sie sich mit der Zunge die trockenen Lippen. Gerade jetzt durfte sie keine Schwäche zeigen. Er sollte wissen, daß an ihrer Entscheidung nichts mehr zu ändern war.

»Das will ich dir gern erzählen.« Sie stieg aus dem Landauer und richtete umständlich ihren Rock, um Zeit zu gewinnen.

»Nun, ich warte.«

»Ich habe Joshuas Halskette versetzt, um Stoff für unsere Arbeiter zu kaufen«, erklärte sie mit fester Stimme.

»Und eine Näherin habe ich auch gefunden. Sie kommt in den nächsten Tagen nach Wakehurst, um unsere Mädchen anzulernen.«

Brent traf es wie ein Schlag. Fassungslos starrte er Byrony an. Er hatte alles mögliche vermutet, nur das nicht! Daß sie ihn wegen der vergangenen Nacht verlassen hatte oder einige Tage fortblieb, um ihn zu ängstigen — alles hatte er für möglich gehalten. Den ganzen Tag hatten ihn Schuldgefühle geplagt. Mal hatte er fürchterlichen Zorn auf sie gehabt, dann wieder Furcht, es könnte ihr was geschehen sein. Er hatte nicht gewagt, zu den Stallungen hinüberzugehen aus Sorge, eine Unglücksnachricht zu versäumen. Dabei hatte er sich nicht einmal etwas anmerken lassen dürfen.

»Ich verstehe«, sagte er nur schwach.

Mit Genugtuung registrierte Byrony, daß sie gewonnen hatte. »Du hast mir doch selbst geraten, den Schmuck zu verkaufen. Oder hast du das etwa schon vergessen?«

Nein, natürlich erinnerte er sich an jedes scharfe Wort ihrer Auseinandersetzung. Aber er hatte es doch nicht so gemeint. »Verdammt, Byrony ...« Hilflos brach er ab und fuhr sich hastig mit der Hand durchs Haar. Es war so absurd ... Plötzlich lachte er laut auf.

»Was amüsiert dich so, Brent?« Laurel trat aus dem Haus. Ihr war nicht entgangen, wie nervös und gereizt Brent den ganzen Tag gewesen war. Daß Byrony einfach verschwunden war, hatte ihn offenbar verunsichert. Anscheinend verstand es seine kleine Frau jedoch, jeden häßlichen Verdacht im Keim zu ersticken und ihn aufzuheitern.

»Laß uns in mein Arbeitszimmer gehen, Byrony.« Brent bot ihr seinen Arm. »Dort sind wir ungestört«, fügte er in beinahe verschwörerischem Tonfall hinzu. Zufrieden lächelte er, als er sah, wie Laurel verärgert die Lippen zusammenpreßte.

Byrony war überrascht, wie selbstverständlich Brent ihre Eigenmächtigkeit hinnahm. Kein Streit, keine Vorhaltungen? Oder wollte er sie nur in Sicherheit wiegen, um seine Vorwürfe um so wirksamer anzubringen? »Also, um was geht es?« fragte sie ihn herausfordernd, als sie die Tür hinter sich geschlossen hatte.

Brent lehnte sich lässig gegen den Schreibtisch, verschränkte die Arme vor der Brust und musterte sie abwägend. Ihr Haar unter dem frech in den Nacken geschobenen Hut war vom Fahrtwind zerzaust, die Wangen leicht gerötet. Der harte, unnachgiebige Ausdruck in ihren Augen paßte so gar nicht zu ihrer mädchenhaft weiblichen Erscheinung. Unwillkürlich mußte er lächeln. »Unsere Leute sind bald wohl die bestgekleideten Schwarzen im ganzen Süden. Gegen Ende der Woche erwarte ich aus New Orleans eine große Lieferung an Stoffen und Hausrat.«

Lange Zeit starrte Byrony ihn nur schweigend an. »Warum hast du mir nicht gesagt, daß du längst etwas unternommen hast?« fragte sie schließlich. »Wieso sollte ich glauben, daß dir unsere Leute gleichgültig sind?«

Er lächelte und kam ein paar Schritte auf sie zu. »Ich lasse mir nun mal nicht vorschreiben, was ich zu tun habe. Auch nicht von meiner Frau.« Es versetzte ihm einen Stich, als sie ängstlich zur Tür zurückwich. »Was ist? Hast du etwa Angst vor mir?«

»Keineswegs.« Stolz hob sie das Kinn, hielt aber unwillkürlich den Atem an, als er mit dem Finger über ihren schlanken Hals strich. Diesen verhangenen Blick kannte sie nur allzugut. »Kannst du dich wieder einmal nicht beherrschen, Brent?« Es sollte verächtlich klingen, doch das leichte Zittern in ihrer Stimme war nur allzu verräterisch.

»Mache ich dich etwa nervös, Byrony?«

»Nein.« Heftig schüttelte sie den Kopf. »Nicht nervös. Nur wütend.«

»Oder glücklich?«

Zweifelnd schaute sie ihn an. »Was interessiert es dich, ob ich glücklich bin? Entdecke ich da etwa einen ganz neuen Zug an dir?«

Brent lächelte selbstbewußt. »Meine liebe Byrony, ich denke an all die zärtlichen Worte, die du zu mir sagst, wenn ... wenn ich dich glücklich mache.«

»Das sind Worte, die nichts bedeuten. Ein Irrtum, mehr nicht. Hast du mir nicht selbst immer wieder bewiesen, daß es so etwas wie Liebe nicht gibt?« entgegnete sie kühl. »Natürlich habe ich an diese romantischen Jungmädchenträume von der wahren, ewigen Liebe geglaubt. Aber dann traf ich dich.« Gleichzeitig zuckte sie mit den Schultern. »Ich gehe jetzt hinauf. Vor dem Dinner möchte ich noch ein Bad nehmen.«

Bitterkeit stieg in Brent auf. Hatte sie all die Nächte nur mit ihm gespielt, ihn mit ihren zärtlich geflüsterten Worten verhöhnt? War sie wirklich so kalt, wie sie sich gab? Er hielt sie nicht zurück, als sie ihn ohne ein weiteres Wort einfach stehenließ. Benommen starrte er auf die Tür, die hinter ihr ins Schloß fiel.

Byrony schreckte aus tiefem Schlaf hoch. Aufrecht saß sie im Bett. Das Herz klopfte ihr bis zum Hals, und es dauerte einige Zeit, bis sich ihre Augen an die Dunkelheit gewöhnt hatten.

Wie spät war es? Das Bett neben ihr war leer, und das Laken kalt und glatt. Brent war also noch nicht da. Auch gut, dachte sie bitter. Soll er sich doch herumtreiben, sich mit Frauen treffen und ...

»Verdammter Kerl!« Der Klang ihrer eigenen Stimme erschreckte sie. Sie ließ sich wieder in die Kissen zurücksinken. An Schlaf war nicht mehr zu denken. Wovon war sie nur wach geworden? Atemlos lauschte sie in die Nacht. Sie hörte, wie die Zweige der knorrigen alten Eiche gegen das Balkongeländer schlugen. Die Grillen zirpten laut. Wo war Brent? Vielleicht bei Laurel?

Voller Unruhe schlug Byrony die Bettdecke zurück und stand auf. Sie schlüpfte in ihren seidenen Morgenmantel, zog die Vorhänge zurück und öffnete die Flügeltüren. Barfuß trat sie auf den Balkon hinaus. Die Holzplanken waren noch warm von der Sonnenglut des Tages. Sie stützte sich mit beiden Ellbogen auf das Geländer und atmete tief die angenehm warme Nachtluft ein. Es duftete nach den in voller Blüte stehenden Magnolienbüschen, Gardenienrabatten und Rosenstöcken. Im fahlen Mondlicht warfen die alten Bäume dunkle Schatten und ließen den Garten seltsam fremdartig wirken.

Ob Drew immer noch in seinem Atelier arbeitete? Weitab vom Herrenhaus hatte er sich in einem kleinen verwunschenen Gartenhäuschen seine Werkstatt eingerichtet. Wie sie ihn darum beneidete! Der gute Drew. Beim Dinner hatte er mit seiner charmanten und einfühlsamen Art geholfen, Laurels bissige Attacken zu parieren. Daß die Sklaven endlich die dringend benötigte neue Kleidung bekamen, hatte ihrer Schwägerin gründlich den Appetit verdorben. Wahrscheinlich hatte sie insgeheim überschlagen, wie viel elegante Kleider sie für diese Summe hätte in Auftrag geben können.

Ein Geräusch ließ Byrony aufhorchen. War das nicht ein Schrei gewesen? Atemlos lauschte sie in die Dunkelheit und versuchte, im fahlen Mondlicht etwas zu erkennen. Da war es wieder! Es kam aus dem Garten.

Byrony zögerte nicht länger. Eilig raffte sie ihr langes Nachthemd und den Morgenmantel auf, lief aus dem Schlafzimmer und den langen Korridor hinunter. Sie mußte Drew holen. Doch Drew war nicht in seinem Zimmer. Offenbar hielt er sich noch in seinem Atelier auf. Unschlüssig blieb Byrony einen Augenblick stehen. Im Haus war es vollkommen ruhig. Alle Bewohner waren längst zu Bett gegangen. Doch sie hatte etwas im Garten gehört. Da war sie sich ganz sicher.

Das Herz klopfte ihr bis zum Hals, als sie die Treppe hinabschlich und den Riegel an der schweren Eingangstür zurückschob. Sie zögerte. Erst jetzt, da sie den kalten Steinfußboden unter sich spürte, merkte sie, daß sie immer noch barfuß war. Sollte sie umkehren? Vielleicht hatte sie sich ja alles nur eingebildet. Oder war es Brent, der sich mit Laurel im Garten traf? Der Gedanke versetzte ihr einen schmerzhaften Stich.

Entschlossen öffnete sie die Tür. Langsam schlich sie die Treppe hinab und über den Rasen zum Pavillon hinüber. Im Schutz einer dickstämmigen Eiche hielt sie inne und lauschte wiederum angespannt in die Nacht. Doch es war nichts zu hören. Eine sanfte, angenehm kühle Brise ließ ihren weiten Morgenmantel flattern.

Ich mache mich absolut lächerlich, dachte sie wütend. Wie weit war es nur mit ihr gekommen, daß sie als eifersüchtige Ehefrau nachts durch den Garten schlich, um ihren Gatten in flagranti zu erwischen. Und dann? Brent würde sie höchstens auslachen. Byrony wollte schon wieder umkehren, als ein unterdrückter Schrei sie erstarren ließ. Kein Zweifel, da hatte eine Frau geschrien. Die Stimme kam aus dem Pavillon!

Geduckt lief Byrony weiter, wobei sie sich im Schatten der schlanken Pappeln hielt, die sanft rauschend im Wind hin und her wogten. Angst und Aufregung schnürten ihr die Kehle zu. Angestrengt starrte sie in die Dunkelheit.

Und dann sah sie den Mann. Es war Frank Paxton! Erbarmungslos zerrte er eine schlanke Gestalt, die sich heftig wehrte, aus dem Pavillon zu seinem Pferd hinüber. Es war eine Frau. Brutal schlug er ihr mit der Faust ins Gesicht, so daß sie bewußtlos zu Boden sank. Plötzlich erkannte Byrony Lizzie.

Wie gelähmt sah sie mit an, wie Frank Paxton die Ohnmächtige auf sein Pferd lud, selbst aufsaß und in der Dunkelheit verschwand.

Hilfe! Sie mußte Hilfe holen! Byrony stürmte zum Haus zurück, stolperte und fiel über einen verdorrten Ast. Sofort stand sie wieder auf. Sie spürte ein schmerzhaftes Stechen im Knie und stöhnte. Aber sie lief weiter. Fieberhaft dachte sie nach. Die Sklaven konnten ihr nicht helfen, denn vor Paxton fürchteten sie sich alle. Drew! Sie mußte Drew finden. Wo war nur Brent?

Wo brachte Paxton sie hin? Sicher in sein Haus weitab von den Quartieren der Haussklaven. Laurel! Nein, sie würde ihr nicht helfen. Zielstrebig lief Byrony in die Bibliothek. Sie wußte, daß dort die Jagdwaffen aufbewahrt wurden. Wahllos riß sie das erstbeste Gewehr aus der Halterung im Waffenschrank und suchte mit zitternden Händen nach Munition. Doch die Schubladen waren alle abgeschlossen. In ihrer Verzweiflung überprüfte sie das Gewehr und stieß einen erleichterten Seufzer aus. Zwei Patronen steckten im Lauf!

Im Flur zögerte Byrony kurz. Nein, zum Anziehen blieb keine Zeit. Paxtons Vorsprung war zu groß. Vollkommen außer Atem erreichte sie zwei Minuten später die Stallungen. In fieberhafter Eile zäumte sie ihre Stute auf, sattelte sie aber nicht mehr. Als sie sich auf das Pferd schwang, hörte sie, wie ihr Nachthemd unter dem Morgenrock zerriß.

Im scharfen Galopp trieb Byrony die Stute zum Atelier. Sie hätte vor Verzweiflung aufschreien mögen, als sie das Gartenhaus schon von weitem dunkel vor sich liegen sah. Entschlossen riß sie ihr Pferd herum und drückte ihm wieder unbarmherzig die bloßen Fersen in die Flanken. Angstschweiß trat ihr auf die Stirn. Aber sie hatte keine andere Wahl. Sie mußte etwas unternehmen. Und sie hatte ein Gewehr.

Wut packte sie. Dieser brutale, ekelhafte Kerl! Er hatte

Lizzie sogar bewußtlos geschlagen. Glaubte er denn, daß er sich alles herausnehmen konnte? Brent hatte Lizzie in den Schutz des Herrenhauses geholt. Wo war der Herr von Wakehurst, wenn er gebraucht wurde?

Das Quartier des Aufsehers war leicht auszumachen. Weitab von den schäbigen Quartieren der Sklaven stand das tadellos geweißte kleine Haus einsam im Schatten eines kleinen Wäldchens. Heller Lichtschein in den Fenstern zeigte Byrony, daß Paxton seine Beute tatsächlich in sein Haus gebracht hatte.

Ein paar hundert Meter vor dem Haus saß sie ab, befestigte die Zügel an dem tiefhängenden Ast eines Baumes und lief im Schutze der Dunkelheit weiter. Paxton muß verrückt sein, dachte sie. Oder größenwahnsinnig. Wollte er etwa beweisen, daß ihm niemand seine Vorrechte als Aufseher streitig machen konnte? Wieder sah sie ihn vor sich, wie er erbarmungslos die schwangere Feldarbeiterin auspeitschte. Unwillkürlich schloß sich ihre Hand fester um das Gewehr.

Vorsichtig schlich sie um das Haus herum und warf einen Blick durch das Fenster. Sie sah, wie sich Lizzie, die an den Händen gefesselt war, verzweifelt gegen Frank Paxton wehrte. Der Aufseher beugte sich gerade über sein Opfer und zerriß ihr das Kleid. Unbändiger Zorn packte Byrony und ließ sie die lähmende Angst vergessen. Mit einem Satz war sie an der Tür und riß sie auf. »Aufhören, sofort aufhören!«

Paxton erstarrte. Mit stierem Blick musterte er Byrony und schien erst gar nicht zu begreifen, was geschah.

»Missis!« Lizzie stöhnte benommen. »Helfen Sie mir!«

»Halt den Mund, du Drecksstück!« Wütend schlug Paxton ihr ins Gesicht.

»Lassen Sie sie los, Paxton! Sofort!«

»Verschwinden Sie hier, Mrs. Hammond. Sie haben kein Recht ...«

Er brach ab, als Byrony das Gewehr durchlud und auf ihn zielte. »Sie geben Lizzie sofort frei!«

Dieses elende Weibsstück! Wie konnte sie es wagen ... Paxton schluckte, als er ihren entschlossenen Blick sah. Sie brachte es noch fertig, wegen einer verdammten Niggerin auf ihn zu schießen. Unwillkürlich hob er die Hände. »Sie machen einen großen Fehler, Mrs. Hammond. Ihr Mann wird mir diese kleine Schlampe als Prämie zugestehen. Wahrscheinlich hat er sich längst das Recht der ersten Nacht genommen. Warum sollte er sie sich sonst ins Haus holen?«

»Einzig, um sie vor Ihnen zu schützen, Paxton.«

Byrony fuhr herum. Erleichtert atmete sie auf als sie Brent im Türrahmen stehen sah und hinter ihm Drew. Ohne den Blick von Paxton abzuwenden, nahm Brent ihr das Gewehr aus der Hand und legte auf ihn an.

»Hammond, sie ist doch nur eine Niggerin«, verteidigte Paxton sich. Er stand auf und wich langsam zurück. Angstschweiß trat ihm auf die Stirn. »Sie wissen doch, wie sie sind, heiß und willig ...«

»Sie verlassen Wakehurst noch heute nacht. Wenn Sie bis morgen früh nicht verschwunden sind, töte ich Sie, Paxton.« Unmißverständlich legte Brent den Finger auf den Abzug.

»Sie sind verrückt!« Paxton lachte heiser auf. »Nur wegen dieser kleinen Schlampe? Sie brauchen einen Aufseher. Nie wieder bekommen Sie einen wie mich!«

»Paxton, Sie haben verdammtes Glück, daß Sie uns verlassen, ehe ich Ihre Machenschaften aufdecken konnte. Jahrelang haben Sie sich bereichert und die Krankheit meines Vaters schamlos ausgenutzt. Es ist ein Jammer, daß ich Sie nun nicht mehr hinter Schloß und Riegel bringen kann. Aber Ihre häßliche Visage nicht mehr sehen zu müssen, ist wenigstens ein schwacher Trost. Lizzie, steh jetzt bitte auf und komm her.«

Mühsam erhob Lizzie sich und wankte zu ihnen herüber. Schützend legte Byrony den Arm um das zitternde Mädchen und drückte es an sich.

»Sie sind ein Idiot, Hammond«, höhnte Paxton mit wutverzerrter Miene. »Was sind Sie für ein Mann. Lassen sich von Ihrer Frau gegen mich aufhetzen. Sie feuern Ihren besten Mann ...«

»Halten Sie den Mund und fangen Sie an zu packen«, herrschte Brent ihn ungerührt an. »Drew, begleitest du Byrony und Lizzie zum Haus zurück? Ich bleibe hier und sorge dafür, daß dieser Kerl so schnell wie möglich verschwindet.«

»Brent, ich ...«

»Geh jetzt, Byrony. Sofort.« Brent würdigte sie keines Blickes. »Wir sprechen uns später.«

»Ja, Brent.« Eingeschüchtert wandte Byrony sich ab. Warum war Brent nur so wütend auf sie? Oder war es nur die Anspannung, die ihn so scharf reagieren ließ? Schweigend führte sie Lizzie aus dem Haus. Brent war gekommen. Der Alptraum war vorbei.

Der Morgen dämmerte herauf, und durch die geöffneten Flügeltüren wehte eine angenehme kühle Brise ins Schlafzimmer. Vogelgesang war zu hören, und die mächtige Blätterkrone der alten Eiche vor dem Fenster rauschte sanft im Wind.

Byrony fuhr erschreckt hoch, als sie die Schritte im Flur hörte. Endlich! Brent kam zurück. Stundenlang hatte sie wach gelegen und auf ihn gewartet. Aber dann hatte die Müdigkeit sie schließlich doch übermannt. Hastig schlug sie die Bettdecke zurück und stand auf.

»Was ist denn das?« Brent blieb in der Tür stehen und musterte sie mißmutig. »Bist du etwa die ganze Nacht aufgeblieben? Keine Sorge, Paxton ist verschwunden. Es ist vorbei.«

Trotz seiner betont kühlen Reaktion ging Byrony zu ihm hinüber und legte ihm besänftigend die Hand auf den Arm. Sie sah ja, daß er vollkommen erschöpft war. Er hatte eine harte Nacht hinter sich. »Danke, Brent«, sagte sie leise. »Du hast das einzig Richtige getan.«

Unwirsch schüttelte er ihre Hand ab und ging an ihr vorbei. Schweigend entkleidete er sich, zog seinen Hausmantel über und ließ sich in den Stuhl vor dem Kamin fallen. »Was zum Teufel, hattest du in Paxtons Haus zu suchen?« Erschöpft legte er den Kopf in den Nacken und schloß die Augen.

»Ich konnte nicht schlafen. Als ich auf dem Balkon war, um frische Luft zu schnappen, hörte ich Lizzie schreien. Ich lief in den Garten hinunter und sah, wie Paxton mit ihr fortritt.«

»Und?« fragte er ungeduldig.

Byrony schluckte. »Ich holte das Gewehr aus der Bibliothek und ritt dann zum Atelier hinüber. Aber Drew war nicht da. Also bin ich allein zu Paxtons Haus geritten. Ich kam wohl gerade noch rechtzeitig. Er hatte Lizzie schon gefesselt ...«

»Ich verstehe.« Brent hob den Kopf und musterte sie eindringlich. »Du bist ja eine richtige Heldin, meine Liebe. Der Gedanke, daß Paxton dir das Gewehr abnehmen könnte, ist dir wohl gar nicht gekommen, wie? Er hätte dir in dieser Situation etwas antun können. Aber du mußtest wieder einmal deinen Kopf durchsetzen — ohne Sinn und Verstand.«

Diesen Vorwurf hatte Byrony nun wirklich nicht erwartet. »Glücklicherweise kamen Drew und ich rechtzeitig genug aus Natchez zurück, um dich in wildem Galopp über das Feld hetzen zu sehen.« Wütend starrte er sie an. »Nur mit einem Negligé bekleidet, aber mit einem Gewehr bewaffnet, reitet meine Frau als heldenhafte Retterin durch die Nacht.«

»Ich habe versucht, Hilfe zu holen, Brent.« Ihr Gesichtsausdruck verhärtete sich. »Aber du hast dich ja wieder mal in der Stadt herumgetrieben. Keine Sorge, mit Paxton wäre ich auch allein fertig geworden.«

»Und ich hätte wie ein Idiot dagestanden, wenn Paxton mich über den nächtlichen Besuch meiner Frau aufgeklärt hätte. Ich bin mir nicht einmal sicher, ob es die richtige Entscheidung war, ihn rauszuwerfen. Doch nach deinem höchst dramatischen Auftritt blieb mir leider keine andere Wahl, als den Mann für seine Eskapaden zu bestrafen.«

»Eskapaden? Paxton hat versucht, Lizzie zu vergewaltigen!« Empört starrte Byrony ihn an.

Brent schüttelte den Kopf. »Byrony, du verstehst einfach nicht, wie die Leute hier leben. In all den Jahren, die Paxton hier war, hat er sich jede Schwarze genommen, die er haben wollte. Es ist sogar gut möglich, daß Paxton Lizzies Vater ist. Ist dir denn nie aufgefallen, daß sie hellere Haut hat als beispielsweise Mammy Bath? Und Lizzie ist nicht die einzige.«

»Das ist einfach ekelhaft! Nie werde ich diese Roheiten, die ihr als Tradition verbrämt, akzeptieren. Du selbst würdest doch auch niemals ...« Sie brach ab, als sie sein kehliges Lachen hörte.

»Mach' dir nichts vor, Byrony. Wie jeder weiße Massa habe ich früher reichlich von dem Vorrecht auf die erste Nacht Gebrauch gemacht. Und ich brauchte keine zu zwingen. Sie waren alle zu willig.«

»Im Gegensatz zu mir«, entgegnete sie verächtlich.

Schlagartig wich das selbstbewußte Lächeln von seinen Lippen. Sie sah, wie es in ihm arbeitete. »Du hast Glück, Byrony, daß ich todmüde bin und kein Interesse daran habe, dir das Gegenteil zu beweisen.« Er musterte sie geringschätzig. »Aber morgen ist ja auch noch ein Tag.«

19. KAPITEL

Lange stand Brent schweigend vor dem beinahe lebensgroßen Portrait, das Byrony auf einer Marmorbank unter der rosenbewachsenen Pergola zeigte. Drew hatte sie einfach meisterhaft getroffen. Die Farben wirkten so warm und lebendig, die Gesichtszüge bis hin zum winzigen Grübchen auf der linken Wange so täuschend echt, daß er am liebsten seine Hand nach ihr ausgestreckt hätte, um ihre samtweiche Haut zu streicheln. Das Abendkleid aus mitternachtsblauer Seide, dessen raffiniertes Dekolleté ihren üppigen Busen und die schön geformten Schultern betonte, hatte er noch vor ihrer Hochzeit bei Monsieur David in Auftrag gegeben. Das Haar umrahmte ihr schmales Gesicht und floß in sanften Wellen auf ihre Schultern hinab.

Es war ihr Blick, der ihn einfach nicht losließ. Wie lange hatte er dieses glückliche Lächeln, das ihre Augen noch strahlender erscheinen ließ, nicht mehr gesehen? Drew hatte die Farbe ihrer Augen nicht exakt getroffen. Eifersucht packte ihn, als er daran dachte, daß sie Drew dieses Lächeln geschenkt hatte. Mach' dich nicht lächerlich, wies er sich selbst zurecht. Dann löste er sich widerwillig von ihrem Anblick und wandte sich Drew zu, der ihn fragend anschaute.

»Ein Meisterwerk, Drew«, erklärte er. »Es ist wirklich beeindruckend, wie lebensecht das Portrait wirkt. Hat Byrony es schon gesehen?«

»Nein, obwohl sie mir seit Tagen keine Ruhe mehr gelassen hat. Aber da es dein Geburtstagsgeschenk ist, solltest du auch der erste sein, der es begutachtet.« Nachdenklich betrachtete Drew das Gemälde. »Es ist nicht nur ihre Schönheit, die sie so anziehend macht. Noch nie habe ich einen Menschen mit einem so klaren, offenen Blick porträtiert.«

Brent nickte. Drew war nicht nur ein talentierter Maler, sondern verfügte auch über gute Menschenkenntnis. Unwillkürlich schüttelte er den Kopf. War das tatsächlich die gleiche Frau, die wie von Furien gehetzt durch die Nacht geritten war und Paxton mit einem Gewehr bedroht hatte? Keinen Augenblick hatte sie daran gedacht, daß sie sich damit selbst in Gefahr gebracht hatte. Da war er sich sicher.

»Hallo, Drew! Bist du hier?«

Die beiden fuhren herum, als Byrony atemlos ins Atelier stürmte. Ein scharfer Galopp hatte das Haar unter der Reitkappe zerzaust und ihre Wangen gerötet. Abrupt blieb sie stehen und starrte auf das Bild. »Drew, du bist ein Schmeichler. So sehe ich nicht wirklich aus.«

»Nein, sondern noch viel schöner.« Brent lächelte. »Aber ich will mich nicht beklagen. Drew wird es schon noch lernen, wenn er nur fleißig übt.«

Drew versetzte ihm einen freundschaftlichen Klaps. Im nächsten Augenblick umarmte Byrony ihn schon überschwenglich und drückte ihm einen Kuß auf die Wange. »Es ist wunderschön! Vielen Dank, Drew. Und du hattest recht, daß es mit dem Abendkleid gar nicht so gekünstelt wirkt. Wirklich, es ist wunderschön!«

Byrony war sich gar nicht bewußt, daß sie Drew immer noch umarmt hielt, bis er ihre Arme nahm und sie sanft von sich abhielt, denn er hatte sehr wohl bemerkt, wie sich der Gesichtsausdruck seines Bruders verhärtet hatte. »Schön, daß es dir gefällt. Es ist mein Geburtstagsgeschenk für deinen Mann.«

»Weshalb bist du hierhergekommen, Byrony?« fragte Brent schroff.

Schlagartig schwand das gelöste Lächeln von ihren Lippen. »Laurel schickt mich. Sie hat etwas Wichtiges mit euch zu besprechen.«

»Unsere reizende Stiefmama muß sich wohl noch ein wenig gedulden«, meinte Drew trocken. »Ich jedenfalls denke nicht daran, vor dem Dinner ins Haus zurückzukehren. Schließlich habe ich zu arbeiten.«

»Sehr wohl, Maestro.« Byrony lächelte ihm zu. »Der Pöbel zieht sich jetzt zurück, um des Meisters Inspiration nicht zu stören.«

Das gleißende Sonnenlicht blendete sie, als sie aus der angenehmen Kühle des Gartenhäuschens in die Hitze des Nachmittags traten. Zielstrebig ging Byrony zu ihrer Stute. Brent folgte ihr, um ihr in den Sattel zu helfen.

»Laß uns zusammen ausreiten. Ich will dir etwas zeigen, Byrony.«

»Was ist es denn?« Neugierig schaute sie auf ihn hinab.

»Mein Lieblingsplatz aus Kindertagen.« Er wußte, daß es sie reizen würde, mehr über seine Vergangenheit zu erfahren. Man mußte es eben nur verstehen, den richtigen Köder auszulegen. Er schwang sich in den Sattel. »Hast du dich von den Aufregungen der vergangenen Nacht erholt?«

»Ich bin keineswegs so zartbesaitet, daß meine Nerven mich bei der geringsten Aufregung gleich im Stich lassen.« Verstohlen musterte sie ihn von der Seite. Warum vermied er es, sie anzusehen? Wollte er sie mit Mißachtung strafen? Natürlich war es nicht eben schicklich, daß sie im Morgenmantel zu Paxtons Haus geritten war. Aber sie hatte keine andere Wahl gehabt. Hätte sie Lizzies Wohl der Etikette opfern sollen?

»Dieser Blick erinnert mich an ganz bestimmte Situationen«, sagte er unvermittelt.

»Wie bitte?«

»Das Portrait. Wie hat Drew es geschafft, diesen Ausdruck auf dein Gesicht zu zaubern?«

Byrony spürte, wie ihr die Hitze in den Kopf stieg. An jenem Nachmittag in der Laube hatte sie an die letzte Nacht auf dem Mississippi denken müssen. Bis zur Erschöpfung hatten sie sich geliebt. Damals hatte sie schläfrig in seinen Armen gelegen und geglaubt, daß sie sich wirklich nah waren. Aber mit der Ankunft auf Wakehurst hatte sich alles wieder schlagartig geändert. Die Erinnerung an diesen glücklichen Moment konnte ihr jedoch niemand nehmen. »Ich weiß es nicht.« Gleichgültig zuckte sie mit den Schultern.

Schweigend ritten sie eine Weile nebeneinander her. Sie ließen die Quartiere der Haussklaven hinter sich.

»Was soll jetzt mit Lizzie geschehen?« fragte Byrony schließlich. »Sicher hat Jesse inzwischen erfahren, was passiert ist.«

»Ich habe heute morgen mit ihm gesprochen. Es ist gut, daß ich Paxton noch in der Nacht von Wakehurst verjagt habe. Sonst hätte Jesse ihm womöglich etwas angetan.« Brent seufzte. »Lizzie hatte sich im Pavillon mit Jesse verabredet.«

Byrony nickte. »Ich weiß. Lizzie hat es mir heute nacht gestanden.«

»Es war nicht aus ihm herauszubringen, wie er dieses Rendezvous überhaupt zustandegebracht hat. Ich glaube, daß Mammy Bath ihre Finger im Spiel hat. Jesse ist ihr Enkel.«

»Das wußte ich nicht.« Überrascht schaute sie ihn an.

Er zuckte mit den Schultern. »Was kann ich schon dagegen sagen? Jesse liebt Lizzie aufrichtig. Und auch Lizzie würde lieber heute als morgen heiraten.«

»Aber sie ist doch erst vierzehn!«

»Praktisch fünfzehn. In einer Woche hat sie Geburtstag. Jesse meint, daß er lange genug gewartet hat.«

»Und wie denkst du darüber?«

»Natürlich kann er sie haben, wenn sie einverstanden ist. Ich habe sogar daran gedacht, ihm Franks Posten zu geben.« Brent lachte. »Stell' dir vor, wie sich alle die Mäuler zerreißen werden, wenn auf Wakehurst ein Schwarzer zum Aufseher befördert wird!«

»O nein!«

Überrascht schaute er sie an. »Ich dachte, du kannst Jesse gut leiden?«

»Natürlich. Aber darum geht es nicht. Selbst wenn du ihn zum Aufseher machst, ändert es nichts an den Zuständen hier.« Byrony seufzte. »Die Schwarzen bleiben Sklaven. Sie sind dein Besitz, Brent. Und das ist nicht richtig.«

Darauf blieb er ihr eine Antwort schuldig. »Was ist eigentlich mit Frank Paxton?« fragte sie.

»Wahrscheinlich sitzt der Kerl in irgendeinem Saloon in Natchez, betrinkt sich und erzählt jedem, der es hören will, was für ein undankbarer Kerl ich bin. Und ich will lieber gar nicht erst darüber nachdenken, was er über dich zu berichten weiß.«

Darüber hatte Byrony auch schon nachgedacht. Aber sollte der ekelhafte, brutale Kerl doch seine Lügengeschichten erzählen. Hauptsache, er hatte nicht länger Macht über andere Menschen. »Ist es eigentlich noch weit?«

»Wie bitte? Nein, wir sind gleich da.«

Sie hatten jetzt ein kleines Wäldchen erreicht, das sich vor den endlosen Weiten der Baumwollfelder erstreckte. Es war angenehm kühl unter den schützenden Blätterdächern der knorrigen Eichen und alten Ahornbäume, die das gleißende Sonnenlicht zu feinen, nebelartigen Schwaden filterten.

Auf einer kleinen, versteckt gelegenen Lichtung saß Brent ab. »Hier ist es.«

»Wunderschön«, erklärte Byrony andächtig. Sie konnte sich gut vorstellen, wie man hier als Kind für ein paar verträumte Stunden in seiner Fantasiewelt leben und alles um sich herum vergessen konnte.

»Ja, wunderschön.«

Nervös befeuchtete Byrony sich die trockenen Lippen.

»Du weißt, warum ich dich hierhergeführt habe, nicht wahr?« Verlangend musterte er sie.

»Aber es ist heller Tag, Brent.« Unwillkürlich wich sie einen Schritt zurück.

»Ich kann mich nicht erinnern, daß es dich bislang je gestört hätte.« Langsam kam er auf sie zu. »Gib mir nur eine Minute, und du vergißt alles um dich herum.«

Wie sie dieses triumphierende Lächeln haßte. Er wußte genau, daß sie sich gegen die Lust, die er in ihr weckte, nicht wehren konnte. Ja, er genoß es, sie zu beherrschen. Und wenn er sie strafen wollte, dann zeigte er ihr, wieviel Macht er über sie hatte.

Aber das durfte sie nicht länger hinnehmen. Nicht, nachdem ihr klargeworden war, daß sich ihr Leben ändern würde.

Byrony wehrte sich nicht, als Brent die Arme um ihre Taille legte und sie an sich drückte, um sie seine Erregung spüren zu lassen. Herausfordernd hielt sie seinem Blick stand. »Liebst du mich, Brent?«

Sie spürte, wie er sich innerlich versteifte. »Du bist meine Frau.«

Byrony machte sich von ihm frei und wich einen Schritt zurück. »Du beantwortest nicht meine Frage.« Es verbitterte sie, daß er ihr auswich.

»Laß es gut sein, Byrony.« Brent preßte die Lippen zusammen.

Er wirkte ärgerlich. Nein, nicht betroffen, sondern einfach ärgerlich. Byrony schluckte. Was kümmerten ihn ihre Gefühle? Pure Lust trieb ihn in ihre Arme, nicht mehr. Und das war ihr zuwenig, viel zuwenig. Es war ein Fehler gewesen, ihn zu heiraten. Dieser Mann nahm nur, ohne je etwas zu geben.

Abrupt wandte sie sich ab, schwang sich tränenblind in den Sattel und drückte ihrer Stute, die nervös scheute, die Fersen in die Flanken. Tief beugte sie sich über den Hals des Pferdes, als sie in wildem Galopp durch das Unterholz brach.

Brent war regungslos stehengeblieben. Er hatte die Tränen in ihren Augen gesehen. Verdammt, er war ein alter Narr! Unwillkürlich ballte er die Hände zu Fäusten. »Byrony!« Das dumpfe Geräusch der Hufe auf dem weichen Waldboden wurde schwächer. Er stieß einen Fluch aus, saß auf und gab seinem Hengst die Sporen.

Byrony trieb ihre Stute nur noch mehr an, als sie Brent hinter sich hörte. Sie war unfähig, einen klaren Gedanken zu fassen, wollte nur noch weg von ihm, nicht mehr sein kaltes Lächeln sehen ... In halsbrecherischem Ritt jagte sie übers Feld, an Paxtons Haus und den Quartieren vorbei zum Herrenhaus hinüber. Es war ihr gleichgültig, daß Drew und Laurel, die auf der Veranda vor dem Haus saßen, sie so aufgelöst sehen würden. Hauptsache, Brent erwischte sie nicht!

Er war jetzt dicht hinter ihr. Kies spitzte laut knirschend auf, als sie Kopf an Kopf die Auffahrt hinaufgaloppierten. »Byrony! Achtung!« schrie er. Ihr Pferd scheute vor einem Kaninchen, das in panischer Hast in den Blumenrabatten Zuflucht suchte, und bäumte sich wiehernd auf. Byrony hielt sich erst im Sattel, rutschte dann aber doch zur Seite weg und fiel.

»Byrony!« Drew war aufgesprungen, setzte über das niedrige Geländer der Veranda und lief zu ihr hinüber. »Byrony!«

Doch Brent war schon bei ihr. Byrony richtete sich auf

und wollte ihn wegstoßen, aber er nahm sie in die Arme und drückte sie fest an sich. »Ist dir auch nichts passiert?« fragte er besorgt.

Benommen schüttelte sie den Kopf. Dann wurde ihr schwarz vor Augen. Heftig atmend lehnte sie sich an seine Brust und legte den Kopf auf seine Schulter.

»Was, zum Teufel, ist nur in dich gefahren, Byrony?« fuhr Drew sie wütend an. Er war ganz blaß geworden. »Denkst du denn gar nicht an das Baby?«

Brent erstarrte. Fassungslos starrte er Drew an. »Das Baby?« brachte er schließlich heiser hervor. Dann hielt er Byrony von sich ab, die nur beschämt den Kopf senkte. »Verdammt, Byrony.« Er schüttelte sie heftig. »Bist du wirklich schwanger?«

Sie nickte kaum merklich. Jetzt war es heraus!

In diesem Moment hörte man Laurels helles Lachen von der Veranda. Brent zuckte zusammen. Sein Gesichtsausdruck verhärtete sich. »Geh nach oben. Ich muß mit dir sprechen.«

Byrony warf Drew, der betreten schwieg, einen kurzen Blick zu, ehe sie sich abwandte und müde die Treppe zur Veranda hinaufstieg. Woher hatte Drew es nur gewußt? Laurels spöttisches Lächeln sah sie gar nicht. Ihr zitterten die Knie. Übelkeit stieg in ihr auf, und sie fühlte, wie ihr der Schweiß auf die Stirn trat, als sie die kühle Halle betrat. Sie hatte gewußt, daß Brent wütend sein würde. Deshalb hatte sie es immer hinausgezögert. Vielleicht hatte sie insgeheim immer noch gehofft, daß er endlich ihre Gefühle erwidern würde.

»Was ist denn nur in dich gefahren!« Wütend packte Drew Brents Arm. »Wie konntest du nur so kalt reagieren?«

Kühl begegnete Brent seinem Blick. »Woher weißt du es?« Seine Stimme hatte einen gefährlichen Klang angenommen.

Drew räusperte sich verlegen. »Ich habe eben Augen im Kopf.« Nervös fuhr er sich mit der Hand durchs Haar. »Byrony war in der letzten Zeit häufig blaß. Und dann der Glanz in ihren Augen.« Er wurde rot. »Außerdem trägt sie ihr Korsett nicht mehr so eng geschnürt.«

Lange starrte Brent ihn schweigend an. Drew war in Byrony verliebt! Daß er sie gern mochte, hatte er ja nie verheimlicht. Und dann das Portrait. Eigentlich hätte ich es viel eher bemerken müssen, schoß es ihm durch den Kopf.

»Freust du dich denn nicht auf das Kind?«

Gedankenverloren streichelte Brent seinen Hengst, der unruhig scharrte. Er wußte nicht, ob er Freude empfand. Er war viel zu verwirrt, um sagen zu können, was er fühlte. Jetzt also wurde er Vater. Daß es passieren konnte, hatte er immer gewußt. Doch er hatte diesen Gedanken bisher verdrängt.

Versöhnlich legte Drew ihm eine Hand auf die Schulter. »Es tut mir leid, daß du es so erfahren mußtest. Bestimmt wollte Byrony dir nichts sagen, ehe sie sich nicht ganz sicher war. Vielleicht fürchtet sie ja auch deine Enttäuschung bei einer Fehlgeburt. Du weißt, in den ersten Wochen geschieht so etwas häufig. Sie muß sich jetzt eben schonen.«

»Schonen? Sie reitet wie ein Teufel! Du hast es ja selbst gesehen.« Hatte sie absichtlich versucht, sich zu verletzen? Wollte sie sein Kind nicht? Der Gedanke versetzte Brent einen Stich.

»Brent, sieh mal ...« Drew zögerte, als er seinen abweisenden Blick bemerkte. Wortlos wandte Brent sich von ihm ab und ging ins Haus, ohne Laurel auch nur eines Blickes zu würdigen.

»Was hast du vor?« fragte Brent, während er laut die Schlafzimmertür hinter sich zuschlug.

Byrony zuckte erschreckt zusammen, wandte ich aber nicht um. Mit zitternden Händen faltete sie einen Unterrock zusammen und verstaute ihn in einem Koffer, der geöffnet auf dem Bett lag. »Das siehst du doch. Ich packe.«

»Warum?« Brents Stimme klang seltsam tonlos.

Sie richtete sich auf und schaute ihn an. »Ich verlasse dich, Brent. Das Leben mit dir ist die Hölle. Eine Zeitlang habe ich gehofft, wir würden einander näherkommen. Aber ich habe mich wohl getäuscht. Und damit werde ich einfach nicht fertig. Ich muß hier weg.«

Entschieden schüttelte er den Kopf. »Nein, Byrony, du wirst nicht gehen. Du gehörst zu mir. Du und das Kind.« Langsam kam er auf sie zu. »Warum hast du es mir nicht gesagt?« fragte er leise.

Byrony senkte den Blick.

»Warum?« Er packte sie heftig bei den Schultern. »Glaubst du nicht, daß ich ein Recht drauf habe, es zu erfahren?«

»Ich hatte Angst, es dir zu sagen.« Sie schaute ihn nicht an. »Ich weiß doch, daß du das Baby nicht haben willst.«

Schmerzhaft krampfte sich sein Magen zusammen, als er die Enttäuschung und Verachtung in ihrer Stimme hörte. Natürlich wollte er das Baby. Es war doch ihr gemeinsames Kind. Aber warum hatte sie es ihm nicht längst gesagt?

»Du liebst mich nicht, Brent. Ich weiß, daß du allen Frauen mißtraust und dir nichts kostbarer ist als deine Freiheit.«

»Du bist meine Frau, Byrony. Ich werde mich nicht vor der Verantwortung drücken.«

Müde schüttelte sie den Kopf. »Nein, Brent. Ein Kind braucht die Liebe seiner Eltern. Ich bin bei meiner Tante in Boston aufgewachsen, um nicht die Brutalität meines

Vaters ertragen zu müssen. Mein Kind soll wenigstens die Liebe seiner Mutter erfahren.«

Er holte tief Luft. Ihm war klar, daß es ihr ernst war. Sie verließ ihn und ging einfach fort! »Du hast kein Geld«, sagte er tonlos.

»Ich werde Laurel fragen. Deine reizende Stiefmutter wird es sich ein paar gute Stücke aus ihrer Schmuckschatulle kosten lassen, wenn ich nur von Wakehurst verschwinde«, antwortete sie bitter. Ein kaltes Lächeln umspielte ihre Mundwinkel. »Keine Sorge, ich komme schon zurecht. Ich bin jung und stark. Nach der Geburt meines Kindes suche ich mir eine Arbeit.« Sie wandte sich ab und faltete ein Kleid sorgfältig in den Koffer.

Meines Kindes? Es war doch auch sein Baby! Sie durfte nicht einfach weggehen und ihn allein zurücklassen. Er trat hinter sie und legte ihr die Hände auf die Schultern. »Byrony, ich lasse dich nicht gehen. Ich will dich. Dich und das Kind. Wir gehören zusammen.« Er spürte, daß sie zitterte.

Byrony hielt inne. »Ich glaube dir nicht«, sagte sie leise. »Und ich halte es nicht länger aus, mit einem Mann zu leben, dem ich nichts bedeute.«

»Wie kannst du so etwas sagen?« entfuhr es ihm gequält. Mit sanftem Druck drehte er sie zu sich herum. Lange sah er sie schweigend an. Sie konnte deutlich sehen, wie es in ihm arbeitete. »Ich liebe dich, Byrony«, sagte er dann ganz leise. »Schon vom ersten Tag an, damals, als ich dich in San Diego traf.«

Sie schwieg. An ihrem ausdruckslosen Blick sah er, daß sie ihm nicht glaubte. »Ich weiß, daß ich dir kein guter Mann bin. Byrony, ich liebe dich. Ich möchte so gern, daß du es spürst. Aber es fällt mir schwer, mein Mißtrauen abzulegen. Ich habe einfach Angst zu zeigen, wie ich wirklich fühle. Es war ein großer Fehler, nach Wakehurst zurückzukehren. All die alten Wunden wurden wieder aufgerissen, die Schuldgefühle und Unsicherheiten ...« Er brach ab.

Schüchtern streckte sie ihre Hand aus und streichelte ihm über die Narbe an der Wange.

»Ich liebe dich«, flüsterte er. »Es ist wahr, daß ich viele Frauen hatte. Aber du bist die erste, der ich das sage. Bleib bei mir, Byrony. Ich kann ohne dich nicht leben.«

»Du liebst deine Freiheit über alles«, entgegnete sie. »Und ich will nicht, daß du unglücklich bist.«

»Unglücklich?« Heiser lachte er auf. »Solange ich denken kann, war ich unglücklich. Ich war immer auf der Suche nach etwas, das ich selbst nicht benennen konnte. Jahrelang bin ich rastlos von Ort zu Ort gezogen. Nirgendwo hat es mich lange gehalten. Nein, Byrony, diese Freiheit bedeutet mir nichts mehr. Seit ich dich kenne, weiß ich, was ich immer vermißt habe. Byrony, gib mir noch eine Chance!«

Byrony schwieg lange. Diesmal belog er sie nicht. Das spürte sie. Aber sie wußte auch, daß es nie einfach sein würde, mit ihm zusammenzuleben. Zu lange hatte er sich allen Gefühlen verschlossen und geglaubt, nur bestehen zu können, wenn er sich unnahbar und kühl zeigte. Aber sie liebte ihn trotz allem, was geschehen war.

Sie stellte sich auf die Zehenspitzen und gab ihm einen langen, zärtlichen Kuß. Als sie den Kopf an seiner Schulter barg, spürte sie, wie sich die Anspannung in ihm löste. Fest drückte er sie an sich. Ein Glücksgefühl durchströmte Byrony. Jetzt würde endlich alles gut.

Minutenlang standen sie schweigend da. Schließlich legte Brent vorsichtig seine Hand auf ihren Bauch. »Ich kann es immer noch nicht glauben, daß du schwanger bist.«

»Keine Sorge, ich werde noch früh genug dick und rund.« Sie lächelte. »Hoffentlich wird es ein Junge, der seinem Vater graue Haare beschert.«

»Und ich wünsche mir ein Mädchen.« Brent umfaßte ihre Brust. »Dein Busen ist schon etwas üppiger. Del hatte recht, daß schwangere Frauen besonders anziehend sind!« Achtlos fegte er den Koffer vom Bett, der mit lautem Poltern zu Boden fiel, und musterte sie verlangend. »Ich glaube, die nächsten Monate werden ziemlich aufregend.«

20. KAPITEL

Es waren glückliche Tage auf Wakehurst. Byrony hätte die ganze Welt umarmen können. Plötzlich hatten alle Probleme ihren Schrecken verloren, und ihre Zukunft erschien hell und klar. Brent liebte sie. Und alles andere zählte nicht — nicht einmal die Frage, was aus ›Wakehurst‹ werden sollte, belastete sie. Brent würde schon eine Lösung finden. Jeden Morgen ritt er nach dem Frühstück in die Stadt und kehrte erst abends zurück. Auf ihre neugierigen Fragen hatte er nur geheimnisvoll geantwortet, er plane etwas, das es selbst mit ihrer Überraschung aufnehmen konnte.

Zwischen ihnen hatte sich alles geändert. Brent war wie verwandelt. Noch nie hatte sie ihn so liebevoll und fürsorglich erlebt. Er freute sich ebensosehr wie sie selbst auf das Baby. Und Byrony machte es glücklich, dem Mann, den sie liebte, wirklich nah zu sein. Es gab keine Kämpfe, keinen Streit und keine Kränkungen mehr. Ja, sie gehörten zusammen. Brent, das Baby und sie!

Laurel hatte die offenkundige Veränderung eher mißmutig verfolgt. Daß das junge Paar ein Herz und eine Seele war, machte wohl alle ihre Pläne zunichte. »Gibt es dir denn gar nicht zu denken, daß Brent jeden Tag in der Stadt verbringt?« fragte sie, als sie eines Nachmittags auf dem Weg zum Tee bei Nachbarn waren.

Byrony lächelte nachsichtig. »Nein, ich vertraue Brent. Er liebt mich.«

Hell lachte Laurel auf. »Weißt du überhaupt, wie viele Frauen dein Mann in den letzten zehn Jahren geliebt hat?« fragte sie anzüglich.

»Wahrscheinlich ein ganzes Bataillon«, antwortete Byrony schlagfertig. Gleichgültig zuckte sie mit den Schultern. »Was kümmern mich die Frauen, die er vor mir kannte? Für mich zählt nur, daß er endlich zur Ruhe gekommen ist.«

»Dann freut er sich also auf das Kind?«

»Natürlich.«

Schweigen entstand. Byrony wußte, daß Laurel fieberhaft nachdachte. Sollte sie doch ihr Gift verspritzen. Diese intrigante Person würde ihr Vertrauen in Brent jedenfalls nicht erschüttern können.

»Hoffst du denn wirklich, daß du dir seiner sicher bist?« Gelangweilt drehte Laurel den Sonnenschirm in der Hand. »Das ist ein Trugschluß, Byrony. Glaub mir, ich kenne die Männer. Du bist jung und schön. Aber Brent wird sich auf die Dauer nicht mit dir zufriedengeben. Denk nur an all die aufregenden Schönheiten, die er kannte. Nein, ein Mann wie er kommt nie zur Ruhe. Wahrscheinlich hat er dich nur geheiratet, um eine Familie zu gründen. Alle Männer wollen Söhne. Erben, die weiterführen, was ihre Väter für sie aufgebaut haben.«

»Brent wünscht sich aber eine kleine Tochter.« Byrony musterte sie eindringlich. »Laurel, warum versuchst du nur, mir Angst zu machen? Du hast Brent verloren, schon vor zehn Jahren. Es wird Zeit, daß du es endlich einsiehst.«

Ärgerlich kniff Laurel die Lippen zusammen. Byrony hatte recht. Sie hatte es nicht geschafft, Brent in ihren Bann zu ziehen. Sicher kehrte er früher oder später nach San Francisco zurück. Und sie mußte um ihre Zukunft fürchten. Was wurde aus ihr, wenn Brent Wakehurst verkaufte und sie ihren Freunden nicht mehr als ein charmantes Lächeln zu bieten hatte? Dann waren alle ihre Chancen auf eine gute Partie dahin. »Aber Laurel, die Männer müssen sich doch förmlich darum reißen, eine so schöne Frau wie dich zu bekommen«, hatte Brent nur spöttisch gesagt, als sie ihn nach ihrer Zukunft gefragt hatte. Aus der Herrin über einige tausend Morgen Land war eine demütige Bittstellerin geworden! Es war Ashleys grausame Vergeltung, daß er ihr Schicksal in die Hände des rachsüchtigen Stiefsohnes gelegt hatte. Sie hätte es verdient, Wakehurst zu erben. Hatte sie nicht ihre ganze Jugend diesem alten, verbitterten Mann geschenkt? Und jetzt wollte man sie von ihrem Besitz vertreiben. Es war eine ungerechte Welt, weil Männer die Regeln bestimmten.

»Glaub' mir, Byrony, du wirst an meine Worte denken.« Damit war das Thema für sie vorerst erledigt.

Byrony trat durch die weitgeöffneten Flügeltüren des Musikzimmers in den Garten hinaus. Sie atmete tief durch. Gerade war sie in der Küche bei Mrs. Jenkins, der Näherin, gewesen, die ein gutes Dutzend schwarze Mädchen anlernte. Mrs. Jenkins war sehr zufrieden mit den raschen Fortschritten, die die lernbegierigen Mädchen machten. Die Wagenladungen voll Stoff und Hausrat waren inzwischen an die Arbeiter verteilt worden. Damit hatte man jedoch nur die größte Not gelindert. Die schäbigen Quartiere mußten dringend renoviert und neue wegen Platzmangels hinzugebaut werden. Aber alle Mühen änderten nichts daran, daß man diese Menschen als Sklaven hielt, sie ausbeutete und ihrer Freiheit beraubte. Und das war entsetzlich. Allein der Gedanke schnürte Byrony die Kehle zu. Es waren Brents Sklaven. Früher oder später mußte sie mit ihm darüber reden.

Mammy hatte sie wie immer mit einem schier endlosen Redeschwall bedacht. Die Hochzeit von Jesse und Lizzie war auf den nächsten Sonntag festgelegt. Brent hatte einem Prediger aus Natchez eine hübsche Summe für dessen Kirche in Aussicht gestellt, damit er sich überhaupt auf den Weg nach Wakehurst machte, um zwei Schwarze zu trauen. Danach war eine kleine Feier eingeplant, zu der alle Haussklaven eingeladen waren. Lizzie war schon seit Tagen ganz aufgeregt. Nach der Hochzeit sollte sie mit Jesse, den Brent inzwischen zum Entsetzen aller Nachbarn als neuen Aufseher eingesetzt hatte, in Paxtons früherem Haus wohnen. Für eine junge Schwarze, die nicht mehr besaß, als sie am Leib trug, war das ein beachtlicher Aufstieg.

Byrony blinzelte in die Sonne. Schade, daß Brent wieder einmal keine Zeit für sie hatte. Es war ein so schöner Tag. Vielleicht sollte sie ausreiten und bei Drew draußen in seinem Atelier vorbeischauen. Ein paar Tage zuvor hatte er überraschend angekündigt, endgültig nach Paris abzureisen. »Keine Sorge, irgendwann besuche ich euch in Kalifornien«, hatte er tröstend hinzugefügt, als er Byronys traurigen Blick gesehen hatte. »Ich muß doch sehen, wie sich mein Patenjunge entwickelt. Vielleicht kannst du deinen Mann ja auch zu einer Europareise überreden. Ich würde euch so gern Paris zeigen.«

Brents Bruder war Byrony in kurzer Zeit schnell ans Herz gewachsen. Er verstand sie auch ohne viele Worte. Und er begegnete ihr ohne Bosheit und Hinterlist — ganz anders als Laurel, die mit jedem Tag reizbarer und gehässiger wurde.

Nachdenklich legte sie die Hand auf den noch flachen Bauch. Würde sie ihr Kind auf Wakehurst zur Welt bringen müssen? Sonst wurde es allmählich Zeit, an die Heimkehr nach San Francisco zu denken. Die Reise war lang und beschwerlich.

Byrony schlenderte über den Rasen zu den Magnolienbüschen hinüber. Sie pflückte eine Blüte und sog tief den süßlichen, betörenden Duft ein.

«. . . es ist so lang her, Brent.«

Byrony horchte auf. Es war Laurels Stimme. Ihr Herz klopfte plötzlich heftig, als sie weiterging. Und dann sah sie die beiden in inniger Umarmung unter der rosenbewachsenen Pergola. Sie erstarrte, als sie beobachtete, wie Laurel die Arme um Brents Nacken legte und mit den Fingern durch sein Haar fuhr. Laurel flüsterte etwas, das Byrony nicht verstehen konnte. Dann beugte Brent sich über sie, um sie zu küssen.

Einen Augenblick stand Byrony fassungslos da. Schmerzhaft krampfte sich ihr Magen zusammen. Unwillkürlich wich sie einen Schritt zurück. Nein, das wollte sie nicht miterleben müssen. Doch dann sah sie, wie Laurel sich aufreizend an ihn drückte. Schlagartig wich ihre benommene Hilflosigkeit, und heißer Zorn stieg in ihr auf. Sie würde nicht tatenlos zusehen, wie Laurel ihr Glück zerstörte.

»Nimm sofort die Hände von meinem Mann!«

Ihr wütender Aufschrei ließ die beiden erschreckt aufblicken. Sofort ließ Laurel die Arme sinken und wich einen Schritt zurück. Doch ihre Augen funkelten triumphierend.

Drohend kam Byrony auf sie zu. »Du wirst mir meinen Mann nicht wegnehmen, Laurel. Und du Brent ...« Er lächelte. Ja, er besaß auch noch die Frechheit, sich über sie lustig zu machen.

»Hallo, Byrony«, sagte er leichthin. »Du willst doch nicht ohne Sonnenschirm in dieser Hitze herumlaufen. In deinem Zustand ...«

Laurel ließ ein unterdrücktes Kichern vernehmen.

Aufgebracht starrte Byrony ihn an. Ich hätte einfach weggehen sollen, schoß es ihr durch den Kopf. Es war so erniedrigend. Wie konnte er ihr das nur antun? Nein, diese Demütigung durfte sie nicht hinnehmen. Sie war nicht wie ihre Mutter, schwach und ohne Stolz. Entschlossen machte sie einen Schritt auf ihn zu und schlug ihm mit aller Kraft ins Gesicht.

Schlagartig schwand das Lächeln von seinen Lippen.

Byrony machte auf dem Absatz kehrt und lief ins Haus zurück. Es war aus, endgültig! Und sie hatte ihm vertraut und an eine gemeinsame Zukunft geglaubt. Tränenblind lief sie die Treppe hinauf, stolperte den langen Flur entlang und warf mit letzter Kraft die schwere Schlafzimmertür hinter sich ins Schloß. Geistesgegenwärtig drehte sie den Schlüssel herum, als sie Schritte auf dem Flur hörte.

»Byrony!« Heftig rüttelte Brent an der Klinke. »Mach' sofort auf! Ich muß mit dir sprechen!«

Schweratmend lehnte Byrony sich gegen die Tür. Tränen liefen ihr die Wange hinab. Erschöpft schloß sie die Augen.

»Bitte, Byrony! Laß uns darüber reden. Sei doch vernünftig. Es ist nicht so, wie du denkst.«

Du hast deine Chance gehabt, Brent Hammond, dachte sie. Und du hast sie nicht genutzt. All das Gerede von unserer Zukunft, unserem Glück! Die Erinnerung daran versetzte ihr einen schmerzhaften Stich.

Brent rüttelte an der Klinke und fluchte leise, als sich nichts regte. »Also gut, Byrony«, sagte er betont beherrscht. »Wir sprechen darüber, wenn du dich wieder beruhigt hast.«

Byrony lauschte auf den Flur hinaus. Seine Schritte entfernten sich. Dann hörte sie Stimmen in der Halle. Es war Laurel. Übelkeit stieg in ihr auf. Mit letzter Kraft schleppte sie sich zum Bett hinüber und ließ sich mit einem verzweifelten Aufschluchzen in die Kissen sinken.

»Sei nicht albern, Brent. Natürlich habe ich deine kleine Frau nicht gesehen«, verteidigte Laurel sich unwirsch.

»Was für ein Zufall, daß Byrony ausgerechnet in dem Augenblick hinzukommt, in dem du mich um einen letzten Kuß bittest«, versetzte er scharf. »Um alter Zeiten willen. Und ich falle auch noch darauf herein. Du bist wirklich raffiniert, Laurel.«

»Du tust mir unrecht, Brent.« Laurel zeigte sich gekränkt. »Ich fühle mich einsam. Und du bist mir alles andere als gleichgültig. Das weißt du.«

Er blickte sie verächtlich an. »Du und einsam? Drew hat mir erzählt, daß dir sämtliche Männer der Umgebung zu Füßen liegen. Und das, meine Liebe, kann ich mir gut vorstellen. Deine größten Talente liegen wohl eindeutig auf diesem Gebiet.«

»Du weißt genau, daß Schönheit allein nicht zählt«, entgegnete Laurel kühl. »Niemand wird mich haben wollen, wenn ich kein Vermögen in die Ehe bringe. Alle warten ab, was mit Wakehurst geschieht.«

»Welchen deiner Verehrer würdest du denn erhören?«

»Am verlockendsten erscheint es mir, Samuel Simpson zu heiraten. Vorausgesetzt, du läßt mich nicht ohne jeden Penny hier zurück«, fügte sie hinzu. »Er ist Witwer. Da er schon zwei Söhne hat, wird er nicht von mir verlangen, ihm Kinder zu gebären.«

»Keine Sorge, du sollst deine Mitgift bekommen.« Brent musterte sie eindringlich. »Ich kam hierher, um Wakehurst zu verkaufen. Du hattest also von Anfang an keine Chance. Ich kenne dich besser, als du glaubst. Mir war klar, daß dir alle Mittel recht sind, um dein Ziel zu erreichen.« Er lächelte. »Aber mit Byrony kannst du es nun einmal nicht aufnehmen. Hat sie nicht sogar mich gezähmt?«

Der Morgen dämmerte herauf, als Byrony die Haustür leise hinter sich schloß und zu den Stallungen hinübereilte.

Brent war die ganze Nacht nicht nach Hause gekommen. Er war mit Drew in die Stadt geritten. Wahrscheinlich trieb er sich in den verräucherten Saloons herum, betrank sich oder spielte.

Sie hatte nur einen kleinen Koffer gepackt und tausend

Dollar aus dem kleinen Wandsafe eingesteckt. Das war genug, um nach San Francisco zurückzukehren.

Wehmütig warf sie einen letzten Blick zurück, ehe sie zehn Minuten später ihre Stute antraben ließ. Mit Wakehurst verband sie neben dem Kummer auch viele schöne Erinnerungen. Hier hatte sie ihr Baby empfangen. Wahrscheinlich würde sie nie wieder zurückkehren. Gern hätte sie sich wenigstens von Mammy, Lizzie und Jesse verabschiedet.

Entschlossen wandte sie sich ab. Von Anfang an hatte sie gewußt, daß sie hier nicht leben konnte. Nein, sie wollte nicht Herrin über Sklaven sein.

Würde Brent es ihr verübeln, daß sie das Geld genommen hatte? Sollte er doch schreien und toben. Diesmal hatte sie die Entscheidung getroffen. Und das war gut so. In dem langen Brief hatte sie ihm alles erklärt. O ja, sie gab ihm noch eine Chance. Einen Mann wie Brent Hammond gab man nicht aus gekränktem Stolz auf. Aber man lief ihm auch nicht hinterher. Er würde sich entscheiden müssen. Wakehurst war nicht ihr Leben. Ihr Zuhause war die Wohnung über dem Saloon. Und dort sollte auch ihr Kind zur Welt kommen. Brent hatte die Wahl. Hoffentlich traf er die richtige Entscheidung.

Der Raddampfer ›Mississippi Pride‹ legte pünktlich vom Kai in Natchez ab und stampfte in Richtung New Orleans. Byrony stand an Deck und betrachtete das geschäftige Treiben im Hafen. Sie ertappte sich dabei, wie sie die Menge nach einem Gesicht absuchte. Einmal glaubte sie, Brent gesehen zu haben, und hob schon den Arm, um aufgeregt zu winken. Doch es war ein anderer gewesen.

Plötzlich bekam sie Angst vor der langen Reise. Hatte sie nicht voreilig gehandelt? War es nicht unfair, ihn vor diese Entscheidung zu stellen? Brent war ihr Mann. Sie hatte ihm Gehorsam geschworen. Nein, sie mußte auch an ihr Kind denken. Gedankenverloren legte sie die

Hand auf den Bauch, als sie in die Fluten blickte. Sie mußte Geduld haben. Es würde vielleicht lange dauern, bis sie erfuhr, wie Brent sich entschieden hatte.

Brent zügelte seinen Hengst und saß ab. Er war todmüde, aber die Anstrengung hatte sich gelohnt. Die Weichen für die Zukunft waren gestellt. Byrony würde ihren Groll vergessen, wenn sie erst die Neuigkeiten erfuhr. Sicher schlief sie noch. Voller Vorfreude nahm er auf dem Weg nach oben immer zwei Stufen auf einmal. Vor der Tür hielt er inne und lauschte. Nichts war zu hören. Vorsichtig drückte er die Klinke herunter. Es war nicht abgeschlossen. Das war ein gutes Zeichen. Zufrieden lächelnd öffnete er die Tür.

Byrony genoß die frische Abendbrise. Nach der Hitze des Tages atmete sie regelrecht auf. Gerade versank die Sonne als glutroter Ball im Golf von Mexiko und tauchte den Himmel für ein paar schöne Minuten in ein farbenprächtiges Rot, das von der rasch hereinbrechenden Dunkelheit geschluckt wurde.

Trotz der späten Stunde herrschte im Hafen von New Orleans noch reges Treiben. Fünf Tage hatte es gedauert, bis Byrony endlich auf der ›Flying Eagle‹ eine Passage nach San Francisco ergattert hatte. Mit Schaudern dachte sie an die lange Seereise durch den Golf von Mexico, um Kap Horn und die Westküste hinauf. Es würden langweilige, einsame Wochen. Wenn sie doch erst wieder zu Hause in San Francisco wäre! Wie sehnte sie sich nach dieser pulsierenden Stadt, nach Maggie und Saint, Del und Elizabeth. Und nach ihrer kleinen Wohnung über dem Saloon. Wenn das Kind erst da war, würden sie vielleicht ein Haus bauen. Wenn, ja, wenn Brent sich überhaupt für sie entschied.

Brent! Er fehlte ihr mehr, als sie es für möglich gehalten

hätte. Nachts lag sie lange wach und sehnte sich nach seinen Umarmungen. Der Gedanke, vielleicht für immer ohne ihn leben zu müssen, war ihr einfach unerträglich.

Sie schloß die Augen, sah seine blauen Augen vor sich und dieses charmante Lächeln, das ihn so unwiderstehlich machte. Wie hatte er wohl reagiert, als er ihren Brief vorgefunden hatte?

»Ich nehme an, du stehst am Bug, um nach mir Ausschau zu halten.«

Byrony fuhr herum. »Brent!«

Fassungslos starrte sie ihn an. Wie hatte er sie so schnell gefunden?

Er lächelte und kam langsam auf sie zu. »Warum bist du so überrascht? Hast du geglaubt, ich lasse dich so einfach gehen?«

»Mein Entschluß steht fest«, erwiderte Byrony hastig. »Versuch' nicht, mich umzustimmen. Ich kann auf Wakehurst nicht leben. Es ... es ist einfach nicht meine Welt. Mein Zuhause ist San Francisco. Und dort soll auch unser Baby zur Welt kommen.« Trotzig hob sie das Kinn.

»Keine Sorge, Byrony, ich will dich nicht zurückhalten. Aber ist es nicht die Pflicht eines Gentlemans, seine schwangere Frau auf solch einer beschwerlichen Reise zu begleiten? Dein Aufbruch war ... etwas überstürzt. Ich hätte gern in Ruhe mit dir darüber gesprochen.«

Erleichtert atmete Byrony auf. Er ging mit ihr nach San Francisco zurück!

Glücklich drückte sie sich an ihn. Er hatte sich für sie und das Baby entschieden. Sicher, sie hatte ihn vor vollendete Tatsachen gestellt. Doch gab es eine andere Möglichkeit, sich gegen ihn durchzusetzen? Und sie hatte gesiegt!

Brent legte die Arme um ihre Taille und zog sie an sich. »Mammy war außer sich, daß du dich nicht einmal von ihr verabschiedet hast. Lizzie hat bittere Tränen geweint. Und dein Mann ...«

Erwartungsvoll sah sie ihn an.

Zärtlich drückte er ihr einen Kuß auf die Stirn. »Dein Mann hat dich sehr vermißt.« Er lächelte. »Ich gebe zu, daß ich zuerst wütend war. Und natürlich enttäuscht, denn ich war mit Neuigkeiten zurückgekommen.«

»Neuigkeiten?«

»Ja, es sollte eine Überraschung für dich sein. Die hatte ich dir ja versprochen.«

»Komm schon, Brent. Spann' mich nicht auf die Folter.«

Er zögerte. »Du hast wirklich eine Strafe verdient, Byrony ...«

»Brent!« Sie musterte ihn streng. »Was geschieht mit Wakehurst?«

»Ich habe die Plantage verkauft. Und den Sklaven«, fügte er hinzu, als er ihren Blick sah, »habe ich die Freiheit gegeben. Das Kopfgeld, das sie aus dem Erlös der Plantage bekommen, wird es ihnen erleichtern, sich im Norden ein eigenes Leben aufzubauen. Mammy, Jesse und Lizzie kommen nach San Francisco. Wir können sie im Saloon gut gebrauchen. Und Laurel habe ich mit einer Mitgift zufriedengestellt. Meine ehrgeizige Stiefmutter trägt sich wieder mit Heiratsplänen.«

»Hattest du ...«

»Nein, ich hatte kein Verhältnis mit ihr.« Energisch schüttelte er den Kopf. »Wir sind beide auf einen ihrer raffinierten Tricks hereingefallen. Um der alten Zeiten willen wollte sie einen letzten Kuß von mir. Sie muß dich vorher schon gesehen haben.«

Byrony schaute Brent nur schweigend an. Er hatte den Sklaven die Freiheit gegeben. Sie war so stolz auf ihn! Das Geld aus Wakehurst brauchten sie nicht. Ihre Zukunft lag in San Francisco. »Ich liebe dich, Brent«, sagte sie voller Zärtlichkeit.

Er beugte sich zu ihr hinab. Leidenschaftlich erwiderte sie seinen Kuß und schmiegte sich glücklich an ihn. »Byrony«, flüsterte er heiser, »eine echte Lady ...«

Doch sie nahm ihn einfach bei der Hand und führte ihn zu ihrer Kabine. »Ich bin vor allem deine Frau. Das solltest du nie vergessen.«